Arena-Taschenbuch
51234

Stephanie Perkins

wuchs in Arizona auf und arbeitete als Buchhändlerin, bevor sie 2004 Autorin wurde. Seitdem schreibt sie in erster Linie Romane für Teenager und junge Erwachsene. Schon mit ihrem ersten Thriller „Jemand ist in deinem Haus“ schaffte sie es nach kurzer Zeit auf die Bestsellerliste der New York Times. Stephanie lebt mit ihrem Mann und Kater Mr Tumnus in North Carolina.

Arena

Stephanie Perkins

JEMAND ist in deinem Haus

Aus dem Amerikanischen
von Sonja Häußler

Ein Verlag der westermann GRUPPE

Für Jarrod, bester Freund & wahre Liebe

Die Originalausgabe erschien 2017 unter dem Titel „There's someone inside your house" bei Dutton Books, einem Imprint von Penguin Random House LLC, New York

MIX
Papier aus verantwortungsvollen Quellen
FSC
www.fsc.org
FSC® C110508

BLAUER ENGEL
DAS UMWELTZEICHEN
MI6
www.blauer-engel.de/uz195
- ressourcenschonend und umweltfreundlich hergestellt
- emissionsarm gedruckt
- überwiegend aus Altpapier

Dieses Druckprodukt ist mit dem Blauen Engel ausgezeichnet

1. Auflage als Arena-Taschenbuch 2021

Rottendorfer Straße 16, 97074 Würzburg

Dieses Werk wurde vermittelt durch die Literarische Agentur Thomas Schlück GmbH, 30161 Hannover

Übersetzung: aus dem amerikanischen Englisch von Sonja Häußler

Gesamtherstellung: Westermann Druck Zwickau GmbH
Printed in Germany

ISSN 0518-4002
ISBN 978-3-401-51234-1

Besuche den Arena Verlag im Netz:
www.arena-verlag.de

Der Mensch durchlebt solchen Schmerz nur einmal; beim nächsten Mal trifft der Schmerz auf eine härtere Oberfläche.

Willa Cather, *The Song of the Lark*

1

Die Eieruhr in Eiform stand auf der Fußmatte, als sie nach Hause kam.

Haley Whitehall warf einen Blick über die Schulter, als würde sie damit rechnen, dass jemand hinter ihr stand. Weit in der Ferne rollte ein roter Mähdrescher durch blassgelbe Kornfelder. Ihr Vater. Erntezeit. Ihre Mutter war auch noch bei der Arbeit, sie war Zahntechnikerin in der einzigen Praxis am Ort. Wer von ihnen hatte die Uhr hier stehen lassen? Die morschen Verandabretter bogen sich und ließen splitternde Geräusche hören, als Haley ihr Gewicht verlagerte, um die Eieruhr aufzuheben. Sie rasselte in ihrer Hand. Der Tag war kalt, doch die Eierschale aus Plastik war warm. Ein wenig nur.

Ihr Handy klingelte. Natürlich war es Brooke.

»Wie läuft's mit dem Blut?«, fragte Haley.

Ihre beste Freundin stöhnte. »Ein Albtraum.«

Haley ging ins Haus und die Fliegengittertür knallte hinter ihr zu. »Irgendeine Chance, dass Ms Colfax es sein lässt?« Sie marschierte geradewegs in die Küche, wo sie ihren Rucksack auf den Schachbrettmusterboden fallen ließ. *Nahrung*. Die Probe heute Nachmittag war besonders zermürbend gewesen.

»Nie und nimmer«, schnaubte Brooke. »Sie wird sich niemals davon abbringen lassen. Wer braucht schon gesunden Menschenverstand, wenn man Ehrgeiz hat?«

Haley stellte die Eieruhr zurück auf die Theke – wo sie hingehörte – und öffnete den Kühlschrank. »Normalerweise würde ich für Ehrgeiz plädieren. Aber. Ich bin nicht gerade wild darauf, in Maissirup ertränkt zu werden.«

»Wenn ich Geld hätte, würde ich das professionelle Zeug selbst kaufen. Den Saal zu putzen, wird die Hölle werden, selbst mit den ganzen Planen und Plastikabdeckungen.«

In den meisten Theaterproduktionen von *Sweeney Todd* kam zumindest ein wenig falsches Blut zum Einsatz – Rasierer mit versteckten Ballons zum Zusammendrücken, Gelkapseln im Mund, falsche Klamottenvorderseiten, um die blutverschmierten Doubles darunter zu kaschieren. Zusätzliches Blutvergießen konnte durch rote Vorhänge oder rote Lichter oder ein wildes Crescendo kreischender Violinen angedeutet werden.

Leider hatte die Musicalleiterin an ihrer Highschool, Ms Colfax, einen unstillbaren Durst nach Drama in jeglicher Ausprägung. Für die Produktion von *Peter Pan* hatte sie letztes Jahr sogar Fluggeschirre aus dem fernen New York gemietet – was am Ende sowohl Wendy als auch Michael Darling eine gebrochene Nase beschert hatte. Dieses Jahr wollte Ms Colfax nicht nur, dass der dämonische Barbier die Kehlen seiner Kunden aufschlitzte. Sie wollte auch die ersten drei Zuschauerreihen mit deren Blut bespritzen. Diesen Teil des Publikums bezeichnete sie als *Zone des Gemetzels.*

Brooke war die Stagemanagerin. Dies war zwar eine ehrenhafte, aber gleichzeitig auch unlösbare Aufgabe, weil sie dafür sorgen musste, dass Ms Colfax die Grenzen des Wahnsinns nicht überschritt.

Es lief nicht gut.

Haley klemmte sich mit der Schulter das Telefon ans Ohr, während sie sich mit geschnittenem Truthahn, Provolone, einer Tüte gewaschenem grünem Salat und einem Glas Miracel Whip belud. »Shayna dreht bestimmt durch.«

»Shayna dreht definitiv durch«, sagte Brooke. Shayna war ihre temperamentvolle – häufig sprunghafte – Kostümdesignerin.

Es war schon schwierig genug, mit einem nicht vorhandenen Budget im ländlichen Nebraska anständige Kostüme zu finden, aber jetzt musste sie sich auch noch damit herumschlagen, wie sich Blutflecken daraus entfernen ließen.

»Arme Shayna.« Haley ließ die Zutaten auf die Theke fallen. Dann schnappte sie sich den nächstbesten Brotlaib – Weizen mit irgendwelchen Kräutern –, den ihre Mutter gestern Abend gebacken hatte. Ihre Mutter backte zur Entspannung. Sie benutzte einen Brotbackautomaten, aber trotzdem. Es war schön.

»Arme *Brooke«,* sagte Brooke.

»Arme Brooke«, stimmte Haley zu.

»Und wie war Jonathan heute? Lief es besser?«

Haley zögerte. »Hast du nichts von ihm gehört?«

»Ich habe auf dem Parkplatz Spritztests gemacht.«

Haley spielte Mrs Lovett und Shaynas Freund Jonathan spielte Sweeney – die weibliche und die männliche Hauptrolle. Haley war zwar erst im dritten Highschooljahr, bekam aber schon seit zwei Jahren Hauptrollen im Dramaclub und Solos im Musicalchor. Sowohl als Schauspielerin als auch als kräftige Altstimme war sie einfach besser als ihre Altersgenossinnen. Ein Naturtalent. Unmöglich zu übersehen.

Jonathan war ... überdurchschnittlich. Und er hatte Charisma, was seiner Bühnenpräsenz zugute kam. Dieses spezielle Musical überstieg jedoch seine Fähigkeiten. Er kämpfte schon seit Wochen mit *Epiphany,* seinem schwierigsten Solo. Seine Übergänge waren in etwa so reibungslos wie wenn jemand im Geräteschuppen über eine Natter stolpert. Aber selbst das war nichts im Vergleich dazu, was er seinen Duetten antat.

Brooke spürte wohl Haleys Widerwillen zu tratschen. »Ach,

komm schon. Wenn du es nicht ausplauderst, bekomme ich nur ein schlechtes Gewissen, weil ich über alle anderen lästere.«

»Es ist nur ...« Haley verteilte eine fettige Schicht Miracel Whip auf dem Brot und warf dann das schmutzige Buttermesser in die Spüle. Abwaschen würde sie es später. »Wir haben die ganze Probe mit *A Little Priest* verbracht. Und nicht mal mit dem ganzen Lied! Dieselben paar Takte, immer und immer wieder. Zwei verdammte Stunden lang.«

»Ach du Schande.«

»Weißt du, diese eine Stelle, an der sie gleichzeitig unterschiedliche Texte singen? Und unsere Stimmen sozusagen vor Aufregung übereinander stolpern sollen?«

»Als Sweeney endlich begreift, dass Mrs Lovett seine Opfer entsorgen will, indem sie ihr Fleisch in ihren Pasteten verbackt?« Man hörte, dass Brooke bei dieser Frage hämisch grinste.

»Es war eine Katastrophe.« Haley trug ihren Teller ins Wohnzimmer, wollte sich aber nicht setzen. Daher ging sie auf und ab. »Ich glaube nicht, dass Jonathan das schafft. Ich meine, ich glaube wirklich, dass sein Gehirn das nicht *kann*. Er kann einstimmig singen, er kann mehrstimmig singen ...«

»Einigermaßen.«

»Einigermaßen«, räumte Haley ein. »Aber wenn jemand anderes andere Worte singt? Dann verstummt er und fängt wieder neu an. Als würde er versuchen, sich durch ein Aneurysma zu arbeiten.«

Brooke lachte.

»Deshalb bin ich früher gegangen. Ich kam mir dabei zwar wie ein verdammtes Miststück vor, aber Gott. Ich konnte es einfach nicht mehr ertragen.«

»Niemand würde dich je Miststück nennen.«

Haley schluckte einen riesigen Bissen Truthahn hinunter. Es

war ein Balanceakt – das Telefon einklemmen, den Teller halten, das Sandwich essen, hin und her gehen –, aber das war ihr gar nicht bewusst. Sie machte sich Sorgen. »Jonathan schon.«

»Jonathan hätte die Rolle nicht bekommen sollen.«

»Meinst du, ich soll ihn anrufen und mich entschuldigen?«

»Nein. *Nein.* Warum auch?«

»Weil ich so kurz angebunden zu ihm war.«

»Es ist nicht deine Schuld, dass er Sondheim nicht gewachsen ist.«

Das stimmte, doch Haley schämte sich immer noch dafür, dass sie so genervt gewesen war. Dass sie die Probe verlassen hatte. Sie ließ sich auf das uralte Cordsamtsofa plumpsen, eines der vielen Überbleibsel aus der Zeit, in der das alte Farmhaus noch ihren Großeltern gehört hatte, und seufzte. Brooke sagte noch etwas Solidarisches, wie es nur beste Freundinnen tun, doch Haleys Handy beschloss in diesem Moment, das zu tun, was es immer tat.

»Was hast du gesagt? Die Verbindung ist immer wieder weg.«

»Dann ruf mich vom Festnetz an.«

Haley warf einen Blick auf das schnurlose Telefon, das nur Zentimeter von ihr entfernt auf dem Beistelltisch lag. Zu anstrengend. »Jetzt geht es wieder«, log sie.

Brooke brachte das Thema wieder zurück auf ihre derzeitig so mühselige Rolle der Stagemanagerin und Haley gestattete ihren Gedanken abzudriften. Sie konnte ohnehin nur ein Drittel von Brookes Geschimpfe hören. Der Rest war statisches Rauschen.

Sie starrte aus dem Fenster und aß ihr Sandwich zu Ende. Die Sonne hing tief über dem Horizont. Sie schien durch die Getreidefelder, sodass die brüchigen Stängel weich und stumpf aussahen. Ihr Vater war immer noch da draußen. Irgendwo. Zu dieser Jahreszeit nutzte er jeden Sonnenstrahl aus. Die Welt wirkte verlassen. Das Gegenteil von der lauten, bunten, begeisterten Truppe, die sie in der Schule zurückgelassen hatte. Sie hätte die Probe durchhalten sollen. Sie hasste die stille Isoliertheit, von der das Haus durchdrungen war. Das war auf eine ganz eigene Art anstrengend.

Haley machte verständnisvolle Laute ins Telefon – auch wenn sie keine Ahnung hatte, wofür sie gerade Verständnis heuchelte – und stand auf. Sie brachte ihren Teller zurück in die Küche, spülte die Krümel ab und öffnete dann die Spülmaschine.

Das Einzige darin war ein schmutziges Buttermesser.

Haley warf einen Blick in die Spüle, die leer war. Zwischen ihren Augenbrauen bildete sich eine Falte. Sie stellte den Teller in die Spülmaschine und schüttelte den Kopf.

»Selbst wenn ich den Sprüher zum Laufen bringe«, sagte Brooke gerade – die Verbindung war auf einmal klar und deutlich –, »bin ich mir nicht sicher, ob überhaupt genügend Leute in den ersten drei Reihen sitzen *wollen*. Ich meine, wer geht schon ins Theater, um Ponchos zu tragen und mit Blut bespritzt zu werden?«

Haley spürte, dass ihre Freundin jetzt eine verbale Beschwichtigung brauchte. »Es ist das Halloween-Wochenende. Die Leute werden die Eintrittskarten kaufen. Sie werden es witzig finden.« Sie machte einen Schritt auf die Treppe zu, die zu ihrem Zimmer führte, und ihr Turnschuh stieß gegen einen kleinen, harten Gegenstand. Er schoss über die Bodenfliesen, schlitterte klappernd und scheppernd vor ihr her, bis er gegen die Tür der Vorratskammer knallte.

Es war die Eieruhr.

Haleys Herz setzte einen Schlag aus. Nur einen kurzen Moment.

Ein unbehagliches Prickeln kroch ihr unter die Haut, als sie auf die Vorratskammer zuging. Ihre Mutter oder ihr Vater hatten die Tür einen Spalt offen gelassen. Sie schob sie mit den Fingerspitzen zu und hob dann, ganz langsam, die Eieruhr auf. Als wäre sie schwer. Sie hätte schwören können, dass sie sie auf der Theke abgestellt hatte, aber sie musste sie wohl zusammen mit ihrem Rucksack auf den Boden fallen gelassen haben.

»... du mir noch zu?«

Die Stimme drang kaum noch an ihr Ohr.

»Wie bitte?«

»Ich habe gefragt, ob du mir überhaupt noch zuhörst?«

»Tut mir leid«, sagte Haley. Sie starrte die Eieruhr an. »Ich bin wohl müder, als ich gedacht hatte. Am besten ich lege mich hin, bis meine Mom nach Hause kommt.«

Sie legten auf und Haley steckte ihr Handy in die rechte Vordertasche ihrer Jeans. Dann stellte sie die Eieruhr zurück auf die Theke. Die Uhr war glatt und weiß. Harmlos. Haley konnte nicht genau feststellen, *warum*, aber das verdammte Ding beunruhigte sie.

Sie stapfte nach oben und ging direkt schlafen. Sie ließ sich erschöpft aufs Bett fallen und trat ihre Turnschuhe weg, zu müde, um die Schnürsenkel noch zu lösen. Das Handy stach ihr in die Hüfte. Sie zog es aus der Tasche und schleuderte es auf den Nachttisch. Die Strahlen der untergehenden Sonne fielen gleißend und in einem perfekten, lästigen Winkel durch das Fenster, sodass sie blinzeln musste und sich umdrehte.

Sofort schlief sie ein.

* * *

Mit einem Ruck wachte Haley auf. Ihr Herz hämmerte und es war dunkel im Haus. Sie atmete aus – einen langen, befreienden, zwerchfelltiefen Atemzug. Und da nahm ihr Verstand das Geräusch zur Kenntnis. Das Geräusch, das sie aufgeweckt hatte.

Ein Ticken.

Haley gefror das Blut in den Adern. Sie wälzte sich herum, um zum Nachttisch zu schauen. Ihr Handy war weg und an seiner Stelle, genau auf Augenhöhe, stand die Eieruhr.

Sie fing an zu klingeln.

2

Am nächsten Morgen ging es an der ganzen Schule nur um zwei Dinge: um die brutale Ermordung von Haley Whitehall und um die neuerdings rosa gefärbten Haare von Ollie Larsson.

»Man sollte annehmen, dass das mit den Haaren weniger Aufsehen erregen würde«, sagte Makani.

»Das hier ist Osborne, Nebraska.« Darby saugte die letzten Tropfen seines eisgekühlten Kaffees von der Tankstelle auf. »Bevölkerungszahl: zwanzigtausendsechshundert. Ein Junge mit rosafarbenen Haaren ist da so skandalös wie der Tod einer beliebten Schülerin.«

Sie starrten durch die Windschutzscheibe von Darbys Wagen über den Parkplatz, hinüber zu Ollie, der an der Backsteinmauer des Eingangsbereichs lehnte. Er las in einem Taschenbuch und ignorierte demonstrativ, dass die anderen Schüler flüsterten – oder auch nicht.

»Ich habe gehört, dass ihr an drei Stellen die Kehle aufgeschlitzt wurde.« Makani verstummte. Die Wagenfenster waren heruntergekurbelt, deshalb senkte sie die Stimme. »An den Enden gingen die Schnitte nach oben, sodass es aussieht wie ein Smiley.«

Darby fiel der Strohhalm aus dem Mund. »Das ist ja *grauenhaft*. Wer hat dir das erzählt?«

Sie zuckte unbehaglich mit den Schultern. »Ich habe es eben gehört.«

»Oh Gott. Und der Tag hat noch nicht mal angefangen.«

Ein längliches Gesicht mit kajalgeschwärzten Augen tauchte neben dem Beifahrerfenster auf. »Nun, *ich* habe gehört ...«

Makani fuhr zusammen.

»Himmel noch mal, Alex.«

»... dass Ollie es getan hat. Und dass er ihr Blut verwendet hat, um sich die Haare zu färben.«

Makani und Darby starrten sie mit offenem Mund an.

»War nur ein Scherz. Natürlich.« Sie riss die hintere Tür auf, warf ihren Trompetenkoffer hinein und stieg ein. Morgens war das Auto der Ort, an dem sie abhingen. »Aber irgendjemand hier wird es sagen.«

Der Witz enthielt zu viel Wahrheit. Makani zuckte zusammen.

Alex trat mit einem ihrer königsblauen Kampfstiefel gegen die Rückenlehne von Makanis Sitz. Ein Ausrufezeichen.

»Ich kann es nicht glauben. Du stehst noch immer auf ihn, nicht wahr?«

Leider ja.

Natürlich stand sie noch auf Ollie.

Von dem Moment an, als Makani Young in Nebraska angekommen war, konnte sie kein Auge mehr von ihm lassen. Vom Aussehen her war er zweifellos der seltsamste Typ an der Osborne High. Aber genau deswegen war er auch der interessanteste. Ollie war dünn, seine Hüftknochen traten auf eine Art und Weise hervor, dass sie an Sex denken musste, und seine Wangenknochen waren so hoch, dass sie sie an einen Schädel erinnerten – eine Illusion, die noch durch seine blonden, unsichtbaren Augenbrauen verstärkt wurde. Er trug immer dunkle Jeans und ein schlichtes schwarzes T-Shirt. Sein einziger Schmuck war ein silberner Ring, ein dünner Reifen, der in der Mitte seiner Unterlippe hing. Irgendwie sah er aus wie ein Skelett.

Makani neigte den Kopf. Jetzt vielleicht weniger, da er sich die weißblonden Haare in einem schockierend grellen Pink gefärbt hatte.

»Ich erinnere mich noch daran, als *du* auf ihn gestanden hast«, sagte Darby zu Alex.

»Ja, ungefähr in der achten Klasse. Bis ich geschnallt hatte, dass er Vollzeiteigenbrötler ist. Er hat kein Interesse daran, mit jemandem von dieser Schule auszugehen.« In der für sie seltenen Erkenntnis, etwas Unpassendes gesagt zu haben, verzog Alex das Gesicht. »Sorry, Makani.«

Zwischen Makani und Ollie war letzten Sommer etwas gelaufen. Sozusagen.

Gott sei Dank saßen die einzigen Menschen, die davon wussten, hier in Darbys Wagen.

»Schon okay«, sagte Makani, denn das war einfacher, als zu sagen, dass es nicht okay war.

Über Ollie waren jede Menge Gerüchte im Umlauf: dass er nur mit älteren Frauen schlief; dass er nur mit älteren Männern schlief; dass er Opioide verkaufte, die er aus der Polizeistation seines Bruders klaute; dass er einmal im flachen Wasser des Flusses fast ertrunken war. Dass er, als er gerettet wurde, nicht nur sternhagelvoll, sondern auch splitterfasernackt gewesen war.

Allerdings war ihre Schule klein. Und Gerüchte waren über jeden im Umlauf.

Makani hütete sich davor, etwas davon einfach so zu glauben. Gerüchte, selbst diejenigen, die wahr sind, erzählen nie die ganze Geschichte. Aus diesem Grund mied sie die meisten ihrer Mitschüler. Selbstschutz. Als sie mitten im dritten Jahr gezwungen gewesen war, von Hawaii hierherzuziehen, hatten Darby und Alex sie aufgenommen, weil sie in ihr eine ähnlich arme Seele erkannten. Makanis Eltern bekämpften sich in einer schmutzigen Scheidung, deshalb hatten sie sie zu ihrer Großmutter geschickt, damit sie etwas Normalität hatte.

Normalität. Mit ihrer *Großmutter. Mitten im Nichts.*

Das jedenfalls hatte Makani ihren Freunden erzählt. Und genau wie ein Gerücht enthielt es auch ein Körnchen Wahrheit. Nur der Rest des Maiskolbens fehlte.

Ihre Eltern hatten ihr auch in den besten Zeiten nicht viel Aufmerksamkeit geschenkt und sie hatten sich erst getrennt, als es zu diesem Vorfall am Strand gekommen war. Danach ... konnten sie Makani überhaupt nicht mehr anschauen. Sie selbst konnte sich auch nicht mehr in die Augen sehen.

Sie verdiente dieses Exil.

Jetzt war Mitte Oktober und Makani lebte schon seit fast einem Jahr in Osborne. Sie war in ihrem vierten Highschooljahr, genau wie Darby und Alex. Gemeinsam zählten sie die Tage bis zu ihrem Abschluss. Makani wusste zwar noch nicht so recht, wohin sie als Nächstes gehen würde, aber hier blieb sie ganz bestimmt nicht.

»Können wir zum wichtigen Thema zurückkehren?«, fragte Darby. »Haley ist *tot.* Und niemand weiß, wer sie umgebracht hat, und ich hab ganz schön Schiss.«

»Ich dachte, du mochtest Haley nicht«, sagte Alex, während sie ihr schwarz gefärbtes Haar in eine komplizierte Drehfrisur zog, für die sie jede Menge klobiger Plastikhaarspangen benötigte. Sie war noch am ehesten der Goth dieser Schule, wenn man Ollie nicht mitzählte.

Makani zählte ihn nicht mit.

Beide trugen sie zwar schwarze Kleidung und hatten dünne, spitze Körperteile, doch Alex war hart und aggressiv. Sie forderte, wahrgenommen zu werden. Ollie hingegen war weich und still wie der Nachthimmel.

»Ich habe Haley nicht *nicht* gemocht.« Darby steckte die

Daumen unter die Hosenträger, die er jeden Tag zusammen mit einem karierten Hemd und einer Stoffhose trug. Er war klein und stämmig und zog sich an wie ein schmucker alter Mann.

Darby war bei der Geburt als weiblich eingeordnet worden, und obwohl sein rechtlicher Name noch immer Justine Darby war, hatte er sich in seinem ersten Highschooljahr als Junge sozialisiert. Wenn man an ihrer Schule Jungs mit rosa Haaren nicht mochte, konnte sich Makani gut ausmalen, wie lange es gedauert hatte, bis sie sich an das »Mädchen« gewöhnt hatten, das eigentlich ein Junge war. Sie ließen ihn jetzt überwiegend in Ruhe, auch wenn es noch Seitenblicke gab. Schmale Augen und verkniffene Münder.

»Ich kannte sie nicht«, fuhr Darby fort. »Sie schien ganz nett zu sein.«

Alex ließ eine Spange zuschnappen, die aussah wie eine böse Hello Kitty. »Ist es nicht seltsam, dass in dem Moment, in dem jemand stirbt, plötzlich jeder sein *aller-allerbester* Freund war?«

Darby machte ein finsteres Gesicht. »Das habe ich nicht gesagt, Mann.«

Makani ließ sie zu Ende zanken, bevor sie sich einmischte. Das machte sie immer so. »Glaubt ihr, es war ihr Vater oder ihre Mutter? Ich habe gehört, dass es in solchen Fällen für gewöhnlich ein Familienmitglied getan hat.«

»Oder der Freund«, ergänzte Darby. »War sie mit jemandem zusammen?«

Makani und Alex zuckten mit den Schultern.

Alle drei starrten den vorbeigehenden Mitschülern nach und verfielen in ein ungewöhnliches Schweigen. »Es ist traurig«, sagte Darby schließlich. »Es ist einfach ... schrecklich.«

Makani und Alex nickten. Das war es.

»Ich meine, was ist das für ein Mensch, der so etwas tut?«, fragte er.

Eine übelkeiterregende Welle der Scham durchlief Makanis Körper. *Es ist nicht dasselbe,* rief sie sich ins Gedächtnis. *Ich bin nicht so ein Mensch.* Doch als die Glocke läutete – drei sterile Töne –, schoss sie aus dem engen Heck, als wäre es ein Notfall. Darby und Alex stöhnten, als sie sich aus dem Wagen befreiten, zu sehr in ihre eigenen trüben Gedanken versunken, um Makanis seltsames Verhalten zu bemerken. Makani atmete aus und zupfte ihre Kleider zurecht, um sicherzustellen, dass sie anständig aussah. Anders als ihre Freunde hatte sie nämlich Kurven.

»Vielleicht war es ein Serienmörder«, sagte Alex, als sie sich auf den Weg zur ersten Stunde machten. »Ein Langstrecken-Lkw-Fahrer auf seinem Weg durch den Ort! Heutzutage sind alle Serienmörder Lkw-Fahrer.«

Makani spürte, wie ihre Skepsis wiederkehrte. »Sagt wer?«

»Das FBI.«

»Mein *Dad* ist Lkw-Fahrer«, sagte Darby.

Alex grinste.

»Hör auf zu grinsen.« Darby funkelte sie an. »Sonst glauben die Leute noch, du hättest es getan.«

Zur Mittagszeit hatte sich Alex' geschmackloser Witz über die Quelle von Ollies Haarfarbe verbreitet. Makani hatte mehr als nur einen Schüler etwas von seiner möglichen Schuld flüstern hören. Das machte sie wütend. Ollie war ein Außenseiter, klar. Doch das machte keinen Mörder aus ihm. Außerdem hatte sie nie gesehen, wie er mit Haley Whitehall gesprochen oder sie auch nur angesehen hatte.

Und Makani hatte *ihn* eingehend studiert.

Sie war verärgert, auch wenn sie wusste, dass die Gerüchte

einfach nur Gerüchte waren – Fantasiegespinste, die erschaffen wurden, um vom Unbekannten abzulenken. Das Unbekannte war zu furchteinflößend. Makani hatte auch gehört, wie ein paar Streber über Zachary Loup getratscht hatten, den Junkie der Schule. Auch er war ihrer Meinung nach unschuldig, aber wenigstens war er ein besserer Verdächtiger. Zachary war ein Arschloch. Er war nicht mal zu seinen Freunden nett.

Die meisten Schüler waren sich jedoch über die wirklichen Verdächtigen einig: Haleys Familie. Vielleicht ein Freund. Niemand *wusste* etwas von einem Freund, aber vielleicht hatte sie ja insgeheim einen gehabt.

Mädchen hatten oft Geheimnisse.

Ein Gedanke lag Makani schwer im Magen, wie ein verfaulter Apfel. Während Darby und Alex noch spekulierten, schob sie ihr Pappschälchen Pommes von sich und sah sich um.

Fast alle der dreihundertzweiundvierzig Schülerinnen und Schüler waren hier im Kern des Campus, der vollkommen von braunen Backsteingebäuden umgeben war. Der Schulhof war schlicht. Trostlos. Es gab keine Tische oder Bänke, nur ein paar verkümmerte Bäume standen herum, daher saßen die Schüler auf dem Betonboden. Würde man hier eine Rolle Stacheldraht abwickeln, könnte es auch ein Gefängnishof sein, doch selbst Häftlinge bekamen Tische und Bänke. Ein ausgetrockneter Springbrunnen, gefüllt mit totem Laub, stand wie ein Mausoleum in der Mitte – niemand konnte sich daran erinnern, ihn je in Betrieb gesehen zu haben.

Zu dieser Jahreszeit war das Wetter unberechenbar. An manchen Tagen war es warm, aber an den meisten kalt. Heute war es *fast* warm, daher war der Hof voll und die Cafeteria leer. Fröstelnd zog Makani den Reißverschluss ihres Hoodies nach oben. In ihrer Schule in Kailua-Kona war es immer warm gewesen. Die Luft hatte nach Blumen, Kaffee und Früchten geduftet und so salzig geschmeckt wie der Pazifik, der neben den Parkplätzen und Fußballfeldern glitzerte.

Osborne roch nach Diesel und schmeckte nach Hoffnungslosigkeit. Und sie waren von einem Ozean aus Mais umgeben. Blöder Mais. So viel Mais.

Alex schnappte sich eine Handvoll von Makanis ungegessenen Fritten. »Wie steht's mit jemandem aus dem Musicalchor? Oder dem Dramaclub?«

Darby sah sie verächtlich an. »Wer denn, Haleys Zweitbesetzung etwa?«

»Wäre das nicht die Person, die sich der Meisterdetektiv vorknöpfen würde?«, fragte Alex.

»Der was?«

»Sherlock, Morse, Poirot. Wallander. Tennison.«

»Ich kenne nur einen von diesen Namen.« Darby tunkte seine Pizza in einen Klecks Ranch-Dressing. »Warum schaust du nicht einfach normales Fernsehen?«

»Ich will damit nur sagen, dass wir noch niemanden ausschließen sollten.«

Makani starrte immer noch den Brunnen an. »Ich hoffe, dass es kein Schüler ist.«

»Ist es nicht«, sagte Darby.

»Also bitte«, entgegnete Alex. »Wütende Teenager machen doch andauernd so einen Scheiß.«

»Ja«, sagte er, »aber sie tauchen mit einem Arsenal automatischer Waffen an der Schule auf. Sie schnappten sich die Leute nicht in ihrem eigenen *Zuhause*. Und dann auch noch mit *Messern.*«

Makani presste sich die Fäuste auf die Ohren. »Okay, es reicht. Hört auf damit.«

Darby zog betreten den Kopf ein. Er sagte nichts, aber das brauchte er auch gar nicht. Amokläufe an Schulen waren real.

Mit echten Mördern und echten Opfern. Aber Haleys Tod war wie ein Stück von der Realität entfernt, weil es sich nicht anfühlte, als könnte das auch ihnen passieren. Das Verbrechen war zu speziell. Es musste einen Grund dafür geben. Einen schrecklichen, fehlgeleiteten Grund, aber immerhin einen Grund.

Makani wandte sich zu ihren Freunden um und ruderte ein wenig zurück, indem sie versuchte, ihre Reaktion herunterzuspielen. »Nun ... Jessica war es nicht.«

Alex zog die Augenbrauen nach oben. »Jessica?«

»Jessica Boyd. Die Zweitbesetzung.« Makani verdrehte die Augen, als Alex grinste. »Ich weiß nur, dass sie die Zweitbesetzung ist, weil ich es jemanden habe sagen hören. Aber kannst du dir wirklich vorstellen, dass sie jemanden umbringt?«

»Du hast recht«, sagte Alex. »Das scheint tatsächlich unwahrscheinlich.« Jessica Boyd war ein schmächtiges Ding. Man konnte sich kaum vorstellen, dass sie auch nur einen toten Goldfisch in der Toilette runterspülen würde. »Aber ist euch beiden aufgefallen, dass Haleys beste Freundin heute nicht zur Schule gekommen ist?«

»Weil Brooke in Trauer ist.« Darby war genervt. »Genau wie *ich* das wäre, wenn das einer von *euch* zustoßen würde.«

Alex beugte sich verschwörerisch vor. »Denkt doch mal nach. Haley war eine der talentiertesten Schülerinnen hier. Jeder wusste, dass sie uns verlassen und an einen größeren, glanzvolleren Ort gehen würde – an den Broadway, nach Hollywood. Wohin auch immer. Sie war die Art von Person, die eigentlich total hochnäsig hätte sein müssen, aber ... das war sie nicht. Die Leute mochten sie. Was immer auch bedeutet, dass jemand sie *nicht* mochte. Ihr den Erfolg nicht gönnte.«

Makani rümpfte die Nase. »Und du glaubst, das war ihre beste Freundin?«

»Niemand kannte Haley«, sagte Darby, »es sei denn, man war im Dramaclub oder bei Vocalmotion.« Vocalmotion war – leider – der selbst gewählte Name des Musicalchors. An der Osborne High gab es nur drei respektable Organisationen: die Theater- und Chorabteilungen, die sich zu nahezu hundert Prozent überlappten, und das Footballteam.

Das hier war Nebraska. Natürlich nahm man Football an der Schule ernst.

»Aber genau das meine ich doch«, sagte Alex. »Niemand sonst kannte sie. Macht es da nicht Sinn, dass es eine ihrer Freundinnen getan hat? Aus Eifersucht?«

»Sollten wir uns Sorgen machen? Hast du vor, uns umzubringen?«, fragte Makani.

»Pfui«, sagte Darby.

Alex seufzte. »Ihr seid überhaupt nicht lustig.«

»Ich glaube, ich habe dich heute Morgen schon davor gewarnt, zu begeistert zu erscheinen«, erwiderte Darby.

Der Wind wurde stärker und ließ ein Papierbanner auf der anderen Seite des Hofs aufflattern. Eine Werbung für *Sweeney Todd.* Jeder Buchstabe triefte vor knallrotem, handgemaltem Blut und von den beiden gegenüberliegenden Ecken hingen wie Theatervorhänge lange Bahnen dunkelroten Tülls. Ein Windstoß wirbelte den Tüll nach oben, wo er bebte und tanzte. Makani lief es kalt über den Rücken. Auf Hawaiisch bedeutete ihr Name »Wind«, aber sie war deswegen nicht abergläubisch. Außer manchmal. Sie sollten aufhören, über Haley zu sprechen.

»Es ist taktlos«, sagte sie, weil sie nicht anders konnte. Sie nickte zu dem Banner. »Die Zone des Gemetzels. Glaubt ihr, sie werden es absagen?«

Alex schluckte die letzten fettigen Pommes hinunter. »Besser nicht. Das war die erste Schulaufführung, zu der ich je vorhatte hinzugehen. Freiwillig«, fügte sie hinzu. Alex war in der

Blaskapelle, was bedeutete, dass sie gezwungen war, zu den Footballspielen zu gehen.

Darby starrte sie an, bis sie ihm in die Augen sah. »Was ist? Es klang lustig«, sagte sie. »Mit falschem Blut bespritzt zu werden.«

Makani schnaubte. »Da ist es wieder, dieses Wort. *Lustig.*«

Gespielte Wehmut breitete sich auf Darbys Gesicht aus. »Ich weiß noch, wie du Plastikpferde und Pokémon-Karten gesammelt hast und es dein Lebensziel war, für Pixar zu arbeiten.«

»Sprich leiser, du Wichser.« Doch Alex grinste.

Sie zogen sich noch eine Weile wegen Kindheitshobbys und Macken auf und Makani fühlte sich wie so oft ausgeschlossen. Ihre Aufmerksamkeit schwand und ihr Blick schweifte über den Schulhof. Gleich war es so weit. Jederzeit jetzt und ...

Da.

Ihr Herz machte einen Satz, als Ollie aus den Tiefen des Spind-Erkers auftauchte, um eine leere Plastiktüte wegzuwerfen. Das war sein täglicher Auftritt. Immer aß er sein mitgebrachtes Mittagessen in einer leeren Nische hinter den alten Spinden und verschwand danach im Hauptgebäude. Er würde diese Stunde in der Bibliothek beenden.

Makani spürte, wie sie ein vertrauter Schmerz überkam. Ollie war so allein.

Eine kleine Gruppe Footballspieler stand unter dem *Sweeney*-Banner und blockierte den Eingang zum Gebäude. Ihre Muskeln spannten sich, als Matt Butler – Osbornes Golden Boy, ein ausgezeichneter Runningback – etwas zu dem sich nähernden Ollie sagte. Was immer es war, Ollie reagierte nicht. Matt sagte noch etwas. Ollie reagierte nicht. Matt schnalzte mit Daumen und Zeigefinger gegen Ollies Haar. Seine Freunde lachten, doch Ollie reagierte immer noch nicht. Es tat weh zuzusehen.

Ein Fleischberg von Typ mit einem absurden Namen, *Buddy*

oder *Bubba,* sprang herbei und riss am Tüll, sodass die rechte Hälfte des Banners abriss und herunterfiel. Er lachte noch mehr, als Ollie gezwungen war, sich zu ducken, doch die Freude war von kurzer Dauer.

Matt deutete wütend auf die Fetzen. »Hey, Mann! Ein wenig Respekt, ja?«

Der Ausbruch hallte über den ganzen Schulhof. Buddy oder Bubba brauchte mehrere Sekunden, um eine Verbindung zwischen dem ruinierten Banner und Haley herzustellen. Doch als sich seine Miene von verwirrt zu beschämt wandelte, stand er vor der Wahl – entweder sein Fehlverhalten zuzugeben oder noch eins draufzusetzen. Er setzte noch eins drauf. Er rempelte Matt an der Schulter an und setzte damit eine wütende Kettenreaktion in Gang – es wurde noch mehr geschubst und gerempelt, bis niemand mehr den Eingang blockierte.

Die Eskalation hatte den Großteil der Schüler in ihren Bann gezogen. Nur Makani starrte woandershin. Ollie hatte sich noch nicht gerührt. Er nahm sich zusammen, doch es war offensichtlich, dass die Footballspieler ihn aus dem Konzept gebracht hatten. Makani sprang auf.

»Nein«, sagte Darby. »Makani, *nein.«*

Alex schüttelte den Kopf, dass ihre Haarspangen gegeneinanderstießen. »Ollie hat deine Hilfe nicht verdient. Oder dein Mitleid. Oder was immer du gerade empfindest.«

Makani strich die Vorderseite ihres Hoodies glatt. Sie hatte sich bereits auf den Weg gemacht.

»Nie hörst du auf uns«, rief Darby. »Warum hörst du nie auf uns?«

Alex seufzte. »Viel Glück, Herzchen.«

Dieses *Ding* – dieses unerträgliche Gewicht und dieser Druck –, das in Makani schon seit Monaten brodelte, war kurz davor auszubrechen. Ollie mochte ihre Hilfe vielleicht nicht verdienen, dennoch fühlte sie sich gezwungen, es zu versuchen. Vielleicht lag es daran, dass sie wünschte, jemand an ihrer früheren Schule hätte ihr geholfen. Vielleicht lag es aber auch an Haley – eine schreckliche Situation, in der bereits niemand mehr helfen konnte. Achselzuckend warf Makani einen Blick zu ihren Freunden zurück.

Als sie sich wieder nach vorne wandte, starrte Ollie sie an. Er wirkte nicht nervös oder wütend, nicht einmal neugierig.

Er sah argwöhnisch aus.

Makani stapfte kühn auf ihn zu. Sie stach unter ihren Altersgenossen immer heraus, deren Haut einige Nuancen heller war als Makanis brauner Teint. Außerdem war ihre vom Surfen inspirierte Kleidung für das Empfinden ihrer Mitschüler aus dem Mittleren Westen ein paar Töne zu grell. Sie ließ ihre Haare ungebändigt – in natürlichen, lockigen Spiralen – und sie bewegte sich mit einem selbstbewussten Hüftschwung. Das Selbstbewusstsein war vorgetäuscht, damit die Leute keine Fragen stellten.

Ollie schaute ein letztes Mal zu den Sportlern hinüber, die noch immer herumbrüllten und posierten, und zog den herunterhängenden Tüll beiseite. Dann ging er ins Gebäude. Makani runzelte die Stirn. Doch als sie die Tür öffnete, wartete er drinnen auf sie.

Sie erschrak. »Oh.«

»Ja?«, fragte er.

»Ich … ich wollte nur sagen, dass sie Idioten sind.«

»Deine Freunde?«, fragte Ollie todernst.

Makani merkte, dass sie noch immer die Tür aufhielt; er konnte durch den transparenten Tüll Darby und Alex sehen, die von der anderen Seite des Schulhofs zu ihnen herüberspähten. Sie ließ los. Die Tür knallte zu. »Nein«, antwortete sie und versuchte zu lächeln. »Alle anderen.«

»Ja. Ich weiß.« Sein Gesicht blieb weiterhin ungerührt. Verhalten.

Ihr Lächeln schwand. Sie verschränkte die Arme und zog ihre Verteidigungsmauern hoch, während sie sich gegenseitig taxierten. Sie waren beinahe auf Augenhöhe; er war nur vier oder fünf Zentimeter größer als sie. Aus nächster Nähe konnte sie sehen, wie *frisch gefärbt* seine Haare waren. Seine Kopfhaut war grellrosa. Es würde noch eine Weile dauern, bis sich die Farbe aus seiner Haut gewaschen hatte. Wenn man ihn so sah, wirkte er irgendwie verletzlich und Makanis Körper wurde wieder weich. Sie hasste sich dafür.

Sie hasste sich für so viele Dinge.

Sie hasste sich dafür, dass sie sich so von Ollie hatte hinreißen lassen, obwohl man sie vor seinem Ruf gewarnt hatte. Sie hasste sich dafür, dass sie sich selbst vorgemacht hatte, ihn nicht zu mögen, als sie eigentlich schon wusste, dass sie ihn mochte. Und sie hasste, wie es zu Ende gegangen war. Abrupt. Und doch in aller Stille. Dies war seit Ende des Sommers ihr erstes Gespräch.

Vielleicht wenn wir mehr miteinander geredet hätten ...

Aber das war es ja gerade, oder? Geredet wurde nie viel. Damals war sie froh darüber gewesen.

Der Blick aus seinen blassen Augen fixierte sie noch immer, doch er war nicht mehr passiv. Sondern forschend. Als Reaktion darauf pulsierten ihre Adern. Warum fühlte es sich plötzlich so an, als wären sie wieder hinter dem Lebensmittelladen und bereiteten sich auf das vor, was sie an diesen heißen Sommernachmittagen immer getan hatten?

»Warum bist du gekommen?«, fragte er. »Du hast das ganze Schuljahr lang nicht mit mir gesprochen.«

Das machte sie zornig. Ganz plötzlich. »Dasselbe könnte ich von dir behaupten. Und ich habe *gesagt,* was ich sagen wollte. Über die anderen. Dass sie Idioten sind und so.«

»Ja.« Seine Haltung wurde steif. »Das hast du gesagt.«

Makani stieß ein kurzes Lachen aus, um ihm zu zeigen, dass er ihr nichts anhaben konnte, auch wenn sie beide wussten, dass es nicht stimmte. »Gut. Vergiss es. Ich habe nur versucht, eine Freundin zu sein.«

Ollie sagte nichts.

»Jeder braucht Freunde, Ollie.«

Er runzelte ein wenig die Stirn.

»Aber offenbar ist das nicht möglich.« Mit einer ruckartigen Bewegung stieß sie die Tür wieder auf. »Großartiges Gespräch. Wir sehen uns im Unterricht.«

Sie stürmte geradewegs in den Tüllvorhang. Fluchend bemühte sie sich, ihn zur Seite zu ziehen, wobei sie sich immer mehr in dem dunkelroten Netz verhedderte.

Ein heftiger Tumult war auf dem Schulhof im Gange – ein chaotischer Mob aus aufgeregten, beunruhigten Zuschauern.

Schließlich war doch noch ein Kampf ausgebrochen.

Makani hörte auf, um sich zu schlagen. Sie saß in der Falle, gefangen, in diesem elenden Städtchen, wo sie alles und jeden hasste. Vor allem sich selbst.

Etwas regte sich leise und sie war überrascht, als sie sah, dass Ollie noch immer hinter ihr war. Seine Finger befreiten sie vorsichtig und sanft aus dem Tüll. Der Stoff fiel wieder zu einer glatten Fläche zurück und gemeinsam beobachteten sie schweigend ihre Mitschüler durch den blutroten Schleier.

3

Kanntest du diese Haley?«, rief Grandma Young vom Sofa aus.

Makani winkte Darby, der gerade wegfuhr. Er hupte zweimal. Das Haus ihrer Großmutter lag nur einen kurzen Fußweg von der Schule entfernt, aber Darby holte sie trotzdem immer ab und brachte sie wieder nach Hause. Makani wohnte in Osbornes ältestem Viertel und Darby wohnte im neuesten. Alex wohnte auf einer matschigen Rinder-und-Kälber-Farm in der Nähe von Troy, der nächsten Ortschaft. Nachmittags hatte sie Bandproben und bildete eine Fahrgemeinschaft mit einem Mädchen, das Tenorsaxofon spielte. Alle konnten fahren, aber Darby war der Einzige, der rund um die Uhr Zugang zu einem Auto hatte.

Ollie lebte ... auf dem Land. Makani wusste nicht so genau, wo. Als die Prügelei vorbei gewesen war, war er in die Bibliothek gegangen und sie war zu ihren Freunden zurückgekehrt. Später, in Spanisch, hatte sie seinen Blick gespürt, wie einen leichten Druck. Das hatte ein Prickeln bei ihr ausgelöst, auch wenn sie wünschte, dass es nicht so gewesen wäre. Doch nichts hatte sich geändert. Und es fühlte sich an, als würde das auch nie passieren.

Makanis Mut sank, als sie die Haustür abschloss und damit ihre Welt begrenzte. »Ja, ich kannte Haley. Sozusagen. Aber nicht so gut.«

Sie kickte ihre Turnschuhe und Socken weg und legte sie

an den Fuß der Treppe, um sie später mit nach oben in ihr Zimmer zu nehmen. Schuhe waren noch so etwas, was Makani am Mittleren Westen nicht gefiel. Abgesehen von den Sommermonaten, war es zu kalt, um Schlappen zu tragen, aber ihre Füße fühlten sich in den notwendigen Turnschuhen und Stiefeln immer schwer an. Es hatte Ewigkeiten gedauert, bis sich Hornhaut gebildet und sie keine Blasen mehr an den Fersen bekommen hatte.

Flip-Flops, verbesserte sie sich. *Nicht Schlappen.*

Noch immer stolperte sie über diese Regionalismen. Bei Flip-Flops war das ja kein Ding. Aber sie zuckte jedes Mal zusammen, wenn sie hörte, wie jemand einen Sprudel bestellte anstatt einer Limo.

Ihre Großmutter saß vor dem Fernseher, streamte *Scandal* auf Netflix und suchte die Randstücke eines neuen Puzzles heraus. Makani ließ sich in einen lieb gewonnenen Sessel plumpsen. Er hatte ihrem Opa gehört. Sie zog die Füße unter ihre Beine, damit sie angenehm warm blieben, und nahm den Deckel der Schachtel. Das Puzzle hatte ein volkstümliches Motiv mit einem rustikalen Kürbisbeet, einer Straße mit rustikalen Häusern und einem Strom von Kindern in rustikalen Kostümen, die Süßes oder Saures forderten. Grandma Young mochte die Dinge jahreszeitlich passend.

»Ich warte auf die Lokalnachrichten«, sagte sie.

Makani schleuderte den Deckel zurück auf den Couchtisch und schaute auf ihr Handy. »Das dauert noch anderthalb Stunden.«

»Ich will hören, was Creston zu alldem sagt.«

Creston Howard war die gut aussehende schwarze Hälfte des Fünf-Uhr-Nachrichten-Teams und Grandma Young hielt sein Wort für unfehlbar. »Diese ganze Sache ist *furchtbar.* Ich hoffe, sie fassen den, der es getan hat, wer immer es war.«

»Das werden sie«, sagte Makani.

»Sie war so jung, so talentiert. Genau wie du.«

Der letzte Teil entsprach nicht der Wahrheit, doch Makani korrigierte sie lieber nicht. Sie konnte bereits hören, wie der darauffolgende Streit verlaufen würde: Makani würde es abstreiten; ihre Großmutter würde ihr vorwerfen, negativ zu denken; Makani würde erklären, dass sie nur ehrlich war; ihre Großmutter würde nicht lockerlassen; und dann würde Makani explodieren und etwas brüllen wie »Du bist nicht meine Mutter! Meine eigene Mutter ist kaum meine Mutter! Wir werden nicht darüber sprechen, okay?«

Stattdessen scrollte Makani durch ihr Handy. Sie hoffte nicht mehr auf eine Nachricht oder E-Mail von Jasmine, ihrer früheren besten Freundin. Und sie hoffte auch nicht mehr, dass alles aus irgendeinem wundersamen und unwahrscheinlichen Grund wieder so werden würde wie früher. Diese Hoffnungen waren schon vor langer Zeit gestorben. Es war schwierig, den genauen Zeitpunkt festzulegen, aber vielleicht hatte es damit angefangen, als sie das offizielle Behördendokument unterschrieben hatte, das ihren Nachnamen von Kanekalau zu Young änderte.

Sie hatte den Mädchennamen ihrer Mutter nicht wegen der bevorstehenden Scheidung angenommen. Sie hatte ihn angenommen, weil es ein Risiko war, die leicht zu googelnde Makani Kanekalau zu bleiben, und weil sie in Nebraska einen Neuanfang gebraucht hatte.

Dennoch ... checkte Makani ihr Handy. Wie immer gab es keine Nachricht von zu Hause. Wenigstens hatten die Hassnachrichten schon vor langer Zeit aufgehört. Niemand von dort meldete sich bei ihr und die einzigen Menschen, denen es – der *Vorfall,* wie sie jene Nacht am Strand selbst zensierte – noch etwas ausmachte, waren Leute wie Jasmine. Die einzigen, die wichtig waren. Makani hätte nie gedacht, dass das Dauerschweigen ihrer Freunde unendlich viel mehr wehtun würde als diese Wochen, in denen Tausende schlecht informierter, herablassender, frauenfeindlicher Fremder Gift nach ihr gespritzt hatten. Aber es tat mehr weh.

Selbst ohne die Wiederholung ihres am häufigsten geführten Streits klang Grandma Youngs Stimme auf einmal missbilligend. »Du hast heute Morgen wieder die Küchenschränke offen gelassen.«

Makani starrte noch eindringlicher auf das Handy. »Ich bin nicht diejenige, die sie offen lässt.«

»Mein Gedächtnis ist in Ordnung. Du warst schon zur Schule gegangen, als ich aufgestanden bin. Hinter sich aufzuräumen, gehört zu den grundlegenden Manieren. Das ist ja wohl nicht zu viel verlangt.«

»Ich habe heute Morgen nicht mal gefrühstückt.« Makani konnte ihren aufkeimenden Frust nicht verbergen. »Hast du deinen Arzt angerufen? Wie ich dich gebeten habe?«

»Du weißt sehr wohl, dass ich seit fast einem Jahr keinen Schub mehr gehabt habe.«

Makani sah auf und Grandma Young senkte sofort den Blick. Es war schwer für ihre Großmutter, über ihre Schwäche zu reden ... oder wenn jemand ihre Version der Wahrheit infrage stellte. Das hatten sie gemeinsam. Grandma Young fügte zwei Puzzleteile zusammen; auf eine Art und Weise, die signalisierte, dass das Gespräch hiermit beendet war. Makani starrte sie weiter an und wünschte, sie könnte die Diskussion fortsetzen, gleichzeitig wurde ihr die eigene Heuchelei bewusst.

Ihre Großmutter war größer als die meisten Frauen ihrer Generation. Sie hatte kurzes graues Haar, dem sie gestattet hatte zu altern und das mit weißen Sprenkeln durchzogen war. Es sah schön aus, wie das Negativ einer Schneeeule. Makanis

Großmutter väterlicherseits auf Hawaii färbte ihr Haar immer noch schwarz. Grandma Kanekalau benutzte dafür sogar dieselbe Farbe und Marke wie Alex.

Grandma Young war nicht so streng. Sie hatte glatte dunkelbraune Haut, ein weiches Äußeres und eine leise Stimme, doch sie sprach mit der Entschlossenheit einer Autorität, die das Kommando hatte. Früher hatte sie an der Highschool amerikanische Geschichte unterrichtet. Seit einem halben Jahrzehnt war sie pensioniert, und auch wenn Makani froh war, dass sie nie bei ihrer eigenen Großmutter Unterricht haben würde, glaubte sie, dass sie eine gute Lehrerin gewesen war.

Grandma und Granddaddy Young waren immer auf eine Weise freundlich gewesen, die dem Rest der Familie unbekannt war. Sie stellten Fragen. Sie waren aufmerksam. Makanis Eltern hingegen waren selbst vor dem ganzen Scheidungsverfahren schon egoistisch gewesen. Früher hatte sich Makani immer ein Geschwisterkind gewünscht, das ihr Gesellschaft leistete, sie bewunderte, sich um sie kümmerte, aber es war wohl besser, dass ihre Eltern nie ein zweites Kind bekommen hatten. Das hätten sie dann ebenfalls ignoriert.

Doch Makanis Verbannung nach Osborne erfolgte nicht nur wegen ihres eigenen unaussprechlichen Fehlers. Grandma Young hatte auch etwas Schlimmes getan. Letztes Jahr zu Thanksgiving wurde sie von ihrem Nachbarn dabei erwischt, wie sie um drei Uhr morgens im Schlaf seinen Walnussbaum stutzte, und als er versuchte, sie aufzuwecken, hatte sie ihm die Nasenspitze abgeschnitten. Seit dem unerwarteten Tod von Makanis Großvater im Sommer davor, hatte sie Schwierigkeiten mit Schlafwandeln. Den Ärzten war es gelungen, die fleischige Nasenspitze wieder zu befestigen und der Nachbar verklagte sie auch nicht, doch die Eskalation hatte Makanis Mutter alarmiert, die daraufhin ihren Vater davon überzeugte, dass die beste Lösung – für *all* ihre Probleme – darin bestünde, ihre Tochter hinzuschicken, um auf Grandma Young aufzupassen.

Makanis Eltern konnten sich auf gar nichts einigen, doch darauf, sie hierherzuschicken, schon. Wahrscheinlich glaubten sie sogar, dass die abgehackte Nasenspitze ein glücklicher Zufall gewesen war.

Die meiste Zeit glaubte Makani nicht, dass ihre Großmutter einen Babysitter brauchte. Seit Makanis Ankunft war es zu keiner einzigen gefährlichen Episode gekommen. Erst in den letzten paar Monaten hatte Makani durch die Wiederkehr dieser alltäglichen, unauffälligen Vorfälle – offene Schränke, verlegte Werkzeuge, unverschlossene Türen – gemerkt, dass sie in der Tat gebraucht wurde.

Normalerweise fühlte es sich gut an, gebraucht zu werden.

Nur einmal war das nach hinten losgegangen.

Im Juli war sie gebraucht worden. Die Hitze an diesem Nachmittag war erdrückend gewesen, eine Art beklemmender Feuchtigkeit, die zu Tanktops, kurzen Shorts und schlechten Entscheidungen führte.

Makani hatte bereits alle drei abgedeckt.

Es war der erste Jahrestag nach Granddaddy Youngs Tod und ihre Großmutter wollte den Tag allein verbringen. Außerdem war es ein Mittwoch – Doppelcoupon-Tag –, weshalb Makani anbot, an ihrer Stelle den Einkauf zu übernehmen. Greeley's Foods lag etwa drei Kilometer entfernt an der Main Street. Der Laden war ein schlichter Kasten, genau wie die Highschool, verfügte aber über den zusätzlichen Charme niedrigerer Decken und verstopfter Gänge.

Makani konnte nicht verstehen, warum diese Läden nicht ihren Verkaufsraum vergrößerten. Es gab massenhaft Platz dafür. Anders als die Küste von Hawaii verfügte Nebraska über unbebaute Flächen in Hülle und Fülle. Es bestand aus *nichts* als unbebauten Flächen. Ein vollkommen anderes Land.

Sie betrat den Laden mit einer handgeschriebenen Liste und einem Umschlag aus Recyclingpapier, der mit Coupons vollgestopft war. Sie bemerkten einander sofort. Er trug die grüne Greeley's-Schürze und füllte gerade die Eiertomaten auf. Nur Ollie Larsson konnte in einer Schürze sexy aussehen.

Makani wollte etwas sagen. Danach zu urteilen, wie er zurückstarrte, wusste sie, dass *er* etwas sagen wollte. Keiner von ihnen sagte etwas.

Sie schob einen klapprigen Wagen herum und füllte ihn mit gesundem Essen. Ihr Großvater war an einem Herzinfarkt gestorben, deshalb hatte ihre Großmutter neuerdings die Ernährung zur Religion erhoben. Während Makani nach Hafergrütze und getrockneten Bohnen suchte, überkam sie bei der Erkenntnis, dass Ollie sich durch den Laden bewegte, ein Prickeln. Als er nicht mehr Tomaten auffüllte, sondern zu den Kürbissen ging. Als er hinüber zu Gang fünf huschte, um ein zerbrochenes Glas süßes Relish aufzuwischen. Als er wieder zurück zu Obst und Gemüse lief.

Sie hatten in der Schule noch nie miteinander gesprochen, obwohl sie mehrere Fächer zusammen hatten. Aber er blieb immer für sich. Makani war sich nicht mal sicher, ob er sie vor diesem Nachmittag überhaupt je zur Kenntnis genommen hatte. Sie hoffte, er würde dazu übergehen, an einer der drei Kassen zu arbeiten, doch als sie sich auf die Schlangen davor zubewegte, verschwand er im Hinterzimmer.

Sie konnte nicht anders – sie war enttäuscht.

Makani verstaute Tüten mit Lebensmitteln in Grandma Youngs alten goldenen Ford Taurus aus den frühen Neunzigern, als sie das Lachen hörte – ungewöhnlich und spöttisch.

Verärgert schlug sie den Kofferraum zu, weil ihr schon klar war, dass es etwas mit ihr zu tun hatte.

Ollie starrte sie von der Gasse neben dem Laden aus an. Er hockte auf einer Milchkiste aus Plastik und gab sich den Anschein, eine Raucherpause zu machen, außer dass er anstelle einer Zigarette ein Buch locker zwischen den Fingern hielt.

»Machst du dich etwa über das Auto meiner Oma lustig?«, fragte sie.

Ein unorthodoxes Lächeln breitete sich auf seinen Lippen aus. Er ließ es einfach für ein paar lange Sekunden so zwischen ihnen stehen und sagte dann: »Ich weiß nicht so recht, warum ich mich über deins lustig machen soll, wenn *das da* meins ist.« Er zeigte auf ein weißes Fahrzeug auf der anderen Seite des Parkplatzes.

Es war ein ausrangierter Streifenwagen. Das Wappen der Polizei war abgekratzt worden und das Auto hatte oben keine Blaulichtleiste mehr, doch Makani kannte es aus der Schule. Jeder wusste, dass Ollie einen Streifenwagen fuhr – wahrscheinlich hatte er ihn von seinem älteren Bruder, einem Cop, geschenkt bekommen –, und ihre Mitschüler zogen ihn gnadenlos damit auf. Makani hatte den Verdacht, dass er ihn nur deshalb weiterhin fuhr, um zu beweisen, dass ihm das scheißegal war.

»Warum lachst du mich dann aus?«, fragte sie.

Ollie rieb sich den Nacken. »Nicht dich. Mich.«

Makani wusste nicht, ob es an der brütenden Sommerhitze lag oder daran, dass sich sieben Monate erbarmungsloser Langeweile bei ihr aufgestaut hatten, aber sie empfand ... etwas. Sie ging auf ihn zu, ganz langsam. Ihre nackten Beine schimmerten. »Und warum lachst du über dich selbst, Ollie?«

Er beobachtete, wie sie näher kam, weil klar war, dass sie wollte, dass er sie beobachtete. Er ließ sich Zeit mit seiner Antwort. Als sie vor ihm stehen blieb, neigte er den Kopf und schirmte seine Augen gegen die Sonne ab. »Weil ich dich schon früher ansprechen wollte, aber zu nervös dafür war. *Makani.«*

Er wusste also, wer sie war.

Sie lächelte.

Ollie erhob sich von der Milchkiste und sein silberner Lippenring glitzerte in der Sonne. Sie fragte sich, wie er sich wohl zwischen ihren eigenen Lippen anfühlen würde. Es war schon viel zu lange her, seit sie jemanden geküsst hatte. Seit irgendjemand sie hatte küssen wollen. *Reiß dich zusammen.* Makani trat physisch einen Schritt zurück, weil es unmöglich war, sich zu unterhalten, wenn sie so dicht voreinanderstanden. Brust an Brust. Und sie war vor allen Dingen von Ollie fasziniert.

Sie nickte zu seinem Taschenbuch hin. »Ich sehe dich nie ohne Buch.«

Er hielt es hoch, damit sie das Cover sehen konnte: Männer hingen aus den Türen und Fenstern eines fahrenden Zuges. Sie kannte das Buch nicht, deshalb erklärte er: »Es geht um einen Amerikaner, der mit dem Zug von London nach Südostasien reist.«

»Ist das eine wahre Geschichte?«

Er nickte.

»Liest du viele wahre Geschichten?«

»Ich lese viele Reiseberichte. Ich lese gerne über andere Orte.«

»Das verstehe ich.« Ihr Lächeln kehrte zurück. »Ich denke gerne an andere Orte.«

Ollie starrte einen Moment lang geistesabwesend auf ihren Mund. »Jeden Ort außer diesem hier«, sagte er schließlich. Aber es war klar, dass er sich damit auf Osborne im Allgemeinen bezog, nicht auf diese spezielle Stelle neben Greeley's Food – diesen Ort, der auch sie umfasste.

»Genau«, sagte sie. Er lehnte sich an die Backsteinmauer und verschmolz mit den Schatten. Sie wusste nicht so recht, ob er versuchte, sein cooles Desinteresse wiederherzustellen, oder ob er einfach nur schüchtern war. »Du bist aus Hawaii, nicht wahr? Kehrst du nach deinem Abschluss wieder dorthin zurück?«

Makanis Herzschlag geriet ins Stocken. Sie sah ihm forschend in die Augen – was für ein intensives Blau –, aber es war unwahrscheinlich, dass er es wusste. Die hawaiianischen Medien hatten ihren Namen nicht gebracht, was allerdings die sozialen Medien nicht davon abgehalten hatte. Es hatte nicht die Notwendigkeit, ihren Namen zu ändern, verhindern können.

»Ich weiß nicht so recht«, sagte sie vorsichtig. »Was ist mit dir? Wohin willst du gehen?«

Ollie zuckte mit den Schultern. »Egal. Irgendwohin, solange es nicht hier ist.«

»Was hält dich davon ab, jetzt schon wegzugehen?« Ihre Neugier war aufrichtig. Viele ihrer Mitschüler schafften es gar nicht bis zum Abschluss.

»Mein Bruder. Und das Geld.« Er deutete auf seine Schürze. »Ich arbeite hier schon, seit ich vierzehn bin. Ab da lassen sie dich Gemüse eintüten.«

Sie hatte noch nie jemanden in ihrem Alter gekannt, der schon so lange einen Job hatte. »Himmel. Das sind ja ... drei Jahre? Vier?«

»Ich hätte schon früher angefangen, wenn sie mich gelassen hätten.«

Makani schaute auf die trostlose Main Street hinter ihnen. Gegenüber von Greeley's Foods war eine spärliche Reihe nicht zusammenpassender Markisen zu erkennen – ein Sonnenstudio, ein Immobilienmakler, ein Polsterer und ein Brautmodenladen, der noch immer die Kleider für den Abschlussball an der Highschool im Fenster hatte. Makani hatte noch nie einen der

Läden betreten. »Ich wünschte, ich könnte einen Job annehmen.«

»Nein«, sagte er. »Das wünschst du dir nicht.«

Seine Überzeugung irritierte sie. Sie hatte sich im Feed 'N' Seed bewerben wollen, wo Darby und Alex arbeiteten, doch das war ihr ausdrücklich verboten worden. »Doch. Aber laut meinen Eltern besteht mein Job darin, mich um meine Großmutter zu kümmern.«

Ollie runzelte die Stirn. »Braucht sie Hilfe? Sie macht auf mich immer den Eindruck, als ginge es ihr gut.«

Makani erschrak ... dann wurde ihr klar, dass er ihre Großmutter wohl öfter hier im Laden sah. Grandma Young war auffällig genug; in Osborne lebten nur wenige Schwarze. Sein Bruder hatte sie wahrscheinlich sogar als Lehrerin gehabt. »Es geht ihr auch gut«, sagte sie und ging zu ihrer üblichen Halbwahrheit über. »Meine Eltern benutzen sie nur als Entschuldigung.«

»Wofür?«

»Um mich sechseinhalbtausend Kilometer wegzuschicken. Eltern sind das Allerschlimmste, weißt du?« Sofort bereute sie, was sie gesagt hatte. Es war nicht fair, solche Sachen vor jemandem zu sagen, der gar keine Eltern hatte. Sie zuckte zusammen. »Tut mir leid.«

Ollie starrte ein paar Sekunden lang auf den Asphalt. Als er den Blick wieder hob, war sein Gesichtsausdruck gleichgültig, doch darunter erkannte sie den inneren Kampf. Sie konnte sich gut vorstellen, wie schrecklich es sein musste, in einem Städtchen zu leben, in dem alle, selbst das neue Mädchen, wussten, dass ein betrunkener Fahrer deine Eltern totgefahren hat, als du in der Mittelschule warst, und dass daraufhin dein Bruder wieder von Omaha hergezogen ist, um dich aufzuziehen.

Er zuckte mit den Schultern. »Schon okay.«

»Nein, es tut mir wirklich leid. Das war beschissen von mir.«

»Und mir tut es leid, dass deine Eltern die schlimmsten sind.«

Makani wusste nicht so recht, wie sie darauf reagieren sollte – *War das ein Witz?* –, und ihr Herz machte einen Sprung wie eine zerkratzte Vinylplatte, als sich Ollies Mund zu einem Grinsen verzog. Sie wollte diesen Moment nicht ruinieren. »Okay, okay. Ich gehe jetzt besser mal nach Hause.« Kopfschüttelnd schlenderte sie zurück zum Auto. Doch als sie die Tür aufmachte, rief sie: »Bis nächste Woche, Ollie.«

Ollie biss sich auf die Lippe. »Bis nächste Woche, Makani.«

Da es nichts anderes zum Darübernachdenken gab, dachte Makani die folgenden sechs Tage ausschließlich an Ollie. Sie stellte sich vor, wie sich seine Lippen und ihre Lippen aufeinanderpressten. Wie sie *mehr* als nur die Lippen aufeinanderpressten. Sie geriet in einen fiebrigen Zustand. Seit sie nach Nebraska gezogen war, hatte sie keinen Freund mehr gehabt. Makani flehte ihre Großmutter an, sie den Einkauf übernehmen zu lassen. Sie probierte dabei Worte wie *Verantwortung* und *Reife* aus und verband sie mit anderen Worten wie *nützlich, lernen* und *Erfahrung*. Sie gewann.

Als Makani wieder auf den Parkplatz fuhr, saß Ollie auf derselben Milchkiste. Er las ein Buch und aß ein rotes Eis am Stiel. Makani ging geradewegs auf ihn zu. Er stand auf. Seine Miene verriet nichts, doch sie spürte es in jeder Faser: Ollie hatte auf sie gewartet.

Sie betrat seine persönliche Raumzone.

Ollie biss sich auf die Unterlippe, über den silbernen Ring. Langsam glitt der Ring wieder heraus.

Als er ihr wortlos das Eis anbot, nahm sie sich stattdessen seinen Mund, denn sie hatte schon lange – schon vor sechs Tagen – entschieden, dass es bei einem Typen mit so einem

Ruf am besten war, aufs Ganze zu gehen. Ihr erster Kuss war nass. Kalte Zunge und zuckrige Früchte. *Kirsche,* dachte Makani. Sein Piercing war von der Sommersonne gewärmt. Der Ring aus Chirurgenstahl schob sich an ihre Lippen. Es fühlte sich gefährlich an.

Das Stieleis fiel mit einem leisen schmatzenden Geräusch hinter ihnen auf den Asphalt.

Die folgenden drei Wochen machten sie jeden Mittwoch dort, in der Gasse, miteinander rum. In der vierten Woche regnete es. Sie zogen auf den Rücksitz des Wagens ihrer Großmutter um. Diese zusätzliche Abschirmung ihrer Privatsphäre führte zum nächsten natürlichen Schritt.

»Hände«, erklärte sie später ihren Freunden. »Nicht Münder.«

»Ekliger hättest du das wohl nicht ausdrücken können«, sagte Darby.

»Aber es ist ein wichtiger Unterschied«, erwiderte Alex. »Sie haben sich gegenseitig heißgemacht, aber die Klamotten sind angeblieben. Und ihre Köpfe waren weiterhin über Meeresspiegelniveau.«

Makani schnitt eine Grimasse. »Egal. Ich weiß echt nicht, warum ich euch das überhaupt erzählt habe.«

Am fünften Mittwoch – dem letzten, bevor die Schule begann – war der Himmel wolkenlos, aber Ollie stieg dennoch ins Auto und Makani fuhr an ein abgelegenes Plätzchen.

Natürlich ein Maisfeld.

Natürlich schliefen sie miteinander.

»Seid ihr zwei jetzt bald mal zusammen? Ich meine, so richtig?«, fragte Darby eines Abends. »Oder geht das einfach … zu Ende?«

Es endete in der Woche danach. Vor dem ersten Läuten am ersten Schultag trafen sich ihre Blicke quer über den Campus. Ollies Miene war undurchdringlich. Diese gezielte, distanzierte

Ausdruckslosigkeit. Die Erkenntnis traf Makani wie eine hässliche Ohrfeige. *Nein,* sie hatten nie darüber gesprochen, ein Paar zu werden. Sie hatte nicht mal seine Nummer. Dieser Sommer war ein Geheimnis, etwas ohne Vereinbarungen, was bedeutete, dass sich einer von ihnen – oder beide – dafür schämte.

Makani schämte sich nicht. Sie war verwirrt, ja. Aber sie schämte sich nicht.

Dann war es wohl Ollie.

Makanis Augen wurden schmal. Ollies auch. Wusste er es? Hatte er irgendwie etwas über jene Nacht am Strand herausgefunden? Jetzt würde er so tun, als würden sie sich nicht kennen. Die Scham kehrte mit voller Wucht zu Makani zurück.

Ebenso die Demütigung. Und die Wut. Ab diesem Punkt weigerte sie sich, *ihn* anzuschauen, und nie wieder kehrte sie zu Greeley's zurück. Sie flehte ihre Großmutter an, das Einkaufen wieder selbst zu übernehmen, mit der Begründung, dass die Schule so viel Zeit in Anspruch nahm. Was nicht stimmte. Makani war verurteilt und zurück auf ihren Platz verwiesen worden, aber noch immer langweilte sie sich höllisch.

Während sie wieder sinnlos ihr Handy checkte, dessen Empfang so armselig schwach war, dass es gerade mal zwei mickrige Balken anzeigte, fragte sich Makani, ob auch Langeweile dazu beigetragen hatte, dass sie in der Mittagspause zu Ollie gegangen war. War sie tatsächlich so tief gesunken?

Wahrscheinlich. Shit.

»Oh, Mist«, sagte Grandma Young. Ein sich drehender Kreis blockierte den Fernsehbildschirm und Olivia Pope hatte mitten im Satz aufgehört zu sprechen. »Ich habe die Kabelgesellschaft erst letzte Woche angerufen, aber sie sagten, wir hätten schon ihr schnellstes Datenpaket.«

Makani stellte sich ihren Bungalow am Strand von Hawaii

vor, wo das Internet höchstens in den schlimmsten Tropenstürmen ausfiel. Wo auf dem Handy immer alle Balken voll ausgefüllt waren. Warum bekam man das hier in Osborne, im Binnenland, nicht in den Griff? Warum war hier *alles* so verdammt schwer?

Sie schalteten Netflix aus und Makani schnappte sich ihre Schuhe und trottete nach oben, um Hausaufgaben zu machen. Als sie um fünf wieder herunterkam, hatte Creston Howard nichts Neues zu berichten, was Grandma Young beruhigte, aber bei Makani den Wunsch weckte, ihm einen Kinnhaken zu verpassen. Es gab absolut nichts Neues. Das Videomaterial hatten sie schon online gesehen: das mit Bändern abgesperrte Farmhaus der Whitehalls, wie Haleys Vater mit gesenktem Kopf zur Zeugenaussage in die Polizeistation stolperte, und Haley selbst, wie sie letztes Jahr als Peter Pan über die Bühne geflogen war.

»Heute Abend trauert Osborne um Haley Madison Whitehall«, sagte Creston und beendete den Beitrag mit einem feierlichen Senken des Kopfes. »Es ist ein trauriger Tag für eine traurige Gemeinde.«

Grandma Young nickte, während Makani angewidert die Nase rümpfte. Weder ihre Großmutter noch Creston schienen zu merken, dass er damit den ganzen Ort beleidigt hatte. Wenigstens lag er nicht falsch. Traurig traf es tatsächlich.

Doch dann fühlte sie sich wieder elend, weil ein Mädchen tot war, und das war *wirklich* traurig.

4

Makanis Gedanken drehten sich unbarmherzig im Kreis, während sie ihrer Großmutter bei der Zubereitung des Abendessens half. Das gehörte zu ihren täglichen Aufgaben. Als Makani eingezogen war, hatte Grandma Young eine Liste täglicher und wöchentlicher Pflichten mit einem Magneten an den Kühlschrank gehängt. Auf dem Magneten stand: DU KANNST MIR KEINE ANGST EINJAGEN. ICH UNTERRICHTE AN DER HIGHSCHOOL. Sie behauptete, dass Makani Strukturen brauchte. Das stimmte, selbst Makani wusste das, aber es nervte trotzdem. Manchmal kam sie sich vor wie ein Kind. Manchmal wie eine Pflegekraft. Keins von beidem wollte sie sein.

Heute Abend bereiteten sie eine Mahlzeit zu, die gesund fürs Herz war und aus gebackenen Truthahnbällchen und einem einfachen Salat mit Vinaigrette bestand. Es war mehr als deprimierend. Makani hatte Lust auf Geschmack und Fett. *Papaya mit Limette. Kalbi-Rippchen. Poi mit Lomi Lomi.* Wenn sie könnte, würde sie jeden einzelnen Cent, den sie hatte, für einen Teller Abendessen ausgeben – gedämpfter Reis, Nudelsalat und ein Hauptgang. *Hühnchen katsu. Teri Beef. Kalua-Schweinebraten.* Ihr lief das Wasser im Mund zusammen, ihre Seele schmerzte.

Das Abendessen war manchmal am schwersten.

Sie hatten sich gerade hingesetzt, als ihr Handy *pling* machte. Grandma Young schickte einen tödlichen Seufzer gen Himmel. Makani riss das Handy aus der Tasche, um es stumm zu schalten, da leuchtete eine Nachricht von einer unbekannten Nummer auf dem Display auf: **Dasselbe könnte ich von dir sagen.**

Ihre Brusthöhle gefror zu spitzen Eissplittern.

Eine zweite Nachricht erschien. **Was hast du gemeint, als du das sagtest?**

»Wie oft soll ich es dir noch sagen? Keine Handys am Esstisch.«

Makanis Kopf schoss nach oben. »Tut mir leid«, sagte sie automatisch.

Aber ihre Großmutter war bestürzt über ihren Gesichtsausdruck. »Wer war das?«

»Mom«, log Makani.

Grandma Young wägte die Antwort ab. Sie hätte niemals ihr Okay zu einem Gespräch mit Makanis Vater gegeben, den sie noch nie besonders gemocht hatte, doch sie hatte immer noch Hoffnung, dass ihre Tochter ihrer Enkelin gegenüber Wiedergutmachung leisten würde. »Musst du sie jetzt anrufen oder kann das warten?«

»Ich bin gleich wieder da, tut mir leid.« Makani stolperte vom Esstisch in die Küche, wo ihre Großmutter sie nicht sehen konnte, und las die Nachrichten noch mal. Ihr Herz strampelte in dem engen Raum zwischen Furcht und Hoffnung. Sie konnte sich nicht vorstellen, dass *er* es war, aber ... es konnte niemand anderes sein. Oder?

Wer will das wissen?

Die Antwort kam auf der Stelle. **Ollie.**

Ihr Herz fing an zu jagen. Sie starrte auf das Display und wartete darauf, dass mehr kam. Schließlich schrieb sie: **Ich erinnere mich nicht daran, dir meine Nummer gegeben zu haben.**

Wieder eine rasche Antwort: **Sag mir, was du gemeint hast.**

War ja klar, dass Ollie zu den nervigen Menschen gehörte, die ihre Nachrichten in vollständigen Sätzen schrieben und ihre Frage ignorierten.

Was GLAUBST du denn, was ich damit gemeint habe??

Ich glaube, du bist beleidigt, was bedeutet, dass es ein Missverständnis gab.

Beleidigt. Im Ernst jetzt, so redete doch kein normaler Mensch. Aber er hatte ihre Aufmerksamkeit. Makani schickte ein einzelnes Fragezeichen zurück. Sie beobachtete, wie die drei Punkte erschienen und wieder verschwanden, als Ollie tippte, innehielt und dann weitertippte.

Die Nachricht kam: **Ich dachte, du schämst dich meinetwegen. Und ich glaube, du dachtest, ich würde mich deinetwegen schämen.**

Makanis Augenbrauen schossen nach oben. Eine solche Direktheit war selten. Bewundernswert eigentlich. Die ewige Frage dämmerte herauf. *Weiß er, was ich getan habe?* Ohne weitere Informationen ließ sich das unmöglich feststellen, aber eine beunruhigende Ahnung kroch ihr in den Magen und drängte sie vorwärts. Womöglich wusste er es. Aber vielleicht täuschte sie sich auch. Vielleicht war sie ja diejenige von ihnen beiden, die vorschnell geurteilt hatte.

Makani antwortete: **Warum dachtest du das?**

Na ja, wir haben ja nie wirklich geredet, oder?

Dachte nicht, dass du der Typ wärst, der redet.

Dachte ich von dir auch nicht.

Makani hielt inne. Ihre Großmutter räusperte sich – ein wenig zu laut – im Zimmer nebenan. Makani schrieb: **Du willst also reden …**

Ich will reden, wenn du reden willst.

Sie hätte verärgert sein sollen, aber sie war es nicht. Nicht das kleinste bisschen.

»Makani«, sagte ihre Großmutter warnend.

»Ich bin gleich da. Fast fertig.«

»Du redest ja gar nicht!«

»Wir schreiben uns.«

»Das ist nicht reden. Du musst mit deiner Mama *reden.«*

Makani grinste, als sie eine weitere Nachricht sandte: **Schreiben ist nicht reden.**

Ihr Handy klingelte und sie fuhr zusammen. »Shit!«

»MAKANI YOUNG.«

Makani zuckte zusammen, als sie antwortete. »Das passt jetzt gerade nicht. Ich rufe dich später an, okay?« Sie legte auf, bevor Ollie antworten konnte, und schlich sich zurück zu ihrem Stuhl am Esstisch.

Grandma beobachtete jede Bewegung. »Das war nicht deine Mutter.«

Makani schaufelte sich einen ganzen trockenen Fleischklops in den Mund.

»Gib mir dein Handy.«

Makani wurde vor Schreck ganz steif. »Warum?«, fragte sie gedämpft durch das Truthahnhackfleisch.

»Du hast mich gehört. Ich will sehen, mit wem du schreibst.«

»Na schön, das war Alex.« Ich schluckte. »Ich habe mit Alex geschrieben.«

Ihre Großmutter streckte ihr die Handfläche hin.

»Na schön! Es war ein Typ, okay? Bist du jetzt zufrieden?«

Ihre Großmutter hielt inne und dachte über ihre Möglichkeiten nach. »Wie heißt er?«

»Grandma ...«

»Komm mir jetzt nicht mit Grandma. Wie heißt er?«

»Ollie. Oliver Larsson.« Makani wusste bereits, dass sie seinen Nachnamen hinzufügen musste. Die Leute in diesem Städtchen wollten immer einen Nachnamen.

Ihre Großmutter runzelte die Stirn. »Larsson. Ist das nicht der junge Cop?«

»Das ist sein Bruder, Chris. Ollie ist in meinem Jahrgang.«

Grandma Young überlegte und Makani betete, dass sie nie von den Gerüchten um Ollie gehört hatte. Betete, dass es in dieser Stadt gut war, der Bruder eines Cops zu sein. Endlich entspannte sich ihre Großmutter. Ein ganz kleines bisschen. »Chris war mein Schüler. Ein netter junger Mann. Es ist ein Jammer, was ihren Eltern zugestoßen ist.«

Makani entspannte sich ebenfalls. Ein kleines bisschen. »Wenn du Ollie weiterhin sehen willst, werde ich ihn kennenlernen müssen.«

»Grandma. Wir haben nur geschrieben.«

»Und dann hat dein Handy geklingelt.«

Sie zeigte mit ihrer Salatgabel auf Makani, eine Feststellung und eine Anklage. »Der Junge ist hinter dir her.«

* * *

Makani schickte die Nachricht, nachdem ihre Großmutter zu Bett gegangen war: **Wäre jetzt ein guter Zeitpunkt?**

Neugier befeuerte ihre Nervosität. Die Aussicht darauf, mit Ollie zu reden, war das erste aufregende Ereignis, seit, na ja ... seit sie mit Ollie *herumgemacht* hatte. Sie starrte ihr Handy an, während sie auf dem Teppichboden auf und ab ging und versuchte, es dazu zu zwingen, einen Laut von sich zu geben. Wer hatte denn sein Handy nicht andauernd bei sich? Doch es blieb stumm auf ihrer Kommode liegen.

Die Kommode und der Rest der Einrichtung hatten einst ihrer Mutter gehört. Makani war in das Kinderzimmer ihrer Mutter eingezogen. Die zueinanderpassenden klobigen Eichenmöbel hatten einen unattraktiven Goldorangeton. Das Bett war zu groß, seine Bettpfosten zu massiv. Wie spitze Stoßzähne wanden sie sich spiralförmig in Richtung Decke. Die Kommode war schwer und lang und der Spiegel genauso groß und abstoßend. Und dann der Schreibtisch. Der Schreibtisch war ein Koloss. Darauf sah Makanis Laptop topmodern aus, als wäre das Holz schon vor so langer Zeit zusammengesetzt worden, dass es so etwas wie einen PC überhaupt nicht kannte.

Dieses Zimmer war das genaue Gegenteil von dem, wie ihre Mutter jetzt lebte. Abgesehen von der entspannten Strandlage war ihr Haus nüchtern-modern, mit viel rostfreiem Stahl. Makani hatte schon immer gespürt, dass dem Geschmack ihrer Mutter etwas Warmes fehlte, etwas Tröstliches, aber das hier war auch nicht besser. Es hatte absolut nichts Persönliches an sich.

Ihre Großeltern hatten die Möbel wohl ausgesucht und im Lauf der Jahre, seit Makanis Mutter ausgezogen war, hatten sie sämtliche Bilder und Poster entfernt, die Einblicke in die Teenagerjahre ihrer Mutter hätten gewähren können. An ihre Stelle waren gerahmte Fotos von Makani aus der Grundschule und der Mittelstufe getreten sowie nichtssagende Gemälde, auf denen Prärie abgebildet war. Die einzige noch verbliebene Spur ihrer Mutter war eine alte Ritzerei in der obersten Schublade des Schreibtisches: SOS.

Makani verstand ihre Mutter nicht oft, doch die stille Verzweiflung hinter diesem einsamen Akt des Vandalismus konnte sie vollkommen nachvollziehen.

Nachdem Makani eingezogen war, hatte sie die – einfach abscheulichen – Fotos von sich selbst abgenommen und unters Bett geschoben. Nur ein paar Gegenstände aus ihrem früheren Leben schmückten den Raum. Auf ihrem Schreibtisch stand eine hübsche Schale mit Korallenstücken und Kaurimuscheln, auf dem Bett lagen ihr Plüschbär und ihr Plüschwal, auf der Kommode hing ihr Schmuck ordentlich an einem Ständer, der wie ein Baum aussah. Aber hauptsächlich bewahrte sie Dinge in Schubladen auf. Vor Blicken verborgen.

Makani checkte wieder ihr Handy, für den Fall dass sie vorübergehend ihr Gehör verloren hatte. Immer noch nichts. Es wurde spät.

Ein plötzliches Rascheln zerriss die Stille der Nacht.

Sie ging zum Fenster und spähte hinaus in die Schatten. Der seidige Kater des Nachbarn jagte oft in ihrem Garten; nicht der Kater des Nachbarn, der seine Nasenspitze verloren hatte, sondern des Nachbarn, der auf der anderen Seite wohnte. Makani durfte noch nie eine Katze oder einen Hund haben. Eines Tages, wenn sie in ihrer eigenen Wohnung wohnte, würde sie sich beides anschaffen.

Mehr Rascheln. Makani spähte ins Dunkel. Das Geräusch kam von dem wuchernden Schneeballbusch unter ihrem Fenster. Sie verrenkte sich den Hals, versuchte, mehr zu erkennen, versuchte, durch die Blätter hindurchzusehen. Eine schnelle, hektische Bewegung erschreckte sie. Und dann ... Stille. Die Katze hatte wohl eine Wühlmaus gefunden.

Makani presste ihr Gesicht an das Glas und hielt sich die Hände wie ein Fernglas vor die Augen, um sie vom Licht ihres Schlafzimmers abzuschirmen. Sie wartete darauf, dass die Katze mit ihrem Opfer über den Rasen trotten würde, doch der Rasen, auf den die Straßenlampe ein Dreieck orangefarbenen Lichts warf, blieb leer. Es gab dort nichts Interessanteres zu sehen als fallende Blätter.

Sie wandte sich wieder ihrem Handy zu. Dort hatte sich auch nichts geändert.

Makani schaute wieder zum Fenster. Aus Gründen, die sie nicht erklären konnte, überkam sie das beunruhigende Gefühl, gesehen zu werden. Sie schlich auf die Scheibe zu und linste seitlich hinaus.

Die Nachbarschaft lag immer noch einsam da.

Hallo, Paranoia, meine alte Freundin.

Sie schloss die Vorhänge, schnappte sich ihr Handy und nahm es mit zum Bett, wo sie es neben sich auf die elfenbeinfarbene Tagesdecke legte, ein weiteres Relikt ihrer Großeltern. Sie versuchte, für einen Spanischtest zu lernen, aber sie war abgelenkt. Warum glaubte Ollie, sie würde sich schämen, mit ihm gesehen zu werden? Wegen dieser Gerüchte? Wenn ja, dann wusste er wahrscheinlich nichts über ihre eigenen Vergehen, sonst wäre ihm klar, dass sie nicht in der Position war, mit dem Finger auf ihn zu zeigen.

Womöglich hatten sie eine Chance. Vielleicht würden sie sogar ein echtes Date haben. Immerhin war er verzweifelt genug gewesen, ihrer Telefonnummer hinterherzujagen.

Auch wenn er ihre Frage, woher er sie hatte, ignoriert hatte.

Ihre Stirn war noch immer gerunzelt, als sie ihr Lehrbuch beiseiteschob und die neueste Ausgabe des *Rolling Stone* hervorholte. Makani machte sich normalerweise nichts aus Magazinen aus Papier, aber sie hatte nicht widerstehen können, als sie *Amphetamine* auf dem Cover gesehen hatte. Der skandalöse Song der Band über ein minderjähriges Mädchen, das dem Leadsänger das Herz gebrochen hatte – laut dem Artikel anscheinend auf eine reale Person verweisend –, war ein riesiger Hit. Makani konnte in den eingängigen Lyrics sowohl den Zorn als auch den Rausch nachempfinden. Sie fragte sich, ob sie Ollie letzten Sommer das Herz gebrochen hatte. Hatte er ihres gebrochen? Oder war ihres bereits zu sehr gebrochen, als dass es einen Unterschied gemacht hätte?

Ihr Handy machte *pling*. Hektisch grabschte sie danach und ließ es vor Hast und Aufregung zweimal fallen. Es war ein Foto von einem riesigen, haarigen, weißen, männlichen Hintern. Makani stöhnte auf und schleuderte, ohne zu antworten, das Handy von sich. Ihr war nicht danach, sich auf eines der Lieblingsspiele von Alex einzulassen. Alex liebte es, Makanis oder Darbys Handy zu klauen, in der Bildersuche von Google »haarige Ärsche« einzugeben und ihnen dann das Handy wieder zurückzugeben. Wenn sie nicht in der Schule waren, schickte Alex hin und wieder diese Bilder.

Um 23:31 Uhr machte das Handy wieder *pling*. Er war es.

Ich war arbeiten, aber jetzt bin ich zu Hause. Bist du noch wach?

Eine uralte Panik durchflutete ihr System. Sollte sie warten, bevor sie antwortete? Nein, das wäre albern. Immerhin hatte Schweigen sie überhaupt erst in dieses Schlamassel gestürzt.

Ollie antwortete beim ersten Klingeln. »Hey, tut mir leid, dass ich vorhin angerufen habe. Ich hatte Pause, aber für dich war es wohl ein schlechter Zeitpunkt?«

Makanis Stimme war kühl. »Wie bist du an meine Nummer gekommen?«

»Oh.« Ollie klang erschrocken. »Ach ja. Tut mir leid. Mein Bruder. Er kann, weißt du ... an Dinge herankommen. Informationen.«

Das war seine zweite Entschuldigung innerhalb von wenigen Sekunden. Und er hatte Chris um Hilfe gebeten, das bedeutete, dass er seinem Bruder mindestens *irgendetwas* über sie erzählt hatte. Ein Lächeln erblühte auf ihren Lippen, aber sie sagte: »Das ist ein wenig gruselig.«

Es folgte eine lange Pause.

»Ich mache nur Spaß.« Makani lachte, wobei sie tat, als wäre sie gefasster, als sie es eigentlich war. »Ich meine, versteh mich nicht falsch. Es ist und bleibt gruselig. Du hättest mich nach meiner Nummer fragen können. Aber ... ich bin froh, dass ich jetzt mit dir spreche.«

Die Stimme am anderen Ende wurde lockerer. »Ich auch.«

»Na denn.«

»Na denn.«

Sie spielte mit den Fingern an den Stickereien der Decke herum, aber ihre nächsten Worte klangen nach Flirten. »Dann arbeitest du also noch immer die Mittwochsschicht bei Greeley's?«

Er lachte kurz auf. »Ja, tue ich. Aber irgendwie ist mir aufgefallen, dass du nicht mehr vorbeikommst.«

»Ja, dort arbeitet doch dieses totale Arschloch. Wann immer ich ihn in der Schule sehe, tut er so, als sei ich unsichtbar.«

»Interessant. Denn an der Schule gibt es so ein Arschloch, das auch mich ignoriert.«

Makani war begeistert von der Leichtigkeit ihres Geplänkels, aber ihr Lachen schwand mit einem unbehaglichen Anflug von Bedauern. »Das war wohl ziemlich dämlich von uns, was? Das einfach anzunehmen.«

Ollie stimmte ohne Umschweife zu. »Total.«

»Können wir einen Moment lang Klartext reden?«, fragte sie.

»Ich möchte, dass wir in jedem Moment Klartext reden – in der Gegenwart und in der Zukunft.«

Makani hätte beinahe gelächelt, aber ihr Lächeln verschwand, noch bevor es voll da gewesen war. Ihre Stimme wurde hart. »Hör mal, ich möchte nur weiter mit dir reden, wenn du willst, dass das hier in echt passiert. Wenn du, sagen wir mal, mit mir abhängen willst. Wenn du nur ficken willst, dann bin ich raus.«

»Oha.« Ollie atmete aus. »Nein. *Nein.* Das habe ich nie *nur* gewollt. Es ist einfach passiert. Ich habe keine Ahnung, wie das passiert ist.«

»Wir sind beide gleichermaßen daran schuld. Ich glaube, das steht fest«, sagte sie trocken.

Wieder herrschte angespanntes Schweigen in der Leitung.

»Also«, traute er sich, »im Klartext jetzt ... magst du mich?«

»Im Klartext ... ja.«

Eine respektvolle Pause. Oder vielleicht atmete Ollie auch nur durch.

»Im Klartext gesprochen ... ich mag dich auch.«

Es war schon so lange her, seit Makani in irgendeiner Hinsicht wahrhaftiges, unverfälschtes Glück empfunden hatte, dass sie gar nicht mehr wusste, dass es manchmal so sehr wehtat wie Traurigkeit. Seine Erklärung durchstach den Muskel ihres Herzens wie ein gekonnt geworfenes Messer.

Es war die Art von Schmerz, durch die sie sich lebendig fühlte.

5

Sie unterhielten sich stundenlang. Bis Makanis Hände ganz verkrampft waren davon, das Handy zu umklammern, und selbst die Grillen schlafen gegangen waren. Dass er nichts über ihre Vergangenheit wusste, war eine Erleichterung. Sie mussten Klartext sprechen, ja. Aber nur über Dinge, die auch ausgesprochen werden mussten.

Seine Eltern waren Farmer gewesen und die Familie hatte einen guten Zusammenhalt gehabt. Etwa einen Monat nach dem Unfall vermachte die Polizei seinem Bruder, der gerade erst eingestellt worden war, den alten Streifenwagen, um das Auto der Eltern zu ersetzen, das einen Totalschaden erlitten hatte. Es war ein großzügiges Geschenk. Als Ollie sechzehn wurde, hatte Chris ihm den Streifenwagen zum Geburtstag geschenkt. Ollie hasste den Crown Victoria und den Verlust, für den er stand, aber er fuhr ihn aus Respekt vor seinem Bruder. Und weil er ein Auto brauchte. Er sprach über seine Beziehung zu Chris – die angespannt, elterlich, liebend, frustrierend war – und sie sprach über ihre Beziehung zu ihrer Großmutter. Die genauso war.

»Was ist mit deinen Großeltern?« Makanis Haus war dunkel und voll alter Schatten. Sie rollte sich unter der Decke zusammen. »Warum haben sie dich nicht aufgenommen?«

»Die Hälfte davon ist tot, die andere Hälfte besteht aus Säufern.« Die Tonlage von Ollies Stimme war tiefer als sonst. Bei Nacht klang sie ruhiger und rauer. »Wenn ein Typ mit einer Alkoholkonzentration im Blut, die doppelt so hoch ist wie gesetzlich erlaubt, deine Eltern umgebracht hat … dann verstehst du, warum Chris darum gekämpft hat, mein Vormund zu werden.«

Makani mochte ihre Eltern nicht. Aber sie liebte sie und sie konnte sich kaum vorstellen, wie niederschmetternd es für Ollie gewesen sein musste beziehungsweise noch immer war, beide in demselben sinnlosen Akt zu verlieren. Sie waren auf dem Weg nach Hause gewesen, vom Feed 'N' Seed, dem Laden, in dem Darby und Alex jetzt arbeiteten. Ihr Wagen wurde am helllichten Tag an einem x-beliebigen Dienstagnachmittag erwischt. Dass es tagsüber passiert war, vergrößerte die Tragödie in Makanis Vorstellung irgendwie noch mehr.

»Wie kam es, dass deine Mom auf Hawaii gelandet ist?«, fragte Ollie.

»Gleich nach ihrem Abschluss ist sie von hier weggegangen. Sie hatte diesen grandiosen Plan – so hat sie es immer genannt –, durch alle fünfzig Bundesstaaten zu reisen, bevor sie sich ein neues Zuhause aussucht. Sie hatte sogar eine Faltkarte, die sie in einem Buchladen in Norfolk geklaut hat. Die gibt es immer noch. Sie hat sie mir mal gezeigt und Nebraska war darauf einfach nur mit diesem großen schwarzen X durchgestrichen.«

»Und was ist dann passiert?«

»Sie hat all ihre Ersparnisse genutzt, um zuerst nach Hawaii zu fahren. Dort fand sie einen Job in einem Urlaubsressort, schrieb sich am Community College ein und lernte dann meinen Dad kennen.«

»Ein grandioser Plan. Vielleicht brauche ich auch einen.«

Makani stieß einen Laut aus, der irgendwo zwischen einem Schnauben und einem Prusten lag. »Aber nur, wenn du ihn auch durchziehst. Für mich ist das nur eine von vielen Geschichten über die Misserfolge meiner Mutter.«

»War es denn nicht so, dass Hawaii so großartig war, dass sie die anderen Optionen gar nicht mehr zu sehen brauchte?«

»Nein.«

»Ich ziehe meine Pläne immer durch«, versicherte er ihr.

* * *

Das stellte er schon ein paar Stunden später unter Beweis. Makani lungerte vor der Schule in Darbys Wagen herum und schäumte vor von Schlafmangel verursachtem Ärger. Sie hatte sich darauf gefreut, ihren Freunden von dem Anruf zu erzählen, aber sie reagierten nicht wie erhofft.

»Natürlich *versteht* er dich«, sagte Alex vom Rücksitz. »Ihr seid beide arme kleine Waisen.«

»Ich bin keine Waise«, grummelte Makani.

»Ich kann immer noch nicht glauben, dass du ihn deiner Großmutter vorstellen musst«, sagte Darby. »Wie hat er reagiert, als du es ihm gesagt hast?«

»Ich habe es ihm nicht gesagt.« Makani versuchte zu ignorieren, dass sich ihr Magen zusammenzog, während sie den Parkplatz nach Ollie absuchte. Ein Strom aus Schülern ging auf die Straßenecke zu, wo vor dem Schild der Schule über Nacht eine Gedenkstätte für Haley – Blumen, Karten, Theaterprogramme und Kerzen – entstanden war. In schwarzen austauschbaren Buchstaben stand dort: WIR LIEBEN DICH, HALEY. DEIN STERN LEUCHTET WEITERHIN HELL. »Ich wollte mich erst mal vergewissern, ob alles okay ist«, fügte sie hinzu. »Ihr wisst schon, persönlich.«

»Der Traum jeder Großmutter.« Alex breitete sarkastisch die Hände aus. »Ein gesellschaftlicher Außenseiter, der ihre Enkelin vögelt, sie dann monatelang ignoriert und sich dann illegal ihre Handynummer verschafft!«

Makani zuckte zusammen. »Du weißt, dass es nicht so ist.«

»Genau so ist es«, sagte Alex.

»Es *ist* unheimlich, wie er an deine Nummer gekommen ist«, erklärte Darby.

»Findet ihr es nicht romantisch?«, fragte Makani.

»Nein«, antworteten Darby und Alex wie aus einem Mund.

»Er hätte dich danach fragen sollen«, fuhr Darby fort. »Du hättest sie ihm gegeben.«

»Na ja, ich war einfach nur froh, dass ich meine Grandma nicht aufgeweckt habe. Ihr habt recht, sie wäre nicht begeistert gewesen, wenn sie mich mitten in der Nacht mit einem Kerl am Telefon erwischt hätte.« Makani hielt inne, weil sich gerade eine ideale Gelegenheit auftat, das Thema zu wechseln. »Auch wenn ich mir irgendwie wünsche, ich *hätte* sie aufgeweckt. Ich glaube nämlich, sie schlafwandelt wieder.«

»Oh, Mann.« Alex wölbte sich nach hinten, um sich auf Katzenart zu strecken, und gähnte. »Was hat deine Omi dieses Mal angestellt? Den Fön als Toaster benutzt?«

Darby lachte über das Wort Omi. Alex zwinkerte ihm im Rückspiegel zu.

»Wieder die Küchenschränke, und zwar alle«, sagte Makani. »Als ich heute Morgen in die Küche kam, standen sie alle sperrangelweit offen. Das ist der zweite Tag hintereinander und schon das vierte Mal diesen Monat. Sie muss in eine Schlafklinik gehen, aber ich weiß nicht, wie ich sie davon überzeugen kann.«

»Hast du dich je gefragt, was sie nachts sucht?«, wollte Darby wissen.

»Ein Buch über Selbstverteidigung für ihre Enkelin«, sagte Alex.

Ein lautes Klopfen am Fenster hinter Darby ließ ihn aufschreien. Sie fuhren alle zusammen. Als sie merkten, wer es war, glotzten Darby und Alex Makani an.

Makanis Gesicht brannte. »Lass ihn rein, lass ihn rein.«

Die Schlösser funktionierten nicht automatisch, deshalb beugte sich Alex vor, um die Tür zu öffnen. Ollie ließ sich neben sie plumpsen, begleitet von einer Brise kalter Morgenluft.

»Sorry«, sagte er. »Ich wollte euch nicht erschrecken.«

Drei Augenpaare blinzelten ihn an. Irgendwie hatte Makani schon wieder vergessen, dass seine Haare rosa waren. Gestern Abend im Bett hatte sie ihn sich blond vorgestellt.

Sichtbar nervös schaute er zwischen Darby und Alex hin und her. »Ich dachte ... Makani würde es euch sagen?«

»Hat sie auch«, erwiderte Darby, auch wenn er immer noch verdutzt wirkte.

Alex lächelte wie eine Hexe im Märchen. »Wir wissen alles.«

Der Grundton von Ollies Haut näherte sich allmählich dem seiner Haare an, während Makani ihn weiterhin anstarrte. »Was *machst* du hier?«, fragte sie.

Das Rosa wurde intensiver, bis sein ganzer Kopf die gleiche Farbe hatte. Es war der seltene Moment, in dem sie seinen Gesichtsausdruck mit absoluter Gewissheit deuten konnte: Ollie wollte dieses Video zurückspulen, bis er aus dem Auto heraus und wieder auf der anderen Seite des Parkplatzes war. Seine Hand kroch zum Türgriff. »Du sagtest, du wolltest ... abhängen.«

»Das habe ich.« Makani schüttelte den Kopf, bevor sie zu einem entschiedenen Nicken überging. »Das habe ich.«

Als sie aus dem Nebel der Verwirrung wieder auftauchte, spürte sie, wie ihre Freunde sie mit aufgerissenen Augen anstarrten, als würden sie eine Seifenoper verfolgen. Zum ersten Mal realisierte Makani, dass Ollies Erscheinung und Auftreten nicht hauptsächlich Akte der Rebellion waren. Eher eine Rüstung für seine Schüchternheit. Es musste so schwierig für *ihn* gewesen sein, auf *sie* zuzukommen – ohne die schützende Barriere seines Handys und dann auch noch, wenn sie in Gesellschaft ihrer Freunde war.

Makani legte in ihre nächsten Worte so viel Freundlichkeit wie möglich. »Du hast uns nur kalt erwischt. Das ist alles.« Und dann schenkte sie ihm ihr strahlendstes aller Lächeln. Vor langer Zeit war sie berühmt dafür gewesen. »Ich freue mich, dass du da bist.«

»Ich mich auch«, sagte Darby. Weil er einfach nett war.

»Nächstes Mal«, sagte Alex scharf, »bringst du Donuts mit.«

Ollie riskierte es, ihr einen Blick zuzuwerfen.

»Ich mag die mit Schokoguss«, fügte sie hinzu.

Ollie fiel wieder in die Version seiner selbst zurück, die er mit dem Rest der Welt teilte. Er hob ein wenig die Augenbrauen und seine Stimme wurde flacher. »Wer nicht?«

»Makani mag die mit Ahornsirup. Darby die einfach glasierten.«

Ollie reagierte, indem er sie scherzhaft ausbuhte, was Alex veranlasste, von hinten gegen Makanis und Darbys Sitze zu treten. »Seht ihr? Ich habe euch immer gesagt, dass ihr verrückt seid.«

Das war eine Art Friedensangebot und Makani konnte endlich atmen. Bis Alex ihre Aufmerksamkeit wieder bündelte.

»Also, Buscemi«, sagte Alex. »Was steckt dahinter?«

Ollie zog die Augenbrauen noch ein wenig weiter nach oben.

»Steve Buscemi hat in *Reservoir Dogs* Mr Pink gespielt.«

»Das weiß ich«, sagte er. »Aber der Charakter wurde nicht nach seiner Haarfarbe benannt.«

Alex war das egal. »Was steckt dahinter, Buscemi?«

Er schien auf der Hut zu sein, weil sie sich so vage ausdrückte. »Hinter was ...?«

»Haley.«

Er machte eine kaum merkliche Bewegung. »Warum fragst du mich danach?«

Alex boxte ihm gegen die Schulter und Ollie zog eine Grimasse, weil er ihren intensiven Befragungsstil nicht gewohnt war. »Dein Bruder ist ein Cop«, stellte sie fest. »Also, was sagt die Polizei zu ihrem Fall?«

Darby seufzte. »Ignorier sie. Sie hat kein Taktgefühl.«

Ollie rieb sich die malträtierte Schulter. »Chris spricht mit mir nicht über seine Arbeit.«

»Aber er gibt dir die sehr persönliche und private Handynummer unserer lieben Freundin Makani Young?«

»Alex«, knurrte Makani warnend. Manchmal war es schwer, Alex' Freundin zu sein.

Alex rutschte näher an Ollie heran, wobei sie sein körperliches Unbehagen ignorierte. Die Knie ihrer zerrissenen Netzstrümpfe drückten gegen seine Schenkel. »Sag uns nur eins. War dein Bruder am Tatort?«

Ollie überwand sich dazu, sich ein wenig breiter zu machen, was Alex zurück auf ihre Seite zwang. »Ja, das war er tatsächlich.« Seine Stimme blieb ruhig. »Es hätte eigentlich in den Kompetenzbereich des Sheriffs fallen sollen, da es außerhalb der Ortsgrenzen passiert ist. Aber ihr Dad ist ein Jagdkollege von Chief Pilger, deshalb hat er ihn direkt kontaktiert. Eine Stunde später wurde das ganze Dezernat hinzugerufen.«

Makani stellte sich vor, wie Dutzende uniformierter Beamter die Maisfelder stürmen. »Das ganze Dezernat?«

»Das ganze Dezernat besteht aus fünf Leuten«, erklärte Ollie.

»Stimmt das mit ihrer Kehle?«, fragte Alex. »Drei Schnitte, die einen Smiley ergeben?«

Makani unterdrückte das Bedürfnis, sie erneut zu tadeln.

»Schlimmer«, sagte Ollie. »Fünf tiefe Schnitte. Die Augen des Smileys waren ausgeixt.«

Darby schauderte. »Wie ... tote Comicaugen?«

Ollie nickte knapp. »Der Mörder hatte offenbar jede Menge Freude an seiner Tat. Ihre Stimmbänder waren aufgeschlitzt. Die Polizei glaubt, das könnte Absicht gewesen sein.«

Winzige Härchen richteten sich in Makanis Nacken auf. *Tote Comicaugen.*

Doch Alex setzte sich auf, da sie sich nun wieder an eine Lieblingstheorie erinnerte. »Glauben sie, dass der Mörder wütend war, weil Haley singen konnte? Dass es jemand war, der neidisch auf ihr Talent war?«

»Oder«, sagte Ollie, »dass sie vielleicht etwas gesagt hat, was sie nicht hätte sagen sollen.«

»Drogen.« Darby hüpfte, als er sich zum Rücksitz umdrehte. »Es geht immer um Drogen. Vielleicht ist sie über das Meth-Labor von jemandem gestolpert und wollte ihn verpfeifen!« Doch dann wirkte er sofort entsetzt über sich selbst, weil er die Vermutungen noch weiter angeregt hatte.

Diese beiden entgegengesetzten Energien – Schuld und Neugier – regten sich auch in Makanis Innerem. Ollie hingegen zuckte nur mit den Schultern. »Sie wissen noch kaum etwas. Und es wurden keine Indizien hinterlassen. Zumindest haben sie bisher noch keine gefunden.«

Die Neugier siegte. »Wurde sie ... wurde Haley ... vergewaltigt?«

»Nein«, antwortete Ollie.

»Gott sei Dank«, sagten Makani und Darby wie aus einem Mund. Makani war froh, dass Haley nicht auch noch das hatte erleiden müssen.

»Sie wurde im Bett gefunden, aber es sieht nicht so aus, als hätte der Mörder irgendeinen Teil von ihr angefasst«, sagte Ollie. »Oder als hätte sie ihn berührt. Die Polizei war sich nicht sicher, ob die Person männlich ist. Haley hatte keine blauen

Flecken und es war auch nichts unter ihren Fingernägeln – keine Haut oder Fasern, die dort durch Kratzen oder einen Kampf zurückgeblieben sind.«

Makani dachte darüber nach. »Dann wurde Haley also überrascht.«

»Vielleicht. Oder sie kannte den Mörder.«

»Oder vielleicht beides«, sagte Alex und alle nickten weise. Triumphierend und selbstgefällig verschränkte sie die Arme. »Ich *wusste* doch, dass du Insiderinformationen hast.«

Die Falten auf Ollies Stirn wurden tiefer. »Das ist alles, was ich weiß. Im Ernst. Und ihr wisst, dass ihr niemandem davon erzählen dürft, richtig?«

»Bitte.« Alex winkte ab. »Die einzigen Leute, denen ich es erzählen würde, sitzen ohnehin schon in diesem Wagen.«

Darby streckte die Hand nach hinten zum Rücksitz und drückte Alex' Hände, von deren Fingernägeln der schwarze Nagellack abblätterte. »Ich liebe dich auch.«

Etwas anderes machte Makani stutzig. »Woher weißt du das alles, wenn dein Bruder nicht mir dir über die Arbeit spricht?«

Ollie zuckte mit den Schultern. »Ich habe Gespräche mit angehört.« Doch als sie nicht überzeugt aussah, fügte er verlegen hinzu: »Und ... ich lese seine Akten, wenn er schläft.«

Überrascht zog sie die Augenbrauen nach oben.

Alex rutschte wieder zu ihm hinüber. »Hat Haleys Dad ein Alibi?«

»Ich habe keine Ahnung«, antwortete er.

»Natürlich hast du.«

»Ich habe euch alles gesagt, was ich weiß.«

»Okay, dann finde es heraus.«

Schließlich lachte Ollie und sah Makani an. »Ja. Klar.«

Lachen war immer die beste Antwort, wenn Alex so unerbittlich war. Makani wagte, einen Funken Hoffnung zu verspüren. Durch die Windschutzscheibe sah sie zwei zerbrechlich aussehende Mädchen vorbeigehen, die ein Bündel weißer Ballons trugen. Tränen strömten über ihre Wangen.

»Sind sie in dem Musical?«, fragte Makani.

»Ich glaube nicht«, sagte Darby.

Makanis Herz setzte einen Schlag aus, als ihr eine unangenehme Erkenntnis kam. »Hat irgendeiner von euch etwas mitgebracht?«

Ollie und Alex schüttelten die Köpfe, während Darby eine gefaltete Karte aus dem Rucksack zog. Vorne drauf hatte er mit einem glitzernden roten Stift ein Herz gemalt. »Das habe ich gestern Abend gebastelt, aber ich habe Platz für eure Namen gelassen, wenn ihr wollt.«

Darby war wie immer zuverlässig und hatte daran gedacht. Alex fischte einen Kugelschreiber heraus und kritzelte ihren Namen neben seinen. Dann reichte sie Ollie Karte und Stift. Verdattert – vielleicht auch gerührt – schrieb er ganz unten auf die Karte seinen Namen in kleinen Großbuchstaben.

Dann hielt Ollie Karte und Stift Makani hin.

Während sie das glitzernde Herz anstarrte, wurden jede Ritze und jede Falte ihres Gehirns von Schuldgefühlen überschwemmt. Sie hatte nie mit Haley gesprochen, als sie noch am Leben gewesen war. Makani hasste Klatsch und Tratsch und doch hatte sie über das Leben des Mädchens spekuliert und ihren Tod analysiert, als würden sie irgendeines dieser Krimidinner spielen. Sie hatte es nicht verdient, diese Karte zu unterschreiben, weil ihr gar nicht in den Sinn gekommen war, dass Haley eine Karte brauchen könnte.

»Makani?« Ollie klang besorgt.

Ihre Sicht verschwamm, als sie die Karte und den Stift nahm. Sie unterschrieb, weil ihre Freunde zusahen. Die Unterschrift fühlte sich verlogen an.

Sie stiegen aus dem Wagen und mischten sich unter die Menge. Als Darby ihre Karte auf dem Haufen deprimierender Andenken ablegte, fragte sich Makani, wer diese Geschenke einsammeln würde und wann. Würden sich Haleys Eltern gezwungen fühlen, das alles mit nach Hause zu nehmen, oder würde es so lange hierbleiben, bis die Karten und Poster und Teddybären verwittert und nur noch für die Mülldeponie geeignet waren?

Schüler aus allen Gruppen und Clubs bekundeten ihren Respekt: die Theater- und Chor-Nerds natürlich, aber auch die Sportler und wissenschaftlich Interessierten, die Gamer und Technikfreaks, die Future-Farmers und Rodeo-Kids. Mehrere Jugendgruppen beteten zusammen als eine einzige Einheit. Die Vorsitzende des Schülerrats verteilte Flyer für eine Nachtwache mit Kerzen, während die Junkies an den Rändern herumlungerten, stoned und unbehaglich, aber dennoch mit dem Bedürfnis, mit dem Rest ihrer Gemeinschaft zu trauern.

Indessen tat Makani so, als sei sie aus denselben Gründen wie ihre Klassenkameraden traurig. Sie tat, als hätte sie der Anblick des Übertragungswagens des Lokalsenders, der bei der auf Halbmast gehissten Flagge parkte, nicht in Schweiß ausbrechen lassen. Sie tat, als wäre ihr kalt, als sie die Kapuze ihres Hoodies aufsetzte und ihr Gesicht von den Kameras wegdrehte. Sie tat, als würde sie dazugehören.

Trotz der ungläubigen Blicke anderer Schüler kam Ollie beim Mittagessen an ihren Tisch. Makani hatte ihn eingeladen, aber sie war trotzdem erstaunt, als er sich neben sie setzte und die Beine übereinanderschlug. Er bemühte sich. Das hob ihre Stimmung, auch wenn die folgende Unterhaltung schwerfällig war. Ollie aß schweigend sein Sandwich. Makani konnte nur hoffen, dass ihre Freunde mit ihm genauso geduldig sein würden, wie sie mit ihr gewesen waren.

Wenigstens befreite seine Anwesenheit sie davon, das fünfte Rad am Wagen zu sein. Darby und Alex hatten Makani zwar nie absichtlich wie einen Sozialfall behandelt, aber sie war dennoch ein Eindringling in ihre jahrzehntelange beste Freundschaft. Da spielte es keine Rolle, dass dieses neue Rad ein unsicherer Kandidat war. Makani fühlte sich ruhiger, wenn Ollie da war, weil er ihretwegen da war.

Aber er blieb nicht. Als noch zehn Minuten bis zum Unterricht blieben, murmelte er eine Entschuldigung und machte sich auf den Weg in die Bibliothek. Sein Abgang war so hastig, dass Makani nicht einmal die Chance hatte, Tschüss zu sagen. Sie warf ihren Freunden einen entschuldigenden Blick zu und rannte ihm dann nach.

»Hey. Hey.« Makani packte ihn am Ärmel. »Alles okay?«

Ollie suchte nach einer Ausrede. »Ja. Es ist nur ...«

»Keine Sorge. Ich verstehe das.« Makani war sich ziemlich sicher, dass sie das tatsächlich tat. Manchmal war der Druck einer Situation zu groß und man musste einfach fliehen.

Ollie fummelte am Reißverschluss seines schwarzen Hoodies herum. Er blickte zu der überwiegend männlichen Gruppe aus Gamern und Technikfreaks hinüber, die in der Nähe auf dem Boden saßen – und sie flüsternd anstarrten –, und seine Augen wurden schmal. Sie hörten auf zu tuscheln. Er wandte sich wieder Makani zu und nickte.

Sie verdrehte die Augen.

Er lächelte.

Ihr Selbstvertrauen kehrte zurück. Der Nebel der Ängstlichkeit lichtete sich. Sie strich seinen Ärmel glatt, wo sie ihn gepackt hatte, und schaute unter dunklen Wimpern hervor zu ihm auf. »Was machst du denn heute nach der Schule?«

Er zog die Augenbrauen nach oben. »Dich nach Hause fahren?«

Makani ließ ein weiteres Lächeln aufblitzen, als sie davonschritt. »Gute Antwort«, rief sie. Das war ein perfekter Abschiedssatz. Bis die Deppen neben ihnen den Satz ruinieren mussten. »Gute Antwort«, äffte einer von ihnen sie nach und die anderen lachten.

Makani blieb stehen. »Wie bitte?«

Rodrigo Morales, ein untersetzter Typ mit stechenden Augen und riesigem Kopfhörer um den Hals schien erschrocken darüber zu sein, angesprochen zu werden. Aber er erholte sich schnell wieder. »Ich fahre dich nach Hause, Schätzchen.«

»Igitt«, sagte eine seiner beiden Freundinnen.

»Sie hat recht.« Makani verschränkte die Arme. »Igitt.«

»Oh, ich kann euch *beide* nach Hause fahren«, sagte Rodrigo mit unangebrachter Angeberei und das andere Mädchen warf ein Hamburgerbrötchen nach ihm.

»Das ist das Einzige, was noch schlimmer wäre, als zu Fuß zu gehen«, sagte ein weiterer Freund von ihm trocken. Er hieß David, ein dürrer Schüler der Abschlussklasse in einem übergroßen T-Shirt, auf dem ein hellgrüner Minecraft Creeper prangte. Die ganze Gruppe brach in brüllendes Gelächter aus.

»Halt die Klappe!« Doch Rodrigos verlegene Wut richtete sich auf David und führte zu einer Salve abscheulicher Beleidigungen, die zwischen ihnen hin- und hergeschleudert wurden.

Makani war sich nicht sicher, wann Ollie an ihre Seite zurückgekehrt war. Sie war froh, dass er es bemerkt hatte und helfen wollte, aber noch froher war sie, dass Rodrigo sie bereits vergessen hatte. Verlegen schauten sie sich an.

»Bis später?«, fragte sie.

»Später«, stimmte er zu.

Sie entkam auf die andere Seite des Hofs und ruckte mit dem Kopf in Richtung der Gamer. »Was findest du bloß an diesem

Kerl?«, fragte sie Alex, die seit August unerklärliche Gefühle für Rodrigo hegte.

Alex zuckte mit den Schultern. »Was? Er ist süß. Und er ist echt klug.«

»Er ist unreif.«

»Er wird schon noch erwachsen werden.« Sie grinste und fügte hinzu: »Ich werde ihm dabei helfen.«

»Dazu muss man erst mal mit ihm reden«, sagte Darby.

»Wir *reden*. In Physik quatschen wir die ganze Zeit miteinander.«

Darby machte ein spöttisches Gesicht. »So wie gestern, als du ihn heruntergeputzt hast, weil er sich bei dieser einen Gleichung verrechnet hat? Das war so ungefähr die erste Antwort von ihm, die je falsch war.«

»Deshalb habe ich ihn heruntergeputzt.«

»Armer Rodrigo.« Makanis Locken tanzten, als sie den Kopf schüttelte. »Man hat es schwer, wenn man die Liebe der Alexandra Shimerda nicht erwidert.«

»Ich sage euch, zwischen uns ist etwas.«

Darby tätschelte ihr herablassend das Bein. Alex schlug seine Hand weg, aber als es läutete, lachten sie. Die schrillen Schallwellen hallten von den flachen Gebäuden wider und sie stöhnten, als sie ihre Habseligkeiten einsammelten.

Makani warf ihren leeren Becher aus dem Getränkespender in die Recyclingtonne. »Darby, du brauchst mich heute nicht mitzunehmen. Ollie bringt mich nach Hause.«

Darby, der gerade seinen Rucksack aufsetzte, hielt inne und wechselte einen Blick mit Alex.

Das war alles, was es brauchte. Makani presste die Kiefer zusammen. Sie war wieder das fünfte Rad am Wagen. Und es war klar, dass die anderen Räder über sie geredet hatten. »Was? *Was?*«

Ausnahmsweise zögerte Alex, etwas zu erwidern. Darby räusperte sich und wagte dann einen heiklen Vorstoß. »Es ist nur ... du lebst noch nicht so lange hier wie wir«, meinte er. »Wir wissen nicht, ob Ollie *echt* fast ertrunken wäre oder ob er *echt* mit dem Pack im Red Spot schläft, aber irgendetwas ... stimmt da eindeutig nicht. Seit seine Eltern gestorben sind.«

Alex zupfte am ausgefransten Saum ihres Rockes herum. »Wir wollen nicht, dass du verletzt wirst.«

»Wieder verletzt wirst«, fügte Darby hinzu.

Makanis Hände zitterten. »Ihr kennt ihn nicht.«

»Du auch nicht«, entgegnete er.

»Und wennschon. Etwas Furchtbares ist ihm zugestoßen und dann hat er vielleicht ein paar Fehler gemacht. Vielleicht aber auch nicht. Und wenn er sie gemacht hat – wen schert das? Bedeutet das, dass er keine zweite Chance verdient?«

Alex trat einen Schritt zurück. »Wow. Woher kommt das jetzt?«

Makani schob ihre Hände in die Hosentaschen und ballte sie zu Fäusten. »Er fährt fünf Minuten bis zu meiner Haustür. Es wird alles gut gehen.« Sie war sich nicht sicher, ob sie sie gehört hatten, während sie davonstürmte, oder ob sie sie überhaupt hören wollten. Sie formulierte es noch mal um und hüllte sich in die Worte ein, damit sie sie vor dem kalten Oktoberwind schützten. »Es ist alles gut.«

6

Ollie hielt die Beifahrertür des Crown Vic auf. Die Geste war süß und altmodisch. »Ich komme mir vor, als hätte ich etwas Schlimmes getan«, sagte Makani und tätschelte den Rahmen des Polizeiwagens, als sie einstieg.

Ollie warf ihr ein schiefes Lächeln zu. »Jetzt weißt du, wie ich mich jeden Tag fühle.«

Das war die Wahrheit mit den Eigenschaften einer Landmine – der exakte Grund, weshalb sie sich zueinander hingezogen fühlten, erzählt in Form eines offensichtlichen Witzes. Doch da Makani die Einzige war, die es bemerkte, behielt sie diese unbeabsichtigte Offenbarung für sich. Sie beobachtete, wie er an der Motorhaube vorbei zur Fahrerseite ging. Die Art und Weise, wie er sich bewegte, erinnerte sie an noch etwas Altmodisches: *Denn sie wissen nicht, was sie tun.* James Dean war zwar nie so blass oder so rosa gewesen, aber Ollie ging wie ein cooler Typ, der dennoch zutiefst unsicher war.

Das Wageninnere war sauber und leer. Die Vordersitze waren mit Stoff, die Rückbank hingegen mit Vinyl gepolstert. Wahrscheinlich damit die Polizeibeamten besser sauber machen konnten – Schweiß, Kotze, Urin, Blut. Die Trennwand aus Stahlgeflecht war entfernt worden und es gab keine spezielle Funk- oder Computerausstattung, nur einen kurzen Hebel neben dem Außenspiegel des Fahrers, mit dem man einen Suchscheinwerfer steuern konnte. Alles andere sah normal aus, aber sie hatte trotzdem ein beklommenes Gefühl. Ihre Erinnerungen an die Polizei waren nicht gut. Ollie warf seine Tasche auf den Rücksitz und stieg ein.

»Und? Hast du?«, fragte sie. »Etwas Schlimmes getan?«

Damit wollte sie ihren Witz auf flirtende Art und Weise fortführen, aber es kam nicht so heraus. Warnungen ihrer Freunde schossen ihr durch den Kopf. Sie fragte sich, welche Gerüchte über Ollie wahr sein könnten, zumindest teilweise, und hatte ein schlechtes Gewissen, weil sie Darby und Alex angefaucht hatte. Sie würde ihnen später eine Nachricht schicken und sich bei ihnen entschuldigen. Vielleicht sogar einen versöhnlichen haarigen Hintern.

Die Hand auf der Zündung hielt Ollie inne, um ihr in die Augen zu schauen. »Hast *du?*

»Ja«, sagte sie. Mehr von der Wahrheit konnte sie nicht zugeben.

»Ja.« Er drehte den Zündschlüssel. »Ich auch.«

Langsam tauchten sie ein in die staubige Herde der in Amerika hergestellten Autos und Trucks, die zur Ausfahrt strömte. Aufkleber und Plastikkreuze an Heckscheiben verkündeten die Hingabe des Fahrers an Jesus Christus.

Hirschköpfe – das Logo der Waffenfirma Browning – wiesen andere als Jäger aus. Doch der überwiegende Teil der Fahrzeuge hatte irgendetwas mit Stars and Stripes oder eine verblasste Magnetschleife, auf der SUPPORT OUR TROOPS stand. Der unasphaltierte Parkplatz sah ganz anders aus als die Parkplätze zu Hause und Makani fühlte sich hier immer so fremd und unerwünscht wie ein Toyota.

Ollie, der in seine eigenen Gedanken versunken war, sagte erst wieder etwas, als in der Ausfahrt nur noch ein Auto vor ihnen war. »Welche Richtung?«

Den Bruchteil einer Sekunde lang war Makani überrascht,

dass er nicht wusste, wo sie wohnte. Aber warum sollte er? »Nach rechts. Und in zwei Blocks noch mal nach rechts.«

Die Energie im Wagen schwand noch mehr. »Das wird dann also kein *langer* Heimweg.«

Durch seine Enttäuschung fühlte sie sich besser. Sie warf ihm ein kokettes Lächeln zu. »Ich habe es dir nie gesagt«, sagte sie, »aber mir gefallen deine Haare.«

Ollie warf ihr einen Blick zu, während er den Wagen auf die Straße steuerte. »Ja?«

»Es ist ein starkes Zeichen. Ein großer Mittelfinger für Geschlechterstereotypen.«

Wieder sah er sie an, um sich zu vergewissern, dass sie sich nicht über ihn lustig machte. Machte sie nicht. Makani war sich bis zu diesem Moment nicht sicher gewesen, aber das Pink war wütend und trotzig. Es war sexy.

Ollie versuchte, es mit einem Schulterzucken abzutun. »Es ist ja nicht so, dass ich der erste Heterokerl bin, der das tut.«

»Aber jede Wette, dass du der erste Kerl – hetero oder schwul – bist, der es in Osborne tut.« Das schien ihm zu gefallen, deshalb fuhr sie fort. »Gibt es dafür einen bestimmten Grund?«

»Es war einfach ... etwas zu tun. Chris hat mich deswegen zur Sau gemacht.«

Sie rümpfte die Nase. »Wie ätzend. Tut mir leid.«

»Braucht es nicht.« Er berührte sein Haar hinten im Nacken und ein verschmitztes Lächeln durchbrach seine undurchdringliche Miene. »Jetzt bin ich froh, dass ich es getan habe.«

Makani lachte und warf den Kopf zurück.

»Da hast du's!« Ollie klang so sicher. »Daher weiß ich es.«

»Was weißt du?«, fragte sie belustigt.

»Dass du nicht von hier bist.«

Makanis Herz hämmerte, während sie darauf wartete, dass er

den Gedanken weiter ausführte. Sie würde ewig warten, wenn es sein musste.

»Niemand, der in dieser Stadt aufgewachsen ist, hat ein Lachen wie du.« Sie hatte die Luft angehalten und atmete jetzt mit einem ungläubigen Prusten aus. »Das ist doch jetzt nur so ein Spruch.«

Doch seine Stimme änderte sich nicht und er wurde auch nicht defensiv. »Ich meine es ernst. Du stichst heraus.«

»Ich steche heraus, weil ich nicht weiß bin.« Sie zeigte auf ihre Straße. »Es ist die hier.«

Ollie fuhr langsamer, bog auf die Walnut ab und zuckte mit den Schultern. »Das auch.«

Er leugnete es nicht. Und er stellte nicht die gefürchtete Folgefrage – *Was bist du denn dann?* Nur Darby – der ebenfalls von Natur aus das Konzept des Andersseins verstand – hatte diese Stolperfalle erfolgreich vermieden. Genau wie es unhöflich und übergriffig war, ihn über seine Geschlechtsteile oder seine sexuellen Vorlieben auszufragen, war es unhöflich und übergriffig, sie nach ihrer ethnischen Zugehörigkeit zu fragen. Das war die Art von Information, die man nur freiwillig geben sollte. Nicht weil man darum gebeten wird.

Aber die Leute fragten immer. Auf Hawaii war das weniger verbreitet, dort hatte die Mehrheit der Bevölkerung einen gemischtrassigen Hintergrund, aber es passierte trotzdem. Makani hasste es, wenn sie die Stirn runzelten und versuchten, sie in eine wiedererkennbare Schublade zu stecken: hellbraune Haut. Haare irgendwo zwischen lockeren Korkenzieherlocken und der engen Krause eines Afros. Kinn, Nase und Augen ... vage asiatisch.

Woher kommst du?

Nein, woher du ursprünglich kommst.

Ich meine, woher deine Eltern stammen.

Manchmal fragte sie zurück, was das für eine Rolle spielte. Manchmal log sie, um die Leute zu verwirren oder vor den Kopf zu stoßen. Normalerweise sagte sie die Wahrheit. »Ich bin halb Afroamerikanerin und halb eingeborene Hawaiianerin. *Nicht* wie der vierundvierzigste Präsident«, sah sie sich manchmal gezwungen hinzuzufügen, wenn sie die Begeisterung dieser Leute spürte. Obama ist nur auf Hawaii geboren. Seine Mama war ein weißes Mädchen aus Kansas.

Ollie tippte mit dem Zeigefinger auf das Lenkrad. »Welches ist dein Haus?«

»Nur ein paar Blocks weiter, gleich nach diesen Bäumen. Auf der rechten Seite.«

»Immer rechts abbiegen.«

»Hmm?« Ihre Gedanken waren noch nicht ganz in die Gegenwart zurückgekehrt.

»Um von der Schule zu dir nach Hause zu kommen. Sehr zufriedenstellend.«

Das stimmte. Zumindest heute Nachmittag war die kurze Fahrt zufriedenstellend. Sie wollte nicht, dass sie zu Ende ging. »Musst du heute arbeiten?«

»Nein. Du?« Doch er korrigierte seinen Fehler rasch. »Ich meine, musst du dich heute um deine Großmutter kümmern?«

»Nee.« Sie zog das Wort in die Länge. Vielsagend. Ollie starrte geradeaus, sein Zeigefinger tippte noch immer. »Sollen wir ... etwas unternehmen?«

Ein Schauer durchlief Makani. Jetzt blieb nur noch eine letzte, unangenehme Hürde. Sie versuchte, ihre Stimme entspannt klingen zu lassen. »Also, ich würde sehr gerne ...«

»Aber?«

Sie nahm ihren ganzen Mut zusammen. »Zuerst musst du meine Großmutter kennenlernen.«

»Okay«, sagte er.

Makani war verblüfft. »Echt jetzt?«

»Ja.« Er musterte ihren Gesichtsausdruck, während sie durch den halbschattigen, von Eichen gesäumten Abschnitt der Straße fuhren. »Moment mal. War das jetzt *nicht* ernst gemeint?«

»Doch, klar. Aber ich hätte nicht gedacht, dass das okay für dich ist.«

Seine Mundwinkel zogen sich zu einem Lächeln nach oben. »Du vergisst, dass du im Mittleren Westen bist. So läuft das hier.« Als sie skeptisch eine Augenbraue nach oben zog, lachte er sogar. »Das wird schon gutgehen.«

Es fiel ihr schwer, dies zu glauben, aber sein Selbstvertrauen war beruhigend. Irgendwie.

»Es passt zu dir, dass du hier wohnst«, sagte er.

Wieder war sie verblüfft. »Was soll das denn heißen?«

Er verrenkte den Hals, um zu den Zweigen über ihren Köpfen hinaufzuschauen. »Schönes Mädchen. Schönes Viertel.«

Sie runzelte die Stirn. »Echt jetzt, Ollie. Ich stehe nicht so auf Sprüche.«

»Ich will damit nur sagen, dass du in der besten Straße der Stadt wohnst. Als ich noch ein Kind war, habe ich mir immer gewünscht, unter diesen Bäumen zu wohnen.«

»Bis du entdeckt hast, dass es im Rest der Welt viel bessere Straßen und viel bessere Bäume gibt?« Sie zeigte auf eine zweistöckiges weißes Haus mit großer Veranda. »Das ist es.«

Ollie fuhr in die Einfahrt und stellte den Motor ab. Makani wartete darauf, dass er auf ihre Bemerkung einging – dass er zustimmte, dass jeder andere Ort Osborne vorzuziehen wäre. Als er es nicht tat, hatte sie Angst, dass sie es zu weit getrieben hatte. Er hatte ihr schon zwei Komplimente gemacht und sie hatte sie beide Male zurückgewiesen. Außerdem nervte es ihn bestimmt, wenn jemand über seine Heimatstadt herzog, auch wenn sie den Eindruck hatte, dass er unbedingt wegziehen wollte.

»Aber du hast recht«, sagte sie. »Es ist die beste Straße. Da kann ich mich wohl glücklich schätzen.«

Das war nicht gelogen und es fühlte sich seltsam an, es zuzugeben. Es war schon eine Weile her, seit Makani glücklich oder auch nur dankbar gewesen war. Die meisten Städtchen der Gegend hatten in ihren ältesten Vierteln mit Steinen gepflasterte Straßen, was unzeitgemäß und gleichzeitig wirklich bezaubernd wirkte. Die Main Street und das Viertel ihrer Großmutter enthielten die einzigen Backsteinstraßen in Osborne. Die Häuser hier waren reizvoller und auch von schöneren Gärten umgeben. Um diese Jahreszeit verfärbten sich die Blätter in beruhigende Gelb- und Goldtöne, Vogelscheuchen aus Maisblättern bevölkerten die Gärten, Kürbisse standen wie Opfergaben auf den Stufen zur Veranda und warteten nur darauf, ausgehöhlt zu werden.

Im September hatte Grandma Young ihre Töpfe mit sonnigen, runden Chrysanthemen bepflanzt und letztes Wochenende hatte Makani die gefallenen Blätter zusammengerecht und in diese orangefarbenen Säcke gestopft, die mit Halloweenkürbissen bedruckt waren. Sie waren kitschig, aber Makani gefielen sie trotzdem.

Sie legte den Kopf schief. »Ich habe dich das nie gefragt, sondern es immer nur angenommen: Wohnst du noch auf der Farm deiner Eltern?«

Ollie nickte. »Wir verkaufen das Haus erst, wenn ich mit der Schule fertig bin, aber wir haben bereits den Großteil des Landes an unsere Nachbarn verkauft. Sie haben es in ihr fettes Maislabyrinth integriert. Vielleicht hast du die Reklametafeln gesehen?«

Der letzte Satz war sarkastisch. Die fluoreszierenden Werbungen für den Fun Corn Maze der Familie Martin waren überall. Die Martins waren ein ansehnlicher Clan Alteingesessener. Die Haare jedes einzelnen Familienmitglieds hatten einen jeweils anderen Rotton und drei von ihnen – zwei Geschwister und ein Cousin – gingen auf die Osborne High.

»Puh«, sagte Makani. »Das ist bestimmt komisch für dich.«

Ollie zuckte mit den Schultern. Ihr war aufgefallen, dass er oft mit den Schultern zuckte. »Nicht so schlimm.«

»MAKANI YOUNG.«

Erschrocken pressten sie sich in ihre Sitzpolster. Makani wand sich und schaute aus dem Fenster, wo sie Grandma Young entdeckte. Sie stand auf den Stufen, die zur Hintertür führten, die Hände in die Hüften gestemmt.

»Himmel«, sagte Ollie leise. »Wie lange starrt sie uns schon an?«

»Wahrscheinlich seit einer Ewigkeit.« Makani straffte innerlich die Schultern, während sie aus dem Wagen stieg. »Hey, Grandma ...«

»Ich habe schon gedacht, du wirst von der Polizei heimgebracht!« Grandma Young eilte die übrigen Stufen herunter auf sie zu. »Bin fast zu Tode erschrocken, als ich aus dem Küchenfenster schaute und dich dort sitzen sah.«

»Oh, das ist kein ...«

»Aber das ist gar kein Streifenwagen, oder? Er hat keine Aufkleber. Es sei denn, er ist undercover!« Erneut brodelte Panik in ihr auf. »Alles in Ordnung mit dir? Was ist passiert?«

»Alles in *Ordnung,* Grandma. Es geht mir gut. Ein Freund hat mich nach Hause gefahren, das ist alles.«

»Das ist nicht Darbys Auto.«

»Ein neuer Freund.«

Grandma Young zog Makani in eine einengende Umarmung. Sie schien außer sich, aber gleichzeitig den Tränen nahe. »Ich dachte schon, dir wäre etwas zugestoßen. So etwas wie der armen Haley Whitehall.«

Plötzlich hatte Makani einen Kloß im Hals. Der erste Gedanke ihrer Großmutter war, dass sie angegriffen worden sein könnte – nicht dass sie etwas angestellt hatte. Makani hatte Mühe, ihre Stimme ruhig zu halten. »Na ja. Offensichtlich ist nichts passiert, sonst würde ich nicht hier stehen.«

Ollies Tür ging auf, seine Füße knirschten auf dem Kies der Einfahrt.

Grandma Youngs Todesgriff lockerte sich allmählich. Dann ließ sie die Arme ganz sinken. Als sich Makani umdrehte, merkte sie mit einem Anflug von Entsetzen, was ihre Großmutter da gerade sah: einen skelettartigen Jungen, der ganz in Schwarz gekleidet war. Mit grellpinken Haaren. Und einem Lippenring.

»Es tut mir leid, Mrs Young«, sagte der Skelettjunge. »Wir wollten Sie nicht erschrecken. Ich bin Makanis Freund Oliver Larsson. Ollie.« Er trat vor, um ihr die Hand zu schütteln.

Grandma Young nahm vorsichtig die ihr gereichte Hand, während sie jeden Quadratzentimeter seiner Erscheinung eingehend musterte. Makani war froh, dass Ollie nicht zusammenzuckte oder wegsah, was ihre Großmutter als Schwäche gedeutet hätte. Er lächelte nur, wodurch seine kantigen Gesichtszüge weicher wurden. »Du bist der junge Mann, der in der Obst- und Gemüseabteilung von Greeley's arbeitet«, sagte sie, als sie ihn schließlich losließ.

»Ja, Ma'am. Ich arbeite dort schon seit fast vier Jahren.«

»Wie alt bist du?«

Makanis Magen zog sich zusammen, doch Ollie antwortete gelassen: »Ich bin vor Kurzem achtzehn geworden.«

Grandma Young nickte zu seinem Auto hin. »Das ist ja 'ne ziemliche Karre.«

Karre, dachte Makani. *Oh mein Gott, nein. Stopp, stopp, stopp.*

Ollie hielt sein Lächeln. »Sie bringt mich überallhin, wo es nötig ist.«

Grandma Young betrachtete ihn einen weiteren quälenden Moment lang. Dann schalt sie ihre Enkelin: »Jetzt steh doch nicht nur so herum. Bitte ihn herein.«

Gekränkt ging Makani in die urtypische Original-Mittlerer-Westen-Küche, die irgendwann Mitte des letzten Jahrhunderts modern gewesen war. Wenigstens war sie sauber.

»Möchtest du etwas trinken?«, fragte Grandma Young Ollie.

»Nein danke«, antwortete er.

»Wir haben Wasser, Magermilch, Eistee, Sprite – nun ja, nicht Sprite, es ist dieses No-Name-Sprite –, Orangensaft, Cranberrysaft, Tomatensaft – na ja, dieser natriumarme, deshalb schmeckt er nicht so gut, ist aber gesünder ...«

»Wasser wäre großartig, danke«, sagte Ollie.

»Leitungswasser? Wir haben aber auch einen Krug im Kühlschrank. Dort bleibt es kühler.«

Makani grub die Nägel in ihre Handflächen. »Wir wissen alle, wie Kühlschränke arbeiten.«

»Leitungswasser ist super«, sagte Ollie.

»Eiswürfel?«, fragte Grandma Young.

»Ja bitte.«

»Die würfelförmigen aus der Form oder die runden aus der Tüte?«

»Oh mein Gott, Grandma. Du machst mich fertig – wortwörtlich.«

»Beides ist in Ordnung«, sagte Ollie. »Was immer weniger Umstände macht.«

Grandma Young öffnete den Gefrierschrank und griff in eine

durchsichtige Tüte Eis. »Oliver, ich entschuldige mich für meine Enkelin. Für ihre Unhöflichkeit, aber auch für den falschen Gebrauch des Wortes *wortwörtlich.* Ich habe sie schon mindestens ein Dutzend Mal verbessert.«

Makani machte eine Geste, als wollte sie jemanden erwürgen. Ollie warf ihr insgeheim ein Lächeln zu, als Grandma Young sich wieder umdrehte. Ohne zu zögern, drückte sie Makani das eisgefüllte Glas in die geballten Fäuste. Ollie und ihre Großmutter lachten.

Doch die Atmosphäre im Wohnzimmer blieb unnatürlich formell, während Grandma Young Ollie ausfragte und er sie. Makani saß mit ihrer Großmutter auf dem Sofa. Ollie saß im Lehnstuhl. Die Großvateruhr neben der Treppe tickte qualvoll Sekunde für Sekunde. Nachdem ein Gespräch über Grandmas Kirche zu Ende gegangen war, zeigte Ollie auf den Couchtisch. Der Rand des Puzzles war fertig, zusammen mit Teilen des Kürbisbeets.

»Meine Mom mochte das auch. An Feiertagen zog sie manchmal eins hinten aus dem Wäscheschrank und wir arbeiteten gemeinsam daran. Mein Dad und mein Bruder hassten das. Sie fanden Puzzles langweilig. Aber wir fanden das immer sehr zufriedenstellend, wissen Sie? Jedes Teilchen hat seinen genauen Platz.«

Makani war sprachlos. Abgesehen von ihrem Telefongespräch gestern Abend und als Alex ihn heute Morgen gepiesackt hatte, hatte sie noch nie gehört, dass Ollie so viele Sätze hintereinander gesprochen hatte. Er neigte dazu, sich so minimal wie möglich auszudrücken.

Grandma Young fuchtelte mit ihrem eisfreien Glas No-Name-Sprite herum. »Die da hält es auch für langweilig.«

Ollie sah Makani kopfschüttelnd an. »Da verpasst du echt was.«

»Isaac, mein Mann, hat sich auch nichts draus gemacht«, sagte Grandma Young. »Aber mich beruhigt es. Hält meine Gedanken beschäftigt.«

Es entstand eine Pause, in der Ollie und ihre Großmutter irgendwie die Trauer des jeweils anderen anerkannten. Unfähig, das länger zu ertragen, warf Makani einen Blick auf ihr Handy und sprang vom Sofa auf. »Tut mir leid! Wir müssen los.«

Grandma Young stellte ihr Getränk auf einem L.-L.-Bean-Katalog ab. »Ach ja?«

»Ollie hat heute Abend Spätschicht und wir wollten davor noch ein wenig Zeit miteinander verbringen.«

»Ich wollte sie auf ein Slush ins Sonic einladen.« Als Ollie sich aus dem Lehnstuhl erhob, quietschten die Federn verhalten. »Das letzte für diese Saison, bevor es zu kalt wird.«

»Ich mag das Limonenwasser dort.« Grandma Youngs Knöchel knackten, als sie aufstand. »Schön, dich kennengelernt zu haben. Und du kannst jederzeit mitmachen.« Sie nickte zu dem Puzzle hin.

Ollie hakte die Finger in den Taschen seiner Jeans ein. »Danke.«

Makani ging mit ihm zur Hintertür in der Küche, die hinaus in die Freiheit führte, und rief über ihre Schulter: »Ich bin zum Abendessen wieder zu Hause!«

Als sie wieder zurück im Wagen waren, wechselten sie ein durchtriebenes Grinsen. »Darin bist du gut«, sagte Makani. »Im Lügen.«

»Du auch.«

»Ja. Tut mir leid.« Sie lachte in dem Versuch, ihre Verlegenheit zu verbergen. »Ich verspreche dir, dass ich dich nicht dazu zwinge, wieder herzukommen und mit meiner Großmutter ein Puzzle zu machen.«

Er grinste weiter. »Wer sagt, dass ich das nicht will?«

Makani lachte wieder. »Okay, du Spinner.« Sie war erleichtert, dass er so gut mit ihrer Großmutter ausgekommen war und mit ihr geredet hatte wie ein normaler Mensch. Aber das Gefühl, das sie dabei begleitete, war dieselbe unausweichliche Scham. Ganz egal, wie oft sie bei ihren Freunden für ihn eingetreten war – sie selbst konnte nicht damit aufhören, ihn zu unterschätzen.

»Versprich mir nur, dass das mit dem Sonic eine Lüge war«, sagte sie.

»Gott, ja«, erwiderte Ollie. Das Sonic Drive-In war das einzige Kettenrestaurant am Ort. Dort hingen die ganzen Footballer ab. »Ich bringe dich zum Ozean.«

Sie fuhren durch Osborne – vorbei an Greeley's Foods und dem Red Spot, vorbei am belebten Sonic und der verlassenen Hülse einer alten Sinclair-Tankstelle, vorbei am riesigen Do-it-Best-Baumarkt und am Dollar General, das gerade mal so groß war wie ein Schuppen – und dann hinaus aus der Stadt.

Sie redeten nicht viel, aber ihr Schweigen war kameradschaftlich.

Sie überquerten die Bahngleise und den Fluss. Die Landschaft war flach. Starre Vegetation, schlammige Felder, runde Heuballen. Bescheidene Farmhäuser und monströse Traktoren. Die Aussicht war in alle Richtungen eintönig, durchbrochen nur von langen, dinosaurierartigen Vorrichtungen, von denen Makani inzwischen wusste, dass es Pivot-Beregnungssysteme waren.

Das Gras und die absterbenden Maispflanzen hatten dasselbe glanzlose Goldbraun. Hier und da standen Bäume in herbstlichem Kleid und fügten der Landschaft ein paar gelbe Punkte hinzu. Alles war gelb und golden, nur nicht der Himmel. Der war grau.

Es wirkte nicht so, als würden sie zu irgendetwas Speziellem fahren, aber Makani spürte die Veränderung, eine Art bebende Vorahnung, als sie sich ihrem Ziel näherten. Ollie bog vom Highway auf einen unscheinbaren Feldweg ab, der von Maisfeldern umgeben war. Er sah aus wie jeder andere unscheinbare, von Maisfeldern gesäumte Feldweg, doch als sie weiterfuhren, fiel Makani auf, wie abgeschieden er tatsächlich war. Es waren keine anderen Menschen oder Häuser in Sicht. Darby und Alex wären außer sich, wenn sie wüssten, dass sie hier war.

Makani schrieb eine Nachricht, in der sie sich für vorhin entschuldigte, doch die Verbindung war zu schlecht, deshalb wurde die Nachricht nicht versendet. Sie spürte einen unbehaglichen Knoten im Magen, als das Auto mitten in einem anderen Feld in eine Sackgasse geriet. Oder vielleicht war auch alles ein einziges Feld.

»Wozu ist dieser Weg überhaupt da?«, fragte sie.

Ollie stellte den Motor ab. »Ich habe keine Ahnung. *Wortwörtlich.*«

Makani lachte überrascht, die Anspannung verflog. »Ollie Larsson. War das etwa ein Witz?«

Er zog die Augenbrauen nach oben und lächelte. »Nie und nimmer.«

Ihr Herz schlug einen Salto. Sie parkten nicht an derselben Stelle, an der sie Sex gehabt hatten, aber sie sah ähnlich aus. Diese spezielle Erinnerung war von Einsamkeit und Verzweiflung gezeichnet. Jetzt empfand sie nichts als das nervöse Vibrieren der Erregung.

»Vorsicht beim Aussteigen«, sagte Ollie, als er den Wagen aufschloss. »Es ist immer matschiger, als man denkt.«

Makani steckte ihr Handy ein, öffnete die Tür und sah nach unten. Der Boden war eine zähe Fläche aus Matsch, die im

Wind erstarrt war. Sie testete ihn mit der Spitze ihres Turnschuhs. Er schien fest genug, deshalb kletterte sie hinaus – und sank sofort sieben, acht Zentimeter ein. »Shit!« Doch sie lachte wieder. »Ich dachte, du fährst mit mir zum Strand.«

»Zum Ozean«, verbesserte er sie.

Die Temperatur war gefallen. Die frische Luft roch nach vermodernden Blättern, fernem Holzrauch und gefrorenem Boden, eine Erinnerung daran, dass Halloween vor der Tür stand. Makani zog sich die Kapuze ihres geblümten Hoodies über den Kopf und machte den Reißverschluss zu. Sie hätte eine Jacke anziehen sollen, aber sie konnte mit diesem kalten Wetter immer noch nicht umgehen. Die meisten Menschen hier empfanden dies noch gar nicht als kalt. Höchstens als ein bisschen frisch.

Sie stapfte vorwärts zu Ollie. Er lehnte an der Motorhaube, der Motor klickte leise, während er sich abkühlte. Doch das Metall war noch warm, beinahe heiß, und es fühlte sich gut an durch ihre Jeans hindurch. Die langstieligen Maispflanzen umgaben sie, überragten sie um mehr als einen halben Meter. Demonstrativ drehte sie sich zu Ollie um. Er starrte geradeaus ins endlose goldene Nichts.

»Das ist nicht der Pazifik«, sagte er, »aber es ist das Beste, was ich zu bieten habe.«

Ollie musste aus den Augenwinkeln ihre Verwirrung bemerkt haben, denn er sah sie wieder mit einem Lächeln an. »Die Felder. Ich weiß, dass du Hawaii vermisst.«

Während sie diese fürsorgliche Geste noch auf sich wirken ließ, verweilte ihr Blick auf seinen geschwungenen Lippen. Sie wollte sie wieder küssen. Sie zwang sich dazu, sich abzuwenden, und versuchte, sich auf ihre Umgebung zu konzentrieren – sie strengte sich wirklich an –, aber sie spürte, dass er sie immer noch beobachtete.

Er beugte sich nach hinten und ließ sich auf die Motorhaube gleiten. »Hier.«

Sie hüpfte neben ihn, Metall protestierte, ihr linkes Bein berührte sein rechtes.

Ollie zog sich ebenfalls die Kapuze seines Hoodies über den Kopf. Während ihre sich wegen ihrer Haare ein wenig ausbeulte, saß seine eng am Kopf. Doch ein grellpinkes Büschel lugte unter dem schwarzen Baumwollstoff hervor. Es sah aus, als wäre es das einzig Bunte im ganzen Universum.

»Okay«, sagte er. »Jetzt schau noch mal hin.«

Der Wind raschelte in den spröden Maisstängeln. Es klang wie ein fauchendes, prasselndes Feuer. Die trockenen Kolben griffen nach dem offenen Himmel, während sich die abgestorbenen seidigen Maisbärte nach unten zur matschigen Erde neigten. Ganz langsam wurde der Wind stärker und änderte seinen Kurs; die Felder schwankten wie eine einzige Einheit, wogten in einem Strom hypnotisierender Wellen nach außen.

Etwas, das in Makanis Innerem verborgen lag, hob den Kopf und blühte auf. Das Gefühl war grandios. Makani beklagte sich oft darüber, dass sie in Mais ertrank, aber sie schnappte ja unter Wasser auch nicht nach Luft. Sie saß am Rand des Horizonts.

Sie spürte, wie Ollie versuchte, ihre Reaktion einzuschätzen. Sie lächelte, verweilte bei den Feldern, bevor sie ihren Kopf zu ihm neigte. »Danke«, sagte sie.

Und dann küsste sie ihn.

Makani war überrascht, dass ihr sein Mund so vertraut war, sein *Geschmack,* wie natürlich sich Ollies Lippen anfühlten, wenn sie sich auf ihre pressten. Sie erinnerte sich daran, wie man um sein Piercing herumküsste und es mit einbezog. Ihm stockte der Atem und sie empfand Entzücken darüber, diese Reaktion hervorgerufen zu haben. Seine Hände glitten unter ihre Kapuze, zu beiden Seiten ihres Halses, und es war das erste Mal seit Ende des Sommers, dass seine Finger ihre Haut berührten. Sie schnappte nach Luft. Ihre Arme schlangen sich um ihn. Ihre Hüften glitten aneinander, drückten in das Metall des Wagens. Es tat weh und Makani würde blaue Flecken bekommen, aber das war gleichgültig. Es machte ihr nichts aus.

Sie küssten sich – und machten miteinander rum –, bis die untergehende Sonne die Wolken in die Farbe reifer Pfirsiche und Aprikosen tauchte. Bis sein Handy sie unterbrach.

Ollie zuckte zurück und zog es aus seiner Tasche. »Mist. Das ist wahrscheinlich Chris, der sich wundert, wo ich bleibe, oh ...« Er sprang vom Auto, um dranzugehen. »Hallo? *Hallo?*«

Die Verbindung war wohl schwach. Makani fand es seltsam, dass er in den Wagen stieg, um seine Privatsphäre zu haben, und ihn wie eine altmodische Telefonzelle benutzte. Wäre die Verbindung draußen nicht besser? Sie konnte seine Stimme grollen hören, aber seine Worte verstand sie nicht.

Ihr Blut pulsierte noch vor Hitze, aber sie fröstelte. Nachdem sie Sex gehabt hatten, hatte er sich in einen Geist verwandelt. Sie wollte glauben, dass er nicht erneut verschwinden würde.

Ollie legte auf.

Sie starrten einander durch die Windschutzscheibe an. Seine Augen wurden schwer. Was immer es war – es waren keine guten Nachrichten. Voller unheilvoller Vorahnungen rutschte Makani von der Motorhaube, trottete ein paar Schritte durch den Matsch und setzte sich zu ihm in den Wagen.

Die Tür ließ sie offen.

»Arbeit«, sagte Ollie. Er war auf seinem Sitz in sich zusammengesunken. »Eine unserer Kassiererinnen wurde gerade gefeuert, weil sie gestohlen hat. Ich kann das einfach nicht glauben. Das klingt überhaupt nicht nach ihr. Sie wollen, dass ich komme und ihre Kasse übernehme.«

Erleichterung überkam Makani. Sie hatte angenommen, dass etwas Schlimmeres passiert war. Haleys Schulfoto, das in den lokalen Medien allgegenwärtig war, flackerte wie ein Vorbote durch ihre Gedanken. *Begeistertes Lächeln. Strahlende Augen. Ordentlich gescheiteltes Haar.* Sie sah so mustergültig aus, so als hätte sie das auf keinen Fall verdient. Nicht dass irgendjemand so ein Schicksal verdienen würde.

Ollie sank noch tiefer in seinen Sitz. »Sorry. Das ist echt ätzend.«

»Mach dir keine Gedanken deswegen.« Makani kratzte mithilfe der Unterkante des Wagens den Schlamm von ihren Turnschuhen. Seine Schuhe waren nicht mal annähernd so schmutzig. »Außerdem haben wir meine Großmutter dann nur halb angelogen. Ich habe ihr versprochen, zum Abendessen zurück zu sein.«

Er antwortete nicht, deshalb stellte sie ihre Frage, bevor sie der Mut verließ: »Warum hast du hier drin telefoniert? Wolltest du nicht, dass ich höre, wie du mit deinem Boss sprichst?«

Das brachte ihn wieder zurück in die Gegenwart. »Manchmal bekomme ich hier drin ein besseres Signal. Hat etwas mit der alten Polizeiverkabelung zu tun, was weiß ich.«

»Ich konnte vorhin nicht mal eine Nachricht verschicken.«

Er zuckte mit den Schultern. »Vielleicht brauchen wir CB-Funk wie die Sportler und Landwirtschaftsschüler.«

Vorwurfsvoll deutete sie mit dem Finger auf ihn. »Oh, verkneif es dir einfach.«

Er beugte sich vor und nahm sanft ihren Finger zwischen seine Zähne. Sie lächelte. »Ich könnte meinen Manager zurückrufen«, sagte er ein paar Minuten später. »Eine Ausrede finden.«

Doch Makani musste daran glauben, dass Ollie zurückkommen würde. Sie küsste ihn zweimal, auf jede Schläfe einmal, und schloss die Tür. Haleys Schulfoto verschwand aus ihren Gedanken.

»Fahr los«, sagte sie. »Dafür haben wir später noch massenhaft Zeit.«

7

Sie waren unbesiegt. Das beste Team des Bundesstaates. Und morgen Abend würden sie gegen eines der schlechtesten spielen. Warum war Hooker dann so ein verdammtes Arschloch?

Seit vierzig Minuten stand Matt Butler mit geschlossenen Augen unter der Dusche der Umkleidekabine. Das Training war vorbei. Die Sonne war untergegangen. Alle waren weg. Er hatte zu den Jungs gesagt, dass er ins Sonic nachkommen würde, aber er hatte keine Ahnung, ob das stimmte. Er wollte allein sein, eingehüllt in Wasser, Stille und Dampf, für immer.

Es war eine harte Woche gewesen. Der Druck der Play-offs, Druck von den Rekrutierern, Druck von seinen Eltern. Haley. Dieser dumme Streit auf dem Schulhof und die darauffolgenden enttäuschten Gardinenpredigten von Rektor Stanton und Coach Hooker. Lauren. Sie machte ihm wieder die Hölle heiß, weil er nicht schnell genug zurückgeschrieben hatte. Schlimmer noch, sie tat so, als hätte sie Haley gekannt – als wäre sie persönlich am Boden zerstört durch den tragischen Verlust einer lieben Freundin. Wo Lauren und Haley doch, soweit er wusste, nie etwas zusammen unternommen hatten. Nicht ein einziges Mal. Es war okay, über den Tod von jemandem bestürzt zu sein, auch wenn man diese Person gar nicht richtig gekannt hatte. Aber Matt hasste es, wie seine Freundin dies zu ihrer eigenen Tragödie machte.

Er konnte nicht aufhören, über Haleys Eltern nachzudenken. Die Medien lenkten den Verdacht voll und ganz auf ihren Vater, doch jedes Mal, wenn Matt Don Whitehall in den Nachrichten sah, wirkte er völlig am Boden. Seine Augenlider waren so geschwollen, dass er sie kaum offen halten konnte. Nur ein Psychopath würde diese Art von Reaktion vortäuschen können. Andererseits konnte auch nur ein Psychopath einen solchen Mord begehen. Das Fernsehen hatte eine Stellungnahme von Haleys Mom gebracht. Sie hatte alle in der Gemeinde angefleht, sich zu melden, wenn sie die echte Identität des Täters kannten, doch vor lauter Trauer konnte sie kaum sprechen. Etwas an ihrer physischen Erscheinung erinnerte Matt an seine eigene Mom. Das machte es noch schlimmer.

Er spürte immer noch den Schock darüber, dass Buddy das *Sweeney-Todd*-Banner abgerissen hatte. Sein bester Freund hatte nicht gewusst, was er da tat – Matt begriff das jetzt, alles war wieder in Ordnung –, aber dadurch hatten alle im Team wie Arschlöcher dagestanden.

Sowohl Coach Hooker als auch sein Vater nahmen ihn andauernd in die Mangel, wegen der Bedeutung der eigenen Außenwirkung. Und Matt tat alles, um den Schein zu wahren. Aber der ganze Stress, und dass sich jeder auf ihn verließ, war ihm das ganze Schuljahr schon schwer an die Nieren gegangen. Es trieb ihn dazu, diese Streits zu provozieren. Sich zwanghaft mit den Whitehalls zu beschäftigen. Seine Habseligkeiten zu verlegen. Matt hatte dauernd wichtige Gegenstände (Handy, Schlüssel, Geldbörse) an die seltsamsten Orte (Sockenschublade, Gemüsefach, Verandatisch) verlegt, ohne eine Erinnerung daran, sie dorthin gelegt zu haben.

Es sei denn … es war gar nicht der Stress.

Matts Muskeln verkrampften sich, als seine Gedanken drei Buchstaben skandierten: CTE. Chronisch-traumatische Enzephalopathie war eine Krankheit, die von wiederholten Schlägen auf den Kopf verursacht wurde. Zu den frühen Symptomen gehörten Gedächtnisverlust, Desorientierung und sprunghaftes Verhalten. Spätere Symptome umfassten Demenz, Sprechbehinderungen und Selbstmord. Im Grunde zerstörte die Krankheit das Gehirn und Footballspieler überall auf der Welt litten und starben daran. Meist die alten, die Profispieler gewesen waren. Aber auch viele junge Typen. Sogar Highschoolschüler.

Es war die Krankheit, die die National Football League und die Universitäten nicht diskutieren wollten, weil es ihren Profit schmälern würde. Matts Teamkollegen wollten auch nicht darüber reden. Wenn man die Krankheit ignorierte, war es leichter, so zu tun, als wäre sie nicht ernst, war es leichter, weiterhin Football zu spielen. Niemand wollte das Spiel ruinieren, das sie alle liebten.

Aber Matt dachte an CTE. Er dachte viel darüber nach.

Die einzige Zukunft, die er sich je gewünscht hatte, war die, Footballprofi zu werden. Das war es auch, was sein Vater wollte, der seine eigenen Träume im Memorial Stadium auf dem Spielfeld hatte begraben müssen, nachdem er sich dort das Knie ruiniert hatte.

Ganz im Gegenteil zu seiner Mutter. Früher hatte sie es auch gewollt. Wenn jetzt eine Geschichte auf ESPN kam, fand er einen ausgedruckten Artikel auf seinem Platzset am Frühstückstisch. Ihr stummes Flehen. Zu Matts ewiger Schande machte er immer einen Riesenwirbel darum, die Artikel vor den Augen seines Dads zu zerknüllen. Sie hatten so schwer und schon seit so langer Zeit darauf hingearbeitet.

Doch insgeheim hatte Matt angefangen, diese Artikel einzustecken.

Der erste Artikel, den er aufbewahrt hatte, handelte von Tony Dorsett, einem College- und Profi-Runningback, der es in die

Hall of Fame geschafft hatte. Matt spielte auch als Runningback. Er war der beste im Mittleren Westen, die Rekrutierer der 1. FBS-Liga rannten ihm die Haustür ein, um dies zu beweisen, aber jedes Mal, wenn er sein Handy an der falschen Stelle fand, brach ihm der kalte Schweiß aus.

CTE? Bist du das?

Denn was würde er tun, wenn er nicht Football spielen konnte?

Auf dem Kaminsims im Wohnzimmer stand an prominenter Stelle ein gerahmtes Foto. Es wurde am Tag seiner Geburt aufgenommen und er war in eine scharlachrote Huskers-Decke gewickelt. Jetzt blieben ihm nur noch ein paar kurze Monate, um zu entscheiden, für welches College er sich offiziell verpflichten wollte. Denn er würde sich verpflichten. Er würde weiterspielen.

Bei der Entscheidung hatte er eigentlich keine Wahl.

Matt stellte das Wasser ab. Er untersuchte seine Hände, die verschrumpelt und weiß wie Gelatine waren. Vom schwachen Duschkopf tröpfelte Wasser auf den Fliesenboden. Irgendwann während seiner erschöpften Gedankenarbeit hatte Matt beschlossen, zu seinen Freunden ins Sonic zu gehen.

Morgen war das letzte Spiel der regulären Saison und es war wichtig, dass sie sich auf den Gegner konzentrierten und nicht bereits auf die Play-offs schielten – auch wenn alle wussten, dass sie gewinnen würden. Deshalb war das Training so frustrierend gewesen. Hooker hatte sie härter rangenommen denn je und sie in nie da gewesener Lautstärke angebrüllt, dass die Spucke nur so flog, und ihnen vorgeworfen, sie würden es sich zu behaglich machen. Matt war zuversichtlich, aber er fühlte sich nicht behaglich. Er würde sich unbehaglich fühlen, bis er es ohne Verletzung durch die Play-offs geschafft hätte.

Buddy witzelte gern, dass Hooker so herumbrüllte, weil er

einen tief sitzenden Groll dagegen entwickelt hatte, gezwungen zu sein, sie seinen schrecklichen Namen rufen zu hören. Matt lachte dann immer, aber er wusste, dass dahinter eine bessere, klügere Motivation steckte. Hooker nahm das Ganze ernst.

Matt trocknete sich ab und wickelte sich dann das Handtuch um die Taille. Er schnappte sich sein Duschshampoo, stieg über seine schmutzigen Trainingsklamotten und schritt durch die Dampfwolke. Er hinterließ nasse Fußabdrücke. Die Spinde rochen nach Männerschweiß und altem Rost und sie waren abwechselnd scharlachrot und golden. Osborne trug stolz dasselbe Scharlachrot wie die Huskers. Doch Matts Spind war goldfarben, weil ein Teamaberglaube besagte, dass die scharlachroten Unglück brächten. Die Schüler der Abschlussklasse beanspruchten stets die goldfarbenen Spinde für sich.

Matt kam zum Stehen. Sein Kombinationsschloss fehlte.

CTE? Bist du das?

Verärgert über sich selbst, schüttelte er den Kopf, während er die Metalltür aufstieß. Sein Helm und sein Deo lagen auf dem oberen Regal. Das größere untere Fach, wo er normalerweise seinen Rucksack und seine Sporttasche aufbewahrte, war leer.

»Ach, fuck.« Matt murmelte es nur vor sich hin. Doch dann schleuderte er so fest die Duschshampooflasche nach unten, dass die ganze Spindreihe erbebte.

Er sah sich im Raum um. Alles schien wie immer. Er riss die goldfarbene Tür auf, die seiner am nächsten war. Obwohl Buddy seine Tür immer offen ließ – er konnte sich seine Kombination einfach nicht merken –, stahlen oder versteckten seine Teamkameraden selten Dinge von ihm. Die üblichen Sachen waren drin. Sonst nichts.

Matt schaute unter der Bankreihe nach. Auch nichts.

»Fuck. *Fuck.*«

Er ging zu den Duschen, verärgert darüber, dass seine Gedankenverlorenheit zu diesem ärgerlichen Streich geführt hatte, der ihn nun dazu zwang, seinen schmutzigen Trainingsdress wieder anzuziehen. Das hieß, dass er zu Hause vorbeifahren musste, um sich umzuziehen, bevor er ins Sonic ging. Außerdem würde er noch mal duschen müssen, sonst würde sich Lauren über den Geruch beschweren.

Matt bog um die Ecke, seine Trainingsklamotten waren verschwunden.

Na toll.

»Also gut, Jungs.« Seine Stimme klang laut und tief und hallte von den Stahlspinden wider. »Ihr habt mich drangekriegt.«

Keine Antwort.

»Was wollt ihr? Ein Foto von meinem Schwanz oder was?« Matt behielt einen heiteren Tonfall bei. Er hatte die Nase voll von dieser Woche, aber er wollte seinen Freunden nicht die Befriedigung verschaffen, dies zu erfahren. »Dann hättet ihr mir wohl auch das Handtuch wegnehmen müssen.«

Der Dampf verzog sich. Es wurde kalt im Raum.

Er rieb über die Härchen auf seinen Armen. »Hallo?«

Die Frage hallte.

Noch mehr als die Stille *spürte* Matt sein Alleinsein. Er ging auf die Büros der Trainer zu. Wie erwartet waren ihre Fenster dunkel und die Türen abgeschlossen. Hooker und seine Assistenten gingen normalerweise direkt nach dem Training nach Hause, vor allem wenn es ein so hartes Training gewesen war. Die Schulordnung besagte, dass sie bleiben mussten, bis der letzte Schüler weg war, aber sie gaben den Jungs gern die Gelegenheit, Dampf abzulassen und Druck abzubauen, ohne dass sie Angst haben mussten, gehört zu werden.

Der Eingang zur Umkleidekabine befand sich in dem Raum, den sich die Trainerassistenten teilten. Matt rückte sein Handtuch zurecht und machte die Tür einen Spalt auf. Er spähte in die Dämmerung und erwartete halb – und hoffte sehr –, das Team draußen vorzufinden, alle mit erhobenen Handys, um ihn in voller gedemütigter Pracht aufzunehmen.

Niemand war da.

In der Ferne murmelte eine Menschenmenge. Es war die Nachtwache mit Kerzen für Haley. Eltern, Schüler und Lehrer versammelten sich bereits vor der Schule. Er spürte es wie einen Schlag in den Magen, als ihm klar wurde, dass er an ihnen vorbeimusste, um zum Parkplatz zu kommen. Nur mit einem Handtuch bekleidet, ging das nicht. Es wäre respektlos.

Matt schloss die Tür und versuchte es noch mal. »Hallo?«

Zweifel beschlichen ihn.

Hatte er seine Trainingsklamotten *wirklich* gesehen, als er aus der Dusche gekommen war? Die logischste Erklärung war, dass die Jungs sie zusammen mit seinen normalen Kleidern geklaut hatten und das ganze Zeug jetzt hinten auf dem Pick-up von irgendjemandem lag.

Matt wog seine Möglichkeiten ab. Er könnte Buddy anrufen und darum bitten, dass sie sie zurückbrachten. Er könnte seine Mom anrufen und sie darum bitten, ihm etwas anderes zum Anziehen zu bringen. Oder er könnte Lauren anrufen. Keine Chance. Sie würde es ihren Freundinnen erzählen. Die einzige andere Option war zu warten, bis die Nachtwache vorbei war, aber wie lange würde das dauern? Zwei Stunden? Und dann würde er immer noch in seinem Handtuch nach Hause fahren müssen.

Moment mal.

Fahren.

Seine Schlüssel und sein Handy waren in seinen Hosentaschen.

Matt stieß einen langen, tödlichen Fluch aus. Zorn schoss durch seine Adern, während er jeden unabgeschlossenen Spind aufriss, in die Knie ging und unter die Bänke schaute. Auf die Bänke sprang, um auf die Spinde zu schauen. Er schaute in die Duschen, Pissoirs, Toilettenkabinen und unter die Waschbecken, aber seine Habseligkeiten waren nirgends zu finden.

Das war es dann. Er würde zu Fuß nach Hause gehen müssen.

Matt wohnte in einem neueren Viertel auf der anderen Seite des Ortes. Er war die Strecke noch nie zu Fuß gegangen, aber es würde wahrscheinlich nur eine halbe Stunde dauern. Aber die Temperatur würde unter fünf Grad gefallen sein, wenn die Nachtwache beendet war. Und er hatte nur ein gottverdammtes Handtuch an.

Geschlagen ließ er sich auf die Bank vor Hookers Büro fallen. Sein Körper fühlte sich an wie ein schlapper Sack. Alles tat weh. Matt lehnte sich an die Betonwand – gleich neben einem Telefon. Er nahm den Hörer ab und durchsuchte sein Gehirn nach Nummern.

Das ist nicht CTE. Niemand lernt sie mehr auswendig.

Die einzige Nummer, die er auswendig kannte, war die Festnetznummer seiner Eltern, doch als er anrief, nahm niemand ab. Er versuchte es wieder. »Gottverdammt noch mal, geht endlich ans Telefon!«, sagte er, und da drang ein Schrei aus der Nische mit den Spinden.

Matt erstarrte.

Alles war still. Und dann ... wimmerte jemand.

Vor diesem Moment hätte Matt gedacht, dass er beim Geräusch eines anderen Menschen – ganz gleich wie verzweifelt er klang – vor Zorn aufspringen würde. Aber etwas anderes setzte jetzt ein. Instinkt vielleicht. Das war die einzige Erklärung für die überwältigende Beklommenheit, die durch dieses einzelne Wimmern bei ihm ausgelöst wurde. Dafür, dass seine inneren Sensoren auf höchste Alarmstufe schalteten.

Sein Körper war wie versteinert. Er lauschte.

Die Person schwieg jetzt wieder, doch ihre Anwesenheit war wahrnehmbar. Matt umklammerte sein Handtuch und stand auf. Er fühlte sich ausgesetzt und verletzlich, wie ein Tier, das mit dem Bauch nach oben dalag. Geräuschlos bewegte er sich vorwärts und doch waren seine Schritte immer noch zu laut.

Er erreichte die Spinde.

Am anderen Ende der Nische, am anderen Ende der Bank, saß eine schmale Gestalt mit dem Rücken zu ihm. Sie hatte die Kapuze ihres Hoodies aufgesetzt und den Kopf gesenkt. Ihre Schultern bebten, als würde sie weinen. Matt konnte nicht erkennen, ob es ein Mädchen oder ein Typ war, aber es war keiner von seinen Teamkameraden. Die Person war zu klein, um Football zu spielen.

»Hey.« Er hatte nicht vorgehabt, dass es so verärgert herauskam.

Die Gestalt zuckte zusammen.

Matt bemühte sich, seine Stimme ruhig zu halten. »Wer bist du?«

Die Gestalt rührte sich nicht.

Matt befestigte erneut sein Handtuch, er war sich seiner Geschlechtsteile plötzlich sehr bewusst. »Hey«, sagte er noch einmal und trat vor. Sein Tonfall war jetzt weicher. »Alles okay?«

Die Gestalt schniefte und Matt wurde klar, dass es sich vielleicht um einen der behinderten Schüler handeln könnte. Der Quarterback der B-Mannschaft hatte eine Schwester, die das Programm nach der Schule besuchte, daher wusste er, dass sie sich immer in einem Klassenzimmer in der Nähe trafen. Vielleicht war das sogar sie. Manchmal tauchte Faith am Ende des Trainings auf und schaute von der überdachten Tribüne aus zu, wie sie Übungen machten.

Matt ging um die Holzbank herum und näherte sich vorsichtig. Das Gesicht der Person war immer noch auf den Boden gerichtet. Matt ging vor ihr in die Knie, um auf Augenhöhe zu sein. »Brauchst du Hilfe? Kann ich dir helfen?«

Die Gestalt hob den Kopf. Langsam. Bedächtig.

Matt runzelte die Stirn. Es war nicht Faith, es ...

Das Messer glitt mit schockierender Grausamkeit in seinen Bauch und mit ebenso großer Heftigkeit wieder heraus. Matt stürzte nach vorne, knallte mit dem Kopf auf die Bank, während seine Gedanken einen Schritt zurückblieben. *Was ist da gerade passiert? War das ein Unfall?*

Die Gestalt starrte hasserfüllt auf ihn herunter.

Matts Gedanken gerieten ins Straucheln, als er den Sinn dahinter zu ergründen versuchte. Er war halb auf der Bank, halb auf dem Boden. Er kam nicht auf den Namen der Gestalt. »Du. Was zum Teufel hast du mit mir gemacht?«

Die Antwort erfolgte blitzschnell – ein kraftvoller Abwärtsstoß in seinen Schädel.

Matt brüllte. Sein Angreifer riss mit behandschuhten Händen am Heft, bis er das Messer wieder herausgezogen hatte, und der Rest von Matts Körper fiel auf den harten Fliesenboden. Er war noch bei Bewusstsein, als der Angreifer ein zerknülltes Blatt Papier aus seinem Hoodie zog.

Die Gestalt kniete sich vor ihn. Hielt ihm das Papier vor die Augen. Glättete es.

Es war ein Artikel, den seine Mutter vor ein paar Wochen ausgedruckt hatte. Matt hatte ihn ein paar Tage lang in seinem Rucksack herumgetragen, bis er verschwunden war.

Seine Augen weiteten sich vor einer tiefen Angst.

Die Gestalt, die zufrieden war, dass Matt verstand, was er da sah – die persönliche Verletzung darin –, steckte das Papier wieder in die Tasche des Hoodies.

Matt wollte etwas sagen. Er konnte nicht. Das Letzte, was er sah, war ein Arm, der mit seinem eigenen Blut bespritzt war, als das riesige Jagdmesser mit Sägezahnkante um seinen Schädel herumschnitt. Mit einem schmatzenden Geräusch, das die Befreiung von einer Sogwirkung anzeigte, klappte er auf wie der Deckel eines Kürbisgeists. Sein Gehirn wurde zu einer Pampe reduziert. Und dann wurde der Deckel wieder aufgesetzt.

Hübsch ordentlich.

8

Die Cops holten die Schüler zum Verhör aus den Klassenzimmern, einen nach dem anderen. Es hatte vierundzwanzig Stunden gedauert, bis Haleys Gedenkstätte errichtet worden war, aber jetzt war die vordere Ecke der Schule bereits mit frischen Rosen, Pappcollagen und Fußbällen bedeckt. Dutzende kleiner roter Flaggen, die normalerweise an Spieltagen an Autos und Trucks befestigt wurden, waren in den Boden gesteckt worden und flatterten im Wind. Das Spiel von heute Abend – das Endspiel der regulären Saison – hatte man bereits für verloren erklärt. Das passierte zum ersten Mal in der Geschichte des Teams.

Der ganze Campus war vor Ungläubigkeit erstarrt. Die Hälfte der Schüler war in Schulfarben gekleidet. Mehrere weinten unverhohlen. Ein Dutzend Plüschlöwen waren über Nacht ebenfalls an der Gedenkstätte aufgetaucht, denn Matts Teamnummer war die Zwölf gewesen und ihr Maskottchen war Leo der Löwe. Letztes Jahr hatten Jugendgruppen dafür demonstriert, seinen Namen zu ändern – Leo klänge zu astrologisch –, doch heute Morgen hatte der lautstärkste Gegner dieses Namens ein Gebet neben dem Flaggenmast angeleitet und dabei ein Löwenrudelsweatshirt getragen.

Ein Hausmeister hatte Matts Leiche gefunden. Die beinahe zweihundert Trauergäste von Haleys Kerzenlichtnachtwache waren Zeuge davon geworden, wie Polizei- und Krankenwagen unter Sirenengeheul am Tatort ankamen.

Makani war erst eine knappe Stunde zuvor nach Hause gekommen und hatte noch immer Ollies Geschmack auf den Lippen, als die Kavallerie aus Lichtern an Grandma Youngs Fenster vorbeiraste. Es sah aus, als wäre jedes Notfallfahrzeug dabei, das Osborne zu bieten hatte. Wie immer kamen die Nachrichten zuerst über die sozialen Netzwerke: *Unfall an der Highschool.*

UPDATE: *Es gab eine Leiche.*

UPDATE: *Es war ein Schüler.*

UPDATE: *Es handelte sich dabei um Osbornes Lieblingsschüler.*

Die Meldung stieg von den Lokalnachrichten zu den Nachrichten des Bundesstaates auf; die obligatorischen Journalisten kamen angeschwirrt und machten einen Riesenwirbel. *Matthew Sherman Butler. Haley Madison Whitehall.* Wenn Leute starben, nannten die Medien immer alle drei Namen. Makani hatte beide Opfer kaum gekannt. Es fühlte sich falsch an, so viele Informationen zu bekommen.

Die Reporter drängten sich an der Campusgrenze entlang und schnappten sich Einzelne für Exklusivinterviews. Makani hatte einen weiten Bogen um den Heuschreckenschwarm geschlagen, doch es gab genug andere Schüler, die bereit dazu waren. Eines der Nachrichtenteams wagte es sogar, sich unter dem Absperrband hindurchzuducken, um die Mülltonnen zu filmen, in denen man Matts Rucksack und Sporttasche entdeckt hatte. Vermutlich waren sie von seinem Mörder dort weggeworfen worden. Makani hatte die aufgebrachten Rufe der Polizeibeamten den ganzen Weg vom Schulhof her gehört.

Haley war zu Hause ermordet worden und Matt in der Schule.

Haley war im Theater heiß geliebt gewesen, Matt im Football.

Ein Opfer, zwei Opfer.

Diese Dinge machten viel aus.

Ein Gerücht war im Umlauf, nach dem die Schule ausfallen sollte, doch Makani nahm an, dass es dazu nicht kommen würde, damit man die Leute leichter verhören konnte.

Es schien wahrscheinlich, dass ein Zusammenhang zwischen den beiden Fällen bestand; es gab zu viele Ähnlichkeiten. Jeder, einschließlich der Lehrer und Verwalter, würden bis zum Abend mit einem Polizeibeamten sprechen müssen. Die Schüler wurden einzeln herausgerufen. Die Reihenfolge – angeblich willkürlich – war eindeutig alphabetisch.

Justine Darby, Oliver Larsson, Alexandra Shimerda, Makani Young.

Sie war als Letzte dran. Als Darby zu ihrem Physikunterricht in der zweiten Stunde zurückkehrte, schnappte er sich einen leeren Stuhl zwischen Makani und Alex.

Makani wollte Details von ihm wissen. »Was für Fragen haben sie gestellt?«

»Leichte Sachen«, sagte er.

Sie bemühten sich nicht, ihr Gespräch leise zu führen. Alle anderen unterhielten sich bereits. Handys, normalerweise verboten, waren hervorgeholt worden, während die Schüler trauerten und nach neuen Informationen suchten. Freitags war es auch so schon schwierig genug, sich zu konzentrieren. Doch selbst die Lehrer wussten, dass heute kein Unterricht stattfinden konnte, weil sie zwei Rollen gleichzeitig übernahmen – die der Berater für die Schüler und die der Sekretäre für die Polizeibeamten.

Mr Merrick, der Physiklehrer, war in eine Diskussion mit zwei Footballspielern verstrickt, die mit hängenden Köpfen dasaßen. Er brach eine weitere Schulregel, indem er ihnen die Hand auf die Schulter legte. Tröstend. Unter Mr Merricks buschigen, wild wuchernden Augenbrauen sah es so aus, als würde er sich anstrengen, nicht zu weinen.

»Sie haben gefragt, ob ich die Opfer kenne«, sagte Darby. »Ob ich je irgendwelche Gerüchte über sie gehört habe, ob ich jemanden kennen würde, der sie vielleicht nicht gemocht hat, wo ich gestern Abend zwischen sechs und sieben gewesen bin. Solche Sachen. Der Beamte war echt nett.«

»Hattest du Chris?« Makani hatte ihn vor dem Unterricht kurz im Flur gesehen. Mit seiner blassen Haut und dem weißblonden Haar war es leicht, ihn als Ollies Bruder zu identifizieren. Allerdings war Chris ein wenig kräftiger gebaut, wenn auch schlanker und weniger muskulös als die meisten Cops.

»Nein, es war eine Frau. Officer Gage. Eigentlich war sie ziemlich heiß.«

»Und *gut in ihrem Job«,* sagte Alex, ohne von ihrem Handy aufzublicken.

Darby winkte ab. Er war auch Feminist. »Das wird schon«, sagte er zu Makani, weil sie den Kopf eingezogen und die Ellbogen an ihre Seiten gepresst hatte. Unbewusst machte sie sich kleiner.

Makani hasste die Vorstellung, mit der Polizei reden zu müssen. Ihre Fragen zu beantworten. Was, wenn sie in ihre Akte sahen und entdeckten, dass auf Hawaii etwas herausgelöscht worden war? Sie hatte immer befürchtet, dass eines Tages etwas passieren würde, was eine nähere Inspektion ihrer Akten nach sich zog. *Und da war es nun. Heute war der Tag.* Was würden ihre Freunde von ihr denken?

Wenn Ollie hier wäre, hätte seine Stille vielleicht ein Trost sein können. Aber sie hatten nur eine einzige Unterrichtsstunde zusammen. Seit gestern Abend hatten sie sich nur Nachrichten geschrieben. Ollie hatte wach gelegen und die ganze Zeit Angst gehabt, es könnte an der Haustür klopfen und der Polizeichef ihm mitteilen, dass es einen dritten Angriff gegeben hatte und sein Bruder jetzt auch tot war. Chris war erst nach vier Uhr morgens nach Hause gekommen. Ollie hatte verschlafen und hätte es fast nicht pünktlich zur Schule geschafft.

»Glaubst du, dass das Team ausscheiden wird?«, fragte Darby Alex.

Makani merkte, dass sie sich schon mehrere Minuten miteinander unterhielten.

»Aus den Play-offs?« Alex schüttelte den Kopf. »Ihr Platz war bereits sicher. Und Matt war nicht der Einzige, hinter denen die Scouts her waren. Das Team *kann nicht* aufhören zu spielen ...«

»... weil wir hier in Nebraska sind.« Wie ein Roboter brachte Makani den Satz zu Ende. Die meisten Gespräche über Football endeten mit diesem Satz.

Alex spielte gern Trompete, aber sie zog die Konzertsaison dem Musikzug vor. Sie nickte missbilligend. »Die Förderer haben heute Morgen Nachrichten herumgeschickt. Wir haben heute Abend frei, genau wie das Team, aber am Montag gehen die Proben weiter.«

Darby schaute sich um, um sich zu vergewissern, dass niemand zuhörte. »Ich habe gehört, dass die Coachs vielleicht suspendiert werden, weil sie sofort nach dem Training das Schulgelände verlassen haben. Jemand sollte eigentlich beim Team bleiben. Und wenn jemand geblieben *wäre ...«*

Alex schnitt eine Grimasse. »Zwanzig Mäuse darauf, dass der einzige Couch, der suspendiert wird, der rangniederste Assistent sein wird.«

»Ich glaube nicht, dass Haley und Matt sich überhaupt kannten«, sagte Darby und kehrte damit zur rätselhaftesten Frage zurück. »Glaubst du wirklich, sie hatten etwas miteinander?«

Die Richtung der Gerüchte hatte sich verändert. Haleys Vater war in den Hintergrund getreten, jetzt stand die Geheime-Liebschaft-Theorie auf dem Prüfstand. Plötzlich schworen manche Mitschüler, dass sie gesehen hatten, wie Haley und Matt sich im Sonic einen Milchshake geteilt oder unter der überdachten Tribüne herumgemacht hatten.

»Ich meine«, sagte Darby, »Matt ist schon seit zwei Jahren mit Lauren Dixon zusammen.«

»Deshalb ist es ja auch ein Geheimnis.« Alex beugte sich vor und hüllte sie dabei in ihr Lieblingsparfüm. Ihre Haut roch blumig und würzig. »Vielleicht hat Lauren es herausgefunden und sie in rasender Eifersucht beide umgebracht.«

»Glaubst du wirklich, ein Mädchen hätte das tun können?«

»Natürlich hätte das ein Mädchen tun können.«

Darby sah sie finster an. »Ich meinte, rein körperlich. Matt war ein kräftiger Kerl.«

»Findest du nicht, dass Lauren so eine richtig starke Bitch ist?«, fragte Alex.

Nachdem Makani nach Osborne gezogen war, war Lauren die Erste gewesen, die gefragt hatte: *Was bist du?* Makani hatte ihr darauf eine ehrliche Antwort gegeben und Lauren hatte gelacht. *Dann bist du also eine Promenadenmischung!* Sie hatte sich wohl für besonders witzig gehalten und alle, die in Hörweite waren, hatten gelacht. Seitdem verabscheute Makani sie. Doch selbst mit dieser Vorgeschichte war sie froh, dass Lauren zu Hause geblieben war und ihr – zumindest eine Zeit lang – erspart wurde mitzubekommen, was man über sie sagte.

»Vielleicht stammt der Mörder gar nicht von hier«, sagte Darby. »Womöglich ist es jemand aus einem konkurrierenden Team. Jemand, der um die Aufmerksamkeit derselben College-rekrutierer buhlt.«

»Aber warum dann Haley umbringen?«, fragte Alex.

Er überlegte ein paar Sekunden. »Dreiecksgeschichte?«

Sie erschraken, als jemand vor ihnen herablassend lachte. Es war Alex' leidenschaftlicher Schwarm. Während Rodrigo sich zu ihnen umdrehte, betrachtete Alex ihn mit vernichtendem Blick. Aber sie nahm Haltung ein.

Großspurig und lässig verschränkte Rodrigo die Finger hinter seinem Kopf. »Ich glaube, eine Dreiecksgeschichte ist ungefähr genauso wahrscheinlich wie dein Geheime-Geliebte-Szenario.«

»Sag das nicht«, sagte Alex und zeigte auf seine Brust. David, der neben Rodrigo saß, verdrehte die Augen. Makani verstand. Ihre beiden Freunde mussten sich endlich mal überwinden und so richtig übereinander herfallen.

»Was ist mit Buddy?«, fragte Darby. »In der Dreiecksgeschichte?«

Rodrigos Gesicht wurde noch skeptischer. »Buddy Wheeler?«

»Nein, der andere Buddy, der Football spielt«, antwortete Alex.

Darby ignorierte sie. »Weißt du noch, als letztes Jahr seine Freundin mit ihm Schluss gemacht hat und er so heftig gegen ihren Spind geschlagen hat, dass seine Haut im Metallgitter hängen geblieben ist? Er musste genäht werden wegen dem Scheiß. Nun haben wir hier jemanden, der tödlich wütend werden kann *und* Matts bester Freund ist.«

»Buddy ist zu dumm, um ein Mörder zu sein«, sagte Alex.

»Das ist das Einzige, worin wir uns einig sind«, stimmte Rodrigo zu.

Makani schaute zur Klassenzimmertür hinüber. Würde es jemandem auffallen, wenn sie ginge?

»Ist dir schlecht?«

Makani wandte den Blick wieder von der Tür ab und stellte fest, dass David sie anstarrte. Er schien eher gelangweilt als interessiert zu sein, aber dieser Eindruck konnte auch einfach an seinem Gesicht liegen. Es war länglich und unscheinbar und eine seltsame Flutwelle sandfarbener Haare fiel ihm über die Stirn. »Du hältst dir den Bauch«, sagte er.

»Ich glaube, für mich ist es einfach an der Zeit, von etwas anderem zu reden.«

Er zuckte mit den Schultern. »Gibt es etwas anderes, worüber man reden könnte?«

Das war eine berechtigte Frage, aber sie fühlte sich dadurch noch einsamer.

Zusätzlich zu den offensichtlichsten – und ausgefallensten – Verdächtigen kamen auch Gerüchte über Ollie und Zachary auf. *Ollie und Zachary. Der Außenseiter und das Arschloch. Der Tyrannisierte und der Tyrann.* Jede Menge Leute hatten mitbekommen, dass Matt vor nur zwei Tagen Ollie fertiggemacht hatte. Und mehrere andere waren Zeuge davon geworden, wie Zachary letzten Monat Matt verhöhnt hatte, nachdem verkündet worden war, dass Matt zum Homecoming King gekrönt werden würde.

Makani hatte während des Homecoming-Spiels einen Werwolffilm in Darbys Keller angeschaut. Als das Spiel vorbei und ihre Pflichten in der Band erfüllt waren, kam auch Alex dazu. Keiner von ihnen ging am folgenden Abend zum Ball. Sie waren von niemandem eingeladen worden. Jetzt war der Homecoming King tot. Das war kaum zu glauben.

»Was glaubst du, wer es getan hat?«, fragte David.

Makani starrte zur Tür. Sie konnte ihren Blick nicht vom Ausgang abwenden. »Ich weiß es nicht. Vielleicht hängen ihre Morde ja gar nicht zusammen.«

Darbys, Alex' und Rodrigos Köpfe fuhren zu ihr herum.

»Ich m-meine«, sagte Makani, »natürlich hängen sie zusammen, aber was ist, wenn Haley und Matt genau die waren, für die wir sie gehalten haben? Was, wenn es keine große Verschwörung gibt und sie einfach nur deshalb ausgewählt wurden, weil sie beide beliebt waren?«

Alex schüttelte den Kopf. »Haley war nicht beliebt.«

»Die Leute mochten und respektierten sie. Das ist fast dasselbe.«

»Okay«, sagte Rodrigo, »dann lautet also deine Theorie, dass jemand Unbeliebtes sie umgebracht hat? Jemand, der eifersüchtig ist auf ihren Status?«

Makani war gereizt. »Ich habe keine Theorie. Ich sage doch nur, dass wir es nicht wissen.«

»Derjenige müsste gar nicht unbeliebt sein«, meinte Alex. »Sondern einfach nur *weniger* beliebt.«

»Wenigstens bedeutet das, dass wir alle in Sicherheit sind«, stellte Rodrigo fest.

Bisher war sich Makani nicht so sicher gewesen, ob Rodrigo bewusst war, dass er nicht allseits bewundert wurde. Jetzt mochte sie ihn wegen seiner Aussage ein wenig mehr. Sie selbst würde es vorziehen, als völlig unscheinbar durchzugehen. Leider schien sich das Ende ihrer Anonymität rasant zu nähern.

Die Polizei holte sie in der letzten Stunde aus dem Unterricht. Es war die einzige gemeinsame Stunde mit Ollie, aber sie hatten noch kaum miteinander gesprochen, als Señora Washington sie darum bat, in den Flur hinauszukommen. Die junge, eindeutig nicht hispanische Spanischlehrerin sah niedergeschlagen, aber auch ein wenig erleichtert aus. Es war der letzte Name, den sie aufrufen musste.

»Das Beste zum Schluss«, sagte der Beamte, während er die Tür hinter ihr schloss. Er trug eine steife dunkelblaue Uniform und auf seinem Namensschild stand LARSSON.

Klar. Das musste ja so kommen.

Makani hob zur Erwiderung die Hand. Sie hatte Angst, dass ihre Stimme ihre Nervosität preisgeben würde, als hätte das ihre klamme Haut nicht längst getan.

»Ich hoffe, es macht dir nichts aus, dass ich darum gebeten habe, dich befragen zu dürfen.« Das Grinsen kam ihr auf unheimliche Art vertraut vor. »Ich wollte wissen, in wen mein kleiner Bruder verknallt ist.«

Sie hatte keine Ahnung, wie sie darauf reagieren sollte, deshalb ließ sie es sein. Beim Wort *verknallt* ging ein belebender Ruck durch sie hindurch. Allerdings zählte dies bestimmt zu den schlimmsten Arten, die Familie eines potenziellen Freundes kennenzulernen. Sie hatte gehofft und gebetet, irgendeinen anderen Beamten zu erwischen.

Makani beschloss, ihn insgeheim *Chris* zu nennen und nicht *Officer Larsson,* da dies geringfügig weniger einschüchternd war. Chris führte sie in ein leeres Zimmer, in dem elektrische Schreibmaschinen gelagert wurden. Es war der Tippraum. Die Schüler des ersten Jahres lernten auf Schreibmaschinen, weil auf Computern betrügen zu einfach war. Kopieren, einfügen. Chris deutete auf den harten orangefarbenen Stuhl, der neben dem Lehrerpult stand.

Makani setzte sich gehorsam. Die summenden, fluoreszierenden Lichter waren zu gleißend hell für einen Raum, der so vernachlässigt und unzeitgemäß erschien. Sie fühlte sich dadurch nackt. Sie verschränkte die Arme, fürchtete dann, dass dies respektlos aussah, und setzte sich stattdessen auf ihre Hände.

Chris rollte den bequemen Lehrerstuhl auf sie zu und setzte sich. Er musterte sie, nicht unfreundlich. »Wie kommst du zurecht?«

Makani wusste, dass sie nicht aussah, als ginge es ihr gut.

Sie wirkte nervös und verwirrt. Es war besser, es zuzugeben und zu hoffen, dass er davon ausging, dies wäre aus nachvollziehbaren Gründen so. »Nicht so toll.«

»Ja, so hörst du dich an. Alle sind ziemlich erschüttert. Selbst wir«, sagte er und sie nahm an, dass er damit die Polizei meinte. »Etwas Derartiges ist in Osborne noch nie vorgekommen. Haben dir deine Lehrer die Informationen zur psychologischen Beratung gegeben?«

Ollie war so gut mit ihrer Großmutter ausgekommen und sie saß nun da und versagte kläglich bei seinem Bruder. Sie hatte zwei Worte gesagt, konnte ihm kaum in die Augen sehen und er dachte bereits, dass sie psychologische Beratung brauchte.

Dennoch blieb ihr nichts anderes übrig, als zu nicken. Zumindest stimmte es. *Jeder* Lehrer hatte ihnen diese Informationen gegeben. Die Psychologen würden für Monate ausgebucht sein.

»Gut. Das ist gut.« Chris zog einen umklappbaren Notizblock aus seiner Brusttasche und machte seinen Kuli startklar. »Jetzt habe ich nur noch ein paar Fragen an dich. Es sind absolute Standardfragen, die wir allen stellen.«

Ein weiteres Nicken. Ihre Hände unter ihrer Jeans fingen an zu schwitzen.

Seine Stimme blieb freundlich, wurde aber einen Hauch strenger. *Cop-Stimme.* »Ich weiß, dass du neu hier bist, aber kanntest du eines der Opfer?«

Es war seltsam. Makani lebte schon seit einem Jahr hier – jede Menge Zeit, in der sie die Opfer hätte kennenlernen können –, aber in einer Kleinstadt wie dieser würde man ihr immer das Gefühl geben, die Neue zu sein. »Nein«, sagte sie. »Ich habe noch nie mit Haley gesprochen.«

Noch nie anstatt *nie.* Als bestünde immer noch die Chance, dass sie sich zufällig beim Eiskaffeekaufen an der Tankstelle über den Weg liefen.

Sie brachte ihre Grammatik in Ordnung. »Vielleicht habe ich ein-, zweimal mit Matt im Politikunterricht gesprochen, weil er in der Nähe von mir saß, aber da bin ich mir nicht mal sicher. Wenn ich überhaupt mal mit ihm gesprochen habe, dann über nichts Weltbewegendes.«

Die Befragung ging weiter: *Kennst du jemanden, mit dem die Opfer Probleme gehabt haben könnten? Wurden sie je schikaniert? Haben sie je andere schikaniert?*

Makani beantwortete alle Fragen negativ, wobei sie sich fragte, wie viele ihrer Mitschüler die Kühnheit besessen hatten, Ollie zu erwähnen. Alle hatten gewusst, dass sie mit seinem Bruder sprachen – derselbe Nachname, die Ähnlichkeit, das berühmte Auto.

Sergeant Beemer hatte Ollie in der Mittagspause verhört. Ollie hatte Makani nicht viel erzählt, nur dass es die ganze Stunde gedauert hatte. Die Befragungen aller anderen hatten nur ein paar Minuten gedauert. War Ollie zu dem Vorfall mit Matt auf dem Schulhof befragt worden? Und hatte es vorher schon solche Vorfälle gegeben?

»Sorry.« Makani zuckte mit den Schultern und schaute dabei auf das Industrielinoleum hinunter. »Ich bin keine große Hilfe. Ich hänge mit keiner ihrer Cliquen ab.«

»Schon gut. Jeder Hinweis hilft.« Sein Ton war weicher geworden und sie blickte auf. Jetzt wo er ihre Aufmerksamkeit hatte, breitete sich ein verschmitztes Lächeln auf seinem Gesicht aus. »Wo warst du gestern Abend, oder sagen wir ab dem späten Nachmittag?«

Ihre Wangen wurden flammend rot.

Sein Grinsen wurde noch breiter.

»Ich war mit deinem Bruder zusammen.« Verlegen verschränkte Makani die Arme. »Um halb sechs hat er mich nach Hause gefahren, danach habe ich mit meiner Großmutter das Abendessen zubereitet.«

»Und wohin war Ollie mit dir gefahren?«

Sie stöhnte ein wenig theatralisch auf.

»Darf ich dich daran erinnern, dass ich Polizeibeamter bin?« Er nahm sie total auf den Arm, deshalb wappnete sich Makani mit einem schiefen, besiegten Lächeln. »Das weiß ich wirklich nicht. Irgendein Maisfeld an der 275, zwischen hier und Troy. Wir haben rumgemacht. Er bekam einen Anruf von der Arbeit, daraufhin sind wir zurückgefahren.«

Wieder notierte sich Chris etwas auf seinem Notizblock.

Makani setzte sich ein wenig aufrechter hin. »Warum? Was hat *er* gesagt?«

»Dasselbe.« Er sah aus, als wäre er zufrieden mit sich. »Ich wollte es nur *von dir* hören.«

Sie lachte tatsächlich und er musste daraufhin auch lachen. »Kann ich jetzt gehen? Sind wir fertig?«

Er bedeutete ihr mit einer Geste, sitzen zu bleiben. »Fast.«

Makani machte sich auf die unausweichlich heikle nächste Frage gefasst – *Was für Absichten hast du mit meinem Bruder?* –, die sie nicht beantworten würde, daher erwischte Chris sie kalt, als er fragte: »Wie viel Jagderfahrung hast du?«

»Keine.« Sie zog die Augenbrauen zusammen. »Mein Dad hat mich manchmal zum Angeln mitgenommen, aber davon war ich nie wirklich begeistert. Zählt das?«

»Hast du ihm je dabei geholfen, die Fische auszunehmen?«

»Nein.«

»Wie viel Erfahrung hast du mit einem Messer, was würdest du sagen?«

Alles Blut wich aus Makanis Gesicht. »W-warum willst du das wissen?«

Chris blickte von seinem Block auf. Er legte den Kopf schief. »Weil die Person, die wir suchen, geschickt mit dem Messer ist und sich in Anatomie auskennt.«

»Nein.« Ihre Stimme bebte. *»Nein.«*

Glücklicherweise musste er den Schluss gezogen haben, dass sie über den Grund für die Frage bestürzt war und nicht über die Frage an sich. »Alles gut«, beruhigte er sie, während er sein Notizbuch wegsteckte. »Das ist alles, was wir wissen müssen.«

Ihr Herz hämmerte, als er sie wieder auf den Flur hinausführte.

»Ich muss jetzt noch die Verwaltungsangestellten vernehmen, aber wenigstens du kannst bald nach Hause, was?« Chris streckte ihr die Hand hin. »Bis zum nächsten Mal.«

Makani schüttelte ihm die Hand. Sie wollte eigentlich sagen, dass es schön war, ihn kennengelernt zu haben. Stattdessen eilte sie in die Toilette.

Sie weinte bereits, als sie in die erstbeste Kabine stürzte – nicht aus einem besonderen Grund, sondern aus allen Gründen. Sie wünschte, sie wäre auf Hawaii und würde ein ganz normales Abschlussjahr erleben. Sie wünschte, sie hätte Chris gegenüber die angemessene Mischung aus Charme und Trauer an den Tag legen können. Sie wünschte, es gäbe keine Psychopathen, die zum Vergnügen mordeten und einem das Gefühl vermittelten, dass die Welt gefährlich war. Sie wünschte, dass Ollie ihr fester Freund wäre und sie wieder mit ihm herummachen könnte, vorzugsweise so bald wie möglich. Und sie wünschte, sie wäre nicht so egoistisch, sich einen Freund zu wünschen, wo doch gerade zwei ihrer Mitschüler gestorben waren.

Wenn sie noch länger hier drinbliebe, würden sich die Leute wundern. Makani schluckte die Tränen hinunter, trocknete sich das Gesicht mit einem kratzigen Papiertuch ab und verließ die Toilette.

Draußen lehnte Ollie an der Wand neben dem Trinkbrunnen. Er hatte dunkle Ringe unter den Augen. »Du warst bei meinem Bruder.« Das war keine Frage.

»Officer Larsson hat speziell nach mir verlangt.«

Ollie seufzte.

»Es war okay. Er war nett.« Makani sah sich um, aber der Flur war leer. »Hast du ... auf mich gewartet?« Und dann entdeckte sie, dass ihr Rucksack auf dem Boden, neben seinen Füßen, stand. »Warum hast du ihn dabei?«

»Ich habe Señora Washington gefragt, ob ich auf die Toilette gehen darf. Sie hat nicht mal gemerkt, dass ich mir dabei unsere Taschen geschnappt habe. Ich habe dich hineingehen sehen, deshalb habe ich gewartet.«

Sie war mehr als zehn Minuten dadrin gewesen. Panik brodelte nach oben, wurde sofort greifbar. »Ich habe einfach nur dagesessen. Ich saß nur da. Ich wollte nicht zurück in den Unterricht.«

Ollie nickte.

»Du hättest klopfen sollen«, sagte sie.

Er zog die Augenbrauen nach oben. Sie wussten beide, dass er es nie gewagt hätte, an der Damentoilette zu klopfen. Zu viele potenzielle peinliche Konsequenzen.

»Nein, sorry.« Makani war erschöpft und verwirrt. Nichts von all dem ergab einen Sinn. »Aber ... warum hast du meine Tasche?«

»Geht es dir gut?«, fragte er.

»Was?« Sie schüttelte den Kopf. Es war, als würden sie zwei verschiedene Gespräche führen. »Nein, mir geht es nicht gut. Geht es dir gut?«

Ollie lächelte. »Ganz und gar nicht.« Makani starrte ihn an, bis sie in hilfloses Gelächter ausbrach. In ihren Augenwinkeln sammelten sich wieder Tränen. »Ich habe keine Ahnung, was da gerade los ist.«

»Es sind immer noch zwanzig Minuten bis zum letzten Läuten, aber ich gehe jetzt schon.« Ollie hob ihren Rucksack auf und hielt ihn ihr hin. »Willst du mitfahren?«

9

Die Einzigen, die ihre vorzeitige Abfahrt mitbekamen, waren die Reporter. Wie Geier lungerten sie zwischen Campus und Parkplatz herum und warteten darauf, dass die Schüler ins Wochenende entlassen wurden. Lauerten auf Aas. Als Makani und Ollie sich näherten, drückte Makani die Wirbelsäule durch. Sie senkte den Kopf und ging schneller. Ollie passte seine Geschwindigkeit an.

Aus allen Reportern auf einmal brach es heraus: *Kanntet ihr die Opfer? Wie würdet ihr die Atmosphäre beschreiben, die heute in der Schule herrscht? Wird das die Chancen eures Teams bei den Play-offs schmälern?* Mikrofone und Kameras wurden in ihre Richtung gehalten und Makani wandte sich so deutlich wie möglich von diesem Angriff ab, aber eine Frau mit einem massiven Pony voller Haarspray jagte ihnen trotzdem hinterher. »Wie fühlt es sich an, wenn man innerhalb von drei Tagen zwei seiner Mitschüler verloren hat?«

Makani konzentrierte sich auf Ollies Auto, das am anderen Ende des Parkplatzes stand.

»Wie fühlt es sich an, wenn man innerhalb von drei Tagen zwei seiner Mitschüler verloren hat?«

Auto, Auto, Auto, Auto, Auto, Auto, Auto …

Eine Hand berührte Makanis Schulter und sie fing an zu schreien. Ihr Blick wirkte völlig irrsinnig vor Angst. Die Reporterin taumelte zurück und stieß gegen den Kameramann;

Makani schrie erneut. Verwirrt und wütend rief die Frau etwas und plötzlich stand Ollie zwischen ihnen und brüllte: »Lassen Sie sie in Ruhe! Gehen Sie weg von ihr, verdammt noch mal!«

Der Kameramann legte die Hand auf den Arm der Reporterin und hielt sie zurück, doch sie war nicht bereit lockerzulassen. »Du«, sagte sie. »Rosa Haar. Wie fühlte es sich an ...«

»Wie zum Teufel glauben Sie denn, dass es sich anfühlt?«

Der Kameramann flehte die Reporterin praktisch an. »Wahrscheinlich sind sie noch minderjährig ...«

Wie durch einen Nebel griff Ollie nach Makani. Er legte ihr den Arm um die Schultern, während er sie auf sein Auto zuschob. *Auto, Auto, Auto,* dachte sie. *Auto.* Er öffnete die Beifahrertür und half ihr hinein, dann rannte er zur Fahrerseite. Alle ihre fünf Sinne waren überlastet. Anstatt zu versuchen, nicht zu weinen, bemühte sich Makani einfach nur noch, nicht zu schluchzen.

Sie erwartete – oder wünschte sich vielleicht sogar –, dass er vom Parkplatz preschen würde, doch er fuhr vorsichtig hinaus und beachtete dabei die Geschwindigkeitsbegrenzung. Er bog links ab, nicht in die Richtung ihres Zuhauses, und fuhr, bis er zum Park in der Nähe der Grundschule kam.

Dort hielt er an der Seite an. Makani spürte, dass er nicht so recht wusste, ob er ihr beruhigend die Hand auf den Arm legen sollte. »Es tut mir leid«, sagte sie. Ihre Überreaktion war offensichtlich und beschämend gewesen. Sie musste lügen. »Ich weiß nicht, warum ...«

»Es gibt nichts, wofür du dich entschuldigen müsstest.«

Sie schniefte und kramte in ihrem Rucksack nach Taschentüchern.

Ollie beugte sich über sie, um das Handschuhfach zu öffnen. Es war mit zerknüllten Servietten eines KFC außerhalb der Stadt angefüllt.

Sie nahm ein Büschel davon an sich und schnäuzte sich. Es gab keine attraktive Art, dies zu tun. Sie fühlte sich wie ein Monster. »Das war so ein beschissener Tag.«

»Aber *was* für ein beschissener Tag.« Er lachte kurz auf. Eine volle Minute lang saßen sie schweigend da. Makani starrte aus dem Fenster. Der Park war leer, abgesehen von einer Mutter mit Kleinkind auf der Schaukel. »Ich will nicht nach Hause.« Ihre Stimme klang schwach und niedergeschlagen. »Sie wird wollen, dass ich alles, was heute in der Schule passiert ist, noch mal aufwärme, aber ich will nicht darüber sprechen. Ich kann nicht mehr darüber nachdenken.«

Ollie nickte. Er begriff, dass sie ihre Großmutter meinte. »Wo willst du hin?«

»Irgendwohin, wo es ruhig ist.«

Da nahm Ollie sie mit zu sich nach Hause.

Die Fahrt dauerte zwanzig Minuten, bis sie auf dem Highway 79 auf halber Strecke von Osborne nach East Bend waren, einer weiteren einsamen Straße durch Maisfelder und Rinderfarmen. Nach jeder Meile kamen sie an einem leuchtstiftgelben Werbeplakat für das lustige Maislabyrinth der Familie Martin vorbei. Eine lächelnde rothaarige Familie, die aussah wie aus einem Comic, strahlte von der oberen Ecke jedes Werbeplakats herunter.

NEBRASKAS GRÖSSTES MAISLABYRINTH!

NUR NOCH 8 KM!

KÜRBISBEET!

NOCH 6 KM!

HEUWAGENFAHRTEN!

NOCH 5 KM!

STREICHELZOO!

NOCH 3 KM!

MAISGRUBE!

NOCH 2 KM!

»Was ist eine Maisgrube?« Makani war inzwischen leichter ums Herz, weil sie wusste, dass sie ein paar Stunden Atempause vor sich hatte. Sie hatte Darby geschrieben, dass Ollie sie nach Hause fahren würde, und Grandma Young hatte sie geschrieben, dass Darby sie mit zu sich nach Hause genommen hätte. Beide schienen nicht besonders begeistert, aber beide gingen recht in der Annahme, dass sie eine Ablenkung von den Neuigkeiten brauchte.

»Es ist genau das, wonach es sich anhört«, sagte Ollie. »Eine riesige Grube mit Maiskörnern.«

»Okay. Aber was *macht* man mit einer Maisgrube?«

Lächelnd sah er sie an. »Kennst du diese Bällebäder bei McDonald's? Es ist genau so, nur größer. Viel größer. Und es macht total Spaß«, bekannte er. »Der Streichelzoo hingegen – auf den könnte ich gut und gerne verzichten. Wenn der Wind aus der richtigen Richtung kommt ...«

Makani lachte, als zirkusartige Fahnen auf den Feldern auftauchten. Sie fuhren an dem ausgedehnten Labyrinth und einem riesigen, unasphaltierten Parkplatz vorbei, der fast leer war. »Kommt überhaupt irgendjemand hierher?«

»Am Wochenende ist es rappelvoll. Leute aus Omaha und Lincoln kommen hierher. Und es ist laut. Man kann es bis zu mir nach Hause hören. Samstags spielt sogar eine Polkaband. Wenn wir die Fenster offen haben, ertappe ich mich oft dabei, wie meine Füße zum Rülpsen ihrer Tuba wippen.«

Sie lachte wieder. »Ich stelle mir immer noch vor, wie du in der Maisgrube herumschwimmst.«

Ollie hielt den Blick geradeaus gerichtet, doch seine Augen schimmerten. Vielleicht leuchteten sie auch.

Er bog in die nächste Straße ein. Ein sanfter Hügel durchbrach die gerade Fläche der umgebenden Landschaft. Es hatte die verhaltene, gespenstische Schönheit, die die Schriftstellerin Willa Cather beschrieb, nur ein Jahrhundert später. In der zehnten Klasse musste sie im Englischunterricht *O Pioneers!* lesen und die Beschreibung der vertrauten Landschaft hatte sie getröstet. Sie erinnerte sie an die Besuche bei ihrer Lieblingsgroßmutter. Damals ahnte sie noch nicht, dass sie schon bald hier leben würde.

Der Roman hatte seinen Reiz verloren. Jetzt war er keine Fiktion mehr.

Ein Haus in der Ferne wurde größer und Makani merkte, dass die Straße Ollies Einfahrt war. Das Haus war weiß wie ihres, allerdings blätterte die Farbe ab und es war verwittert. Es war in neugotisch-viktorianischem Stil gehalten, der in dieser Gegend bereits überholt war. Drei dramatisch geschwungene Bogenfenster saßen unter drei steil aufragenden Dachspitzen. Doppelsäulen umrahmten eine bescheidene, überdachte Veranda. Der ausgedehnte Vorgarten war ungepflegt und überwuchert.

Makani war froh, dass sie nicht an Gespenster glaubte; sie glaubte nur an die geisterhaften Eigenschaften schmerzlicher Erinnerungen. Und sie war sich sicher, dass dieses Haus jede Menge davon enthielt.

Nicht alles daran war jedoch düster. Als sie aus dem Auto stieg, war durch eine leichte Brise der Klang mehrerer Windspiele zu hören. Zwei große Farne schwankten in an Ketten befestigten Blumenkübeln zu beiden Seiten der Veranda. Sie waren im frühen Frost abgestorben. Zeugten aber davon, dass hier jemand wohnte.

Ollie warf ihr einen nervösen Blick zu. »Home sweet home.«

Hatte er je zuvor ein Mädchen nach Hause gebracht oder war das etwas Neues für ihn? Etwas, das ihn möglicherweise verletzlich machte? Auf dem sich auflösenden Fußabtreter aus Kokosbast stand ein einziges Wort, das kaum noch zu erkennen war: LARSSON.

Der jüngere Larsson schloss die Haustür auf, die zu einem großen, dämmrigen und staubigen Raum führte. »Ich weiß.« Er seufzte. »Es sieht aus wie ein Spukhaus.«

Makani hob ihre Hände zu einer Geste der Unschuld. »Ich habe kein Wort gesagt.«

Mit einem angespannten Lächeln führte er sie nach drinnen. Die Böden bestanden aus altem Hartholz und die Dielen ächzten bei jedem Schritt.

Makani blieb auf der Schwelle stehen, während Ollie die Vorhänge aufzog. Staubpartikel glitzerten im plötzlichen Licht, als das Wohnzimmer enthüllt wurde. Doch es wurde dadurch gleich heimeliger, wirkte normaler als erwartet. Sie konnte nicht anders, als erleichtert zu sein. Die Teppiche, Lampen und Haushaltsgegenstände schienen eine Mischung aus viktorianischen Kopien und echten viktorianischen Antiquitäten zu sein, aber die Couchgarnitur stammte eindeutig aus diesem Jahrhundert.

Trotzdem ... dieser Raum hatte *etwas* an sich. Es herrschte eine unnatürlich große Stille. Alles schien unerschüttert. Unbenutzt.

»Möchtest du was trinken?«, fragte Ollie. »Wir haben Wasser, Orangensaft, Cola – na ja, nicht Coca-Cola, sondern eine No-Name-Cola ...«

Makani lachte, weil er sich daran erinnerte. »Wasser wäre gut.«

»Leitungswasser? Eiswürfel? Keine Eiswürfel?«

Sie folgte ihm durch das angrenzende Esszimmer, das ebenso düster und unberührt war. Ollie bewegte sich wie ein Gewohnheitstier. »Was immer dir mehr Arbeit macht«, rief sie, auch wenn es hier drinnen nicht viel wärmer war als draußen. Sie wollte kein Eis.

Wenigstens die Küche war heller. Viel heller. Vorhanglose Fenster blickten auf die wogenden Felder hinaus und in der Ferne flatterten lustig die Fahnen des Labyrinths. Ollies Küche war zwar nicht ganz so sauber wie die von Grandma Young, aber weniger staubig als der Rest des Hauses. Das Geschirr war kürzlich abgewaschen worden und trocknete jetzt auf einer Ablage. Die Einrichtung und die Möbel sahen zwar nicht unbedingt modern aus, aber sie wirkten auch nicht viktorianisch.

Ein Schatten löste sich von den Dielenbrettern.

Makani schrie gellend auf, als ein Hund mit geflecktem, bläulich grauem Fell stolpernd auf Ollie zujagte.

Lachend ging er in die Knie, um den Eindringling zu begrüßen. »Hey, Thaddäus.«

Zum zweiten Mal innerhalb einer Stunde hatte sie komplett die Nerven verloren. Wieder war Makani total verlegen. »Tut mir leid. Ich wusste nicht, dass du einen Hund hast.«

»Blue Heeler.« Ollie lächelte, während er seinen Kopf streichelte. »Damals, als wir ihn bei uns aufgenommen haben, war ich großer SpongeBob-Fan. Jetzt ist er taub und beinahe blind. Er schläft fast den ganzen Tag – deshalb hat er auch nicht bemerkt, dass wir hereingekommen sind.« Thaddäus lehnte sich an ihn, als würde er Ollie dazu benutzen, um sich selbst aufrecht zu halten. »Wie geht es dir, Kumpel?«

Makani ging in die Hocke, um ihn zu streicheln. »Beißt er?«

»Wenn du ihn zuerst an deiner Hand schnüffeln lässt, dann nicht.«

Thaddäus müffelte ein wenig, aber das machte Makani nichts aus. Sein Fell war rau, beinahe wächsern. Aber es fühlte sich gut an, einen Hund zu streicheln, und noch besser fühlte es sich an, Ollie so nahe zu sein.

»Hast du einen Hund? Zu Hause?« Ollie sah weg, als er die zweite Frage hinzufügte, er war sich bewusst, wie selten sie über ihre Vergangenheit sprach.

Aber Hunde waren ein sicheres Thema. Makani schüttelte den Kopf, während sich Thaddäus auf den Rücken wälzte. »Meine Mom behauptet, dass sie allergisch ist. Aber eigentlich ist sie nur der Meinung, dass Hunde zu viel Dreck machen.«

»Wir haben auch eine Katze. Im Moment ist sie wahrscheinlich draußen.«

»Sandy Cheeks?«

Er grinste. »Raven.«

»Ah. Ein *viel* coolerer Name.«

»Nicht unbedingt. Zu der Zeit war ich total in Raven-Symoné verliebt.«

Makani lachte.

Ollie streichelte Thaddäus den Bauch. »Ich habe keine Ahnung, warum meine Eltern zugelassen haben, dass ich unseren Tieren ihre Namen gebe.«

»Weil deine Eltern eindeutig toll waren.« Kaum hatte sie es ausgesprochen, zuckte sie zusammen. War es okay, sie zu erwähnen? Andererseits war er derjenige gewesen, der das Thema aufgebracht hatte.

Und jetzt nickte er zustimmend.

Ihr kam in den Sinn, dass Ollie es vielleicht schätzte, wenn seine Eltern zur Kenntnis genommen wurden. Womöglich war es weit schwieriger, wenn die Leute alles taten, um ein Gespräch über sie zu vermeiden – wenn sie so taten, als hätten seine Eltern nie existiert.

Makani tat oft so, als würden ihre nicht existieren. Weil ihre Großmutter darauf bestand, rief sie ihre Mutter einmal pro Woche und ihren Vater jede zweite Woche an. Jetzt gerade wussten sie nicht mal, was hier los war, weil Makani bis zu diesem Moment überhaupt nicht daran gedacht hatte, es ihnen zu sagen. Ihre Eltern verbrachten die viel zu langen Telefonate immer damit, sich über den jeweils anderen zu beklagen.

Ollie wusch sich den Hundegeruch von den Händen und holte zwei Burritos aus dem Gefrierschrank. Er hielt sie ihr hin. Beide waren mit Bohnen und Käse. »Einen oder zwei?«

Makani sehnte sich nach einer dampfend heißen Schale Saimin, einer Nudelsuppe, die zu Hause so verbreitet war, dass sie es auf die Speisekarte von McDonald's geschafft hatte. In Osborne gab es nicht einmal einen McDonald's ohne Saimin. Aber Burritos waren in Ordnung. Besser als das, was auch immer sie bei ihrer Großmutter zum Abendessen bekommen hätte. »Einen bitte«, sagte sie. »Danke.«

Er befreite sie aus ihrer Verpackung, zögerte und nahm sich dann noch einen Burrito für sich. Alle drei steckte er in die Mikrowelle.

Während er Thaddäus hinter den Ohren kraulte, starrte Makani die ausgebleichten Fotos am Kühlschrank an. Ollies Eltern standen vor dem Old Faithful. Sie hatten die Arme umeinandergelegt und lächelten, während der Geysir über ihre Köpfe hinwegsprühte wie ein Wal aus seinem Atemloch. Sein Vater lächelte steif wie ein Farmer, aber seine Mutter sah unbeschwert aus.

Daneben hing ein Foto von Ollie und seinem Bruder. Ollie sah alt genug aus, um schon auf der Highschool zu sein, aber er war jünger, als sie ihn je gekannt hatte. Sein Haar hatte ein seltsames, strähniges Grün und er lachte verlegen, während Chris ihn in eine gezwungene Umarmung zog. Sie fragte sich, ob die Eltern da bereits tot gewesen waren und wer das Foto gemacht hatte.

»Ich hatte versucht, sie blau zu färben.« Wie immer hatte Ollie sie beobachtet. »Eine der ersten Lektionen, die man in der Schule lernt – dass Gelb und Blau Grün ergibt –, und ich hatte es vergessen.«

»Du siehst aus wie eine Meerjungfrau. Eine traurige, pubertierende Meerjungfrau.«

Ollie erstarrte. Dann schlug er die Hände vor das Gesicht und schüttelte ungläubig den Kopf. »Das ist vielleicht das Schlimmste, was jemand je zu mir gesagt hat.«

»Nein!« Makani brach in Gelächter aus und zeigte dabei alle Zähne. »Ich meine, ich stehe zu meiner Einschätzung. Aber ich schwöre, dass ich Fotos habe, die genauso schlimm sind. Oder sogar noch schlimmer.«

»Ich verlange Beweise.«

»Na gut. Das nächste Mal, wenn du bei mir bist, werfen wir mal einen Blick unter mein Bett.«

Ollie blinzelte. Und dann wanderten seine Augenbrauen nach oben, vielleicht weil sie ihr Bett erwähnt hatte.

»Schwimmteam in der Siebten.« Makani schauderte, als sie an ihre flache Brust, ihre schlaksige Gestalt und ihren unschmeichelhaften Badeanzug dachte. »Mehr sage ich dazu nicht.«

Die Mikrowelle gab eine ausführliche Reihe von Piepsern von sich. Während Ollie die dampfenden Burritos herausholte, sah er sie an. »Du als Schwimmerin?«

Mist.

Sie konnte nicht fassen, dass ihr das herausgerutscht war. Seit sie sieben gewesen war, hatte sie an Wettkämpfen teilgenommen, aber ihre Großmutter war der einzige Mensch hier, der das wusste. In Osborne gab es nicht einmal ein Schwimmteam. Und selbst wenn es eines gäbe – diese Zeit war vorbei.

»Früher bin ich geschwommen.« Sie schaute weg. »Ein bisschen.«

Ihr Blick blieb an einer braunen Aktenmappe hängen, die mitten auf dem Frühstückstisch lag. Sie brauchte sie nicht zu öffnen, um zu wissen, was enthalten war.

Ollie folgte ihrem Blick. »Siehst du? Er bittet praktisch darum, dass ich es lese.«

»Warum hat er die Unterlagen nicht mitgenommen?«

»Ich bin mir sicher, er hat es einfach vergessen. Das passiert andauernd.«

Die Fallakte war dick. »Ist ein gutes Gedächtnis nicht irgendwie wichtig für einen Polizisten?«

Zum Glück war Ollie nicht beleidigt. »Deshalb schreiben sie alles auf. Cops erledigen tonnenweise Papierkram.« Er zuckte mit den Achseln. »Erinnerungen sind sowieso nicht zuverlässig.«

Makani wünschte, sie könnte vergessen. Selbst in den dunkelsten Stunden der Nacht war ihr Gedächtnis scharf und grausam.

»Du kannst reinschauen, wenn du willst.« Ollies Stimme wurde angespannt. »Es ist nicht schön.«

Natürlich wollte sie hineinschauen – die schiere menschliche Neugier verlangte danach –, aber sie würde es nicht mehr rückgängig machen können, wenn sie es einmal getan hatte. Ihre Fingerspitzen krabbelten dennoch auf die Akte zu. Draufgängerisch schlugen sie das Papier auf und enthüllten einen Stapel Fotos und Papiere. Ein weiblicher Körper lag auf dem Rücken, der rechte Arm hing schlaff vom Bett. Der Hals war mit fünf groben Schnitten aufgeschnitten worden. Einen für den Mund, je zwei für jedes Auge. X und X.

Tote Comicfiguraugen.

In Makanis Vorstellung war diese Szene, dieses Smileygesicht ordentlich und präzise gewesen, aber in Wirklichkeit ... war es ein Blutbad. Der Kopf war zu weit nach hinten gebogen, um Haleys echte Augen sehen zu können. Der längste Schnitt war tief und grausam und die Haut am Hals klaffte zu einer zackigen, hässlichen Wunde. Ihr Haar, ihre Kleider und die Bettwäsche waren so stark von Blut getränkt, dass es selbst einem Metzger den Magen umdrehen würde. In ihren Nasenlöchern befand sich getrocknetes Blut.

Mit bebenden Händen klappte Makani die Akte wieder zu.

»Schlimm, nicht wahr?«, sagte Ollie.

Es war nicht nur schlimm. Es war entsetzlich.

Eine echte Leiche sah anders aus als im Fernsehen oder in Kinofilmen. Es war nichts Kunstvolles daran. Nichts in Stellung Gebrachtes. Haleys Körper sah leblos aus – aber nicht so, als wäre das Leben daraus entwichen. Sondern so, als hätte nie Leben in ihm gesteckt.

Ollie presste die Finger gegen seine Schläfen. »Ich hätte dich warnen sollen.«

»Das hast du doch.« Makani schlang die Arme um sich. War Matt auch in dem Stapel Fotos oder hatte er eine extra Akte? Die Brutalität des Verbrechens überwältigte sie. *Jemand hat das getan.* Ein echter Mensch war bei Haley zu Hause eingedrungen und hatte sie in ihrem eigenen Bett getötet.

»Hat die Polizei irgendeine Spur?«, fragte sie.

Ollie schüttelte den Kopf. »Aber sie glauben, dass es jemand war, der deutlich kleiner war als Matt.«

»Also kein anderer Footballspieler.«

»Richtig.«

»Warum?«

Er zögerte, bevor er ihr in die Augen sah. »Bist du sicher, dass du das wissen willst?«

Makani nickte.

»Bevor der Mörder tat ... was er getan hat, hat er Matt ein Messer in den Bauch gerammt. Aber dies hatte nichts mit der anschließenden Freilegung seines Gehirns zu tun. Deshalb wurde er vermutlich von jemandem angegriffen, der sich rein körperlich *nicht* gleich seinen Kopf vornehmen konnte. Er musste ihn zuerst schwächen. Ihn herunter auf seine Stufe bringen.«

Vielleicht war der Mörder doch weiblich.

Tote Comicfiguraugen. Blut in ihren Nasenlöchern.

Makani merkte, dass ein Teller sanft gegen ihren Bauch geschoben wurde.

»Hey«, sagte Ollie. »In meinem Zimmer ist es schöner.«

Sie starrte auf den warmen Teller hinunter. Hatte man Matt einmal in den Bauch gestochen oder brauchte es mehrere Stiche, damit er zu Boden ging?

Wortlos nahm sie die Burritos. Ollie trug ihre Wassergläser. Als die Stufen unter ihren Füßen knarrten, fragte sich Makani, wie viele schreckliche Fotos er wohl gesehen hatte, seit sein Bruder Cop geworden war. Natürlich hatte es in Osborne nie zuvor so gewaltsame Tode gegeben, aber andauernd kamen Menschen bei Unfällen ums Leben. Menschen wie seine Eltern.

Wurde es mit der Zeit einfacher, sich solche Fotos anzuschauen? Oder wurde es schwerer, wenn man wusste, dass so viele Leute jung starben – und auf so schreckliche Art? Machte es einen paranoider oder vorsichtiger, wenn man die Beweise dafür sah? Oder wurde man nur härter?

Überall waren alte Fotos. Ein gerahmtes Fotostudioporträt der ganzen Familie hing oben am Treppenabsatz. Ollie war darauf so klein, dass seine Mutter ihn auf dem Schoß hatte. Wie war es für ihn, das hier jeden Tag vor Augen zu haben?

»Das hier«, sagte er und fischte damit die Frage aus ihren Gedanken.

Makani hatte angenommen, dass sein Schlafzimmer ebenso schwarz und schmucklos wäre wie seine Garderobe, deshalb blinzelte sie überrascht, als sie die Tür öffnete.

Das Zimmer war in Sonnenlicht und Zeichen des Lebens getaucht. Selbst der Küche war ein Hauch von Verlassenheit angehaftet, aber hier waren Ollies allgegenwärtige Taschenbücher auf allen Oberflächen verstreut. Es waren zu viele für seine Regale, deshalb lagen sie auf dem Läufer, stapelten sich auf und unter seinem Schreibtisch und lagen sogar in unordentlichen Haufen auf seinem Bett. Mit einem Stapel nicht zusammenpassender Decken sah das Bett wie der gemütlichste Platz im ganzen Haus aus.

Makani stellte den Teller auf dem Schreibtisch ab und griff nach dem nächstbesten Buch, *Jupiters Fahrt.* »Vier Jahre um die Welt auf einer Triumph«, las sie laut. Auf dem Cover saß ein Mann in einer altmodischen Lederjacke auf einem altmodischen Motorrad. Auch das Taschenbuch roch alt, leicht nach Moder und staubigen Regalen. Sie benutzte es, um das ganze Zimmer in eine Geste einzuschließen. »Ich wusste ja, dass du gerne liest, aber ... wow.«

Ollie zuckte mit den Schultern, die Hände in den Hosentaschen. »Ich kaufe sie auf Garagenflohmärkten und im Secondhandbuchladen in East Bend. Ich habe sie nicht alle gelesen. Ich gable sie nur dauernd auf.«

»Ich mache mich nicht über dich lustig. Mein letzter Freund hat auch eine Menge gelesen.«

Mist. Doppelt Mist.

Ollie war nicht ihr fester Freund. Sie kannten sich kaum. Sie wollte mehr über ihn wissen – sie *wollte,* dass er ihr fester Freund wurde –, aber sie standen beide noch immer hinter einer Mauer unausgesprochener Vergangenheit. Sie beschloss, so zu tun, als hätte das, was sie gesagt hatte, nichts zu bedeuten, und hob lässig ein weiteres Buch auf. Sah ihn an. Seine blasse Haut war nicht in der Lage zu verbergen, wenn ihm vor lauter Emotionen die Röte ins Gesicht schoss. Wenigstens schien ihn die Vorstellung nicht abzuschrecken.

Makani war gestern Morgen, in Darbys Auto, überrascht gewesen, als ihr klar wurde, dass Ollie eher schüchtern als rebellisch war. Aber jetzt überraschte es sie noch mehr, dass sie seine Schüchternheit attraktiv fand.

Sie hielt einen Italienreiseführer hoch. »Macht es dir was aus, wenn ich mitkomme?«

»Heute Abend geht's los.« Ollie kam auf sie zu und ihr Herz verkrampfte sich. Aber er war nur näher gekommen, um seine Schlüssel aus der Tasche zu holen und den Teller mit zum Bett zu nehmen.

Enttäuscht schlug sie den Reiseführer auf. »Positano. Hotel Intermezzo. Hervorragendes Preis-Leistungs-Verhältnis in diesem Familienbetrieb mit Meerblick.« Sie nahm das Buch mit zu seinem Bett und ließ sich neben ihn plumpsen. »Soll ich anrufen und reservieren?«

Ollie lächelte, während er in seinen Burrito biss. Mit der anderen Hand hielt er ihr den Teller hin. Sie nahm einen. Es war seltsam, sich einen Teller zu teilen, aber es gefiel ihr. Sie fühlte sich ihm dadurch näher.

»Erzähl«, sagte er.

Makani schluckte, bevor sie sprach. Der billige Burrito war durch und durch mittelmäßig, aber enorm zufriedenstellend. »Was soll ich erzählen?«

»Von deinem letzten Freund. Dem Leser.«

Sie lächelte. Erwischt. Und dann stieß sie sein Bein mit ihrem Knie an, erfreut über seine offensichtliche Eifersucht. »Ich dachte, ich hätte dich von diesem Thema abgelenkt.«

»Du hast es versucht. Normalerweise bist du gut darin. Im Ablenken.«

Es war das erste Mal, dass dies laut ausgesprochen wurde. Sie fühlte sich getadelt, nahm die Herausforderung aber an. »Okay, hier kommt mein Angebot. Ich werde dir von meinem letzten Freund erzählen, wenn du mir von deiner letzten Freundin erzählst.«

Ollie dachte ein paar Sekunden nach. »Abgemacht.«

Makani wappnete sich, um aufrichtig zu bleiben. »Er hieß Jason Nakamura und wir waren sieben Monate zusammen.« Sie versuchte, Ollies Miene einzuschätzen. Sie blieb nervtötend rätselhaft. »Er war auch Schwimmer. Freestyle.«

Aber dann wollte er nicht mehr mit mir reden.

»Aber dann bin ich weggezogen.«

»Habt ihr versucht, eine Fernbeziehung zu führen?«, fragte Ollie.

Sie legte den letzten Bissen zurück auf den Teller, ein Endstück noch gefrorener Tortilla. »Das wäre *sehr* fern gewesen.« Als er darauf wartete, dass sie ausführlicher wurde, wählte sie ihre nächsten Worte sorgfältig aus. »Nein. Wir haben uns nicht genug gemocht.«

Ollie nickte verständnisvoll.

Sie wappnete sich. »Du bist dran. Letzte Freundin.«

Mit einem dumpfen Geräusch stellte er den Teller auf den Boden. »Keine.«

Das war nicht die Antwort, die sie erwartet hatte. Sie starrte ihn an, versuchte zu begreifen. Er starrte zurück und wiederholte es. »Keine.«

»Erklär mir das. Benutz mehr Worte.«

Ein Lächeln umspielte seine Lippen. »Ich hatte noch nie eine Freundin.«

Makani hatte mit ihm herumgemacht. Makani hatte mit ihm *geschlafen.* Sie fand diese Behauptung höchst unwahrscheinlich. Er wusste, was sie dachte, und zuckte mit den Schultern, aber es war kein gleichgültiges Schulterzucken. Es war ein Schulterzucken, das einiges an Verlegenheit zu überspielen versuchte. »Ich hatte noch nie eine Freundin, aber ja, offensichtlich hatte ich vor dir schon mal Sex.«

Makani konnte das nicht so stehen lassen. »Offensichtlich.«

Ollie wand sich und blickte zur Decke hinauf.

»Nicht *offensichtlich,* weil ich so *großartig* war. *Offensichtlich,* weil ...«

»Oh nein. Nein, nein, nein.« Ihr Haar flog herum, als sie den Kopf schüttelte. »Ich muss wissen, wie dieser Satz zu Ende geht.«

Sein Gesicht wurde ausdruckslos. »Weil ich mehr als dreißig Sekunden standgehalten habe.«

Sie brach in raues Gelächter aus, was ihn zum Lächeln brachte. Ollie lächelte immer, wenn er sah, dass sie glücklich war. Makani lehnte sich ihm entgegen. »Und wirst du mir von dieser Nicht-Freundin erzählen? Von diesen Nicht-Freundinnen?«

Sein Lächeln verbreiterte sich zu einem Grinsen. »Ja.«

Sie rückte lockend näher. »Aber nicht heute?«

Ihre Lippen waren nur noch Zentimeter voneinander entfernt.

»Nicht heute«, sagte er.

Gleichzeitig stürzten sie sich aufeinander. Münder stießen zusammen. Jacken wurden abgelegt. Sie ließ sich nach hinten sinken und er legte sich auf sie, drückte sie nach unten. Das Gewicht seines Körpers machte sie ganz wild. Ihre Finger krallten sich unter seinem Shirt in seinen Rücken, während seine Hände über ihren BH glitten. Ihre Hände wanderten zum Saum ihres Shirts, bereit, es sich über den Kopf zu ziehen, als ihnen plötzlich ... etwas bewusst wurde.

Jemand Drittes war im Raum.

10

Chris stand im Türrahmen und fluchte. Und dann fluchte er wieder. »Ollie, verdammt!«

Ollie rappelte sich auf, dann beeilte er sich sicherzustellen, dass Makani bedeckt war, auch wenn sie gar nicht so weit gekommen waren. »Was machst du hier?«

Sein Bruder rieb sich die Stirn. »Schön, dich so schnell wiederzusehen, Makani.«

Ihre Haut ging in Flammen auf, während sie sich hinter Ollie versteckte, der es noch einmal versuchte: »Warum bist du *zu Hause?«*

Chris ließ die Hand sinken und verschränkte die Arme, womit er Makanis Blick zu dem Halfter an seinem Gürtel lenkte. »Der Boss hat mich weggeschickt, damit ich mich ausruhe.« Argwöhnisch warf er einen Blick auf den leeren Teller neben dem Bett. »Wann seid ihr hergekommen? Hast du wieder geschwänzt?«

Ollie antwortete nicht.

»Shit, Ollie. Du kannst nicht ... das kannst du nicht *machen.«*

Makani wünschte, sie könnte fliehen. Sie wünschte, sie wäre sonst wo, nur nicht hier.

»Wir haben null Unterricht verpasst«, erklärte Ollie. »Nichts ist passiert.«

»Wenn nichts passiert ist«, sagte Chris, »dann sollte es doch nicht so schwer gewesen sein, sitzen zu bleiben, bis es läutet.« Als Ollie die Lippen zusammenpresste, stöhnte Chris und ließ sich auf den Schreibtischstuhl fallen. Dann stieß er einen langen Seufzer aus. »Hör mal. Da draußen läuft ein Mörder herum und wir wissen nicht, wer er ist und wo er ist. Oder ob es überhaupt ein Er ist. Das heißt, dein Hintern muss zu jeder Zeit dort sein, wo er hingehört. Ich muss wissen, wo du bist.«

»Warum?« Ollie klang bemerkenswert ungläubig dafür, dass es eine so vernünftige Forderung war.

»Weil es da draußen gefährlich ist!«

»Er hat den Star des Musicaltheaters und den Star des Footballteams ermordet. Sag mir, was ich mit diesen Opfern gemeinsam habe.«

»Du weißt, dass das nicht der springende Punkt ist. Shit«, sagte Chris wieder. Er wandte seine Aufmerksamkeit Makani zu. »Du musst aufhören, mit dem Jungen da abzuhängen. Er hat einen schlechten Einfluss.«

Makani spürte eine Welle der Dankbarkeit, dass er nicht *sie* als schlechten Einfluss betrachtete. Sie wagte sich hinter Ollie hervor.

»Weiß deine Großmutter, dass du hier bist?«, fragte Chris.

Am liebsten hätte sie gelogen, aber er war ein Cop. »Nein.«

Chris schüttelte den Kopf. Er nahm Ollies Schlüssel vom Schreibtisch und hielt sie ihm hin, während er auf den Holzboden starrte. »Ollie, fahr sie nach Hause.«

»Chris ...«

»Ollie.«

Ollie stapfte hinüber, schnappte sich auf eine Art und Weise die Schlüssel, dass Chris zusammenzuckte, und stakste dann aus seinem Zimmer.

Makani folgte ihm, doch sie warf einen Blick zurück, um zum Abschied die Hand zu heben.

Chris erwiderte die Geste erschöpft. »Es tut mir leid. Aber ich muss das tun.«

Es war seltsam, wenn eine Elternfigur das sagte, und es erinnerte sie an die unnatürliche Rolle, die er gezwungen war, im Leben seines Bruders zu spielen. In diesem Moment tat Chris ihr leid. Ollie hatte es ihm nicht einfach gemacht. Andererseits schien an Ollies Leben auch nichts einfach zu sein.

An diesem Abend – als Haley und der Theaterclub eigentlich mitten in ihrer ersten Probe mit Kostümen sein sollten, als Matt und das Footballteam eigentlich ihr letztes Spiel der Saison gewinnen sollten – schickte Darby eine Nachricht an Makani:

Können wir reden?

Sie hatte gerade das schmutzige Geschirr vom Abendessen in die Spülmaschine geräumt. Grandma Young schaute sich einen Marvel-Film im Wohnzimmer an. Sie wusste nicht, dass Makani bei Ollie zu Hause gewesen war, und Makani hatte nicht vor, es zu erzählen.

»Wird Chris es ihr sagen?«, fragte sie auf der düsteren Fahrt nach Hause.

Ollie versuchte, sie trotz der steilen Falte auf seiner Stirn zu beruhigen. »Das bezweifle ich. Seine Schwäche ist, dass er trotz allem mein cooler älterer Bruder sein will.«

Um auf der sicheren Seite zu sein, schmiedeten sie für Samstag Pläne, bei denen sie in Sichtweite von Grandma Young wären. Er würde nach seiner Schicht bei Greeley's bei ihr vorbeikommen.

Ich meine, am Telefon.

Makani runzelte die Stirn über die zweite Nachricht. Es bedeutete nie etwas Gutes, wenn jemand telefonieren wollte, anstatt zu schreiben. Sie sagte ihrer Großmutter, dass sie gleich zu ihr kommen würde, und wartete, bis sie ihre Zimmertür sicher hinter sich geschlossen hatte, bevor sie auf »Anrufen« drückte.

Darby ging nach dem zweiten Klingeln ran. »Danke.«

»Schon gut, was gibt's?«

Es folgte verlegenes Schweigen. Ein weiteres schlechtes Zeichen.

»Darby?«

»Ich ... ich will, dass du weißt, dass ich dich wie ein guter Freund liebhabe, und deshalb sage ich dir das.«

Makani spürte, wie ihre Körpertemperatur fiel. »Sagst du mir was?«

»Und du weißt, dass ich das nie sagen würde, wenn es nicht wichtig wäre. Wenn Alex und ich nicht ehrlich besorgt wären.«

»Was, Darby?«

Er murmelte rasch etwas, was den Namen Ollie enthielt.

Glühende Wut ersetzte Makanis Frösteln, doch sie unterdrückte sie und bat ihn, den letzten Satz zu wiederholen.

Die Anklage sprudelte wie ein Wasserfall aus ihm heraus. »Ungeachtet der Gerüchte, ist es immer noch eine Tatsache, dass Matt und seine Freunde Ollie schon seit Jahren schikanieren, und sein Alibi ist für beide Morde nicht überzeugend, und wir glauben, dass er dich ausnutzen könnte, und Alex meinte, dass ich dich anrufen muss, weil du zu ihr bestimmt sagen würdest, dass sie dich kreuzweise kann, oder weil du glauben würdest, sie würde Witze machen, aber ich schwöre, dass wir keinen Witz machen.« Er holte Luft. »Es ist nicht so, dass wir glauben, dass er schuldig ist! Aber es *war* gruselig, wie er an deine Handynummer gekommen ist. Das musst du zugeben.«

Makani musste überhaupt nichts zugeben. Es war unangebracht und beleidigend. »Und? Habt ihr beiden, du und Alex, den ganzen Nachmittag im Feed 'N' Seed herumgehockt und Mist über mich gelabert?«

»Nein!« Darby klang elend. »Es tut mir leid. Wir machen uns Sorgen um dich.«

»Ja. So etwas in der Art hast du gestern schon gesagt. Erinnerst du dich?«

Seine Stimme senkte sich zu einem kleinlauten Flüstern. »Es sah nicht so aus, als würdest du zuhören.«

Wut überkam sie, als würde ein Schnellkochtopf explodieren. »Und was ist mit Haley, hm? Was hat Haley Ollie je angetan? Warum sollte er sie umbringen?«

»In der Achten hat er sie gefragt, ob sie mit ihm ausgehen würde, und sie hat Nein gesagt. Sie war damals in der Siebten. Er war gedemütigt. Das war nicht lange, nachdem seine Eltern gestorben sind, und es war das letzte Mal, dass ich gehört habe, wie er jemanden von der Schule fragt, bis ... zu dieser schrägen Sache mit dir.«

Sie war so schockiert, dass sie sprachlos war. Sie hatte nicht erwartet, dass Darby wirklich eine Antwort darauf hätte. Es stieß sie vollkommen vor den Kopf.

»Makani? Hallo? Bist du noch dran?«

»Das ist vier Jahre her.« Sie zwang sich dazu, in normaler Lautstärke zu sprechen, trotz der Empörung, die wieder in ihr tobte. »Eine lange Zeit für so eine winzige Peinlichkeit.«

»Denk daran: Ollie hat dich monatelang nicht beachtet. Seit dem Spätsommer habt ihr nicht miteinander geredet. Möglich ist ... vielleicht will er sich ja auch an dir rächen.«

Makani sog die Luft ein.

»Dein Vertrauen wiederzuerlangen, könnte Teil seines Masterplans sein ...«

»Masterplan?«

»Ich meinte nur ...«

»Ich war auch sauer auf ihn! Das beruhte auf Gegenseitigkeit. Ein dummes Missverständnis.«

»Du hast recht, wahrscheinlich ist nichts.« Darby machte einen Rückzieher und verlagerte sich aufs Bitten. »Aber du musst verstehen, dass ich nicht damit leben könnte, wenn sich herausstellen würde, dass er der Täter ist, und ich hätte den Mund gehalten.«

Makanis Ärger zerstreute sich. Flackerte erneut auf. Und verflog schließlich wieder. Darby versuchte, ein guter Freund zu sein. Er verstand es nur falsch. Schön und gut, auf dem Papier sah Ollie verdächtig aus. Aber er war kein Mörder.

Sie konnte es nicht beweisen. Sie wusste es einfach.

Ollie war schüchtern und hilfsbereit und er sah glücklich aus, wann immer sie glücklich war. Darbys Konfrontation schmerzte, weil er eigentlich der umsichtige Freund sein sollte. Alex war die impulsive Freundin. Und es bestätigte ihre Ängste; sie redeten tatsächlich hinter ihrem Rücken.

Darby Stimme drang wie aus weiter Ferne an ihr surrendes Trommelfell. »Makani?«

»Ich weiß deine Besorgnis zu schätzen.« Das war eine Lüge, und auch wieder nicht. »Aber du irrst dich.«

Und damit legte sie auf.

* * *

Die ganze Nacht warf sich Makani von einer Seite auf die andere. Das Haus knarrte, als wäre es am Leben.

Ollie, Haley.

Ollie, Matt.

Ollie, ich.

Den ganzen Morgen ignorierte sie die Entschuldigungs-SMS von Darby und die spaßhaften Nachrichten, die Entschuldigungen sein sollten, von Alex.

Ollie, Haley.

Ollie, Matt.

Ollie, ich.

Mittags war sie überrascht, dass ihre Schuhe von gestern noch immer unten an der Treppe standen. Sie schnappte sie sich, bevor Grandma Young sie deswegen tadeln konnte.

Ollie, Haley.

Ollie, Matt.

Ollie ....

NEIN.

Makani warf die Turnschuhe hart auf den Boden ihres Schlafzimmers. Die Socken von gestern lagen schon vor der Schranktür, aber sie registrierte gar nicht, dass das seltsam war.

Sie musste daran glauben, dass die Fehler, die Ollie in der Vergangenheit begangen hatte, nicht garantierten, dass er in seiner Zukunft noch schlimmere machen würde. Sie musste daran glauben, dass jeder Fehler immer noch eine *Entscheidung* war. Sie musste daran glauben, dass Ollie ein guter Mensch war, weil sie das auch von sich selbst glauben musste.

Er kam am frühen Nachmittag. Nach dem Abspulen der Getränkeoptionen ließen sie sich im Wohnzimmer nieder, denn – wie Makani gelernt hatte – es verstieß gegen die Hausregeln, einen Jungen mit aufs Zimmer zu nehmen. Als bester Freund war Darby die einzige Ausnahme. Früher auf Hawaii hatte sie jede Menge Zeit mit ihrem Exfreund auf ihrem Zimmer verbracht. Ihre Eltern hatten das gar nicht bemerkt oder es war ihnen egal gewesen.

Der Fernseher war auf den Sender eingestellt, der örtlich am nächsten lag und gerade ein Basketballspiel übertrug. Weder Makani noch ihre Großmutter verfolgten die Spiele der NBA, aber Grandma Young war begierig auf die Einspielungen der Lokalnachrichten. Makani lümmelte neben ihr auf dem Sofa, während Ollie im Lehnstuhl Platz genommen hatte.

Ollie hatte keinen Witz gemacht. Er mochte Puzzles wirklich.

Ein Erntefest auf dem Land war auf dem Couchtisch ausgebreitet und seine sich wiederholenden Herbstmotive hielten ihn und Grandma Young gleichermaßen gefesselt. Sie hockten jeweils auf der Kante ihrer Sitzgelegenheit und schmiedeten über Etikette und Strategie ein festes Band zwischen sich: mit dem Rand anfangen. Dann alle Bereiche, die gedruckte Worte enthalten. Wenn jemand nach einem bestimmten Teilchen sucht, aber der andere es findet, muss es übergeben werden, denn es bedeutet der ersten Person mehr. Und den Himmel – den schwierigsten Teil eines jeden Puzzles – immer bis zum Schluss aufheben.

Makani versuchte, sich einzuklinken, doch die Langeweile machte sie hungrig, deshalb holte sie Snacks und aß Snacks, dann holte sie noch mehr Snacks. Sie fragte sich, ob sich ihr Ex, ohne sich zu beklagen, mit ihrer Großmutter unterhalten hätte. Vor dem Vorfall hätte sie Ja gesagt. Jason war wild, aber sie war noch wilder gewesen. Und er war ein anständiger Kerl.

Außerdem war er ein Feigling, der sich nie die Mühe gemacht hatte, sie nach ihrer Version der Geschichte zu fragen. Ein Feigling, der sie ignoriert hatte, anstatt geradewegs Schluss mit ihr zu machen. Ein Feigling, der sie behandelt hatte, als würde sie eine tödliche, hochansteckende Seuche in sich tragen. In gewisser Weise tat sie das ja auch. Makani war eine soziale Seuche. Sie hasste Jason für diese Feigheit, aber sie verstand ihn.

»Wissen Sie, wir haben Tag und Nacht für ihre Familien gebetet.«

Sie blickten auf, als sie die junge Stimme hörten, die offensichtlich aus der Gegend stammte. Ein Junge mit spießigem Gesicht, einem Kreuz um den Hals und einem LION-PRIDE-Sweatshirt – der Gemeinschaftssprecher aller lokalen Jugendgruppen – war im Fernsehen. Unten auf dem Bildschirm stand: CALEB GREELEY, FREUND DER OPFER.

Es folgte ein Schnitt und ein vage gut aussehender Mann in einem marineblauen Anzug erschien. »Osborne reagiert auf die Morde und auf einen Täter, der noch immer auf freiem Fuß ist. Weitere Einzelheiten um achtzehn Uhr.« Creston Howard sprach mit der routinierten Ausstrahlung eines Profis, der es schaffte, ernst und gleichzeitig optimistisch zu klingen.

Das Basketballspiel ging weiter. Grandma Young wandte sich an Ollie. »Das war Pastor Greeleys Sohn, oder?«

Ollie nickte. »Er arbeitet mit mir im Supermarkt.«

Es war eine trauliche Unterhaltung, Ollie und ihre Großmutter tauschten Informationen über gemeinsame Bekannte aus. Makani erkannte viele der Namen erst jetzt. »Oh. *Greeley«*, sagte sie. »Caleb ist mit dem Besitzer verwandt?«

»Caleb ist der Enkel des ursprünglichen Mr Greeley«, erklärte Ollie. »Sein Onkel leitet jetzt Greeley's Food.«

»Und was macht Caleb dort?«, fragte Grandma Young.

»Er ist am Wochenende der Vorgesetzte.«

In seinem Tonfall deutete nichts darauf hin, aber Makani fragte sich, ob es Ollie verbitterte, dass Caleb Vorgesetzter war, wo doch Ollie derjenige war, der mehr Stunden arbeitete. Wenn sie das wäre, wäre sie verbittert. »Caleb war nicht wirklich ein *Freund* der Opfer, oder?«

Ollie grinste. »Er war mit ihnen ungefähr so dick befreundet wie ich.«

Makani stieß ihre Großmutter an. »Siehst du? Du musst die Nachrichten ausschalten. Es stimmt alles nicht, was dort gesagt wird.«

»Du trauerst auf deine Weise«, sagte Grandma Young, »und ich trauere auf meine.«

Trotz der Welt da draußen ging es in ihrem Wohnzimmer unbefangen zu. Makani fragte sich, weshalb es oft tröstlich war, eine Tragödie zu diskutieren – sich jede einzelne Geschichte darüber anzuhören. Lag es daran, dass Tragödien den Gemeinschaftssinn stärkten? *Hier sind wir nun und machen alle zusammen diese schreckliche Sache durch.* Oder machten Tragödien süchtig und die kleinen Freuden, die sie brachten, waren Signale eines tiefer sitzenden Problems?

Ollie reichte Grandma Young ein Puzzleteilchen. Sie stieß einen kleinen Freudenschrei aus und setzte es an seinen Platz. Sie gaben sich High Five.

Nein, beschloss Makani. Es war unmöglich, dass dieser Junge, der so freundlich zu ihrer Großmutter war, je ein Mörder sein könnte.

11

Hinter dem leeren Wasserspender klemmte eine Machete. Er konnte nicht glauben, dass jemand sie ausgerechnet dort versteckt hatte. Er riss die große Plastikflasche heraus und warf sie nach der Frau, wodurch er die kostbaren Sekunden gewann, die notwendig waren, um nach hinten zu greifen und die Waffe zu schnappen. Die Flasche traf mit einem zufriedenstellenden dumpfen Geräusch ihren Kopf. Während sie taumelte, schloss sich seine Hand um den Holzgriff. Die Machete löste sich und es blieb gerade noch genug Zeit, um sie nach vorne zwischen ihre Rippen zu stoßen. Sie fiel gegen das Kopiergerät. Er stellte ihr den Stiefel auf die Brust, zog die Klinge wieder heraus und holte weit über seinen Kopf aus, um sie mit einer einzigen, raschen Bewegung auf ihren Hals heruntersausen zu lassen und ihn zu durchtrennen. Ihr Kopf prallte gegen die Arbeitsplatte und fiel dann in eine Wertstofftonne. Er hielt die Machete hoch, um sie zu bewundern.

Ja. Die würde sich gut machen.

Doch um sie zu behalten, musste er eine seiner anderen Waffen wegwerfen, deshalb klemmte er den Reifenmontierhebel hinter den Wasserspender, damit jemand anderes ihn finden konnte. Er musste lächeln.

Rodrigo Morales drückte auf der Spielkonsole auf »Pause« und schleuderte die Steuerung von sich. Er nahm seine Kopfhörer ab. Rieb sich die Augen. Es war Mitternacht. Seine Eltern machten anlässlich ihrer Silberhochzeit in Las Vegas einen drauf und er wollte keine einzige Minute dieses herrlichen Wochenendes verschwenden. Er hatte den Freitagabend und heute den ganzen Tag damit verbracht, in *Battleground Apocalypse* gegen Zombies zu kämpfen, nur mit einem kurzen Nickerchen zwischendurch, und er würde auch den ganzen Sonntag lang gegen sie kämpfen.

Er war das jüngste von vier Kindern und der einzige Sohn. Seine letzte Schwester war Mitte August ausgezogen und jetzt, wo seine Eltern weggefahren waren, war er zum ersten Mal in seinem ganzen Leben wirklich und wahrhaftig allein. Er genoss es.

Rodrigo stand auf, seine Wirbelsäule knackte von unten bis oben. Er ließ seinen Hals methodisch kreisen. Streckte die Arme zur Decke. *Wach auf,* befahl er sich selbst.

Er schlurfte vom Wohnzimmer in die Küche, um sich einen Energydrink zu holen. Es war eine neue Marke – JACKD, in aggressiven Großbuchstaben –, abgefüllt in einer grellgrünen Dose. Trotz der schamlosen Versprechen der Marketingkampagne war der Drink nicht besser als irgendeiner der anderen. Seit Jahren hatte er seine Dosis ständig erhöht. Er trank eine ganze Dose auf ex. Eine halbe Pizza mit Wurstscheiben von vorhin war auf der Herdplatte hart geworden, deshalb aß er sie auf, während er sein Handy checkte.

Kevin benutzt immer noch Ubuntu lol.

Eine Nachricht von David. Er zog sich gerade zusammen mit anderen Freunden bei Kevin zu Hause einen klassischen Anime-Film nach dem anderen rein. Anime war ätzend und Rodrigo war froh, dass er das verpasste. Na ja, vielleicht fand er nicht *alles* ätzend. *Attack on Titan* hatte ihm gefallen, als sie ihn letztes Jahr dazu gezwungen hatten, es sich anzuschauen. Aber er konnte nichts dagegen machen. Irgendetwas tief in seinem Inneren zwang ihn dazu, so zu tun, als würde es ihm nicht gefallen.

Die Software wäre ja selbst für den Rechner meiner Oma zu lahm, antwortete Rodrigo.

David antwortete wieder mit *lol.* Ihre Freunde waren Lachnummern, wenn es um Betriebssysteme ging. Nicht dass David viel besser gewesen wäre. Er versuchte, mit Rodrigo Schritt zu halten, doch das gelang niemandem in ihrer Clique. In der Grundschule hatte Rodrigo Jailbreaks an iPhones und Kindles durchgeführt, um sich etwas dazuzuverdienen. Mittlerweile hatte er acht verschiedene PAYware-Games in allen App-Stores. Sein neuestes – ein dummes Spiel, in dem es darum ging, regenbogenfarbene Blasen platzen zu lassen – brachte viel Geld ein.

Ist euer Filmmarathon so langweilig, dass du mich zu deiner Unterhaltung brauchst?, fragte Rodrigo.

Nee, wir schauen uns Cowboy Bebop an. Das ist cool.

Rodrigo hatte schon mal was davon gehört, aber er recherchierte, worum es ging, während er ins Badezimmer ging, um zu pinkeln. Irgendein Space-Cowboy-Quatsch. Er ließ sich nicht zu einer Antwort herab. Stattdessen checkte er sein Lieblingsforum, aber die üblichen Aufwiegler dort liefen immer noch Sturm gegen diese neue Firma von Game-Entwicklern, die ausschließlich von Frauen geleitet wurde. Eine vertraute Scham ließ ihn innerlich zusammenzucken, während er die Seite rasch verließ. Vor gar nicht allzu langer Zeit war er noch einer von ihnen gewesen.

Er wand sich, als ihm wieder einfiel, was er zu Makani Young gesagt hatte. *Ich fahre dich nach Hause, Schätzchen.* Wenn seine Schwestern das gehört hätten, hätten sie ihm in die *cojones* getreten. Aber der Satz war ihm einfach so herausgerutscht. Ein reflexartiger Spruch aus der untersten Schublade. Er war nicht mehr dieser Kerl. Er begriff immer noch nicht, wie er so überhaupt hatte sein können.

Er ging zurück ins Wohnzimmer und entdeckte, dass der Schaukelstuhl, in dem er beim Zocken immer saß, umgekippt war. Seltsam. Er konnte sich gar nicht daran erinnern, gegen ihn gestoßen zu sein.

Rodrigo drehte ihn um, ließ sich daraufplumpsen und stülpte sich die Kopfhörer über. Die Death-Metal-Pausenmusik explodierte in seinen Ohren. Hatte Makani Alex erzählt, was er gesagt hatte? Wahrscheinlich, was ätzend war. Alex war klug und sexy und irgendwie fies, aber auf dieselbe Art fies wie er. Und manchmal wirkte es fast, als würde sie ihn auch mögen.

Eine Welle von Euphorie überwältigte ihn. Zuerst dachte er, es läge daran, dass er sich Alex in ihren zerrissenen Netzstrümpfen vorgestellt hatte, bis er merkte, dass wohl der Energydrink schuld sein musste. Sein Blutkreislauf wirkte wie elektrisiert.

Rodrigo ließ das Spiel weiterlaufen. Ein Zombie schoss aus der nächsten Büronische hervor, aber er war darauf gefasst und schlug ihm seinen ausgemergelten Kopf ab. Er rannte durch ein zerstörtes Büro, die Machete im Anschlag. Er war unbesiegbar.

Eine Stunde später war Rodrigo eingeschlafen.

Irgendwie hatte er es geschafft, auf »Pause« zu schalten, bevor er eingepennt war. Aber er stand nicht auf. Er schlief mit den Kopfhörern auf den Ohren, die Musik pulsierte und wummerte weiter.

Sonnenlicht strömte durch die Hintertür aus Glas. Es war so hell, dass es wehtat. Rodrigo kniff die Augen zusammen und wehrte den Angriff mit der Hand ab, wobei er eine volle Dose JACKD umwarf. Die hellgrüne Flüssigkeit ergoss sich über den makellosen mexikanischen Läufer seiner Mutter.

»Mist!« Rodrigo stellte die Aludose wieder auf, aber die Flüssigkeit sickerte bereits zwischen die Fäden. Er sprang auf die Füße, doch das Kabel des Kopfhörers riss ihn zurück nach unten. Hektisch fummelte er daran herum, um die ganze Vorrichtung loszuwerden.

Die Leere des Hauses dröhnte ihm in den Ohren. Death Metal pulsierte leise aus dem Kopfhörer am Boden. Er erinnerte sich nicht einmal mehr daran, sich noch einen Energydrink geholt zu haben. Er erinnerte sich nur an den, den er in der Küche hinuntergekippt hatte.

Kopfschmerzen zerrissen sein Gehirn. Konnte man von Energydrinks einen Kater bekommen? Er stellte die Musik ab und es herrschte eine Stille wie in einer Kathedrale. Rodrigo rieb sich mit den Handflächen die Augäpfel unter den Lidern. Als er sie öffnete, verschwanden die Nadelstiche, aber ... etwas stimmte nicht.

Er war zu Hause im Wohnzimmer. Aber irgendwie auch nicht. Oder hatte man ihn umgedreht?

Anstatt zum Fernseher war sein Schaukelstuhl zur Couch gerichtet. Rodrigo schaute hinter sich. Der Fernseher stand auf seinem Gestell in der Mitte des Raums. Genau in der Mitte.

Völlig verständnislos hielt er inne.

Und dann überschlugen sich seine Gedanken vor Panik.

Mit einem Blick erfasste er den Rest des Zimmers. Die beiden Sessel, die die Couch flankierten, waren vertauscht worden. Der Couchtisch blockierte die Schiebetür. Die Geigenfeige, die neben der Tür gestanden hatte, war zur gegenüberliegenden Wand bewegt worden, und die Stehlampe, die sich normalerweise an die Couch schmiegte, stand jetzt neben der Geigenfeige.

Sein Schaukelstuhl war das einzige Möbelstück, das noch am richtigen Platz stand.

Rodrigos Herz hämmerte in seinen Ohren, während er versuchte, sich das alles zusammenzureimen. Einen *Sinn* dahinter zu erkennen.

David. Es war die Art von Streich, die er sich ausdenken würde. Er hatte eine schräge, unberechenbare Seite, die Rodrigo nicht immer mochte. Oder vielleicht Sofía, seine jüngste und nervigste Schwester. Die, die im Spätsommer endlich in eine Wohnung gezogen war.

»Sofía?« Er rappelte sich auf. »David? Bist du noch da?«

Das Haus gab keine Antwort.

»Ha-ha. Sehr lustig. Jetzt hast du mich drangekriegt.«

Das Haus gab immer noch keine Antwort.

»Was zum *Henker«,* murmelte Rodrigo, als er geradewegs in eine Pfütze trat. In seinem Schrecken hatte er das verschüttete Getränk ganz vergessen. Er rannte in die Küche, um Papiertücher zu holen, aber sie waren nicht in dem Halter unter den Oberschränken.

Sie standen mitten auf der Kücheninsel. Rodrigo wusste, dass er lachen sollte – wer immer das war, hatte ihn erneut drangekriegt –, aber er konnte nicht. Noch nicht. Vielleicht weil noch niemand irgendwo herausgesprungen war, *Ätsch!* gerufen und mit dem Finger auf ihn gezeigt hatte.

Hatte *er* das alles letzte Nacht umgestellt?

Möglich war es. Vielleicht.

Für alle Fälle checkte er die Türen. Sie waren abgeschlossen. Er rannte ein wenig schneller, als er die Fenster überprüfte. Das in der Gästetoilette war offen. Das Blut gefror ihm in den Adern.

Dann war es also nicht Sofía. Sie hatte noch einen Schlüssel.

David? Oder Kevin? Rodrigo stieß eine Reihe wüster Schimpfworte aus, weil ihm klar wurde, dass es wahrscheinlich *all* seine Freunde waren. Diese verdammten Arschlöcher wollten sich an ihm rächen, weil er ihre dämliche Anime-Party verschmäht hatte. Deshalb hatte David ihm auch um Mitternacht geschrieben. Sie hatten herausfinden wollen, ob er noch wach war. Rodrigo streifte durchs Haus und wartete darauf, dass sie sich zeigten. Doch die Zimmer waren leer.

Rational betrachtet wusste Rodrigo, dass dies ein Geniestreich war. Mitten in der Nacht bei jemandem zu Hause einbrechen und die Möbel umstellen, während derjenige schlief? Er wünschte, das wäre ihm eingefallen. Es hätte Sofía Todesangst eingejagt.

Aber in der Realität war es alles andere als lustig. Es gab keine albernen Notizen, keine *Bist-du-wach*-SMS, keine Warnungen in rotem Lippenstift auf dem Badezimmerspiegel. Die ganze Situation fühlte sich nicht gut an.

Sein Instinkt sagte ihm, dass er die Polizei anrufen sollte, aber ... das war albern. Oder? Zum hundertsten Mal schaute er auf sein Handy, und als er immer noch keine Nachricht darauf fand, schickte er der ganzen Gruppe eine. **LOL, da habt ihr mich ganz schön drangekriegt. Wer war es?**

Ein elektronisches *pling* ertönte und Rodrigo wirbelte herum, schrie auf und stolperte über seine eigenen Füße, als er erschrocken nach hinten taumelte. Eine schmale Gestalt stand reglos in der Küche. Sie hatte ihm ihren gekrümmten Rücken zugewandt und trug einen Hoodie, die Kapuze über den Kopf gezogen.

»H-hey,« Rodrigos Stimme kam wie ein Krächzen heraus.

Die Gestalt rührte sich nicht.

Rodrigo hasste, dass er sich so verängstigt fühlte. Wer immer das war, er würde gleich mächtig *sauer* auf ihn werden. Die Person war zu dürr, um eine seiner Schwestern zu sein.

Er schlich vorwärts. »David? Bist du das?«

Die Gestalt rührte sich nicht.

»Emily?« Sie war die Kleinste aus der Gruppe seiner Freunde. Er schämte sich, wenn er daran dachte, dass sie das Beben in seiner Stimme hörte, aber die Gestalt … sie war so unnatürlich still.

Was, wenn es *niemand* war, den er kannte?

Seine weißen Socken berührten den Rand des Küchenbodens. Sein T-Shirt war vor Schweiß ganz feucht. Er streckte die Hand aus, um die Figur an der Schulter zu berühren …

Der Mörder wirbelte herum und machte einen Satz. Das Messer fuhr direkt in Rodrigos Herz und wieder heraus, ein *tschack-tschack*, das ihn in die Knie gehen ließ, und dann stach die Klinge immer und immer wieder in den Rücken. Rodrigo schnappte nach Luft. Es gurgelte.

Dann nichts mehr.

Der Leichnam lag auf dem Boden wie ein geschlachtetes Kalb. Blut sammelte sich darunter. Die weißen Küchenschränke hatten blutrote Spritzer bekommen und die dicksten Tropfen rannen wie Tränen an den Türen herunter. Der Mörder hob den eingefallenen Körper unter den Armen hoch und schleifte ihn ins Wohnzimmer. Setzte ihn auf den Schaukelstuhl. Schnitt ihm die Ohren ab. Die Ohren wurden in den Kopfhörer gestopft, der Kopfhörer wurde auf den Kopf gesetzt.

Der Mörder setzte sich auf den Läufer – im Schneidersitz –, nahm die verwaiste Fernbedienung und ließ das Game weiterlaufen. Kein Grund zur Eile.

In den nächsten Stunden würde niemand nach Hause kommen.

12

Rodrigo Morales veränderte alles. Am Montag wurden die Schüler der Osborne High in den frühen Morgenstunden angewiesen, nicht zur Schule zu kommen. Der Unterricht fiel bis auf Weiteres aus. Die Schüler wurden ermahnt, zu Hause zu bleiben oder im Haus von vertrauenswürdigen Freunden, falls die Eltern arbeiten gingen. Es war nicht sicher, allein zu bleiben.

Infolge dieser fortschreitenden Tragödie ...

Die offiziellen Textnachrichten, E-Mails und Voicemails wiederholten alle denselben unlogischen, schwerfälligen Satz. Bezüglich des dritten Opfers wurden keine Informationen erteilt, doch die Stadt schien über ein Schwarmwissen zu verfügen, das weit reichte und in alle Richtungen ging. Mehrere Nachbarn der Familie Morales waren kurz nach zwei Uhr morgens vom blinkenden Blaulicht der Polizei geweckt worden.

Zur Frühstückszeit verfolgte jeder die Geschichte auf zwei Bildschirmen – auf dem Handy und im Fernsehen. Makani fuhr zusammen, als ein Teller vor ihr abgestellt wurde. Sie war sich Grandma Youngs nur am Rande bewusst gewesen, die noch immer im Pyjama und ihrem plüschigen Morgenmantel herumlief, Zutaten mischte und am Herd stand und kochte. Makani blinzelte den niedrigen Stapel Pancakes an.

»Hafermehl-Kürbis«, sagte ihre Großmutter.

Ihr normales Frühstück bestand aus Vollkorntoast oder einer

Schale Vollkornmüsli. Makani brauchte nicht zu fragen, wie es zu diesem Wandel gekommen war. Pancakes hielten ihre Großmutter beschäftigt, während sie auf weitere Informationen wartete. Pancakes gaben ihr eine Aufgabe, die sie mit ihren Händen verrichten konnte, in einer Welt, die ihr mehr und mehr zu entgleiten schien. Und Pancakes zeigten Makani, dass die Welt zwar Furcht einflößend war, sie aber geliebt wurde.

Wenn Makani nur Appetit gehabt hätte. Der pappsüße Ahornsirup tat ihr in der Nase weh und schlug ihr auf den Magen.

Rodrigo.

So lautete das Gerücht. Der Kerl, der sie vor fünf Tagen auf dem Schulhof beleidigt hatte. Der Kerl, mit dem sie vor drei Tagen in der Physikstunde geplaudert hatte. Alex' schräger Schwarm.

Rodrigo.

Er konnte nicht tot sein, weil er in ihren Gedanken noch so lebendig war.

Makani hatte Alex bereits eine Textnachricht geschrieben. Es war ihr erster Anlauf seit Darbys Konfrontation, sie zu kontaktieren, und sie wartete noch immer auf eine Antwort. Jetzt hatte sie ein schlechtes Gewissen, weil sie das Wochenende über ihre Textnachrichten ignoriert hatte.

»Und?«, fragte Grandma Young.

»Danke«, sagte Makani automatisch. Sie hatte die Pancakes ganz vergessen.

»Ich meinte, gibt es irgendetwas Neues?«

»... gerade hereingekommen ist, *können* wir bestätigen, dass es ein drittes Opfer in der Mordserie von Osborne gegeben hat ...«, sagte Creston Howard aus dem Wohnzimmer und sie stürzten zum Fernseher. »... ein siebzehnjähriger Schüler der Abschlussklasse, Rodrigo Ramón Morales Ontiveros.«

Sein voller Name. Makanis Knie gaben nach.

Er würde nie wieder einfach nur *Rodrigo* sein.

»Mein Gott.« Grandma Young schlug beide Hände vor den Mund.

Die Nachrichten zeigten Liveaufnahmen vom Tatort. Zwei Polizeibeamte in schweren Jacken standen vor einem einstöckigen Farmhaus, vor dem sich ein mit Raureif bedeckter Rasen erstreckte, und diskutierten etwas mit verschränkten Armen. Nachbarn standen zusammengedrängt auf der nebligen Straße hinter einem gelben Absperrband.

Creston sprach über das Newsfeed: »Die Eltern des Jungen entdeckten den Leichnam in den frühen Morgenstunden, als sie von einem Wochenendtrip nach Las Vegas zurückkehrten. Wie es scheint, ist er an einem durch ein Messer erlittenes Trauma gestorben, so die Polizei, was diese zu der Annahme führte, dass die Fälle zusammenhängen. Allerdings muss noch überprüft werden, ob sein Körper ähnlichen Verstümmelungen unterzogen wurde.«

Makani ließ sich wie gelähmt in den Lehnstuhl sinken, sie war völlig fassungslos.

Ihre Großmutter legte ihr die Hand auf die Schulter.

»Einen Moment, bitte«, sagte Dianne Platte und der Bildschirm zeigte Crestons Co-Moderatorin im Studio. »Wir haben gerade die Nachricht erhalten, dass die Schulen in Osborne für heute geschlossen sind. Die Eltern von Mittel- und Grundschulkindern werden dazu aufgefordert, ihre Kinder sofort abzuholen, und die Polizei hat die Warnung herausgegeben, sie nicht unbeaufsichtigt zu lassen, bis der Täter, der hierfür verantwortlich ist, gefasst wurde.«

Grandma Youngs schmale Hände verkrampften sich zu einem festen Griff.

Makani starrte verzweifelt auf den Bildschirm, doch sie

konnte ihn nicht mehr erkennen. Ihre Sicht verschwamm. *Seine Familie. Seine Freunde. Alex.*

Oh mein Gott, Alex.

»Ich habe seine Schwestern unterrichtet.« Die Stimme ihrer Großmutter brach. »Ich kann nicht …«

Makani stand auf, um sie zu umarmen, sie unterdrückte ihre Tränen, während Grandma Young in ihre Arme sank. Creston und Dianne wiederholten ihre Updates. Makani spähte ihrer Großmutter über die Schulter und zum großen Fenster, das vorne zum Rasen hinausging. Sie suchte die Vorgärten nach dem Boogeyman, dem Babadook, Ted Bundy ab.

Die Straße war leer.

Die Fensterscheibe strahlte neblige Kälte aus. War es ebenso kalt gewesen, als der Mörder sich aus Rodrigos Haus geschlichen hatte? Hatte der Mörder endlich mal Spuren im Frost hinterlassen? Makanis nackte Füße waren fast taub. Ihre Hoffnung fühlte sich noch kälter an.

Die Eiskristalle schmolzen zwar von der Vegetation, doch der Morgen blieb kalt. Geschäfte schalteten ihre »Geöffnet«-Schilder auf »Geschlossen«. Eltern blieben zu Hause und verriegelten die Türen. Angst erfüllte die Luft und Panik drohte loszubrechen. Jeder hatte Matt gekannt und viele auch Haley, aber nur wenige Rodrigo. Er war nicht beliebt. Die meisten Leute hatten ihn als Klugscheißer in Erinnerung, der tatsächlich klug war. Er hatte nie eine Freundin gehabt und die kleine Gruppe seiner Freunde hatte nur selten mit anderen Gruppen zu tun gehabt.

Über Nacht war jeder Schüler zu einem potenziellen Ziel geworden. Die Nachrichten wurden im ganzen Land gebracht. Drei Morde hatten Osborne einen Serienkiller beschert. Und nicht nur irgendeinen Serienkiller, sondern einen von der Lieblingsart der Medien – jemand, der abscheuliche Taten an attraktiven Teenagern beging. Die Nachrichten verbreiteten sich wie ein Lauffeuer. Makani hörte Polizeichef Pilgers offizielle Stellungnahme in einer Zusammenfassung auf CNN: *Das Policedepartment von Osborne verfolgt mehrere Spuren. Der Mörder wird gefasst werden und seine oder ihre Taten werden mit der vollen Härte des Gesetzes geahndet werden. Sollten Sie über Informationen bezüglich dieser Verbrechen verfügen, dann melden Sie sich bitte unter folgender Rufnummer …*

Gegen Nachmittag rief Ollie an. Grandma Young war in ihrem Schlafzimmer und telefonierte mit einer Freundin aus der Kirche und Makani war noch immer vor dem Fernseher geparkt. Ollie meldete sich von der Polizeiwache, wo er einfache Arbeiten für seinen Bruder erledigte. Chris wollte ihn nicht allein lassen, aber es war auch die Strafe dafür, dass er am Freitag die Schule geschwänzt hatte. Ollie steckte auf der Wache bis zu seiner Nachmittagsschicht bei Greeley's fest. Vorausgesetzt der Lebensmittelladen blieb geöffnet.

Makani drängte ihn, ihr Einzelheiten zu verraten. »Stimmt es, dass sie mehrere Spuren haben?«

»Gewissermaßen ja«, sagte Ollie. »Die Polizei will vor der Öffentlichkeit nicht so viel preisgeben, aber der Mörder hat zwei Abdrücke im Blut auf dem Wohnzimmerteppich der Morales' hinterlassen – einen Teilabdruck von einem Stiefel und einen Teilabdruck vom Hosenboden seiner Jeans, in dem auch Fasern sichergestellt wurden.«

Er hielt inne. Makani merkte, dass er etwas verschwieg.

»Es ist krank«, sagte er mit gesenkter Stimme, »aber nach dem Mord blieb er, um auf Rodrigos Playstation *Battleground Apocalypse* zu spielen.«

Makanis Herz schlug schneller. »Er?«

»Sorry. Das ist immer noch Spekulation. Es ist einfach am wahrscheinlichsten.«

Langsam nahm ihr Gehirn auf, was er gerade gesagt hatte. »Der Mörder ist am Tatort geblieben … um ein Computerspiel zu spielen?«

»Ja. Er saß in Rodrigos Blut – direkt neben seiner Leiche – und spielte fünf Stunden lang Rodrigos Spiel.«

»Fünf *Stunden?«*

»Fünf Stunden.«

»Oh mein Gott. Oh mein *Gott.«* Das war kaum vorstellbar. »Das ist vielleicht das Krasseste, was ich je gehört habe.«

»Zumindest bedeutet es, dass der Mörder endlich nachlässig wird und etwas zurückgelassen hat.«

»Auf der Steuerung gab es keine Fingerabdrücke?«

»Nein. Und die meisten von Rodrigo waren verwischt. Der Mörder hat wahrscheinlich Handschuhe getragen, aber das hatte die Polizei bereits vermutet.«

Makani dachte immer noch darüber nach, was das für ein Mensch sein musste, der fünf Stunden lang neben einem aufgeschlitzten, zerhackten Körper sitzen konnte. »Wenn der Mörder so lang dortgeblieben ist, dann hat er sich wohl keine Sorgen gemacht, dass er geschnappt werden könnte. Er muss gewusst haben, dass Rodrigos Eltern nicht in der Stadt sind. Er muss …«

»… Rodrigo vor dem Angriff gekannt haben. Ja. Alle drei Morde sind so persönlich gewesen – ganz zu schweigen davon, dass es bedeutend intimer ist, jemanden mit einem Messer umzubringen, als dafür eine Pistole zu benutzen«, fügte er hinzu und klang dabei wie sein Bruder, der Cop. »Deshalb scheint es wenig wahrscheinlich, dass der Mörder irgendein beliebiger, irrer Herumtreiber ist. Wahrscheinlich ist es jemand, den sie alle gekannt haben.«

»Jemand, den *wir* kennen.«

Eine unverständliche Stimme im Hintergrund unterbrach ihr Gespräch. »Okay, okay«, sagte Ollie, wobei er den Mund vom Handy abwandte. »Sorry.« Er war wieder in der Leitung. »Chris will, dass ich seine Akten weitersortiere.«

»Oh. Ja.«

Keiner von ihnen verabschiedete sich.

»Hey.« Ihr Magen fühlte sich an wie ein brummendes Wespennest. »Ich vermisse dich.«

Er reagierte mit Schweigen. Die Wespen fielen tot zu Boden. Doch dann sprach er weiter und sie hörte, dass er dabei lächelte. »Ich vermisse dich auch.«

Als sie aufgelegt hatten, presste sie das Handy an ihre Brust. Als es vibrierte, zuckte sie zusammen. Eine lange, chaotische Textnachricht kam von Darby: Das Feed 'N' Seed war geöffnet, er würde Alex dort bei der Arbeit treffen und Makani ein Update schicken, sobald er mit Alex gesprochen hatte. Den ganzen Morgen lang hatten sie so getan, als hätte ihr Streit nie stattgefunden. Es war wichtiger, dafür zu sorgen, dass Alex okay war. Sie hatte Makani immer noch nicht geschrieben, aber Kontakt mit Darby aufgenommen. Makani bemühte sich, deswegen nicht verletzt zu sein.

Eine Häkeldecke wurde auf ihre Beine gelegt. »Du hast ausgesehen, als wäre dir kalt«, sagte Grandma Young. Sie setzte sich aufs Sofa, auf die Seite, die Makanis Sessel am nächsten war.

Fröstelnd zog Makani die Decke nach oben. »Danke.«

»Hast du schon mit deinen Eltern gesprochen?«

»Nein.« Sie schüttelte den Kopf. »Aber das mache ich noch.«

Grandma Young hatte strenge Anweisung gegeben, beide anzurufen, sobald sie wach waren, um ihnen Bescheid zu geben, dass ihr keine Gefahr drohte. Makani fürchtete sich davor. Sie wollte Verständnis und Häkeldecken. Nicht ihre Eltern. Mit der fünfstündigen Zeitverschiebung war es an der Küste von Kona jetzt halb acht Uhr morgens. Die Leute waren aufgestanden und checkten jetzt ihre Handys. Würden ihre alten Freunde Osborne in den Nachrichten erkennen? Aber selbst wenn, würden sie keine Verbindung herstellen. Niemand würde den Namen der Stadt erkennen. Niemand außer Jasmine.

Makani und Jasmine waren sich einst so nahe gewesen wie Darby und Alex, doch Makani wusste, dass selbst die stärkste Freundschaft Risse bekam, wenn sie unter Druck geriet. Und ihre Basis mit Darby und Alex war nicht annähernd so solide. Sie musste Alex sehen. Sie musste sich die Mühe machen, weil Alex sonst vielleicht aufhören würde, diese Mühe zu erwidern.

»Kann ich mir heute Nachmittag das Auto leihen?« Makanis Frage kam laut und abrupt heraus. »Ich wäre nur eine Stunde weg.«

»*Darfst* du es dir ausleihen.« Trotz der Alarmsituation musste Grandma Young noch immer Makanis Grammatik korrigieren. »Und was um Himmels willen ist so wichtig?«

Ihre beste Chance auf Erfolg bestand darin, die Wahrheit zu sagen. Und das tat sie.

Das schwere Ticken der altehrwürdigen Standuhr durchdrang das Haus, während Grandma Young ihre Entscheidung abwog. »Ich kann nicht zulassen, dass du das Auto nimmst und allein gehst.« Sie hob die Hand, um Makanis Protest zum Schweigen zu bringen. »Aber ich werde dich selbst hinfahren.«

Ollie ging zu Greeley's Food arbeiten und Darby und Alex gingen ins Feed 'N' Seed. Selbst in Krisenzeiten mussten Menschen und Tiere essen und Teenager, die den Mindestlohn verdienten, mussten da sein, um die Kassen zum Klingen zu bringen.

Der Himmel war dunkel und bewölkt. Das Feed 'N' Seed befand sich an der Peripherie der Stadt und Makani kam, kurz nachdem ihre Freunde mit ihrer Schicht begonnen hatten, dort an. Der Laden roch nach Getreide, mit einem scharfen Unterton von Viehgestank, obwohl es hier gar keine Tiere gab.

Alex' Augen waren geschwollen und vollkommen von kohlrabenschwarzem Lidschatten und schwarzer Wimperntusche umrandet. Hinweise dafür, dass sie geweint hatte. Darby saß ebenso finster und ernst neben ihr auf einem Hocker hinter der langen Verkaufstheke.

Es war weniger peinlich, mit ihrer Großmutter in der Öffentlichkeit aufzutreten, als Makani erwartet hatte. An Grandma Youngs Seite fühlte sie sich sicherer. Der Schlachter von Osborne, wie die Medien den Mörder nannten, war nicht hinter Makani her, und abgesehen von Ollie, saßen all ihre Bezugspersonen vor Ort hier, umgeben von riesigen Säcken Futterpellets. Aber sie war trotzdem mit den Nerven am Ende. Der muffige Geruch kommenden Unheils hing über der Stadt wie Moder über einem verfallenden Haus. Es war unmöglich, diesen Gestank nicht einzuatmen.

Neben ausgestellten Weidepumpen sprachen zwei Männer mittleren Alters, die Carhartt-Overalls trugen und die dazu passenden finsteren Gesichter hatten, mit leisen, angespannten Stimmen miteinander. Sie waren die einzigen Kunden im Laden. Normalerweise herrschte im Feed 'N' Seed reges Treiben, die Rancher und Farmer tauschten fröhlich und laut Geschichten aus. Makani brauchte nicht zu lauschen, worüber die beiden Männer flüsterten, um zu wissen, dass sie sich nicht über Fußball oder das Wetter unterhielten.

Darby nahm Haltung ein, als er Makani und ihre Großmutter bemerkte.

»Hey«, sagte Makani verlegen. Sie wusste nicht so recht, wie sie sonst anfangen sollte.

»Was machst du hier?« Als er sich dann an seine Manieren erinnerte, fügte er hinzu: »Hi, Mrs Young.«

Grandma nickte zur Begrüßung.

»Wir wollten mal sehen, wie es dir geht«, sagte Makani zu Alex. Sie verbesserte sich. »Wie es *euch beiden* geht.«

»Ziemlich. Beschissen«, erwiderte Alex gedehnt.

Makani warf ihrer Großmutter einen Blick zu, doch Grandma Young zuckte nicht mit der Wimper. Es war weder die Zeit noch der Ort, um zu kritisieren. Manchmal war Fluchen akzeptabel.

»Es tut mir leid.« Makani griff über die Theke, um Alex' schlaffe Hand zu drücken und darin so viel Mitgefühl hineinzulegen, wie sie konnte. Sie kommunizierten mit den Augen. Alex sagte nichts, aber Makani konnte sehen, dass ihr die Geste etwas bedeutete.

Grandma Young hatte Darby in eine Reihe von Fragen verwickelt. »Ja, meine Eltern sind absolut in Panik«, sagte er. »Sie wollten nicht, dass ich heute hierherkomme.«

»Oh!« Grandma Youngs Haltung veränderte sich, als wäre ihr etwas Wichtiges eingefallen. Sie wirbelte zu Makani herum. »Deine Eltern haben angerufen, als du in der Dusche warst. Beide.«

Ihr Tonfall war vorwurfsvoll. Da Makani das Thema gemieden hatte, war es tatsächlich in Vergessenheit geraten. Im ersten Moment war sie überrascht, dass ihre Eltern die Nachrichten gesehen hatten, aber es wunderte sie nicht, dass beide ihre Großmutter angerufen und sie nach ihr gefragt hatten, anstatt Makani direkt anzurufen. Sie waren den Mindestanforderungen der Menschlichkeit nachgekommen.

»Tut mir leid, Grandma«, sagte sie.

Grandma Young zog die Augenbraue nach oben. »Was ist mit Oliver? Ihn hast du bestimmt nicht vergessen anzurufen. Geht es ihm gut?«

Alex' Hand erstarrte.

Makani ließ sie los und stopfte die Fäuste in ihre Jackentaschen. »Es geht ihm gut«, murmelte sie. *Ich hätte nicht loslassen sollen. Ich hätte so tun sollen, als wäre nichts.*

Doch Grandma Young hörte nicht auf zu sprechen. »Ich bin froh, dass er am Wochenende vorbeigekommen ist. Ich weiß nicht, weshalb er sich dieses Ding in die Lippe hat stechen lassen, aber er ist ein netter Junge.«

Es war der denkbar schlechteste Moment, Ollies Charakter zu verteidigen. Makani wand sich und hielt den Atem an, während Darby und Alex finstere Blicke austauschten. Sie hatten nicht gewusst, dass sie ihn wiedergesehen hatte. Makani setzte eine neutrale Miene auf und betete, dass sie diese Gelegenheit nicht nutzen würden, ihren irren Verdacht gegenüber ihrer Großmutter zu erwähnen.

Taten sie nicht. Nach einer weiteren wortlosen Verständigung und einem warnenden Blick an Makani, wechselte Darby das Thema. »Glaubst du, dass morgen die Schule wieder ausfällt?«

Ihre Knie wurden weich vor Erleichterung. »Sie sollten sie für den Rest der Woche ausfallen lassen.«

»Matt wurde auf dem Schulgelände ermordet.« Alex trat mit den Zehen gegen die Theke und mied demonstrativ Makanis Blick. »Sie sollten sie ausfallen lassen, bis jemand verhaftet ist. Vorausgesetzt, die Polizei knöpft sich *jeden* Verdächtigen vor.«

Bevor Makani reagieren oder überhaupt entscheiden konnte, wie sie reagieren sollte – Wut, Schuldgefühle und Abwehrhaltung kämpften mit dem Wissen, dass Alex wirklich litt –, erschien ein alter Mann mit Cowboyhut und sonnengegerbter Haut in der Tür des Geschäftsführerbüros. Er prüfte, ob seine Angestellten tratschten, anstatt den Kunden zu helfen.

Grandma Young nickte ihm zu. »Guten Tag, Cyril.«

Er nickte zurück. »Sabrina.«

»Wir lassen euch jetzt wieder arbeiten«, sagte sie ebenso nachdrücklich zu Makani wie zu ihren Freunden. »Bitte, zögert nicht, uns anzurufen, falls ihr etwas braucht. Was immer es ist.« Letzteres richtete sich zärtlich an Alex.

Alex sank in sich zusammen. Darby legte ihr den Arm um die Schulter. Makani und ihre Großmutter gingen. Und während die dekorative Kuhglocke an der Tür ihr schwermütiges Scheppern von sich gab, fielen die ersten Schneeflocken des Jahres.

Der Abend legte sich über die Stadt. In den blauen Schatten sammelten sich Flecken weißen Schnees, doch auf den Straßen und Gehwegen schmolzen die Flocken weiterhin. Makani stellte sich vor, wie sich das weiße Pulver auf die Gedenkstätte an der Schule legte und die Blumen, Karten und Plüschlöwen puderte. Weil der Unterricht ausfiel, hatte niemand für Rodrigo Andenken auf dem Haufen hinterlassen können. Das war beinahe unerträglich.

Die offiziellen Textnachrichten und E-Mails kamen nach Einbruch der Dunkelheit. Am folgenden Tag würden alle Schulen in Osborne geschlossen bleiben. Der Unterricht würde am Mittwoch weitergehen und Vertreter aus dem Sheriffbüro in Sloane Country würden auf jedem Campus stationiert werden.

Der Himmel wurde schwarz. Der Schnee fing an, liegen zu bleiben.

Grandma Young starrte aus dem vorderen Fenster auf die ruhige Straße. »Vielleicht schlägt der Mörder heute nicht zu. Er würde Spuren im Schnee hinterlassen.«

Sie zogen die Vorhänge zu und überprüften die Schlösser zweimal.

13

Der Unterricht fand zwar wieder statt, aber die Klassenzimmer waren halb leer. Selbst Grandma Young hatte mit sich gerungen, ob sie Makani in die Schule schicken sollte oder nicht. Als ehemalige Lehrerin hatte sie sie bisher nie zu Hause bleiben lassen. Makani hätte schon Fieber haben oder sich übergeben müssen – nichts davon war je eingetreten, seit sie hier war. Ihre Anwesenheitsliste war lückenlos. Ihre Großmutter hatte sich nur deshalb entschieden, sie in die Schule zu schicken, weil in letzter Minute ein Schlafspezialist aus Omaha angerufen hatte. Jemand hatte abgesagt, deshalb konnte sie an diesem Nachmittag einen Termin bekommen. Offenbar war sie besorgter wegen ihres Schlafwandelns, als sie durchblicken ließ.

»Mein Termin wäre erst in drei Monaten«, hatte Grandma Young gesagt. »Es ist unmöglich, da reinzukommen. Ich sollte hingehen.«

Makani hatte zugestimmt. Und als ihre aufgeregte Großmutter sie hastig zur Schule brachte, erwähnte Makani nicht, dass sie sie auch hätte begleiten können. Sie wollte lieber zur Schule gehen. Nicht hinzugehen, hätte sich irgendwie feige angefühlt, als würde sie dann den Mörder gewinnen lassen. Doch als sie in der ersten Stunde in einer der lichten Reihen saß, fragte sie sich, ob sie nicht die falsche Entscheidung getroffen hatte. Weder Darby noch Alex waren da. Darbys Eltern hatten ihn nicht herkommen lassen und Alex hatte darum gebeten, zu Hause bleiben zu dürfen. Niedergeschlagenheit lag wie ein Fluch auf dem Campus. Der fühlte sich durch diese Leere und Melancholie fremdartig an.

Nach drei Schweigeminuten während der morgendlichen Bekanntmachungen – eine Minute für jedes Opfer – teilte Rektor Stanton, der sonst nie die Morgenansprache übernahm, mit, dass *Sweeney Todd* abgesagt worden war. Er behauptete, dass die Entscheidung aus Respekt vor den Opfern getroffen worden war, insbesondere in Bezug auf Haley und ihre Familie. Das stimmte schon, aber alle begriffen auch, dass ein Musical über einen Barbier, der seine Kunden mit einem Rasiermesser umbrachte, für die trauernde Gemeinde viel zu grausig war.

Makani taten die Schüler aus der Theatergruppe leid, die so hart gearbeitet hatten und nun so niedergeschlagen aussahen. Zwei Pultreihen vor ihr jammerte Haleys beste Freundin Brooke: »Haley hätte gewollt, dass die Show weitergeht.«

Überall. Sie waren überall. Die, die sie verlassen hatten, und die, die zurückgelassen worden waren.

In der zweiten Stunde hatte Makani Physik und starrte auf Rodrigos leeren Platz, als säße dort ein Phantom. David saß in anhaltender Stille neben der physischen Lücke.

Der Rest der Gruppe – Rodrigos andere Freunde, die tapfer in die Schule gekommen waren – beanspruchte zur Mittagszeit ihre Aufmerksamkeit. Durch die seltsame Osmose der Tragödie wusste sie plötzlich deren Namen: Kevin, Emily und Jesse. Sie teilten Davids Kummer, auch wenn ihre Körpersprache sich auf verschiedene Weise von seiner Dumpfheit unterschied.

Kevin, *Angst.*

Emily, *am Boden zerstört.*

Jesse, *Hilflosigkeit.*

Jeder reagierte auf einzigartige Weise, einschließlich der Footballspieler. An Spieltagen trugen sie immer Hemden, Kakihosen und Krawatten, und dafür hatten sie sich auch heute entschieden. Immer noch ein Team. Doch ihre gebügelten Kleider konnten ihre Aufgewühltheit nicht verbergen, auch nicht, wie sehr ihre Trauer der der Gamer ähnelte. Der massige Buddy klopfte dem schlaksigen Kevin sogar auf die Schulter, als er hinter ihm in der Pizzaschlange stand. Sie hatten nie zuvor eine gemeinsame Basis gehabt, aber jetzt waren sie auf immer und ewig durch diesen schrecklichen Oktober vereint.

Überall wurden gesellschaftliche Grenzen überschritten. Die Schüler aßen zwar immer noch mit ihren eigenen Leuten, doch jede Gruppe saß jetzt ein wenig näher bei den anderen und beteiligte sich auch hin und wieder an deren Gesprächen. Sowieso unterhielten sich alle über dasselbe.

Es war schon traurig, dass die Menschen nur miteinander auskamen, wenn alle unglücklich waren.

Makani und Ollie saßen in der hintersten Ecke der Cafeteria nebeneinander. Der Schnee von letzter Nacht war beinahe vollkommen geschmolzen, aber niemand wollte draußen sein. Es spielte keine Rolle, dass die Morde alle drinnen stattgefunden hatten. Über den offenen Schulhof zu gehen, fühlte sich an, als hätte man eine Zielscheibe auf dem Rücken. Es schien sicherer, sich in der dichten Menge aufzuhalten, auch wenn *dicht* immer noch relativ war. Sie waren die Einzigen an ihrem Tisch.

Makani hoffte, dass dies daran lag, dass so wenige Schüler anwesend waren, und nicht daran, dass Ollie generell unter Verdacht stand. Dieser Verdacht wuchs nämlich in allen Schülern, nicht nur bei Darby und Alex. Ollie hatte noch keine Anzeichen dafür gezeigt, dass ihm dies bewusst war, aber Makani konnte einfach nicht glauben, dass ihm die Blicke, die sie ihm zuwarfen, und das hitzige Gemurmel entgingen. Noch nie war so deutlich gewesen, dass er nicht dazugehörte – und wie sehr ihnen das zu schaffen machte.

Zachary Loup, das Junkie-Arschloch, über den ebenfalls oft gemunkelt wurde, er wäre verdächtig, war klug gewesen. Er war zu Hause geblieben.

»Ich habe den Nachmittag damit verbracht, mit meiner Großmutter Nachrichten anzuschauen«, sagte Makani. Sie schob Ollie ihre Pommes hin und hoffte, dass er welche nehmen würde. Sein Apfel, die Ziploc-Tüte mit den Cheetos und dem Erdnussbuttersandwich sahen heute besonders traurig aus. »Es war deprimierend. All diese Eltern, Geschwister, Großeltern, Tanten und Onkel, Cousins und Cousinen. Wie man ihnen dauernd zugebrüllt hat: ›Wie fühlt es sich an zu wissen, dass der Mörder Ihres Sohnes noch irgendwo da draußen herumläuft?‹« Sie schüttelte den Kopf. »Und trotzdem haben wir es uns angeschaut. Und konnten es kaum abwarten, ihre Reaktionen zu beurteilen und zu analysieren.«

Ollie tunkte ein Pommesstäbchen in das Ketchup. »Danke.«

Sie hatte das dringende Bedürfnis, ihn in eine Unterhaltung zu verwickeln, weil sie sich der Blicke bewusst war, die *sie beide* beurteilten. Sie mussten normal wirken. Oder zumindest so normal, wie das heute möglich war. Ollies übliches Verhalten könnte zwar verdächtig ruhig wirken. Wenn er allerdings glücklich aussah, wäre das auch unpassend. Makani hasste es, dass sie sich Sorgen machen musste, was andere Leute von ihm dachten.

»Und du?«, fragte sie. »Warst du wieder auf der Polizeistation?«

»Ja, aber Chris hat mich nicht gezwungen zu arbeiten. Er war nicht mal da. Er musste nach Tecumseh fahren, deshalb habe ich mit Ken abgehangen.«

»Ken?«

»Aus der Einsatzzentrale.«

»Oh. Ist er … cool?« Die Frage fühlte sich bescheuert an, doch Makani wollte mehr über Ollies Leben erfahren. Ehrlich gesagt, wollte sie *alles* wissen. Sie hatten gestern ein paar Textnachrichten gewechselt, sodass sie gewusst hatte, dass er heute zur Schule kommen würde. Wenn sie ganz ehrlich war, war dies der Hauptgrund dafür, dass sie auch hatte kommen wollen.

Um Ollies Mundwinkel zuckte ein Lächeln. »Er ist über fünfzig, war dreimal verheiratet und ist jetzt geschieden und er besitzt zwei Quads. Im Fernsehen schaut er sich am liebsten Dauerwerbesendungen an.«

Makani lachte.

Sein Lächeln verwandelte sich in ein Grinsen.

»Und was gibt es in Tecumseh? Hat Chris einen Verdächtigen verhört?« Sie hielt inne. »Und wo *ist* Tecumseh überhaupt?«

»Etwa zweieinhalb Stunden von hier entfernt, hinter Lincoln. Dort steht das einzige Hochsicherheitsgefängnis des Bundesstaates. Er wurde wegen etwas anderem dorthin gerufen. Unspektakulär.«

»Dein ganzer Tag klingt …«

»… unspektakulär«, wiederholte Ollie.

Sie lachte wieder. »Weißt du, wenn wir das nächste Mal einen Tag freihaben, kommst du stattdessen zu mir nach Hause.« Das war sowohl ein praktischer Vorschlag als auch ein Flirtangebot, doch Makani merkte rasch, was sie damit außerdem andeutete. Was wieder passiert sein würde, wenn sie erneut einen Tag freibekämen. Ihr Gesicht fiel in sich zusammen. »Ich meinte damit nicht … ich hoffe, dass nicht noch jemand …«

Ollie nickte. Er verstand.

»Ugh.« Makani ließ ihren Kopf theatralisch auf den Tisch fallen. »Alles ist so schrecklich.« Sie drehte den Kopf, die Wange auf die Tischplatte gelegt, und sah ihn an.

Und dann tat er das Beste, was er tun konnte.

Er legte seinen Kopf ebenfalls auf die Tischplatte.

Sie starrten einander an – die Wangen eingequetscht, die Nasen inhalierten den muffigen Geruch eines alten Tafelschwamms. Sie wünschte, sie könnte unter dem Tisch nach seiner Hand greifen, aber bis jetzt hatten sie noch keine Liebesbekundungen in der Öffentlichkeit ausgetauscht. Dann wäre es für die Leute eine feste Beziehung. Doch sie selbst war sich immer noch nicht sicher, was das eigentlich zwischen ihnen war, sie hoffte nur, dass es weiterging. Es würde sich gut anfühlen, wieder jemandem nahe zu sein. Es würde sich gut anfühlen, *ihm* nahe zu sein.

Ihr Telefon machte *pling*. Makani fluchte, während sie ihre Köpfe hoben, und schaute auf das Display. »Großmutter. Sie will sich nur vergewissern, dass alles okay ist.«

Ein seltsamer Ausdruck erschien auf Ollies Gesicht.

»Was ist?«

Er schüttelte den Kopf. »Etwas, das mein Bruder erzählt hat.«

Sie wartete darauf, dass er es weiter ausführte, doch er schaute sich erst um, bevor er mit gesenkter Stimme fortfuhr: »Chris hat mir erzählt, dass sie in Rodrigos Haus schweigend vor sich hin arbeiteten, weil sie immer noch unter Schock standen. Das einzige Geräusch kam von Rodrigos Handy. Es wäre beinahe explodiert vor lauter Nachrichten. Alle Freunde, die das Gerücht gehört hatten und versuchten, ihn zu erreichen.« Ollie schauderte. »Chris sagte, dass wäre das Schlimmste gewesen und hätte sie fast in den Wahnsinn getrieben. Das Geräusch dieser unbeantworteten Anrufe und Textnachrichten.«

»Oh, Mann«, sagte Makani leise. »Das ist schrecklich.«

»Wenn ihr uns kurz eure Aufmerksamkeit schenken könntet ...«

Caleb Greeley und jemand anderes von den Religiösen, ein

großes, mausartiges Mädchen, in dem Makani eine Schülerin des ersten Jahrgangs wiedererkannte, standen auf der bescheidenen Bühnenplattform der Cafeteria. Caleb sprach in ein Mikrofon. Makani wusste, was als Nächstes kommen würde. »... wir möchten zusammen mit euch ein kurzes Gebet für Haley, Matt und Rodrigo sprechen.«

Ja. Makani konnte sich an keinen Gebetsmoment an ihrer Schule auf Hawaii erinnern, aber hier passierte das andauernd. Und man erwartete von *allen,* dass sie mitmachten. Das war es, was sie daran störte. Makani hoffte aufrichtig, dass andere, einschließlich ihrer Großmutter, Frieden und Stärke im Gebet fanden. Doch sie selbst war nicht religiös und sie fühlte sich unbehaglich, wann immer ihr das aufgezwungen wurde.

Sie beugte den Kopf und hörte zu, wie Caleb und das Mädchen eher *predigten* als *beteten.* Sie zitierten viele, viele Bibelverse. Ihre Abneigung gegen Caleb wuchs. Zuerst das Gebet am Flaggenmast. Dann der Auftritt im Fernsehen. Und jetzt das. Gab ihm diese Aufmerksamkeit etwas? Genoss er es nicht ein wenig zu sehr, im Rampenlicht zu ...

Makani stoppte sich selbst. Sie machte mit ihm, was alle anderen mit Ollie machten. Jeder sah bedrohlich aus, wenn man ihn durch die Linse der Angst betrachtete – selbst ein übertrieben frommer, zutiefst ehrlicher Junge wie Caleb. Sie schob ihr Misstrauen beiseite. Doch als eine weitere Minute qualvoll langsam verstrich, wurde Makani bewusst, dass sie seine Bemühungen zwar zu schätzen wusste, sich gleichzeitig aber wünschte, er würde auch etwas vorschlagen, das sie konkret beitragen konnten, um die Familien der Opfer zu unterstützen oder den Täter zu fassen. Gebet allein war kein Handeln.

Unter dem Tisch nahm jemand ihre linke Hand aus ihrem Schoß.

Sie riss die Augen auf.

Ollie starrte zurück. Sie sah sich um, aber alle anderen, selbst die Damen von der Cafeteria, hatten die Augen geschlossen. Ollie flocht seine Finger in ihre. Sie festigte ihren Griff und beugte sich vor.

Sie küssten sich.

Hitze, Elektrizität und Leben breiteten sich in ihrem Körper aus. Sie öffneten ihre Münder und küssten sich tiefer, ohne einen Laut von sich zu geben, umgeben von den Gebeten der Ängstlichen. Als Caleb »Amen« sagte, lösten sich ihre Lippen voneinander und sie lächelten still. Niemand hatte ihre Indiskretion bemerkt.

Gegen Ende der letzten Stunde kehrte Rektor Stanton an die Lautsprecher zurück und dankte allen dafür, dass sie heute gekommen waren. Er erinnerte sie daran, dass die Schule morgen auch geöffnet sein würde, und verkündete eine kleine gute Nachricht: Rosemarie Holt hatte letztes Wochenende das Tonnenreiten auf dem Sloane Country Championship Rodeo gewonnen.

Makani interessierte sich einen Dreck für Rodeo, Rosemarie war im ersten Jahr und in keiner ihrer Klassen, doch sie jubelte mit dem Rest der Spanischklasse. Ihre allgemeine Freude war beträchtlich überzogen. Sie waren dankbar um jede gute Nachricht.

»Pass bloß auf, Rosemarie«, sagte Ollie düster.

Der Scherz enthielt zu viel Wahrheit und das Glück erstarb in Makanis Kehle.

»Der Mörder mag es, wenn sie Talent haben«, sagte er.

»Hör auf.«

Sie hatte nicht gewollt, dass es so scharf herauskam. Ollie sah erschrocken aus und Unbehagen breitete sich zwischen ihnen aus. »Tut mir leid«, sagte er. »Ich meinte nur ...«

»Ich weiß. Schon okay.« Makani schüttelte den Kopf und versuchte zu lächeln. Sie hatte sofort verstanden, was er meinte; aber sie war beunruhigt, weil ihn vielleicht jemand gehört hatte. Sie versuchte, den winzigen Bruch zu flicken. »Ermittelt die Polizei in diese Richtung?«

Er nickte und da vibrierte ihr Handy, erschütterte die Tischplatte ihres Pults.

Sie selbst erschütterte das Geräusch ebenfalls. *Rodrigos Handy. Explodierend.* Zum Glück waren es weitere gute Nachrichten, dieses Mal von ihrer Großmutter. **Bin noch in Omaha. Der Doc hat mich über eine Stunde warten lassen, nur um mir zu sagen, dass ich für weitere Untersuchungen wiederkommen muss. Ich werde nicht zu Hause sein, wenn die Schule aus ist. Würdest du bitte Darby fragen, ob er bei dir bleibt, bis ich da bin?**

Makani schrieb zurück: **Klar! Mach dir keine Sorgen.**

Dieses Mal war das Grinsen, das sie Ollie zuwarf, echt. »Willst du mit zu mir kommen?«

14

Sie ließen Ollies Wagen an der Schule stehen und gingen zu Fuß zu ihrem Haus, für den Fall dass Grandma Young früher nach Hause käme und er sich heimlich fortschleichen müsste. Die Ironie entging ihnen nicht, dass dieses Verhalten sie verdächtig aussehen ließ, aber die Sonne schien und in der frischen Luft lag die Magie des Herbstes.

Blätter wirbelten vom Himmel und über die Gehwege. Mütter verschönerten die öde Landschaft mit lebhaften gelben, fliederfarbenen und rostroten Farbtupfen. Gespenster aus Mulltüchern hingen an unsichtbaren Fäden in den Bäumen. Grabsteine mit witzigen Namen bildeten vorübergehende Friedhöfe. Und Kürbisse – orange, weiß, groß, rund, flach und mini – verschönerten jede Veranda und jede Tür. Es waren nur noch drei Tage bis Halloween.

Der Nachmittag fühlte sich wie ein Geschenk an. Eine Erholung von dem ganzen Stress.

Ihr Plan war simpel: Makani würde ihre Großmutter dazu bringen, sie bezüglich ihrer Ankunftszeit auf dem Laufenden zu halten, und wenn sie näher käme, würde sich Ollie hinausschleichen. Makani würde dann sagen, dass Darby *gerade* gegangen wäre, weil sie gewusst hätten, dass Grandma Young gleich um die Ecke kommen würde, und dass Darbys Eltern besorgt gewesen wären und ihn möglichst schnell zu Hause haben wollten. Und dann würde Grandma Young wütend werden, doch das würde sich sicherlich im Laufe des Abends wieder legen.

Unter dem von Eichen gesäumten Abschnitt der Walnut Street waren noch immer Pfützen geschmolzenen Schnees. Die Nord-Süd-Straßen in Osbornes ältestem Viertel waren alle nach Bäumen benannt: Eiche, Fichte, Hickory, Kiefer, Ulme, Walnuss, Weide und Zeder. Sie waren in alphabetischer Reihenfolge getauft worden, damit die Leute hier immer den Weg nach Hause fanden. In letzter Zeit war Makani völlig irrational erleichtert darüber, dass sie nicht in der Elm Street wohnte.

»Was hast du deinem Bruder erzählt?«, fragte sie.

»Dass ich früher zur Arbeit gehe«, sagte Ollie. Es kam zu einem Moment der Anspannung, als sie seitlich um das Haus herumgingen und ...

Yep. Die Luft ist rein.

Der goldene Taurus ihrer Großmutter stand nicht in der Einfahrt.

Sie traten durch die Hintertür ein. Das Haus lag still da. Das einzige Geräusch war sein Herzschlag, das schwere Pendel der riesigen Standuhr.

»Es ist ein solches Alte-Leute-Haus«, flüsterte sie.

»Ich mag es«, flüsterte Ollie zurück.

Sie brauchten ihre Stimmen eigentlich nicht zu senken, doch sie taten es trotzdem. Energie knisterte zwischen ihnen, stark und unbezähmbar.

»Bestimmt sind die Sachen, die ich mitgebracht habe, als ich hierhergezogen bin, die einzigen, die in diesem Jahrhundert hergestellt wurden«, sagte sie.

Er lachte leise. Sie führte ihn aus der Küche und die Treppe hinauf.

»Sie hat es noch nicht fertig gemacht?«, fragte er.

Makani blieb auf dem Weg nach oben stehen.

»Das Puzzle«, sagte er.

Sie folgte seinem Blick über das Geländer ins Wohnzimmer, wo die meisten Himmelteile – die blauen, weißen und grauen – noch immer auf dem Couchtisch verstreut waren. Sie schüttelte den Kopf und lächelte. »Ich glaube, sie wartet damit auf dich.«

»Nächstes Mal komme ich zu Besuch, wenn sie zu Hause ist.«

Makani zog die Augenbraue nach oben. »Bist du sicher, dass du nicht jetzt weitermachen willst?«

Ollie biss sich auf die Lippe, ließ den Ring wieder herausgleiten. »Ja.«

Makani führte ihn in ihr Zimmer, sie spürte seinen Blick auf den Kurven ihres Körpers. Sie nahm seinen Hunger wahr, weil es derselbe war, den sie auch in sich spürte.

Sie schloss die Tür hinter ihnen ab. Nur für den Fall.

Dabei fiel ihr ein, ihr Handy zu checken, eine neue Textnachricht von Grandma Young war angekommen. **Unfall auf Route 6. Stecke bei West-Omaha im Stau.**

»Stau nervt. Wir haben Glück«, trällerte Makani, während sie ihr Handy an einen Lautsprecher anschloss und die Lautstärke aufdrehte. Die laute Musik war auch für alle Fälle, doch Ollie schien sie gar nicht zu registrieren. Er wirkte verdutzt über seine Umgebung.

Unbehaglich verschränkte Makani die Arme vor der Brust. »Was ist?«

Ollie brauchte einen Augenblick, um sich zu sammeln. »Es sieht wie der Rest des Hauses aus. Gar nicht nach dir. Es sieht aus, als ... wärst du eine Besucherin.«

Die scharfsinnige Beobachtung traf sie mehr als erwartet. »Das bin ich wohl auch.«

Ollie nickte und sie war überrascht, dass die Geste Enttäuschung enthielt. Sie löste die Arme wieder und trat automatisch auf ihn zu, aber er wandte sich von ihr ab. Die emotionale Barriere war mit einem Ruck wieder an Ort und Stelle. Er kniete sich neben ihr Bett.

»Was ...«

»Du hast mir mal gesagt, dass ich darunter etwas finden würde.« Als sie ein verblüfftes Gesicht machte, fügte er hinzu: »Ein Foto?«

Ihre Augen wurden groß, als ihr das alte Schwimmteamfoto wieder einfiel.

In seinem Lächeln leuchtete Schalk auf.

»Nein, nein, nein, nein, nein, nein, *nein.*« Makani warf sich zwischen ihn und das Bett, hielt seine Arme nach unten, während er nach etwas grabschte, das außer seiner Reichweite war. Sie konnte nicht zulassen, dass er das Foto jetzt sah. Nicht während sie versuchte, ihn zu verführen. »Nächstes Mal«, sagte sie lachend. »Ich verspreche, dass ich es dir nächstes Mal zeige.«

Sie stießen mit der Brust aneinander. Sie atmeten schwer.

Ollie hörte auf, sich zu winden, um ihr wieder ein verführerisches Lächeln zuzuwerfen. »Und was nützt ein Versprechen von jemandem, der seine eigene Großmutter belügt?«

Sie küsste ihn auf die Lippen – ganz kurz – und zog sich dann zurück. »Ein anderes Mal. Ich meine es ernst.« Sie küsste ihn erneut. »Nur nicht heute.«

Ollie beugte sich vor und küsste sie. Makani krümmte sich, um sich von ihrer Jacke zu befreien, und verfing sich in den Ärmeln. Sie lachten beide, als er ihr heraushalf.

»Was ich gern wissen würde ...«

»Weshalb ich eine dicke Jacke trage? Weil es *geschneit* hat, ich bin am *Strand* aufgewachsen.«

»Ich würde gern *wissen,* weshalb du ein Winter-Goth bist.«

Sie hatte ihn gerade wieder küssen wollen, aber nun hielt sie inne. »Was?«

»Deine Sommerklamotten sind farbenfroh und deine Winterklamotten sind schwarz.« Er deutete auf ihre Jacke und ihren Pulli, wie um dies zu beweisen. Dann neigte er den Kopf, wollte weiterküssen, als hätte er nicht gerade ein schräges Gespräch vom Zaun gebrochen.

Makani lehnte sich zurück, sodass er ihren Mund nicht erreichen konnte.

Die Sommerklamotten waren ihre alten Kleider. Auf Hawaii waren Jeans und ein Hoodie das Wärmste, was sie je gebraucht hatte. Hier musste sie ihre Großmutter darum bitten, ihr eine Jacke, Mütze, Handschuhe und Pullover zu kaufen. Sie waren extra in ein Einkaufszentrum nach Omaha gefahren und sie hatte sich alles in Schwarz ausgesucht. Sie konnte nicht erklären, *warum,* außer dass sie sich ein wenig geschützter fühlte, wenn sie es trug. Ein wenig abgebrühter. Aber das klang albern und sie wollte nicht, dass Ollie glaubte, sie würde ihn oder Alex nachahmen.

Stattdessen neckte sie ihn. »Es gefällt mir, dass du dem, was ich trage, so viel Aufmerksamkeit schenkst.«

»Ich schenke dir immer Aufmerksamkeit. Ich *sehe* dich.«

Sie wurde rot, während sie seinen Blick erwiderte. »Ich sehe dich auch.«

Ihre Körper drängten sich wie rasend aneinander. Sein Hoodie verschwand, danach ihr Pulli. Und dann sein Shirt. Sie waren auf ihrem Bett und sie hatte die Jeans ausgezogen, sodass sie nur noch ihre Unterwäsche trug. Sie griff nach seinem Reißverschluss.

Ollie legte die Hand auf ihre. »Ist das okay? Bist du dir sicher?«

Das waren die Fragen, die Aufrichtigkeit erforderten. »Ja«, sagte sie. »Und du?«

»Ja.«

Sie küsste ihn wieder und schob dabei sanft seine Hand beiseite. »Ja«, wiederholte sie.

»Ja«, wiederholte er.

Der Junge mit den rosa Haaren schlief und ihre Großmutter hatte vor dreißig Minuten geschrieben, dass sich der Verkehr vorwärtsbewegte, aber dass es noch langsam ginge. Sie hatten mindestens noch eine Stunde.

Makani antwortete: **Kein Problem! Halt mich auf dem Laufenden.**

Ihr Lieblingssong dröhnte aus dem Lautsprecher, während sie beobachtete, wie sich Ollies nackte Brust hob und senkte. Sein Bauch war flach, viel flacher als ihrer, und er sah im Schlaf zufriedener aus, als wenn er wach war. Er wirkte beruhigt. Der Sex war überraschend gewesen, und nicht nur, weil er leise vonstatten gegangen war (nur für den Fall). Es war anders gewesen als bei ihrem ersten Mal. Besser. Es war *mehr* gewesen.

Makani betrachtete Ollie, bis Durst sie überkam. Sie zog sich wieder an, deckte ihn mit einer Decke zu und ging nach unten in die Küche. Die Besteckschublade stand offen.

Ihr Puls beschleunigte. »Grandma?«

Abgesehen von der Standuhr, war es still im Haus. Mit bebenden Händen schloss Makani die Schublade. *Sie kann noch nicht zu Hause sein.* Sie spulte eine Stunde zurück zu dem Zeitpunkt, als sie angekommen waren, und versuchte, sich daran zu erinnern, ob die Schublade offen gewesen war, als sie durch die Küche gegangen waren. Sie glaubte nicht, aber zugegebenermaßen war sie abgelenkt gewesen.

Sie *musste* offen gewesen sein.

Ihre Großmutter musste sie geöffnet haben, bevor sie zu ihrem Termin gegangen war. Es war gut, dass sie sich von dem

Spezialisten untersuchen ließ. Vielleicht würden sie endlich ein paar Antworten bekommen.

Makani füllte einen Plastikbecher mit Wasser und kippte ihn hinunter. Sie füllte ihn erneut für Ollie, beschloss aber dann, unten auf die Toilette zu gehen, im Bad ihrer Großmutter, bevor sie wieder nach oben ging. Sie *glaubte* zwar nicht, dass er bei der lauten Musik hören würde, wie sie im oberen Bad pinkelte, aber sie war immer noch gehemmt.

Als sie in die Küche zurückkehrte, war die Besteckschublade offen. Mit einem Ruck blieb sie stehen. Sie glotzte die Schublade von der Schwelle aus an.

Die Schienen müssen locker sein. Sie hat sich die ganze Zeit von selbst geöffnet.

Aber in ihrer Kehle bildete sich ein Kloß.

Makani wusste nicht so recht, weshalb sie Angst hatte. Sie schaute zur Hintertür, doch die war verschlossen. Sie schaute hinter sich, aber sie war allein. Natürlich war sie allein.

Sie schlich in die Küche und schob die Schublade zu, nur ein paar Zentimeter. Testete sie. Wartete darauf, dass sie von allein wieder herausrollte.

Tat sie nicht.

Sie schob die Schublade ganz zu.

Wartete.

Immer noch nichts. *Vielleicht hat Großmutter recht. Vielleicht bin wirklich ich diejenige, die den Verstand verliert.* Der Gedanke war beunruhigend, weil es stimmen konnte. Es gab eine Zeitspanne, an die sich Makani nur schwer erinnern konnte. Vielleicht waren diese neuerdings auftretenden Vergesslichkeitsepisoden Überbleibsel ihres früheren Traumas. Oder noch schlimmer: Beweise für einen neuen Verlauf. Scham überkam sie, während sie die Schublade anstarrte und ihr insgeheim befahl, sich zu öffnen. Sie presste das Ohr gegen das Furnier und lauschte.

Nichts. Die Schublade hielt.

»Mist«, flüsterte sie.

Makani schüttelte den Kopf. Sie wollte das Wasser holen, aber der Becher war leer.

»Mist«, sagte sie wieder und wirbelte herum. Sie wusste nicht, ob sie nach Großmutter suchte oder nach Ollie, aber es war noch immer niemand da. Mit zitternden Händen füllte sie den Plastikbecher wieder und trug ihn zur Treppe; das Wasser drohte dabei überzuschwappen. Und da bemerkte sie das Puzzle.

Der Himmel war zusammengesetzt.

Das Puzzle war fertig.

Makani ließ den Becher fallen. Wasser spritzte auf ihre Jeans, während der Becher aufprallte und sich auf den Teppich ergoss. Sie beeilte sich, ihn aufzuheben.

»Großmutter?«, rief sie. »Großmutter, wo bist du?«

Warum hatte sie diese Textnachrichten geschickt? War es ein Test, um zu sehen, ob Makani sie anlog? Wusste sie, dass Ollie da war? *Oh Gott.* Sie hatte sie wahrscheinlich oben gehört und jetzt würde sie darauf warten, dass er sich hinausschlich, damit sie Makani zur Rede stellen konnte. Das war jedenfalls etwas, das ihre Mutter tun würde. Sie liebte es, Makani eine Falle zu stellen und sie dann dafür zu bestrafen, dass sie den Köder geschluckt hatte. War ihre Großmutter mehr wie ihre Mutter, als sie realisiert hatte?

Makani eilte zurück in die Küche. »Großmutter? Bist du zu Hause?«

Immer noch keine Antwort.

Sie knallte den Becher auf die Theke, schnappte sich ein Geschirrtuch und kehrte um, um den Teppich am Fuß der Treppe trocken zu wischen. Ihre Wangen brannten. Ihr Herz fühlte sich an, als würde es ihr gleich aus der Brust springen. Wenn Ollie sie hatte rufen hören, dann war er klug genug, sich versteckt zu halten. Sie umklammerte das nasse Geschirrtuch, ging zurück in die Küche und blieb wie angewurzelt stehen.

Der Becher war weg.

Ihre Gedanken überschlugen sich. Unfähig, dies zu verarbeiten.

»Großmutter?« Makani rannte zu Großmutters Schlafzimmer hinten im Haus. »Bist du da?« Sie trommelte an die geschlossene Tür, und als niemand antwortete, platzte sie in das Zimmer hinein. Das Bett war gemacht. Alles war an seinem üblichen Platz. Sie überprüfte sogar den Schrank – sie wusste nicht, warum –, aber er war leer.

Sie eilte zurück, um durch das Küchenfenster nach draußen in die Einfahrt zu spähen, und taumelte zurück. Der Becher stand mitten auf der Theke. Und jede einzelne Schublade und Schranktür stand weit offen.

Makani fühlte sich wie gelähmt. Die Einfahrt war von hier aus zu sehen, aber es stand kein Auto darin.

»Ollie?«, flüsterte sie. Sie zwang sich, sich umzudrehen, halb erwartend, halb hoffend, dass er hinter ihr stehen würde.

Tat er nicht.

Wie in einem Nebel taumelte sie zur Treppe. Ihr Blick heftete sich auf das fertige Puzzle und ihre Körpertemperatur sank, als ein neuer Schrecken sie überkam.

Der Mörder hatte die Möbel in Rodrigos Wohnzimmer umgestellt.

Makani fielen die Schubladen und Schränke wieder ein – wie viele Male hatten sie in den letzten zwei Monaten offen gestanden. Was, wenn mit dem Opfer gespielt wurde, bevor es umgebracht wurde? Die gegen sie gerichteten Handlungen konnten nahezu unsichtbar gewesen sein. Gaslighting nannte man das. Dinge, die einem Polizisten niemals auffallen würden, wenn er einen Tatort untersuchte.

Die Polizei hatte angenommen, dass Rodrigos Möbel nach seinem Tod umgestellt worden waren, als Teil einer aufwendigen Inszenierung, die der Mörder zu genießen schien. Aber was, wenn der Killer Rodrigos Möbel *vor* seinem Tod umgestellt hatte?

Eine Gestalt mit Kapuze trat neben der Standuhr hervor.

15

Makanis Schrei hallte durch das Haus. Er erschütterte die Bilder an den Wänden.

Die Gestalt machte einen Satz – die Lautstärke jagte ihr Angst und Schrecken ein – und ließ etwas fallen. Ein Messer plumpste zwischen ihnen auf den Teppich.

Einen surrealen Moment lang waren sie beide wie erstarrt. Die Kapuze eines beigefarbenen Tarnhoodies hing dem Mörder tief ins Gesicht, doch Makani konnte erkennen, dass er männlich und weiß war. Außerdem war er jung, der schmalen Figur nach noch ein Teenager.

Makani warf einen Blick auf sein Messer. Es war groß. Die festgestellte Klinge bestand aus mindestens siebzehn Zentimetern Stahl und hatte zwei scharfe Kanten – eine normale und eine mit Sägezähnen.

Die Spitze war scharf wie eine Rasierklinge.

Makani sprang nach vorn.

Unglücklicherweise war der Mörder näher dran und schneller, und sobald sich seine Hand um den schwarzen Gummigriff geschlossen hatte, riss er das Messer nach oben und schnitt in ihren Unterarm.

Makani schrie wieder und taumelte rückwärts. Plötzlich erhob sich auf dem Treppenabsatz Geschrei. Ollie kam nackt und in voller Geschwindigkeit zu ihnen heruntergerannt.

Wieder wurde der Täter überrumpelt und Makani merkte – in

dieser Millisekunde –, dass er geglaubt hatte, sie wäre allein. Sie nutzte diesen Schock zu ihrem Vorteil aus, rammte ihren Körper gegen seinen und warf ihn zu Boden. Das Jagdmesser fiel ihm zum zweiten Mal aus der Hand, während seine Kapuze nach hinten flog und sein Gesicht preisgab.

Makani blinzelte.

Sie kannte ihn, war aber nicht in der Lage, ihn einzuordnen.

Er schlug und trat um sich und während sie sich abmühte, ihn unten zu halten, rammte sich ein herumdreschendes Gliedmaß in ihre Wunde. Sie schnappte nach Luft. Er kletterte unter ihr hervor, schnappte sich das Messer und holte zum Angriff aus. Ollie packte ihn von hinten und schleuderte ihn zur Seite.

Ein neuer Kampfschrei erklang, als eine vierte Person ins Zimmer gestürmt kam. Grandma Young stürzte sich auf den Mörder. Zusammen trafen sie auf dem Teppich auf und das Messer versenkte sich unten rechts in ihren Bauch. Sie stieß einen Schrei aus. Der Mörder stieß die Klinge noch weiter hinein und drehte sie herum. Er stemmte seine Stiefel in den Boden und stieß sie von sich.

Makani warf sich über ihre Großmutter.

Ollie jagte dem Mörder nach, der bereits floh. Der Killer schlug einen Haken und prallte gegen die Standuhr. Sie stürzte mit einer heftigen Explosion aus Messing, Holz und Glas zu Boden. Der Teppich verschluckte die Kakofonie zu einer erstickten Stille.

Makani kauerte keuchend auf Händen und Knien. Blut bedeckte ihre Handflächen. Es sickerte durch die Beine ihrer Jeans. Unter ihr atmete Grandma Young flach und angestrengt. Makani hob vorsichtig den Kopf.

Ollie und der Mörder waren noch da.

Mit einem Blick auf Makanis zusammengekniffene Augen

und Ollies angespannte Muskeln schätzte der Mörder die Situation neu ein. Und dann stürmte er zur Haustür hinaus.

Ollie rannte los – geradewegs durch die Scherben und Splitter hindurch –, um hinter ihm abzuschließen, während Makani aufsprang und zum vorderen Fenster stürzte. »Er rennt nach links«, rief sie.

»Wo ist dein Handy?«, fragte Ollie.

»Oben!«

»Meins auch.« Er rannte davon. »Beobachte ihn!«

Die Gestalt mit der Kapuze verschwand hinter der frei stehenden Garage des Nachbarn. Makani stöhnte, während sie die Landschaft nach Bewegung absuchte, nach irgendeinem Hinweis auf Bewegung. Ihre Knie zitterten. Ihre Arme bebten. Es gab einen Festnetzanschluss in der Küche, aber das fiel ihr erst wieder ein, als Ollie bereits mit dem Handy am Ohr nach unten gestapft kam.

»Ken«, sagte Ollie zu dem Mann in der Polizeizentrale. Er war immer noch nackt. »Ich bin bei Makani Young in der Walnut Street. Der Mörder war gerade hier.«

Makani bedeutete ihm, ans Fenster zu kommen. »Er ist da lang gerannt! An der Garage um die Ecke.«

»Wir brauchen einen Krankenwagen. Ihre Großmutter ist schwer verletzt. Sie hat eine Stichwunde im Bauch und verliert eine Menge Blut.«

»Grandma? Grandma, bleib bei mir!« Makani schnappte sich das nächstbeste Kissen und schob es ihrer Großmutter unter den Kopf. Schwach hob diese die Augenlider.

»Mir geht es gut«, versicherte Ollie dem Mann aus der Polizeizentrale. »Makani auch, aber sie hat einen ziemlich schlimmen Schnitt am Arm. Sie muss wohl genäht werden.«

Grandma Youngs Blick wurde besorgt.

»Ich bin okay. Du auch.« Makani knöpfte die Bluse ihrer

Großmutter unten auf, um die Wunde besser sehen zu können. Die Bluse war schwer und nass.

»Es ist David Ware«, sagte Ollie ins Telefon. »Der Mörder ist David Ware und er läuft jetzt in Richtung Schule.«

Makani zog den Stoff ab, der wie eine Schale auf Großmutters Bauch klebte. Grandma Young atmete scharf ein. Wie versteinert ließ Makani ihn wieder sinken, während Ollie an ihr vorbei die Treppe hinaufrannte.

»Wo willst du hin?«, schrie Makani.

Seine Stimme drang aus ihrem Zimmer zu ihr herunter und ihr wurde klar, dass er dort am Fenster stand. »Nein, ich kann ihn nicht mehr sehen ...«

Ollies Telefonat verschwamm zu einem unverständlichen Brummen. Makanis Herz hämmerte vor Angst und Adrenalin, während sie die Hand ihrer Großmutter ergriff – ihrer beider Haut glitschig von Blut. Makani wusste nicht, was sie tun sollte. Sie wusste nicht, wie sie helfen konnte. Das vordere Fenster verhöhnte sie. Jeden Moment konnte der Mörder aus den Büschen springen.

Ein grauer Schatten fiel auf sie.

Sie schrie wie am Spieß.

»Schon gut«, sagte Ollie. Doch seine Augen weiteten sich, als er ihren Arm sah.

Sie blickte nach unten und entdeckte, dass ihr linker Pulloverärmel auch blutgetränkt war. Ein diagonaler Schnitt hatte ihren Arm vom Ellbogen bis zum Handgelenk aufgeschlitzt und einen pochenden Riss im Muskel entblößt. Ihr Arm wirkte nicht mehr wie ihr Arm. Sie spürte den Schnitt kaum.

Ollie ging in die Knie und presste ein sauberes Handtuch aus dem Wäscheschrank auf die Wunde ihrer Großmutter. Er nickte zu dem zweiten Handtuch neben Makani hin. »Kannst du das um deinen Arm wickeln?«

Er hatte sich seine Kleider übergezogen, doch seine Füße waren noch nackt. Sie waren von den Scherben zerfetzt. Blutrote Abdrücke hektischer Schritte zeichneten seinen Weg über den Teppich nach.

Blut. Von seinen Füßen, ihrem Arm, dem Bauch ihrer Großmutter. Es war überall.

»Hier.« Ollie bedeutete Makani, seinen Platz einzunehmen und Druck auszuüben.

Grandma Young hatte die Augen wieder geschlossen. In dem Moment, in dem Makani Anweisungen bekam, in dem Moment, in dem das Leben ihrer Großmutter in ihren Händen lag, war ihr Verstand geschärft und hoch konzentriert. Sie hielt das Handtuch an Ort und Stelle fest, während Ollie das andere um ihren Unterarm wickelte. Sie sog zischend die Luft ein, als es unerwartet wehtat. Dabei blitzte etwas auf, eine furchterregende Vision – ein unscheinbares Gesicht mit einer leblosen Miene.

Grandma Young versuchte zu sprechen. »Was hast du gesagt ... sein Name?«

In der Ferne näherte sich das Heulen von Sirenen.

»David«, sagte Makani. »Das war Rodrigos bester Freund.«

David. David *Ware.* Hatte sie seinen Nachnamen überhaupt gekannt? Er war in den Spekulationen nie aufgetaucht. Nicht ein einziges Mal. Er war jemand, über den sie und ihre Freunde – und Rodrigo – nicht mal nachgedacht hatten.

Was glaubst du, wer es getan hat?

Das hatte er sie in Physik gefragt.

Seine Freude darüber, sie das zu fragen, musste so pervers gewesen sein, wo er doch bereits wusste, dass er sie umbringen wollte. Wo er bereits wusste, dass er seinen besten Freund umbringen würde.

Die Serienmörder in ihrer Fantasie, die fiktiven Herzstücke unzähliger Filme und Fernsehserien, waren schillernd und faszinierend, man konnte nicht den Blick von ihnen abwenden. Aber über David waren ihre Augen immer hinweggegangen.

Was glaubst du, wer es getan hat?

Sie hatte ihn immer übersehen, selbst als er sie das gefragt hatte.

Sie hatte ihn übersehen, selbst als er direkt vor ihr gesessen hatte.

Gleißende Lichter. Eilende Uniformen. Die Sinneseindrücke riefen Erinnerungen in Makani wach und ließen Panik in ihr aufwallen, als das Haus im Chaos versank. Weiß gekleidete Rettungssanitäter rannten auf ihre Großmutter zu. Die Polizisten umschwärmten Ollie und Chris umarmte ihn fest. Eine Polizistin feuerte wie ein Maschinengewehr Fragen auf sie ab. Makanis Antworten waren undeutlich, während Grandma Young auf eine Trage gehoben wurde. Ein bärtiger Rettungssanitäter warf einen Blick unter Makanis Handtuch und sie wurde in denselben Krankenwagen geschoben. Nachbarn strömten aus ihren Häusern. Nachrichtenvans hielten mit quietschenden Bremsen auf der Straße. Das Letzte, was sie von Ollie sah, war ein Aufflackern von Pink in der Frontscheibe, als die Türen des Krankenwagens zugeschlagen wurden.

Du stehst unter Schock, sagten sie zu ihr. Während die Schwestern und Ärzte ihren Arm betäubten, säuberten und nähten, setzte dieselbe Polizeibeamtin, die sie schon zu Hause in die Mangel genommen hatte, die Befragung fort.

Officer Beverly Gage. Du kannst mich Bev nennen.

Dafür, dass sie Beverly hieß, sah sie jung aus, nur ein paar Jahre älter als Ollies Bruder. Sie hatte ein großes, ovales Gesicht, freundliche Augen und lange Haare, die zu einem Pferdeschwanz zusammengefasst waren. War es die Polizeibeamtin, die Darby so attraktiv gefunden hatte? Das schien lange her.

Ihre Großmutter war rasch in einen Operationssaal geschoben worden, doch das Krankenhaus wollte ihr nicht sagen, ob sie okay war, und Officer Bev wollte ihr nicht verraten, ob David gefasst war. Bevs Fragen, die sich auf den chronologischen Ablauf bezogen, waren quälend. Wenigstens hob sie sich die neugierigsten Fragen auf, bis die Wunde genäht und sie allein waren.

Makani antwortete so wahrheitsgemäß, wie sie sich erinnern konnte:

Ja, wir haben miteinander geschlafen.

Ähm, zehn Minuten?

Dann haben wir uns eine Weile unterhalten.

Vielleicht fünfzehn Minuten?

Ich weiß nicht. Über Musik. Und irgendeinen Typen, der viel über Marokko geschrieben hat … Paul Irgendwas? Ich weiß es nicht.

Ja, und dann ist Ollie eingedöst.

Ich habe mein Handy gecheckt und ihm dann beim Schlafen zugeschaut.

Ich weiß nicht. Fünfzehn Minuten? Zwanzig?

Es war demütigend. Und es würde in einer Akte landen, getippt auf irgendeinem schrecklichen offiziellen Dokument oder in einem digitalen Bericht oder beides. Als Bev sich wieder etwas notierte, kehrten Makanis Gedanken zurück zu ihrer Großmutter. Sie fühlte sich ganz elend vor Schuldgefühlen und Hilflosigkeit. *Grandma könnte sterben, weil David mich töten wollte.*

Ihre Gedanken machten einen weiteren Sprung und sie stellte sich vor, wie sie sich zu erklären versuchte, sobald – *sobald,* nicht *falls* – ihre Großmutter aufwachte. Makani hatte gelogen. Ollie war nackt gewesen. Unlogischerweise fühlten sich diese beiden Fakten so viel schlimmer an, als mit dem Gedanken konfrontiert zu werden, dass jemand sie hatte umbringen wollen.

Ich kenne ihn kaum, sagte sie immer wieder zu Bev. *Nein, ich weiß nicht, weshalb er es auf mich abgesehen hat.*

Der erste Teil stimmte. Der zweite war eine Lüge.

Makani fand, dass sie genug gelitten hatte – sie hatte alles verloren, was ihr auf Hawaii wichtig gewesen war –, doch das Karma hatte im Kreislauf des Lebens eine Rolle rückwärts gemacht. Wenigstens war das ihre endgültige Strafe.

16

Officer Bev war weg und Makani blieb in dem Einzelpatientenzimmer zurück, um auf Nachrichten bezüglich ihrer Großmutter zu warten. Sie zog auf den unbequemen Stuhl um, weil sie nicht mehr im Bett bleiben wollte. Die Luft war abgestanden, aber steril.

Makani hatte ihr Handy nicht dabei, deshalb konnte sie weder Ollie noch ihre Freunde anrufen. Oder ihre Eltern. Die Polizei und das Krankenhaus hatten vergeblich versucht, ihre Mom und ihren Dad zu erreichen. Aber eine freundliche Schwester mit kupferfarbenem Haar schaute immer wieder nach Makani und brachte ihr Ginger Ale und Blaubeerjoghurt. Sie versicherte Makani, dass das chirurgische Personal hervorragend wäre und ihr kleines Krankenhaus Glück hätte, es zu haben.

Allein jede Minute vergrößerte Makanis Sorge. Sie war jetzt schon seit fast vier Stunden im Krankenhaus. Sie schaltete den Fernseher ein, um die Zeit rumzubringen.

Das war ein Fehler.

Auf dem Rasen ihrer Großmutter stand dieselbe behaarsprayte Reporterin, die sie am Freitag über den Parkplatz an der Schule gejagt hatte. Auf dem Schriftband unten am Bildrand stand: OSBORNE-MORDE: VIERTER TEENAGER ANGEGRIFFEN.

»Haben Sie Schreie oder ungewöhnliche Geräusche gehört?«, fragte sie einen älteren Mann. Er hatte einen schlaffen, aber nach oben gezogenen Mund wie eine Bulldogge. Es war der Nachbar, der zwei Häuser weiter wohnte.

»Nein, überhaupt nichts. Ich habe gerade die Dachrinne repariert, als ein Junge in diese Richtung durch meinen Garten preschte.« Er zeigte mit einem knorrigen Finger in die Richtung und presste sich dann ungläubig die flache Hand an die Stirn. »Ich habe ihm von der Leiter aus nachgerufen, aber er hat sich nicht mal umgeschaut. Er ist einfach um meinen Carport herumgerannt in Richtung Spruce Street.«

Zurück im Studio waren die Liveaufnahmen über Creston Howards Schulter hinweg zu sehen. Creston wirkte steif und angemessen ernst, auch wenn er nicht widerstehen konnte, ein Zahnpastalächeln aufzusetzen, als er die Zuschauer in die Pause entließ.

Niemand sollte je sein eigenes Haus in den Nachrichten sehen müssen. Makani hätte sich am liebsten in ihr Bett verkrochen und für den Rest des Herbstes Winterschlaf gehalten. Doch dann ging ihr auf, dass sie vielleicht nicht einmal würde nach Hause gehen können. Ihr Haus war der Tatort.

»Der Verdächtige ist der achtzehnjährige David Thurston Ware«, sagte Creston, als die Nachrichten zurückkehrten, und sie bekam Gänsehaut.

Thurston.

Jetzt hatte auch er einen Mittelnamen. Es erschien ihr nicht richtig, dass ein Mörder irgendetwas mit seinen Opfern gemeinsam haben durfte. Makani nahm an, dass dies um der David Wares dieser Welt willen geschah, die wenigen Leute, die das Pech hatten, seine Namensvettern zu sein. Es war, als würde man nach 2005 Katrina heißen; es rief immer nur das Eine ins Gedächtnis. Aber wenigstens konnte niemand eine Frau mit einem Wirbelsturm verwechseln. Die Veröffentlichung des Mittelnamens verringerte hoffentlich die Anzahl der unvermeidlichen Missverständnisse, um *welchen* David Ware es sich handelte.

Makanis Name kam nicht in den Nachrichten, höchstwahrscheinlich weil sie noch minderjährig war. Und überlebt hatte. Doch Ollie wurde auch nicht genannt. Creston bezeichnete ihn stets als einen *männlichen Freund des Opfers*. Die Polizei schützte ihn wohl.

Die Nachrichten zeigten ein Foto der zwölften Klasse und Davids Bild ging wie ein übler Geruch über den Bildschirm. Sein Lächeln war dämlich und unschuldig und sein Haar war zu einer Seite gekämmt, als wäre er ein kleiner Junge. Er hatte einen leichten Schnurrbart. An seiner Erscheinung war nichts Furchteinflößendes, doch Makanis Magen füllte sich mit ätzender Säure.

»Der Verdächtige wurde zuletzt in Jeans und einem tarnfarbenen Hoodie gesehen«, berichtete Creston. »Man muss davon ausgehen, dass er bewaffnet und hochgefährlich ist. Wenn Sie ihn sehen, nähern Sie sich ihm auf keinen Fall ...«

Mehr Aufnahmen vom Haus. Mehr Interviews mit den Nachbarn. Der Mann, dessen Nasenspitze Grandma Young abgeschnitten hatte, trug ein Flanellhemd und verschränkte die Arme. »Osborne, wir alle, fürchten um unser Leben.«

Makani hätte am liebsten den Kanal gewechselt, doch ihre Angst hielt sie in Geiselhaft.

»Es ist, als würde man die Nadel im Maisfeld suchen«, sagte Creston und sie hasste seine hirnverbrannte Zungenfertigkeit mehr denn je. Doch seine Co-Moderatorin nickte. Diannes Makeup war so unnatürlich und extrem, dass es aussah, als sei es von einem T-Shirt-Verkäufer am Strand mit Airbrush aufgetragen worden. »Und es erinnert uns daran, dass alle Schulen in Sloane Country für den Rest der Woche geschlossen sind ...«

Berichtete sie nur über Schulschließungen?

»Gute Nachrichten«, sagte eine Stimme neben Makani.

Diese fuhr bei der plötzlichen Ansprache zusammen. Die kupferhaarige Schwester hielt ihr Klemmbrett im Arm und sagte: »Deine Großmutter ist aus dem Operationssaal gekommen.«

»Deine Großmutter ist ein zäher Knochen.« Der Chirurg war ein untersetzter Mann mit dunklen, femininen Wimpern. »Sie hat Glück gehabt. Das Messer hat ihre Hohlvene verletzt, aber die Aorta verfehlt. Wenn es die getroffen hätte, nun ja, dann würden wir jetzt ein ganz anderes Gespräch führen.«

Vor dem Fenster des Zimmers beleuchteten Straßenlaternen die Gebäude darunter – die plumpe Backsteinbibliothek und eine erhabene Backsteinkirche. Alles in Osborne war aus Backstein gebaut. Das St. Francis Memorial Hospital lag auf der gegenüberliegenden Seite der Main Street, etwa anderthalb Kilometer von Großmutters Haus entfernt. Es war nicht groß, aber das einzige Krankenhaus des Countys und Makani war froh, dass es so nah war. Grandma Young war innerhalb der für die Notfallmedizin entscheidenden ersten Stunde operiert worden. Der rasche Eingriff hatte ihr das Leben gerettet.

»Der Darm wurde verletzt und benötigt eine langwierige Therapie mit Antibiotika und es gibt einen Schnitt in ihren rechten Harnleiter«, sagte der Chirurg. »Ich habe einen vorübergehenden Abfluss gelegt, aber wenn sie stabiler ist, wird am Harnleiter wiederherstellende Chirurgie notwendig sein.«

Sie hörte seine Worte wie durch einen Nebel. Ihre Großmutter war noch immer in einem anderen Teil des Krankenhauses und Makani durfte sie noch nicht besuchen. Sie berührte ihren bandagierten Arm, wie um sich selbst zu stärken. Er steckte vom Ellbogen bis zum Handgelenk in einem Verband. »Wann darf sie nach Hause?«

»Sie muss sich hier im Krankenhaus noch beträchtlich erholen. Mindestens drei Wochen.«

»Drei *Wochen?«*

»Danach schicken wir sie in ein Rehazentrum ...«

Er redete immer noch, während sich Makani entsetzt wieder auf das Bett, auf dem sie genäht worden war, sinken ließ. Drei Wochen ... und dann noch *mehr* Reha ...

Der Chirurg fischte einen Stift aus der Hemdtasche seines grünen Chirurgenkittels. Es klickte, als er darauf drückte, und die Endgültigkeit dieses Geräusches ließ sie aufblicken. »Hast du irgendwelche anderen Angehörigen, bei denen du bleiben kannst, während sie wieder gesund wird?«

Ihre Eltern schossen ihr durch den Kopf, aber sie verwarf diesen Gedanken sofort wieder, während sie den Kopf schüttelte. »Es gibt nur uns zwei.«

»Schon gut.« Die Krankenschwester legte beruhigend die Hand auf Makanis verletzten Arm. »Deine Großmutter wird bald aufwachen, dann werden wir sie fragen, wo du bleiben sollst. Ich bin mir sicher, sie hat ein paar Freundinnen, die dich gerne für eine Weile aufnehmen.«

Makanis Brust zog sich zusammen. Grandma Youngs Kirchenfreundinnen waren neugierig. Sie würden so viele Fragen stellen. Vielleicht konnte sie stattdessen bei Alex oder Darby wohnen.

Als der Chirurg ihr die Details des Genesungsprozesses darlegte, sprach er mit solch forscher Expertise, dass Makani ihm nur schwer folgen konnte. Als er weg war, beschrieb die Krankenschwester ihr das Ganze in einfacheren Worten und erinnerte sie daran, wo der Klingelknopf war, falls sie Hilfe brauchte. Makani warf einen Blick auf ihren laminierten Ausweis – DONNA KURZMAN, STAATLICH GEPRÜFTE KRANKENSCHWESTER – und nannte sie beim Namen, als sie ihr dankte.

Zum zweiten Mal innerhalb eines Jahres, fast auf den Tag genau, war Makani in einem realen Albtraum gefangen. Grandma Young hatte sich auf einen Serienmörder gestürzt, um sie zu retten. Die Selbstlosigkeit dieser Tat war fast zu groß, um sie zu begreifen. Doch ebenso verblüffend war, dass sie es dafür rechtzeitig nach Hause geschafft hatte. Eigentlich sollte Makani jetzt im OP liegen, nicht ihre Großmutter. Ihre Großmutter hatte das nicht verdient.

Zwei weitere qualvolle Stunden verstrichen, in denen sie mit ihren Gedanken allein war.

Endlich führte Donna sie auf die Intensivstation, wo Grandma Young allmählich aus ihrer Narkose erwachte. Ihr geschwächter Körper hing an Monitoren, Infusionsflaschen und Katheterschläuchen und Makani hatte keine Ahnung, an was noch alles. Ein Ruhesessel stand neben dem Bett. Makani setzte sich auf seine gepolsterte Kante und ergriff die Hand ihrer Großmutter. Ihre Haut fühlte sich dünn an, ihre Knochen zerbrechlich. »Hi, Grandma.«

Grandma Youngs Augen öffneten sich flatternd. Sie versuchte zu sprechen, doch es kam nur eine krächzendes Flüstern heraus. *»Wie spät ist es?«*

»Beinahe elf. Weißt du, wo du bist?«

Erschöpft schloss sie wieder die Augen. Sie nickte.

»Man hat eine Notoperation bei dir durchgeführt, aber du wirst wieder gesund werden. Erinnerst du dich daran, was passiert ist?« Es folgten zwanzig Sekunden Schweigen. »Großmutter?«

»Wie spät ist es?«

»Elf Uhr abends«, sagte Makani. Donna hatte ihr erklärt, dass ihre Großmutter nach der Betäubung noch eine Weile verwirrt sein würde.

Wieder nickte Grandma Young schwach. »Geht es dir gut?«

Makani hatte sich seit dem Angriff zusammengerissen. Doch bei dieser Frage, gestellt von diesem Menschen, brachen die Dämme. Warme Tränen strömten über ihre Wangen, sie konnte sie nicht mehr länger zurückhalten. »Mir geht es gut.«

»Oliver?«

»Ollie geht es auch gut.« Makani benutzte ihren rechten Ärmel, um die Tränen zu trocknen. Der linke Ärmel war abgeschnitten worden. Der Rest des Pullovers war blutverkrustet und ihre Jeans hatte rostrote Flecken. »Uns geht es allen gut.«

Es klopfte an der Tür, die einen Spalt offen stand. Chris stieß sie auf. Er trug seine blaue Uniform und hatte ein kleines Bündel Folienballons dabei. Und neben ihm, als hätten ihn ihre Gedanken gerufen, stand Ollie.

Makani zerriss es das Herz. Aber es war ein gutes Gefühl.

Ollie sah blass aus – seine Haut war noch bleicher als in ihrem natürlichen Zustand – und erschöpft. *Nein,* verbesserte sie sich selbst. *Ausgelaugt.* Als hätte er in den letzten sechs Stunden immer und immer wieder dieselben Antworten gegeben. Er warf ihr einen Blick zu, der scheu und ängstlich war.

»Ich hoffe, es macht Ihnen nichts aus, Mrs Young«, sagte Chris. »Dürfen wir hereinkommen?«

Wenn ihre Großmutter irgendjemand anderes gewesen wäre, hätte er bestimmt *Ma'am* zu ihr gesagt, dachte Makani. Das hier war das gewohnheitsmäßige *Mrs Young* eines ehemaligen Schülers.

Grandma Young schlug die Augen wieder auf und richtete sich ein winziges bisschen auf. Sie sammelte ein Mindestmaß an Stärke, indem sie die Rolle der Erwachsenen wieder annahm. »Christopher. Officer Larsson«, verbesserte sie sich heiser. »Kommen Sie herein.«

Er grinste. »Christopher ist immer noch in Ordnung.«

Die Brüder traten ein und Chris überreichte Makanis Großmutter drei Ballons – einen, auf dem GUTE BESSERUNG stand, einen mit einem errötenden Emoji und einen mit einem Emoji mit Sonnenbrille. »In der Geschenkboutique des Krankenhauses gab es nicht viel Auswahl«, entschuldigte er sich. »Wir haben Blumen gekauft, aber dann haben sie uns gesagt, dass wir sie nicht auf die Intensivstation bringen dürfen.« Er wandte sich an Makani. »Sie sind in meinem Auto. Einer der Sträuße ist natürlich für dich.«

Grandma Young bedankte sich bei Chris, während er die Ballons an einer Stelle festband, wo sie sie sehen konnte. Abgesehen von einem gelegentlichen Blütenkranz und einem Ansteckstäußchen aus Orchideen beim Abschlussball ihres Exfreunds, hatte Makani noch nie Blumen geschenkt bekommen. Sie lächelte Ollie an, vielleicht strahlte sie sogar, doch er sah ihr nicht in die Augen. Ihr Gesichtsausdruck geriet ins Wanken.

Er weiß es. Die Polizei hatte ihre Akte geöffnet und jetzt wussten es Chris und Ollie. Ihr Herz schrumpelte ein. Der ganze Muskel verdorrte und wurde schwarz.

»*Ich* habe zu danken.« Chris trat ans Bett ihrer Großmutter. »Wenn Sie nicht genau dann nach Hause gekommen wären …« Er konnte den Gedanken nicht laut zu Ende bringen.

Grandma Young schüttelte kaum merklich den Kopf. »Sie haben sich selbst gerettet. Ich bin ihnen nur in die Quere gekommen.«

Er lächelte und lachte dann liebenswürdig. »Mein Bruder hat etwas ganz anderes erzählt.«

Ollie starrte auf den Boden, daher ersparte ihm Makani die Verlegenheit, reagieren zu müssen. »Habt ihr ihn schon gefasst?« Sie brauchte das *ihn* nicht näher zu erläutern.

Chris zog seine blonden Augenbrauen zusammen, wodurch sich seine Miene verfinsterte. »Noch nicht. Es gibt hier viele

Orte, an denen man sich verstecken kann, aber er kann noch nicht weit gekommen sein. Wahrscheinlich steckt er in einer Scheune oder einem Kornspeicher.« Chris klang frustriert und er hielt inne, um ein gewisses Maß an Beherrschtheit zurückzugewinnen. »Alle suchen nach ihm und alle wissen, wie er aussieht. Wir schnappen ihn bald. Versprochen.«

Er fragte ihre Großmutter, wie es ihr ginge.

Ollie weiß es. Chris weiß es. Alle werden es erfahren.

»Wie viele Stiche?«, fragte Chris.

Es dauerte einen Moment, bis Makani merkte, dass die Frage an sie gerichtet war. »Sechsundzwanzig.« Sie war sich gar nicht bewusst, dass sie ihren verwundeten Arm umklammerte. »Das ist nichts.«

»Dein Nichts und mein Nichts sind zwei verschiedene Dinge.«

Sein Tonfall war leicht, aber ihre Lungen zogen sich zusammen.

Eine Krankenschwester rollte etwas Massiges an ihrer Tür vorbei. Bei dem Geräusch schlug Grandma Young wieder die Augen auf. Ihr Blick heftete sich auf Ollie und sie winkte ihn an ihre Seite.

Widerstrebend gehorchte er. Jeder Schritt schien behutsam gesetzt zu werden, was Makanis Erinnerung an seine zerschnittenen Füße weckte. Er biss sich auf seinen Lippenring und diese Geste enthüllte die Wahrheit: Ihre *Großmutter* machte ihn nervös. Nicht sie. Er sah besorgt aus, weil ihre Großmutter ihn nackt in ihrem Haus angetroffen hatte.

Makani wurde von vorübergehender Erleichterung erfasst. Grandma Young streckte ihre Hände nach Ollies aus und Ollie ergriff sie. *»Danke.«* Sie sagte dies so nachdrücklich, wie sie nur konnte, weil sie es mit jeder einzelnen Zelle ihres Körpers so meinte. »Ich bin so froh, dass du da warst.«

Chris' Augen waren plötzlich verschleiert und straften damit seine professionelle Unerschütterlichkeit Lügen.

Ollie nickte, doch dann hob er das Kinn. Es zitterte.

Grandma Young, die noch immer seine Hände hielt, schüttelte sie auf und ab. Sie holte tief Luft. »Na gut. Das war das.« Dann wandte sie sich an Makani und fragte verwirrt: »Wie spät ist es?«

* * *

Im unscheinbaren, schmucklosen Wartezimmer des Krankenhauses zog Ollie Makanis Handy heraus. Es war in der Tasche seines Hoodies verborgen gewesen. »Ich habe es mir geschnappt, bevor die Polizei es konfiszieren konnte. Sie werden sich sowieso deine Daten und Gesprächsprotokolle holen.«

Chris musste ihrer Großmutter ein paar Fragen stellen, deshalb waren sie hinausgeschickt worden. Makani machte große Augen, als sie den kostbaren Gegenstand wieder in den Händen hielt. »Danke.«

»Ich glaube, du hast ein paar Nachrichten«, sagte er trocken.

Nachdem sie das Passwort eingetippt hatte, erschienen Dutzende Nachrichten von Darby und Alex: **Geht es dir gut? Wo bist du?! Es tut uns SO LEID, dass wir Ollie verdächtigt haben!!!** Durch ihre fieberhaften Entschuldigungen zu scrollen, war tröstlich, bis ihr Rodrigos Handy wieder einfiel. Hatte David ihm an jenem Morgen geschrieben, um den Anschein von Unschuld zu wahren? Was für ein Mensch würde seinen besten Freund ermorden? Vielleicht waren sie überhaupt keine Freunde gewesen.

Makani schrieb an Darby und Alex und teilte ihnen mit, dass sie in Sicherheit war und sie später anrufen würde. Sie brachte es nicht fertig, jetzt schon darüber zu reden. Nicht heute

Abend. Nicht wieder. Auch wenn sie auf das Anruf-Icon neben dem Namen ihrer Mutter starrte.

Ollie nahm ihren zögernden Finger zur Kenntnis. »Du solltest.«

Sie ging zu den Aufzügen, um etwas Privatsphäre zu haben. Es waren noch drei weitere Leute im Wartezimmer – ein konservativ gekleidetes älteres Paar und ein Mann mit ungepflegtem Gesicht, der eine orangefarbene Bauarbeiterweste trug – und sie wollte nicht, dass sie mithörten. Diese Leute waren in ihre eigenen Notfälle verwickelt und keinem von ihnen war bewusst, dass sie mit den neuesten Opfern des Osborne-Killers zusammensaßen. Schon bald würde die Stadt sie und Ollie nur noch damit in Verbindung bringen. Makani wollte an dieser Normalität festhalten, solange es ging.

Bei ihrer Mutter ging die Mailbox dran. »Hey, Mom. Ich bin es. Ich weiß nicht, weshalb du und Dad nicht an eure Handys geht. Das Krankenhaus und die Polizei versuchen schon seit Stunden, euch zu erreichen. Grandma und mir geht es ganz gut, aber ... ruft mich einfach zurück, okay?«

Dasselbe passierte, als sie es bei ihrem Vater versuchte. Sie hinterließ eine ähnliche Nachricht.

»Kein Glück gehabt?«, fragte Ollie, als sie sich näherte. Er klang benommen.

Sie schüttelte den Kopf und ließ sich in den Sessel neben ihm plumpsen. Sie schalteten gedanklich ab und schauten auf den Fernseher, der an der gegenüberliegenden Wand hing. Zum Glück kamen keine Nachrichten, sondern eine Wiederholung von *Friends* und Chandler steckte in einer Kiste. Eine Art Strafe dafür, dass er Joey verletzt hatte.

»Sie nennen unsere Namen«, sagte Ollie mit leiser Stimme.

Makani neigte den Kopf, als sie sich zu ihm umwandte. »Hmm?«

»Snaps, Tweets. Die ganze Stadt weiß, dass du und ich angegriffen wurden.«

Er schaute nicht auf sein Handy, deshalb musste er es schon früher bemerkt haben. Nach außen hin zeigte sich Makani weiterhin ungerührt und wenig überrascht. Darby und Alex hatten es gewusst, entweder hatten sie es online mitbekommen oder sie hatten das Haus von Grandma Young im Fernsehen erkannt. Doch innerlich bereitete ihr diese Bestätigung Übelkeit. Die Leute googelten. Die Leute redeten.

»Wenigstens werden sie nicht erfahren, dass ich nackt war«, sagte Ollie.

Schweiß sammelte sich an ihrem Haaransatz. In ihren Kniekehlen.

Ich sollte es ihm sagen.

»Es gibt gewisse Details, von denen wir, auf der Polizeistation, glauben, dass sie am besten geheim bleiben«, sagte er in einer exakten Imitation seines Bruders. »Glaub mir, niemand wird erfahren ... was für eine Art von Besuch du ihr abgestattet hast.« Ollie wechselte wieder zurück zu seiner eigenen Stimme. »Glaub mir, niemand wird es erfahren ... bis jemand ein Buch schreibt.«

Diese Vorstellung versetzte sie in die Zukunft und ihr klappte der Kiefer herunter. Er hatte recht. Irgendwann wäre ihre Geschichte ein Kapitel in einem dieser schmierigen, für den Massenmarkt produzierten Taschenbücher, die wahre Kriminalfälle beschrieben und in den von Spinnweben befallenen Ecken von Antiquariaten vor sich hin moderten – die Art von Taschenbüchern, die damit prahlten, besonders viele Tatortfotos zu enthalten.

Ollie zuckte zusammen, als er ihre Miene sah. »Darüber wollen wir jetzt aber noch keine Witze reißen.«

»Erzähl mir einfach irgendetwas Gutes.« Sie legte den Kopf in die Hände. »Ich muss jetzt was Positives hören.«

Er dachte über die ihm gestellte Aufgabe nach, nahm sie ernst. »Sie haben eine Hundestaffel angefordert, um bei der Suche zu helfen. Sie glauben, dass er in die Felder nahe der Schule gegangen ist. Da draußen ist gerade eine riesige Verbrecherjagd im Gang – mindestens halb Osborne sucht nach ihm.« Als sie nicht antwortete, fügte er leise hinzu: »Es ist fast vorbei.«

Ihr Gehirn schwankte in ihrem Schädel. »Ich werde mich erst besser fühlen, wenn es *tatsächlich* vorbei ist.«

Ollie sank tiefer in seinen Sessel. Er hatte seine langen Beine ausgestreckt und die Hände über dem Bauch gefaltet. »Ja.« Er seufzte.

»Es ist seltsam«, sagte er ein paar Minuten später. »Ich kenne ihn schon mein ganzes Leben lang. Unsere Familien gingen in dieselbe Kirche. Wir waren in der Mittelstufe zusammen in der Ringermannschaft. Er wirkte nicht wie ein Mörder. Er wirkte nicht wie ...«

»... irgendetwas«, beendete Makani den Satz. Wobei sie kurz über Ollie als Ringer nachdachte.

»Ja.«

»Glaubst du, es liegt daran?«, fragte Ollie. »Weil er sich unsichtbar fühlt?«

Sie vergrub den Kopf wieder in ihren Händen und zuckte mit den Schultern.

»Ich verstehe nur nicht, warum er *dich* ins Visier genommen hat.«

Ihr Atem ging stoßweise.

Ich sollte es ihm sagen. Ich muss es ihm sagen. Ich kann es nicht länger verbergen.

»Hey.« Eine Hand legte sich auf ihren Rücken.

Sie schnappte nach Luft und fuhr mit einem Ruck nach oben. Chris kauerte neben dem Sessel. Ollies und sein Gesicht hatten Sorgenfalten. Hinter ihnen starrten der Bauarbeiter und das ältere Paar auf ihre ramponierten Klamotten. Die Frau flüsterte ihrem Mann etwas zu.

Chris warf ihnen einen drohenden Polizistenblick zu, während er Makani auf die Füße half. »Deine Großmutter hat gemeint, dass es in Ordnung ist, wenn du mit zu uns nach Hause kommst«, sagte er. »Warum verabschiedest du dich nicht von ihr und wir hauen von hier ab?«

17

Die Brüder schalteten im ganzen Haus die Lampen im viktorianischen Stil ein, um die Illusion von Sicherheit aufrechtzuerhalten. Es war weniger als eine Woche her, seit sie zum letzten Mal hier gewesen war, doch die knarrende Einsamkeit des alten Gebäudes war in Makanis Erinnerung bereits kleiner geworden. Jetzt fühlte es sich an, als wäre sie unter der schwarzen Decke der Nacht noch intensiver geworden. Der abbröckelnde Putz an den Wänden enthielt eine schleichende Art des Grauens. Es wimmelte nur so von versteckten Ghulen – geisterhaften und menschlichen.

Makani lag wach in Ollies Bett, unter seinem kalten Fenster. Der Mond stand hinter Wolken, sodass die Maisfelder im Verborgenen lagen. Die Sträuße waren aus dem Auto hereingebracht und zusammen in dieselbe Glasvase gesteckt worden, die jetzt auf Ollies Schreibtisch stand. Die gelben Sonnenblumen, goldenen Chrysanthemen, roten Gerbera und braunen Korkenzieherzweige waren fröhlich herbstlich, doch die Schatten, die sie warfen, erschienen zu dieser nächtlichen Stunde tintenschwarz und bedrohlich.

Der Angreifer – es war ihr im Moment unerträglich, seinen Namen zu denken – hatte sie zu einem Kind, das Angst vor der Dunkelheit hatte, reduziert. Am liebsten hätte sie ihre Plüschtiere dagehabt. Vielleicht hätten diese sie an schlichtere Ängste gebunden, anstatt an ihre derzeitige Realität.

Sie war nicht zu Hause, weil sie nicht nach Hause gehen konnte.

Ein Serienmörder wollte sie umbringen.

Die Medikamente für ihren Arm sollten ihr auch helfen einzuschlafen. Stattdessen war sie paranoid und benommen. In der Dunkelheit wurde sich Makani ihres Schnitts bewusst. Er *tat weh.* Der eng gewickelte Verband war steif und sie fühlte sich dadurch unbeholfen. Ollie hatte ihr ein T-Shirt und eine karierte Schlafanzughose geliehen. Die Kleider und die Bettwäsche rochen nach seiner Haut, moschusartig, sauber und erregend. Aber es erinnerte sie dauernd daran, wo sie war und warum.

Chris hatte seinen Bruder vor die Wahl gestellt, entweder unten auf der Couch oder oben auf dem Boden von Chris' Schlafzimmer zu schlafen. Ollie hatte sich für eine dritte Version entschieden – einen Schlafsack im oberen Flur. Das Hauptschlafzimmer blieb leer. Es gehörte den Geistern.

Ollies Schlafsack raschelte vor der Tür, während Makanis Ohren angestrengt nach Geräuschen ungebetener Gäste horchten: Schubladen, die sich öffneten. Puzzlestücke, die klickten. Sie versuchte, nach dem *tick, tack, tick, tack* der Standuhr zu lauschen, doch dann atmete sie Ollies Duft ein und ihr fiel wieder ein, dass sie nicht zu Hause war. Erinnerte sich daran, dass die Uhr kaputt war.

Eine Gestalt mit Kapuze taumelte auf sie zu.

Sie rollte sich zusammen wie ein Fötus, um sich vor der Klinge zu schützen. Alles drehte sich. Sie schrie in ihr Kissen.

»Makani«, sagte eine Stimme.

Hastig drängte sie sich ganz in die Ecke vor Angst.

»Schon gut«, sagte die Stimme. Ollie kauerte im Mondlicht neben dem Bett. »Du hattest einen Albtraum.« Er kletterte auf die Matratze und redete ihr gut zu, von der Wand wegzukommen. Hielt sie, als sie zitternd in seinen Armen lag.

Das Herz schlug ihr bis zum Hals, doch während sie Ollies Füße mit den dicken Socken anstarrte, legte sich ihre Verwirrung und sie wurde wieder klar im Kopf. »Tun sie weh?«, fragte sie.

»Nein«, sagte er leise und sie wusste, dass das eine Lüge war. »Wie geht es deinem Arm?«

»Gut«, erwiderte sie.

Lange Zeit schwiegen sie. Als er sich anschickte, sie zu verlassen, grollten ihre nächtlichen Schrecken wieder heran wie ein Gewitter. *»Nicht.«*

Er ging nicht.

Sie legte sich auf das schmale Bett und drückte ihren Körper an die Wand. Er legte sich auf den freien Platz. Dann zog er sein Handy heraus und sein Gesicht wurde wasserblau angestrahlt. Makani wollte schon protestieren, sie wollte keine Nachrichten sehen, doch dann wurde ihr klar, dass er den Wecker stellte. »Damit du vor dem Morgen in den Flur zurückkehren kannst?«, fragte sie.

Ollie lächelte leise, als das Licht schwand.

Mit einem dumpfen Geräusch legte er das Handy auf den Hartholzboden. Sie zogen sich die Decken zum Kinn. Zwischen ihren Körpern war ein Spalt, schmal genug für einen Schatten und ein Flüstern. Makani konnte es zuerst hören. Und dann fühlte sie es. Sein Atem war warm und lebendig.

Sie schloss den Spalt und sie schmiegten sich gegen die Dunkelheit aneinander.

Es dauerte Stunden, bis sie eingeschlafen war. Wann immer sie die Augen schloss, tauchte eine Gestalt mit Kapuze auf – eine Endlosschleife derselben grauenvollen Sekunde. Ollie wälzte sich herum und verdrehte die Laken, aber sie war dankbar für seine Anwesenheit. Sie war froh, nicht allein zu sein.

Als sie endlich einschlief, war ihr Schlaf ruhelos und sie schwitzte. Und dann klingelte der Wecker.

Makani schnappte nach Luft und setzte sich mit einem Ruck kerzengerade auf.

Ollie schaltete den Wecker aus und drückte das Handy an sein hämmerndes Herz. Durch die Scheibe des kirchenartigen Bogenfensters zeigte sich ein rosig orangefarbener Schimmer über den Feldern. Die ersten Vögel des Morgens sangen bereits.

Makani versank in den Decken, als Ollie die Beine aus dem Bett schwang. Ihre Hand schoss hervor. Sie umklammerte seinen Oberarm – diese empfindliche Stelle, an der nackte Haut auf den T-Shirt-Ärmel traf. Er verrenkte den Hals, um sie anzusehen. Ihre Hand wanderte nach oben, packte den Baumwollärmel und zog Ollie zurück nach unten. Sie küssten sich.

Lautlos. Hungrig. Verzweifelt.

Ein paar Minuten später löste sich Ollie zuerst von ihr. Sie starrte ihn an. Flehte ihn an zu bleiben. Er schüttelte den Kopf. *Ich kann nicht,* formte er mit den Lippen.

Bitte, sagte sie.

»Ich werde nur auf der anderen Seite der Tür sein«, flüsterte er. *»Ich gehe nicht weg.«*

Weniger als eine Stunde später gaben sie es auf, so zu tun, als ob. Die Luft war taufrisch und kalt und Ollie lieh Makani seinen Kapuzenpulli, damit sie nicht fror. Es tröstete sie, von seinem Duft umgeben zu sein. Als sie in die Küche schlurften, hatte Chris schon seine Uniform an und kochte Kaffee. Keine Partei war überrascht, dass die andere schon wach war. Chris wirkte so unausgeschlafen und verstört, wie Makani sich fühlte. Ihr Blick huschte zu den Schränken und Schubladen. Sie waren geschlossen.

Wie oft war David in ihr Haus eingedrungen? Ihre stockenden Gedanken versuchten, sich an jedes einzelne Mal zu erinnern. Normalweise war es passiert, wenn sie geschlafen hatten. War es je vorgekommen, als sie wach waren? Was war schlimmer?

Thaddäus leckte seinen Napf aus und blickte auf. Seine Hundemarken klirrten, als er zu Ollie schlenderte und ihnen zum in Sonnenlicht getauchten Frühstückstisch folgte. Die Sitzpolster waren aus passendem gelbem Plastik. Gott sei Dank hatte Chris nicht irgendwelche Akten herumliegen lassen. Makani war nicht bereit, sich die Blutspritzer in ihrem eigenen Zuhause anzuschauen.

»Nun«, sagte Chris. »Ich bin heute Nacht aufgestanden, um pinkeln zu gehen.«

Makani und Ollie erstarrten.

Mit einem dumpfen Geräusch stellte Chris eine leere Tasse vor Ollie. »Du schläfst heute Nacht in meinem Zimmer, Bro.« Etwas sanfter stellte er eine zweite Tasse vor Makani. Sie hatte ebenfalls einen Gelbton und SpongeBobs dümmliches Gesicht mit den hervorstehenden Zähnen war darauf abgebildet. »Ich will nicht den Zorn deiner Großmutter abkriegen, wenn sie aus dem Krankenhaus entlassen wird.«

Ihre Blicke hefteten sich auf die Tischplatte aus Resopal. Sie nickten.

Chris klappte den Mund auf, um etwas zu sagen. Er zögerte. »Ihr zwei *benutzt* doch etwas, um euch zu schützen, oder?«

Ollie vergrub die Finger in seinen rosafarbenen Haaren. »Herrgott noch mal!«

»Beantworte meine Frage, dann reden wir nie wieder darüber.« Chris hielt inne. »Es sei denn, ich soll etwas für euch kaufen ...«

»Ja.«

Chris hob die Hände. »Gut. Damit wäre das erledigt.«

Makanis Wangen brannten. Sie dachte bereits an das ähnliche Gespräch, das sie mit ihrer Großmutter würde führen müssen. Irgendwie zweifelte sie daran, dass Grandma Young es so kurz halten würde.

Der Kaffee war fertig und Chris füllte ihre Tassen. Niemand erwähnte Essen, denn keiner hatte Appetit. Sie starrten auf den Dampf, der von den Tassen aufstieg.

»Also«, sagte Makani. »Dann ist er also immer noch irgendwo da draußen.«

Wenn es nicht so wäre, hätte Chris es ihnen gesagt. Zum Tisch gehörten nur zwei Stühle, deshalb lehnte er an der Theke. »Letzte Nacht hat ihn eine Hundestaffel zu den Feldern bei der Schule verfolgt, aber sie haben seine Spur verloren, nachdem sie den Fluss erreicht hatte. Wenn Osborne größer wäre – wenn wir nicht die Einheit aus Lincoln hätten herrufen müssen –, hätten wir ihn vielleicht erwischt, bevor er das Wasser erreichte.« Er ließ den Kopf hängen, als würde er schwer auf seinen Schultern lasten. »Die Staffel sucht aber weiter. Sie versuchen, seine Spur irgendwo am Ufer wieder aufzunehmen.«

Makani stellte sich vor, wie David wie ein Raubtier in maisstängelfarbener Tarnung durch die Felder schlich. Ein Löwe in Lauerstellung.

Chris' Stimme wurde fester. »Wir werden ihn bald schnappen. Er kann sich nicht mehr viel länger versteckt halten.«

Draußen vor den Fenstern lagen die Felder verhalten und lautlos da.

»Ich weiß, dass du gestern schon eine Million Fragen für uns beantwortet hast«, sagte er, »und ich weiß, dass du den Kerl eigentlich kaum kennst, aber was hast du vor alldem von ihm gehalten? Wie war dein allgemeiner Eindruck?«

Makani war überrascht, als ihr darauf keine Antwort einfiel.

»Egal, was es ist«, sagte Chris. »Es könnte hilfreich sein.«

»Ich denke ... ich hatte keinen. Er war einfach ein Nobody, der keinen Eindruck hinterließ, weißt du? Irgendwie ein Hinterwäldler. Dünn. Ich habe nie irgendwelche ausgeprägten, charakteristischen Merkmale bei ihm bemerkt.« Makani versuchte, sich David in der Schule vorzustellen. Sie versuchte, sich die Version von David auszumalen, die nicht bei ihr zu Hause war. »Es ist, als ob ... er nur eine einzige Farbe hätte. Sandfarbenes Haar, hellbraune Haut. Sie gehen ineinander über. Ich erinnere mich nicht an seine Augen. Vielleicht hatte er ein fliehendes Kinn?«

»Okay. Aber mal abgesehen vom Äußerlichen, was war er für ein Mensch?«

»Ruhig?« Sie zuckte mit den Schultern und sah dann Ollie mit einem Lachen an. »Aber nicht so ruhig wie er.«

Ollie schenkte ihr ein kleines, aber wissendes Lächeln.

Sein Bruder lächelte ebenfalls. »Was noch?«

»In ein paar Unterrichtsstunden saßen wir gar nicht so weit voneinander entfernt. Alphabetische Reihenfolge. Ware, Young. Ich habe nie viel Notiz von ihm genommen, aber er schien recht klug zu sein.«

»Kannst du erklären, was dir diesen Eindruck vermittelt hat?«

Das war eine weitere schwierige Frage. »Wahrscheinlich weil er schlagfertig war – wenn jemand einen Witz gemacht hat oder was auch immer. Und er hat zugehört und beobachtet. Er war aufmerksam. Er hatte einen großen Freundeskreis und ich dachte eigentlich, Rodrigo wäre sein *bester* Freund, aber vielleicht lag das nur daran, dass sie in Physik in meiner Nähe saßen, deshalb habe ich manchmal ihre Gespräche mitbekommen.«

»Worüber haben sie geredet?«

»Technikkram. Langweilig. Das meiste davon habe ich gar nicht verstanden.« Sie verschränkte die Arme über dem Bauch. »Ich kann immer noch nicht glauben, dass er seinen eigenen Freund umgebracht hat. Seid ihr bei der Polizei sicher, dass er allein vorgegangen ist?«

»Im Haus der Morales' haben wir einen Stiefelabdruck gefunden«, berichtete Chris und sie nickte, als hätte ihr Ollie das nicht schon erzählt. »Er hat Davids Schuhgröße und seine Eltern haben bestätigt, dass er diese Marke trägt. Sie fehlen in seinem Schrank. Zusammen mit allem anderem, was wir wissen, scheint es unwahrscheinlich, dass er mit einem Partner arbeitet.«

Ollie strich mit dem Finger über den Henkel seiner Tasse. »Wie haben Rodrigos Eltern reagiert, als sie erfahren haben, dass es David war?«

»Bev hat es ihnen gestern Abend mitgeteilt.« Chris schüttelte den Kopf. »Sie sagte, sie seien echt erschüttert gewesen. Sie haben ihr erzählt, dass David immer höflich und respektvoll gewesen ist – mehr als einige andere von Rodrigos Freunden – und dass er ihnen wie ein ganz normaler Teenager vorgekommen war. Himmel, sie kannten ihn schon seit dem Montessori-Kindergarten.«

»Was ist mit Davids Eltern?«, fragte Makani.

»Der Boss hat sie den ganzen Abend verhört und die Leute des Sheriffs helfen uns, ihr Grundstück, das außerhalb der Stadt liegt, zu durchsuchen. Aber sie scheinen anständige Leute zu sein. Arbeiten hart, gehen in die Kirche. Die Vorfahren väterlicher- und mütterlicherseits leben schon seit Urzeiten in Sloane Country und alle Großeltern, Tanten, Onkel und Cousinen wohnen immer noch hier. Davids Dad wurde mal wegen ungebührlichen Benehmens angeklagt, weil er in der Öffentlichkeit gepinkelt hat, aber das ist schon fast zwanzig Jahre her. Und offenbar nahm er David jeden November mit auf die Jagd, was ein paar Dinge erklärt. Aber das ist auch nichts Ungewöhnliches.«

Nicht ungewöhnlich für hier, dachte Makani.

»Nach allem, was ich gehört habe«, fuhr er fort, »waren Davids Eltern völlig überrumpelt.«

Ollies Augenbrauen zogen sich zweifelnd zusammen. Er fummelte noch immer an seiner Tasse herum.

»Bestimmt könnt ihr das kaum glauben«, sagte Chris, wobei sich eine vertraute Ironie in seine Stimme schlich, »aber Eltern wissen nicht immer, was ihre Sprösslinge im Schilde führen.«

»Dann sollten sie nachfragen«, sagte Ollie.

»Das sollten sie. Aber Kids lügen manchmal.«

Ollies Zeigefinger hielt inne.

»Aber ... du hast recht.« Chris wandte den Blick ab. Es war ein Versuch, die alte Anspannung, weil er als Elternteil einspringen musste, zu entschärfen. Makani hatte nur Andeutungen entnommen, dass es nach Chris' Wiedereinzug zu Hause zu Streitereien gekommen war. Aber sie wusste, dass es ein paar Jahre gedauert hatte, bis sich die beiden mit den neuen Umständen arrangiert hatten. »Manchmal sind Eltern einfach beschissen.«

»Wenn sie etwas zu verbergen haben«, sagte Ollie und hob dabei den Kopf, um sein eigenes Friedensangebot zu machen, »dann wirst du es herausfinden.«

Anstrengende Tage erforderten gewissenhafte Planung. Chris verkündete, dass er mit ihnen zu Makanis Haus fahren würde, damit sie ein paar Kleider und Toilettenartikel holen konnte. Danach würde er zur Arbeit gehen und Ollie mit Makani zum Krankenhaus fahren. Nachmittags würde Ollie arbeiten gehen und sie bei ihrer Großmutter bleiben. Wenn Ollies Schicht zu Ende wäre, würde er sie wieder abholen und sie würden sich alle wieder im Haus der Larssons treffen.

Die Brüder boten ihr an, als Erste in die Dusche zu gehen. Gestern Abend hatte sie sich am Waschbecken gewaschen, deshalb lehnte sie mit einem heimlichen Schauder ab. Diese weißen Jungs hätten wohl kaum die richtigen Kosmetikprodukte für ihre Haare. Sie konnte noch eine Stunde warten, bis sie zu Hause war.

Während Ollie duschte, konfrontierte sich Makani mit den Realitäten ihres Handys. Neben massenhaft neuen Nachrichten von Darby und Alex waren auch unerwartete Mitteilungen von der Vorsitzenden des Schülerrats und von Haleys bester Freundin dabei. Da sie Vorsitzende war, hatte Katie Zugriff auf ihre Nummer und Brooke hatte sie von Darby bekommen. Ihre Nachrichten waren aufmunternd und freundlich, doch Makani konnte sich momentan nicht dazu aufraffen, irgendwelche höflichen Antworten zu formulieren.

Stattdessen hörte sie ihre Mailbox ab. Ihr Vater sagte, dass er von ihrer Mutter gehört hätte, was passiert war, und bat sie, ihn irgendwann anzurufen. Es lag keine Dringlichkeit in seiner Bitte.

Es gab keine verpassten Anrufe von ihrer Mutter.

Rektor Stanton hatte eine Sprachnachricht hinterlassen, die unbeholfen klang, und dann war da noch eine weitere von einer Tamara Schuyler vom *Omaha World-Herald,* die Makani beunruhigte. Makani kannte die Sorte von Journalisten, die posttraumatischen Erlebnissen von Minderjährigen hinterherjagten und sich überhaupt nicht für das Wohlbefinden solcher Minderjähriger interessierten, obwohl sie das stets leidenschaftlich beteuerten.

Sie hatten nur Interesse an einer reißerischen Story.

Chris schaltete das Blaulicht ein, damit ihre Autos durch die Menge kamen. Grandma Youngs Vorgarten war zu einem Treffpunkt für die Medien geworden. Ein Wagen der Lokalnachrichten war da, mehrere aus Omaha und von überregionalen Nachrichtenkanälen parkten Seite an Seite mit denen von *Dateline* und *48 Hours*. An einer Universität in Florida hatte es einen Amoklauf mit elf Toten und sechs Verletzten gegeben. In einem Einkaufszentrum in Istanbul kamen bei einem Selbstmordattentat dreizehn Menschen ums Leben, siebenundzwanzig wurden verletzt. Die gestrigen Schlagzeilen waren entsetzlich, aber sie waren gleichzeitig so entsetzlich normal, dass sich die Blicke des ganzen Landes auf Osborne gerichtet hatten.

Sehnen verknoteten sich in Makanis Schultern. Es war bizarr, in allen Fenstern Licht zu sehen, obwohl weder sie noch ihre Großmutter zu Hause waren. Wie viele Fremde waren seit dem Angriff durch ihr Haus gestrolcht?

Wie viele Stunden mochte *er* wohl durch das Haus gestrolcht sein?

Makani fragte sich, ob Davids Einbrüche und sein Eindringen in ihre Privatsphäre wohl ein Element sexueller Perversion enthielt. Hatte er sie beobachtet – durch die Lamellen ihrer Schranktür, unter ihrem Bett hervor –, während sie sich umgezogen hatte? Hatte ihn das erregt?

Sie parkten hinter drei anderen Polizeiwagen in der verstopften Einfahrt. Es fühlte sich an, als würde ihnen ein Bühnenscheinwerfer folgen, als sie ausstiegen und sich durch den brüllenden Mob drängten. Makani trug immer noch Ollies Hoodie und hatte sich dessen schwarze Kapuze über den Kopf gezogen. Beim Gedanken an die Kapuze schoss ihr wieder David durch den Kopf.

Wo versteckte er sich *jetzt?*

Makani starrte das Haus an und plötzlich wurden ihre Beine steif.

Ollies Finger flochten sich durch ihre. Es war das erste Mal, dass sie in aller Öffentlichkeit Händchen hielten. In seinem Griff fühlte sie sich sicher. Gemeinsam rannten sie los.

Drinnen war es still und grauenvoll. Grässliche Blutspuren verschmutzten den Wohnzimmerteppich. Verschmierte rote Handabdrücke glänzten auf Fenster und Haustür. Es fühlte sich kalt und leer an ohne das Ticken der Standuhr. Das Herz des Hauses schlug nicht mehr.

Makani hörte mit, wie Sergeant Beemer, ein stämmiger Mann mit Knollennase, Chris auf den neuesten Stand brachte. Auf dem Boden draußen waren Splitter angestrichenen Holzes entdeckt worden, die entstanden waren, als David das Fenster im unteren Bad aufgebrochen hatte. Das Badezimmer befand sich direkt unter Makanis Zimmer und der wuchernde Schneeball, der die Aussicht aus dem Fenster versperrte, sah aus, als wäre jemand darauf herumgetrampelt.

»Der Busch steht direkt neben dem Wasserhahn. Davids Fuß hat sich wahrscheinlich bei einem seiner Ausstiege im Gartenschlauch verfangen.« Der Sergeant schnüffelte mit seiner roten Nase. »Das würde all die geknickten Äste erklären.«

Makani lief es kalt den Rücken hinunter. Sie wusste *genau,* wann sich David mit dem Fuß verfangen hatte. Es war am Tag nach Haleys Ermordung passiert, während sie darauf gewartet hatte, dass Ollie anrief. Sie hatte gedacht, es wäre die Katze der Nachbarn.

Makani stellte sich vor, wie eine Gestalt mit Kapuze in Großmutters Badezimmer eindrang. Sich in der Dusche versteckte. In ihren privaten Dingen herumschnüffelte.

Und es war unmöglich, dieses Bild aus dem Kopf zu bekommen, als sie die Badezimmertür hinter sich abschloss und in ihre eigene Dusche stieg. Hinter dem durchsichtigen Plastikvorhang wurde sie zu Janet Leigh in *Psycho*. Das Shampoo brannte in ihren Augen, weil sie zu viel Angst hatte, sie zu schließen. Selbst mit weit offenen Augen sah sie die Silhouette eines jungen Mannes mit einem Messer.

Ollie ist nicht weit. Er steht direkt vor der Tür.

Doch Ollie war auch nicht weit gewesen, als David sie angegriffen hatte.

Im Erdgeschoss ist ein ganzes Geschwader von Cops.

Aber das Erdgeschoss war so weit weg.

18

Sollte man diese Zeit nicht besser dazu nutzen, ihn zu suchen?«, fiel Grandma Young jemandem ins Wort. »Ich weiß. Ich weiß von den Suchtrupps. Ich verstehe nur nicht, weshalb wir uns alle nicht erst mal darauf konzentrieren können, ihn zu fassen.«

Makani und Ollie blieben vor ihrer Tür stehen. Es war ein Telefonat – und zwar kein angenehmes. Makani ging das Herz auf, als sie hörte, dass Grandma Young wieder ganz wie sie selbst klang, aber sie beschlossen, erst mal im Flur zu bleiben, bis das Gespräch zu Ende war. Sie brauchten nicht lange zu warten.

»Ich kann nicht *fassen,* dass Sie das von ihr verlangen. Es ist nicht mal *einen Tag* her.«

Sie hörten, wie ein Hörer auf eine harte Plastikgabel plumpste, und es wurde ihnen bewusst, dass sie das Krankenhaustelefon benutzt hatte, was Sinn machte. Ihr Handy war ja noch bei ihnen in der Tasche.

Makani klopfte zweimal und streckte den Kopf durch die Tür.

Grandma Youngs Energie war zurückgekehrt und ihre Hautfarbe war über Nacht besser geworden, aber ihre Körperhaltung wirkte immer noch erschöpft. Doch als sie den Blick hob und Makani sah, richtete sie sich auf. »Ich dachte, es wäre eine Krankenschwester. Kommt her! Lasst mich euch ansehen.«

»Wie geht es dir? Wer war das?« Makani küsste sie auf die

Wange und griff dann zum Telefon, um es richtig aufzulegen. Der Hörer hing ein wenig schief da.

»Lass es so. Das war Absicht. Ich habe heute Morgen schon viel zu viele Anrufe bekommen.«

»Reporter«, sagte Makani. Sie würden nicht zögern, jemanden zu belästigen, der im Krankenhaus lag.

»Oh nein. Na ja. Doch.« Sie schnaubte. »Aber das war nur jemand von der Kirche.«

So klangen diese Anrufe aber normalerweise nicht. Makani runzelte die Stirn. »Wer?«

»Spielt keine Rolle.« Grandma Young bedeutete ihr, sich zu setzen. »Zeig mir deinen Arm. Habe ich ihn gestern Abend gesehen? Ich kann mich an deinen Besuch kaum erinnern.«

Makani schmiegte sich an die Seite ohne Drähte und Schläuche. Sie hatte sich eine saubere Jeans, ein langärmeliges T-Shirt und ihren geblümten Surfer-Hoodie angezogen. Ollie hatte seinen schwarzen Hoodie wieder an sich genommen. Sie war enttäuscht gewesen, ihn zurückgeben zu müssen.

»Mir geht es gut, siehst du? Es ist nur ein Kratzer.« Sie zog am Ärmel, um den unteren Teil des Verbandes zu zeigen, wobei sie erwartete, dass ihre Großmutter verlangen würde, auch den Rest zu sehen. Doch die Schmerzmittel mussten ganz schön hardcore sein, denn sie akzeptierte die teilweise Enthüllung als die ganze Wahrheit. Der Anruf schien wichtig gewesen zu sein, deshalb versuchte es Makani noch einmal. »Was wollte derjenige?«

Grandma Young wand sich. Rückte in Position. »Die Stadt plant irgendeine Gedenkfeier für die Opfer.«

Makani warf einen Blick zu Ollie hinüber, der im Lehnstuhl Platz genommen hatte. Er schüttelte kaum merklich den Kopf, weil auch er im Dunkeln tappte.

»Heute Nachmittag auf der Main Street«, sagte Grandma Young, ohne jemandem in die Augen zu sehen. »Dahinter steckt die Idee, dass die Leute es leid sind, Angst zu haben, und Angst hat die bisherigen Angriffe ja auch nicht verhindert, deshalb können wir genauso gut hinausgehen und uns gegenseitig unterstützen.«

»Aber das klingt doch ganz gut«, sagte Makani. »Das klingt …«

»… mutig«, ergänzte Ollie.

»Ja. Wie diese Pariser, die nach den Terroranschlägen zurück in die Cafés gegangen sind.«

Grandma Young sah mit einem Ruck hoch. »Das *ist* mutig. Aber wenn alle genauso viel Mühe in die Suche stecken würden, wäre er bei Sonnenuntergang in Handschellen abgeführt. Und dann könnten wir feiern.«

Bei Sonnenuntergang in Handschellen klang sehr nach John Wayne, doch Makani konzentrierte sich eher auf das letzte Wort. »Feiern?«

»Nein, so meinte ich das nicht. Ich finde einfach nur, dass das mit der Gedenkfeier warten kann.« Grandma Young sprach jetzt schneller, regte sich auf. Und noch etwas anderes beunruhigte sie daran.

»Ich weiß nicht. Es wäre doch schön, eine Gedenkfeier für Haley, Matt und Rodrigo zu …«

»Sie wollten, dass *du* eine Rede hältst«, sagte sie. »Die Stadt. Sie wollten, dass du dich vor all diese Menschen und Kameras stellst und ihr Maskottchen spielst.«

Makani sank entsetzt in sich zusammen. Jetzt verstand sie.

»Und das passiert nur über meine Leiche«, ergänzte Grandma Young. »Und ich bin ganz schön schwer umzubringen.«

Ollie brach in unerwartetes Gelächter aus. Er schlug die Hand vor den Mund, doch schließlich lächelten auch Makani und ihre Großmutter. Er deutete auf eine Stofftasche. »Hey«, sagte er. »Wir haben ein paar Sachen mitgebracht, die Sie aufmuntern werden.«

»Oh ja!« Makani ließ sich vom Bett gleiten und holte jeden Gegenstand einzeln heraus wie Geschenke. Geldbeutel, Morgenmantel, Schlafanzug, Decke, Toilettenartikel, Handy, Bücher, Puzzle. Alle Annehmlichkeiten aus Grandma Youngs Haus. Nichts von dem Blutbad.

* * *

Makanis anderes Zuhause rief um die Mittagszeit an. Die erste Frage ihre Mutter war: »Geht es dir gut?« Das war ein ermutigender Anfang, doch dann folgte: »Ich kann es einfach nicht glauben. *Irgendetwas* ist doch immer mit dir, oder?«

Makani war für den Menschen, der sie eigentlich bedingungslos lieben sollte, schon immer so etwas wie ein Sandkorn im Auge gewesen. Sie war ein Störfaktor, ein Ärgernis.

»Jetzt muss ich auch noch aufs Festland fliegen und dich babysitten, während deine Großmutter …«

»Wo warst du gestern, Mom? Die Polizei und das Krankenhaus haben stundenlang versucht, dich zu erreichen. *Ich* habe versucht, dich zu erreichen.«

»Dein Vater und ich waren vor Gericht. Ich habe alle zurückgerufen, sobald ich zu Hause war, was übrigens mehr ist, als er zustande gebracht hat.« Ihr schien nicht bewusst zu sein, dass *alle* nicht ihre Tochter eingeschlossen hatte. Auch hatte sie keinerlei Interesse daran, die Version ihrer Tochter von den Ereignissen zu hören, da sie direkt zu ihren Reiseplänen überging. Sie würde wahrscheinlich nächste Woche nach Osborne kommen. Sie hätte vorher eine wichtige Präsentation bei der Arbeit, die ihre Anwesenheit dringend erforderte – vielleicht war es aber auch etwas, was mit dem Ablauf der Scheidung zu tun hatte, Makani hatte auf Durchzug geschaltet.

»Und jetzt sieh dir das an. Ist dir klar, was du mir da antust.«

»Es tut mir leid, Mom …«

»Ich kann mich gerade wirklich nicht mit dir beschäftigen.«

Stille. Makani starrte auf die blinkende Zahl auf ihrem Handy. *Drei Minuten, vierzehn Sekunden.* Sie wäre beinahe umgebracht worden und ihre Mutter hatte ihr drei Minuten und vierzehn Sekunden geschenkt. Und das Ganze zu *ihrem* Problem gemacht.

Natürlich ging es um sie. Es ging immer um sie.

Doch Makani fühlte sich unerwarteterweise am Boden zerstört. Das Handy bebte in ihren Händen. Ihr war nicht klar gewesen, dass ihre Mutter sie immer noch so verletzen konnte.

Ollie starrte sie an, unfähig, Mitgefühl und Kummer hinter seiner für gewöhnlich reservierten Miene zu verbergen. Auch das war irgendwie schmerzhaft.

»Habt ihr schon etwas gegessen?«, fragte Grandma Young.

Die Frage überraschte Makani. Während sie sich bemühte, sich zu konzentrieren, berührte sie ihren Arm. Die Wunde war empfindlich und tat weh. »Ich glaube, ich habe in den letzten vierundzwanzig Stunden überhaupt nichts gegessen.«

»Oliver würdest du mir bitte meine Handtasche geben? In meinem Geldbeutel sollte ein Zwanziger sein. Würdest du bitte in die Cafeteria gehen und ein paar Sachen holen? Etwas leicht Verdauliches für Makani – Suppe oder Brot. Und was immer du für dich selbst haben möchtest.«

»Klar, Mrs Young. Sehr gerne.« Er fand den Zwanziger und hob leicht die Hand zum Abschied, bevor er verschwand.

»Sie ist meine Tochter. Und ich liebe sie«, sagte Grandma Young leise. »Aber sie ist eine totale Narzisstin, die ein Arschloch geheiratet hat.«

Makani hatte noch nie gehört, dass ihre Großmutter das

Wort *Arsch* in den Mund genommen hatte. Unter allen anderen Umständen wäre das sauwitzig gewesen. Jetzt war es nur eine schmerzliche Wahrheit.

»Nichts von alldem ist deine Schuld«, sagte Grandma Young.

»Ich *weiß«,* flüsterte Makani. Eine Lüge.

»Weißt du es wirklich?«

Makani nickte. Noch eine Lüge.

Grandma Young tätschelte den Platz neben sich und Makani setzte sich. Sie klopfte auf eine Stelle, die noch näher war. Makani rutschte und ihre Großmutter drückte sie mit schief gelegtem Kopf an sich. So saßen sie mehrere Minuten lang da. Die Zuneigung fühlte sich schmerzhaft an. Makanis ganzes Dasein war ein Durcheinander aus Geheimnissen, Lügen und Täuschungen. Ihre Großmutter war der einzige Mensch in Osborne, der wusste, weshalb sie wirklich hier war, und dennoch liebte sie sie. Makani wollte getröstet werden, aber sie hatte es nicht verdient.

Ihre Großmutter stieß einen müden Seufzer aus. »Du hast mich angelogen.«

Makani erstarrte. Erschrocken darüber, dass sie so durchschaubar war.

»Du hast mich gestern angelogen und damit müssen wir uns noch befassen. Ich bin mir nur noch nicht sicher, wie. Das alles ist ... eine ganze Menge, um es zu verarbeiten. Aber ich habe dich lieb und ich will, dass du und Ollie sicher seid ...«

Oh Gott. Moment mal. Ging es darum, vor Mördern sicher zu sein, oder ging es um sicheren Sex? Makani wusste, dass das falsch war, aber sie hoffte, dass Grandma von Mord redete.

»... in jeglicher Hinsicht sicher.«

Sie entwand sich der Umarmung ihrer Großmutter.

»Wir werden uns bald weiter darüber unterhalten«, sagte Grandma Young. »Sobald ich aus dem Krankenhaus raus bin und dein Freund nicht nur eben mal auf den Flur hinausgegangen ist.«

Ein kleines Fünkchen Hoffnung durchzuckte Makani, trotz ihrer Qualen. Wie es schien, war Ollie jetzt vielleicht doch ihr fester Freund. Oder womöglich schon bald.

Ihre Großmutter fuhr fort: »Aber ich wollte es erwähnen, damit ich außerdem noch hinzufügen kann, dass ich dir vertraue. Und ich vertraue darauf, dass du ab jetzt ehrlich zu mir sein wirst.«

Ich vertraue dir.

Das erschütterte sie. Diese drei Worte bewirkten, dass Makani offener und ehrlicher sein *wollte*. Sie bewirkten, dass sie der Mensch sein wollte, für den sie ihre Großmutter hielt.

In diesem Moment trompetete jemand auf dem Flur der Intensivstation: »Du!«

Makani kannte die Stimme. Ihr Puls beschleunigte sich.

»Du hast sie gerettet!«, sagte Alex.

»Sie hat sich selbst gerettet«, entgegnete Ollie. »Ihre Großmutter und ich haben nur geholfen.«

Makani konnte Alex' Grinsen praktisch hören. »Ah so, na klar hat sie sich selbst gerettet.«

»Wir sind einfach nur froh, dass ihr alle okay seid«, sagte Darby.

Wie ein Energiebündel aus Freude und Erleichterung stürzten sie ins Zimmer und rissen Makani in eine begeisterte Gruppenumarmung. Bis zu diesem Augenblick hatte sie gar nicht gemerkt, wie sehr sie das gebraucht hatte. Die Umarmung rief ihre Lebensgeister wieder wach.

»Woher wusstet ihr, dass wir hier sind?«, fragte Makani.

»Wir haben gehört, dass deine Großmutter verletzt wurde«, sagte Darby, der eine Schachtel Donuts von der Tankstelle balancierte. »Wo solltet ihr also sonst sein?«

Alex warf Makani einen kecken Blick zu. »Von dir kam ja

keine Hilfe. Geh nächstes Mal an dein verd...« – sie sah zu Grandma Young hinüber – »verflixtes Handy.«

»Es wird kein nächstes Mal geben«, sagte Darby.

»Das kannst du laut sagen«, bestätigte Grandma Young und sie rannten zu ihr hinüber, um sie ebenfalls zu umarmen.

Alex' Haar war zu einer seltsamen und komplizierten Frisur verwoben und ein loser Zopf flog in die Luft, als sie wieder zu Makani herumwirbelte. »Wir haben etwas zu naschen mitgebracht.« Sie klappte den Deckel auf und zeigte stolz die glasierten Kringel. »Ahornsirup für dich, Schokoguss für Ollie.«

Makani war gerührt, dass sie sich seine Vorlieben gemerkt hatte. Vielleicht war es auch nur die Abbitte dafür, dass sie ihn hinter seinem Rücken beschuldigt hatten, ein Serienmörder zu sein, aber sie verzieh ihnen das nur allzu gern. Ollie stand neben der Tür. Er hielt einen Stapel Styroporschachteln aus der Cafeteria in der Hand, aber er lächelte, nicht im Geringsten verärgert darüber, dass man ihm die Show gestohlen hatte.

»Mrs Young, der hier ist für Sie.« Alex deutete auf einen Donut mit orangefarbener Glasur mit schwarzen Sprenkeln. Es war ein Halloween-Donut.

»Weil Ihr Haus immer so jahreszeitlich passend geschmückt ist«, erklärte Darby.

Grandma Young strahlte vor Freude, auch wenn es noch ein paar Wochen dauern würde, bis sie wieder feste Nahrung aufnehmen konnte. Alle redeten lebhaft und laut durcheinander, als ein Krankenpfleger, den Makani nicht kannte, den Kopf zur Tür hereinstreckte.

»Wir verstehen ja, dass dies besondere Umstände sind«, sagte er, »aber es tut mir leid. In den Zimmern der Intensivstation sind immer nur zwei Besucher auf einmal erlaubt.«

»Oh«, sagte Makani, als das Geplauder verstummt war. Daran hatte eindeutig niemand gedacht.

»Schon gut«, sagte Grandma Young. »Warum geht ihr nicht einfach ins Wartezimmer, um euch gegenseitig alles zu erzählen? Mir ist sowieso nach einem Nickerchen zumute.«

Sie sah tatsächlich müde aus, deshalb gab Makani ihr einen Kuss auf die Wange. »Ollie und ich kommen bald wieder zurück.«

Grandma Young bedankte sich bei Darby und Alex dafür, dass sie gekommen waren, und dann folgten Makani und Ollie den beiden hinaus. Sie fanden ein anderes Wartezimmer, nicht das Hauptwartezimmer, in dem sie am Abend zuvor gesessen hatten. Es war kleiner, aber die Sitzgelegenheiten waren bequemer. Noch besser war, dass keine anderen Leute da waren. Makani und Ollie setzten sich auf getrennte Plätze nebeneinander, während sich Darby und Alex auf einen Zweisitzer quetschten. Sie schrien auf, als sie Makanis Arm sahen.

»Es ist nicht so schlimm, echt«, sagte sie.

»Nicht so schlimm?« Alex war entsetzt. »Ein durchgeknallter Teenager ist in euer Haus eingebrochen und hat versucht, dich zu erstechen. Du hast wohl einen Knick in der Optik!«

Alle hielten inne, als Alex merkte, dass Makani die Situation wohl schon vor dieser Erklärung ganz gut erfasst hatte. Und dann gab es kein Halten mehr. Alex' Gelächter war durchgeknallt und ansteckend, so wie nur todernste Situationen es heraufbeschwören konnten. Wie Kichern auf einer Beerdigung steckte es sie alle an. Von den vieren schien Alex diejenige zu sein, die dem Abgrund am nächsten war. Doch vielleicht spürte sie auch, dass Makani diese Zerbrechlichkeit intuitiv wahrnahm, denn sie schnappte sich einen Donut und fuchtelte damit herum. Sie täuschte eine gefasste Haltung vor. »Sieht aus, als wären wir heute richtige Cops. Glaubt ihr, wir können den Fall knacken?«

»Hey«, sagte Darby, er nahm sich ebenfalls einen Donut und

leckte sich Glasur vom Daumen. »Da sitzt der Bruder eines Cops.«

Alex verdrehte die Augen, doch Ollie schenkte Darby ein Lächeln.

»Apropos ...« Darby zögerte. »Was sagen *die* überhaupt? Die Cops?«

Mit gelegentlichen Unterbrechungen von Ollie berichtete Makani über die letzten vierundzwanzig Stunden. Allerdings verhedderte sie sich, als sie zu dem Teil kam, in dem er nackt war.

»Moment mal.« Alex' Blick fuhr zu Ollie herum. »Noch vor einer Minute warst du in dieser Geschichte nur mit einer Decke verhüllt. Bist du in einer *Decken-Toga* nach unten gegangen?«

»Ja«, log Makani, während Ollie »Nicht direkt« sagte.

Alex brach in gackerndes Gelächter aus. »Oh mein Gott!«

Die unvermeidliche Röte breitete sich auf Ollies Gesicht aus.

»Bitte bestätigen, ja oder nein«, forderte sie. »Du, Oliver Larsson, bist so, wie Gott dich erschaffen hat, dem Killer von Osborne nachgejagt.« Als er zur Bestätigung nickte, brachen Darby und Alex erneut in dröhnendes Gelächter aus.

Sorry, formte Makani mit den Lippen.

Ollie zuckte hilflos mit den Schultern. *Du hast es versucht.*

Makani verstand, wo das Lachen ihrer Freunde herrührte, deshalb war sie auch nicht beleidigt. Es war ein notwendiges Moment der Leichtigkeit, das sie durch den Rest der Geschichte tragen würde. Als sie sich das Ganze zu Ende angehört hatten, sahen sie ernüchtert aus.

»Worüber ich einfach nicht hinwegkommen kann«, sagte Darby, »ist *David.*«

Alex schüttelte – gleichermaßen fassungslos – den Kopf.

»Er schien so normal und langweilig«, fuhr Darby fort. »Wie einer von diesen Typen, die mit der Landschaft verschmelzen und mal dasselbe Leben wie ihr Dad führen werden ...«

»Und dessen Dad vor ihm«, ergänzte Alex.

Ollie starrte ins Leere. Der Schock darüber, was ihnen zugestoßen war, war wie ein Bumerang, er kehrte immer wieder zurück. »Ich denke, man weiß nie wirklich, was im Kopf von jemand anderem vorgeht. Äußerlich scheint sein Leben langweilig, aber sein Innenleben ... muss sehr viel komplexer sein.«

»Dort ist er wohl zornig«, sagte Alex.

Er nickte. »Verletzt.«

Makani hatte nicht vorgehabt, es ihnen zu sagen, niemals. Und ganz bestimmt nicht jetzt. Aber ihre Worte bewegten etwas in ihrem Inneren, verschmolzen mit dem Vertrauen ihrer Großmutter und plötzlich lockerte ihr innerer Widerstand – der vertraut und gleichzeitig furchtbar war – seinen Griff. Ihrer Mutter war sie gleichgültig, ihren Freunden aber nicht. Sie wollte, dass sie es wussten.

»Er hat das bestimmt seit Monaten, vielleicht auch schon seit Jahren geplant«, sagte Darby. »Was war der Auslöser? Was führt dazu, dass ein Mensch dazu übergeht, seine Fantasien tatsächlich umzusetzen?« Als er sich verwirrt zu Makani umdrehte, erahnte sie bereits seine nächste – die eine große – Frage, bevor er sie überhaupt stellte. »Und warum war er hinter *dir* her?«

Makani zögerte einen Moment, bevor sie antwortete, doch ihre Stimme war ruhig. »Weil ich glaube, dass er etwas über meine Vergangenheit herausgefunden hat.«

Neugier und Dringlichkeit lastete auf ihrem Schweigen.

»Mein Name«, sagte sie, »war nicht immer Makani Young.«

19

Alex' Augen waren groß wie Untertassen. »Oh mein Gott. Du hast jemanden umgebracht.«

»Was?« Makani war bestürzt. »Nein. Gott, *nein.* Wenn ich jemanden umgebracht hätte, wie könnte ich dann hier sein? Würde ich dann nicht irgendwo im Gefängnis sitzen?«

Ollie und Darby starrten Alex ungläubig an.

»Okay«, sagte sie völlig ungeniert. »Überreaktion.«

Ollie wandte sich Makani zu, um sie zu ermutigen. »Red weiter.«

Makani Kanekalau schreckte mit einem Keuchen aus dem Schlaf auf, als Gabrielle Cruz und Kayla Lum in ihr Zimmer gestürzt kamen. Sie zerrten sie auf den Boden. Makanis Haut verströmte Körpergeruch und den Duft von tagealter Sonnencreme, ihr Haar war ein ungezähmter Afro. Sie trug ein Tanktop ohne BH und ihre rosafarbene Pyjamashorts war so alt, dass sie fast durchsichtig war.

Die Mädchen zeigten auf ihren gestreiften Slip und lachten.

Gabrielles Zähne blitzten in der Dunkelheit wie Rasierklingen auf – das Letzte, was Makani sah, bevor sie ihr die Augen verbanden. »Heute ist die große Nacht, Rookie«, spottete Gabrielle. Die Augenbinde war zu eng, aber Gabrielle war der Captain, deshalb wagte es Makani nicht, sich zu beschweren.

Kayla zischte ihr ins Ohr: »Du kommst mit uns.«

»Entschuldige mal«, unterbrach Alex. »Diese Mädchen haben dich *gekidnappt?* Waren sie deine Freundinnen?«

»Teamkameradinnen«, sagte Makani. »Manchmal Freundinnen, manchmal Rivalinnen. Aber sie waren im vierten Jahr und ich erst im dritten. Das war letzten Oktober. Mein erstes Jahr in der Schulmannschaft.«

Darby schien erstaunt darüber, dass sie Sportlerin war. *»Was* für eine Schulmannschaft?«

Die Einführungsrituale des Schwimmteams waren berühmt-berüchtigt und wurden jedes Jahr schlimmer. Ausufernder. Jetzt waren die Mädchen der Abschlussklasse der Kailua-Kona High School an der Reihe und fieberten nach Rache. Das Bewusstsein für ihre Macht durchströmte Gabrielle und Kayla und blendete sie zweifellos in gewisser Weise, als sie Makani durch den Flur schubsten und zerrten.

Makani erstarrte, als das raue Lachen ihrer Mutter durch den kleinen Raum drang. »Tut mir leid, dass die Tür abgeschlossen war, Mädels.« Die Vertrautheit des Wortes *Mädels* deutete darauf hin, dass sie auf deren Seite war – und sie war nicht überrascht, dass sie hier waren. »Zum Glück war ich noch wach und habe euch klopfen gehört.«

Es war allseits bekannt, dass die Eltern im Voraus über den Initiationsritus informiert wurden, damit sie die Haustür nicht abschlossen, um die älteren Mädchen einzulassen. Man ging davon aus, dass die Eltern zwar mitspielen, aber auch ihre Töchter vorwarnen würden. Aus diesem Grund hatten die Rookies – die Neulinge – ihre hübschesten Pyjamas an und darunter ihre Schwimmkleidung. Das sollten Eltern *eigentlich* tun.

Makani wartete hoffnungsvoll gespannt auf eine weitere Entschuldigung, dieses Mal ihr gegenüber. Oder wenigstens auf eine Ausrede. Doch als sie nach draußen geschubst wurde, hörte sie lediglich, wie die Tür hinter ihr mit einem Klicken zugemacht und abgeschlossen wurde.

»Ähm. Deine Mom ist ganz schön ätzend?« Das war sowohl eine Feststellung als auch ein Bitte um Bestätigung von Alex.

Darby sah zu traurig aus, um sie deshalb zu schelten.

Ollies Reaktion wollte Makani gar nicht sehen, deshalb erzählte sie weiter.

Gabrielle und Kayla stießen Makani nach draußen und bugsierten sie in einen offenen Jeep. Makani wusste, dass es Gabrielles Wagen war. Gabrielle fuhr absichtlich wild schlingernd los, während Makani noch nach dem Sicherheitsgurt tastete. Der Wind pfiff ihr um die Ohren, während sie von einer Seite des Jeeps auf die andere geworfen wurde, und gab ihr das beängstigende Gefühl, gleich herauszufallen. Endlich gelang es ihr, sich anzuschnallen.

»Wohin fahren wir?« Sie versuchte, so zu klingen, als ginge es ihr gut und als wäre sie zu allem bereit. Doch in ihrer Stimme schwang Angst mit.

Die Mädchen drehten einfach das Radio auf und sie ließen Makanis Nachbarschaft unter den donnernden Klängen von Beyoncé hinter sich. Die Luft war feuchtigkeitsschwanger und roch nach Salzwasser und süßen Frangipani. Als Makani bewusst wurde, dass man sie ignorierte, hob sie ihre Augenbinde ein wenig, um einen Blick zu riskieren. Die Uhr auf dem Armaturenbrett zeigte an, dass es fast Mitternacht war. Auf dem Queen Ka'ahumanu Highway zeichneten sich die Silhouetten schlanker Palmen vor dem nächtlichen Himmel ab, die höchsten Gewächse inmitten des Buschlands, das diese Seite von Big Island charakterisierte.

Nur wenige Minuten später stellte Gabrielle den Motor ab. Die Musik verstummte. Ozeanwellen tosten. »Zeit, von Bord zu gehen, Rookie«, sagte sie und Kayla lachte über den albernen Witz. Kayla versuchte dauernd, den Captain zu beeindrucken. Sie packten Makani an den Oberarmen, jede auf einer Seite, und führten sie barfuß über einen Strand aus vulkanischen Steinen. Etwas bohrte sich in ihren rechten Fußballen und Makani sog vor Schmerz scharf die Luft ein.

Die anderen beiden verstärkten ihren Griff um ihre Arme.

Das Prasseln eines Lagerfeuers steigerte sich zu einem Tosen, als Makanis Füße den Sand berührten. Perlendes Mädchenlachen lag in der Luft. Sie wusste, dass es ihr galt.

»Sind wir die Letzten?«, rief Kayla, die die Aufmerksamkeit genoss.

Buhrufe und Pfiffe übertönten das Gelächter. Makanis Augenbinde wurde heruntergerissen; sie blinzelte und schützte sich mit erhobener Hand gegen die Funken des Feuers.

Das ganze Team war da. Die Augenbinden der anderen Rookies waren bereits abgenommen worden. Sie lachten Makani ebenfalls aus.

Selbst Jasmine lachte. Sie und die anderen drei Rookies trugen Bikinioberteile und Boardshorts. Ihre Haare waren gekämmt – Jasmines glattes Haar war zu einem ordentlichen Pferdeschwanz zusammengefasst – und einige von ihnen hatten sich sogar geschminkt.

Beschämt verschränkte Makani die Arme über der Brust. Sie fühlte sich hässlich und bloßgestellt. Mit den meisten dieser Mädchen schwamm sie schon seit ihrer Kindheit. Sie hatten sie schon Tausende Male im Badeanzug gesehen, aber es spielte keine Rolle, dass ihr schäbiges Tanktop und die Pyjamahose mehr Haut bedeckten; sie war die Einzige, die das Falsche trug. Das *Private*.

Ihre Demütigung wurde von einer Woge des Zorns fortgespült. Mrs Oshiro, Jasmines perfekte Mutter, hatte Jasmine eindeutig vorgewarnt. Warum hatte Jasmine nichts gesagt? Sie war ihre beste Freundin. Sie schrieben sich morgens, gleich nach dem Aufstehen, und abends, kurz vor dem Einschlafen. Noch vor weniger als zwei Stunden hatten sie sich geschrieben und Jasmine hatte nicht angedeutet, dass etwas Ungewöhnliches bevorstand. Und sie *wusste,* dass auf Makanis Mom bei so etwas kein Verlass war.

Gabrielle deutete auf Makanis Pyjamashorts. »Die kannst du genauso gut auch ausziehen.«

Makani rührte sich nicht.

»Der Captain sagt, du sollst sie ausziehen!«, kreischte ihr Kayla ins Ohr. »Zieh sie aus!«

»Ausziehen! Ausziehen! Ausziehen! Ausziehen!«, schrien die anderen Mädchen im Chor.

Am liebsten hätte Makani geweint, weil ihre Unterwäsche so intim war. Zitternd zog sie ihre Pyjamashorts nach unten, faltete sie ordentlich und legte sie in den Sand.

Der Captain schnappte sich die Shorts und schwenkte sie triumphierend wie eine Flagge. »Die Spiele können beginnen!«

Jubel brach aus und die Mädchen teilten sich in fünf Teams auf, zu jedem Rookie gesellten sich zwei Veteraninnen – die jeweiligen Entführerinnen. Der Captain schrieb mit Filzstift in Druckbuchstaben LUDER, GEILE TUSSI, NUTTE und FOTZE auf die Stirnen der anderen Rookies. Der Filzstift wurde auf Makanis Haut gedrückt und man teilte ihr mit, dass sie die SCHLAMPE war. Wenn sie auf irgendeinen anderen Namen hörte, würde sie einen Shot trinken müssen.

Vier Wodkaflaschen tauchten auf, Kayla hatte in jeder Hand je zwei und schwenkte sie herum wie Cheerleaderpompoms. Kayla schwamm Freestyle. Sie hatte eine irrsinnige Ausdauer und ihre Muskeln wölbten sich im Schein des Lagerfeuers. »Wie heißt du, Schlampe?«, schrie sie.

»Schlampe!«, sagte Makani.

»Ich habe gefragt, wie du heißt, Schlampe!«

»SCHLAMPE!«

»Okay«, sagte Gabrielle, »Makani, dein Platz ist zwischen Hannah und Jasmine.«

Makani setzte sich in Bewegung.

»Falsch! Wer ist Makani?«

Sie konnte nicht fassen, dass sie es schon vergessen hatte. Springer waren präzise. Im Rampenlicht zeigten sie gute Leistung. Makani machte keine Fehler. Alle lachten sich wieder schlapp, als sie den ersten widerlichen Shot hinunterkippte und dabei Mühe hatte, nicht zu würgen. Sie hatte Wodka noch nie gemocht. Es erinnerte sie an Nagellackentferner.

Gabrielle war im Schmetterling am besten. Sie hatte die stärksten Arme des Teams, deshalb tat es weh, als sie Makani auf den Rücken klatschte. »Geh auf deinen Platz, Makani.«

Makani wich nicht von der Stelle. Schluckte die Tränen hinunter.

»Hey! Die Schlampe hat ihre Lektion gelernt«, sagte sie.

»Gut gemacht, Schlampe.« Kayla verwuschelte ihr die Locken. Nur wenige Dinge nervten Makani mehr, als wenn jemand ihre Haare anfasste. »Jetzt schwing deinen Hintern in die Reihe.«

Makani rannte zu der Stelle zwischen Hannah (LUDER) und Jasmine (FOTZE). Es erfüllte sie mit Genugtuung, dass Jasmine den fiesesten Namen abbekommen hatte.

»Alles in Ordnung?«, fragte Jasmine und legte Makani mitfühlend die Hand auf den Arm.

Noch vor zwei Tagen hatten sie sich gegenseitig Gelmaniküren im Partnerlook verpasst. In Silber und Blau, den Schulfarben. Jetzt hätte Makani Jasmine am liebsten zu Boden gerissen und ihr trockenen Sand in den Mund gestopft, bis sie erstickte. Makani fixierte sie mit einem zornigen Blick. Jasmine schien überrascht zu sein über die Heftigkeit, doch sie kapitulierte schweigend und nahm die Hand weg.

Heute Nacht waren sie kein Team. Sie würde *nicht* gegen Jasmine verlieren.

Zu den Spielen gehörten Laufen und ihre üblichen Freiübungen an Land – Sprünge, Hampelmänner, Push-ups und Sit-ups –, nur dass sie von allem doppelt so viel absolvieren mussten wie sonst. Außerdem brüllten ihnen je zwei Veteraninnen ins Ohr, die sie dazu zwangen, Schwüre in Bezug auf Teamloyalität zu wiederholen, und sie dauernd austricksten, damit sie auf ihre richtigen Namen reagierten. Die Aufgabe der älteren Mädchen bestand darin, ihren Rookie dazu zu bringen, in möglichst vielen Runden Letzter zu werden.

Zwischen zwei Runden mussten die Rookies einen Shot Wodka trinken. Wer Letzter wurde, musste zwei trinken. Die Älteren konnten so wenig oder so viel trinken, wie sie wollten, und jede von ihnen nahm einen Schluck, bevor sie mit braunen Supermarkttüten auf die Rookies zuschlenderten.

Die erste Runde begann. Makani rannte mit grimmiger Entschlossenheit über den Strand. Die Veteraninnen holten Eierkartons aus den mysteriösen Papiertüten und schleuderten ihre Geschosse von Weitem. Die Eier waren verfault und stanken nach Schwefel. Einige der Mädchen würgten trocken. Als sie Jasmines Pferdeschwanz vor sich auf und ab hüpfen sah, schoss Bitterkeit durch Makanis Adern.

Es muss schön sein, jemanden zu haben, der sich wenigstens so weit um einen schert, dass er einen vorwarnt. Muss schön sein, die Gelegenheit gehabt zu haben, sich vorzubereiten.

Kayla hatte ihr Pulver früh verschossen, doch Gabrielle bewahrte ihre Eier bis zur letzten Etappe auf, auf der Makani schon keuchte und benommen war. Gabrielle joggte neben ihr her und feuerte ihr Dutzend hart auf sie ab. Jeder Treffer versetzte Makani einen Adrenalinstoß. Sie zog an Jasmine vorbei und Jasmine wurde Fünfte. Letzter Platz.

Makani trank einen einzigen Shot, Jasmine zwei. Auch die Veteraninnen tranken Shots. Gabrielle und Kayla tranken mehr als die anderen. Dass Makani nicht verloren hatte, fachte ihren Hang zu Wettkampf und Verausgabung nur noch mehr an.

Als die Rookies sprangen, bespritzten die älteren Mädchen sie mit Babyöl und Rasiercreme. Als sie Hampelmänner machten, bewarfen sie sie mit Mayonnaise und Dosenfleisch. Das Gebrüll, der Wodka, die Erschöpfung und Verwirrung führten schon bald dazu, dass Makani übel wurde, doch sie ließ ihren Blick nicht von Jasmine. Sie zwang sich dazu, sie immer wieder zu schlagen.

»Da haben wir ja ein zähes Ding abbekommen.« Gabrielle grinste. »Aber mach dir keine Sorgen. Dich kriegen wir noch klein.«

»Sieht aus, als wäre sie scharf auf deinen Job, Captain«, sagte Kayla.

Auch wenn das ein Witz war, war es das erste Mal, dass jemand die Möglichkeit, Captain zu werden, erwähnte. Springer bekamen nie das Amt des Captains, weil sie so viel allein trainierten. Aber Makani wollte nächstes Jahr *unbedingt* Captain werden. Sie war gut in dem, was sie tat. Keine ihrer Teamkolleginnen stieg nach dem Absprung so hoch, führte die Drehungen so elegant aus, tauchte mit so wenig Spritzen ins Wasser ein.

Jasmine torkelte gegen Makani, sodass diese in den Sand plumpste. Der Rest einer Wodkaflasche entleerte sich auf Makanis Unterwäsche.

»Gott, behalt deine Pannen gefälligst bei dir!«, sagte Makani.

»Sorry, sorry«, lallte Jasmine. Sie hatte noch nie viel vertragen.

Die anderen Mädchen schmissen sich weg vor Lachen. »Ich nehme das zurück«, sagte Kayla zu Gabrielle. »Hier geht es um Sicherheit am Arbeitsplatz.«

Makanis Inneres pulsierte vor Wut. Sie malte sich aus, wie sie Jasmine an den Haaren packte und so lange daran zerrte, bis sie ihr das Fleisch aus dem Skalp riss. Und dann ihren aufgerissenen Kopf in die salzigen Wellen stieß. Sie nach unten drückte. Sie ertränkte.

»Shit«, sagte Gabrielle, während sie mit irgendeiner Dose herumfuchtelte. Makani konnte nicht erkennen, was es war. »Die haben keinen Ringverschluss. Hat jemand daran gedacht, einen Dosenöffner mitzubringen?«

Keine der Veteraninnen hatte daran gedacht, aber ein Mädchen namens Sarah hatte ein Messer im Auto. Während sie losrannte, um es zu holen, wurde eine weitere Flasche herumgereicht. Der Wodka brannte, als er durch Makanis Kehle floss. Sie leckte sich die Lippen ab.

Sarahs Messer entpuppte sich als groß, etwas, das für die Jagd oder für das Überleben in der Wildnis gemacht war, und man konnte damit die Dosen leicht aufstechen. Der Geruch, der daraus aufstieg, war abstoßend.

Während die Rookies Push-ups machten, wurde fleischiges Hundefutter auf ihren Rücken verteilt. Kayla ging vor Makani in die Hocke und drückte ihr eine Handvoll von dem nassen Zeug direkt aufs Gesicht und in die Nasenlöcher. Makani schnäuzte sich und spuckte würgend aus. Und dann wurde etwas Dickflüssiges über ihrem Kopf ausgeschüttet. Ein ganzes Glas Honig sickerte ihr ins Haar und rann an ihrem Hals herunter. Es würde Tage dauern, bis sie das wieder ausgewaschen hatte.

Mit jedem Push-up überkrustete ihr Körper mit immer mehr Sand. »Was ist dein Problem, Schlampe?«, kreischte Kayla. »Kriegst du nicht einmal ein paar Push-ups hin, Schlampe?«

»Makani!«, sagte Gabrielle.

»Wa…?« Makani drehte den Kopf und ihre Veteraninnen gaben sich High Five.

Kayla senkte eine Flasche an Makanis Lippen. »Trink das, Schlampe.«

Ein weiterer Shot wurde ihre Kehle hinuntergezwungen. Er vermischte sich mit dem Hundefutter und übelkeiterregendem süßem Honig. Sie übergab sich. Die Veteraninnen schrien vor angeekelter Schadenfreude auf; Makani konnte dem Gestank nicht entrinnen. Der Honig klebte die Kotze an ihrem Kinn fest. Als die anderen Rookies mit ihren Übungen fertig waren, jauchzten und tanzten Gabrielle und Kayla. Noch zwei Shots. Makani übergab sich erneut, weigerte sich aber, die Niederlage allein einzustecken. »Hey, Jasmine.«

Ihre beste Freundin krümmte sich vor Übelkeit und Erschöpfung, doch bei ihrem Namen blickte sie auf. Das Wort FOTZE war verschmiert, aber noch leserlich. »Ja?«

Makani deutete mit dem Finger auf sie. »Ha!«

Das war eine direkte Verletzung bester Freundschaft. Verletzt und bestürzt, klappte Jasmines Kiefer herunter, während die anderen Mädchen über den Verrat lachten. Sie zwangen sie zum Trinken.

Als die letzte Runde begann, hatte Makani keine Ahnung, wer verlor. Sie hatte die Augen zugekniffen, während sie die Sit-ups machte – einfach nur atmen, einfach nur verhindern, dass ihr alles wieder hochkam. Jemand setzte sich rittlings auf ihre Beine.

»Schau mich an«, sagte Captain Gabrielle.

Makani schlug die Augen auf und der Inhalt einer Flasche

wurde ihr ins Gesicht gespritzt. Sie schrie, als etwas davon ihre Augäpfel traf. Die Flüssigkeit brannte höllisch. Sie versuchte, sie abzuwischen und schrie auf, als wäre sie erneut verletzt worden. Ihre Hände waren noch immer mit Sand, Honig und schmierigen Futterbrocken bedeckt. Blind und unter Höllenqualen rappelte sie sich auf. »Was ist das? Was hast du mit mir gemacht?«

Chaos brach aus, als die anderen Rookies um sie herum aufschrien. Kreischen und Brüllen. Lachen und Gackern. Der Schmerz erinnerte sie in seiner Heftigkeit an den Biss einer Qualle. Jemand sagte »Habanero Tabasco«. Jemand anderes packte sie.

»Leg den Kopf in den Nacken«, befahl das Mädchen. Verdünnter Dreck floss in jede Richtung über Makanis Gesicht, aber sie konnte eine Flasche Wasser ausmachen – sie konnte sie *sehen*. Sie sackte in den Sand. Das Mädchen rannte weg, um jemand anderem zu helfen. Makani stöhnte und knirschte mit den Zähnen. Durch ihre Tränen sah sie eine andere Wasserflasche aus Plastik am Feuer stehen, nur ein paar Schritte entfernt bei den leeren Dosen und dem Messer.

Als Makani nach dem Wasser griff, kam Jasmine angeschossen und schnappte es sich. Ihr Pferdeschwanz, der vor Honig triefte, schlug dabei Makani gegen die Augen.

Orangefarbene Funken stoben in den Sternenhimmel. Glühende Wut. Mit einem tiefen, kehligen Laut schnappte sich Makani das Messer. Die Klinge blitzte im Feuerschein auf. Sie war lang, scharf und grausam. Makani griff nach dem Pferdeschwanz und führte das Messer von unten nach oben, in die Nacht.

20

Plötzlich war der Widerstand weg und ihr Haar gab nach.« Makani hatte im Wartezimmer den schlaffen Pferdeschwanz in ihren schmutzigen Händen vor Augen. »Da war diese ... plötzliche, überwältigende Scham. Als mir klar wurde, dass ich etwas Schreckliches getan hatte, dass ich nicht mehr rückgängig machen konnte. Jasmine war so betrunken«, sagte sie mit erstickter Stimme, »dass sie beinahe ertrunken wäre. Eine *Schwimmerin* und doch wäre sie fast ertrunken. Und das war meine Schuld.«

Ollie legte Makani sanft die Hand auf den Rücken. Er warf Darby und Alex einen Blick zu, aber sie konnten ihr auch nicht folgen. »Wie meinst du das?«

»Die anderen Mädchen haben nicht mitbekommen, was passiert war. Alles war so chaotisch.« Makani hielt inne und durchlebte das traumatische Ereignis erneut. »Jasmine ist ausgeflippt – natürlich ist sie ausgeflippt – und rannte auf das Meer zu. Ich glaube, sie wollte sich waschen – der Tabasco brannte uns noch immer in den Augen – und sie wollte um jeden Preis weg von mir. Sie sah aus, als hätte sie *Angst* vor mir. Ich wusste, dass ich ihr ins Wasser folgen sollte, sie war so außer sich, aber ich habe es nicht getan, obwohl ich ihre beste Freundin war.«

Makani hatte mit angesehen, wie ihre beste Freundin in den Ozean taumelte und stolperte. Und dann hatte sie beschämt das Gesicht abgewandt. Es war zu schmerzhaft gewesen, mit anzusehen, was dann folgte.

Sie war davon ausgegangen, dass Jasmine ihre Hilfe nicht einmal wollte, was wahrscheinlich stimmte. Doch Jasmine hätte ihre Hilfe *gebraucht*. Und Makani hatte sich im Sand zusammengerollt. Ihre Augen hatten gebrannt, Tränen waren ihr über das Gesicht geströmt. Das Messer in der rechten, den Pferdeschwanz in der linken Hand.

»Es war Gabrielle, die es letztendlich merkte und ins Wasser sprang. Sie arbeitete als Rettungsschwimmerin in einem Urlaubsressort, deshalb fing sie sofort mit Wiederbelebung an. Jasmine atmete nicht mehr.«

Makani hörte plötzlich den Wind, der die Palmen rascheln ließ, und die Wellen, die ans Ufer rollten, denn das Lagerfeuer war inzwischen heruntergebrannt und die anderen Mädchen bebten vor stiller Hysterie. Sirenen durchbrachen die Stille. Die Druckmassage, ein Defibrillator und irgendein Alarm, ein weiteres Heulen. Vielleicht schrillte es aber auch einfach nur in ihrem Kopf. Makani war wie gelähmt und rührte sich während der ganzen Prozedur nicht.

»Die Rettungssanitäter kamen und brachten sie wieder zum Atmen«, sagte sie, während sie sich die Wangen mit den Fingern abwischte, »und dann war sie wieder in Ordnung – plötzlich war sie okay –, doch dann wurde sie ins Krankenhaus gebracht. Und inzwischen hatten alle ihre Haare gesehen ... und mich mit dem Messer. Die Polizei legte mir Handschellen an.«

Sie wurde hinten in den Streifenwagen gesetzt, hinter das Metallgitter, und auf die Polizeistation gebracht. Sie musste einen Promilletest machen und dann wurde sie fotografiert, Fingerabdrücke wurden genommen und sie wurde verhört. *»Du steckst in großen Schwierigkeiten«*, sagte ein Polizist. *»Wir kön-*

nen dich wegen Trinkens in der Öffentlichkeit und Körperverletzung dritten Grades drankriegen.«

Makanis Herz war ins finstere Meer gestürzt.

Körperverletzung. Sie hatte *Körperverletzung* begangen. An ihrer *besten Freundin.*

Nicht einmal jetzt, wo sie die Anklage gestand, konnte sie jemandem in die Augen schauen. »Der Richter legte die Kaution fest und meine Eltern kamen getrennt an. Sie taten schon damals alles getrennt. Aber ihr Ärger ... er *durchdrang* die ganze Polizeistation.«

»Das tut mir so leid«, sagte Darby. »Das ist alles so schrecklich.«

»Was war mit den Eltern, die den Alkohol besorgt hatten?«, fragte Olli. Das war eine Frage, die sein Bruder vielleicht gestellt hätte.

»Sie wurden etwas später angeklagt«, sagte Makani. »Der Oktober damals war die Hölle in Zeitlupe. Ich wurde dreißig Tage von der Schule ausgeschlossen und aus dem Schwimmteam geworfen. Ich hatte *immer* zum Team gehört. Und dann nicht mehr. Der Typ, mit dem ich seit über einem halben Jahr zusammen war, Jason – er war ebenfalls Springer – beantwortete meine Textnachrichten nicht mehr und ›entfreundete‹ mich in sämtlichen sozialen Netzwerken. Unsere Trennung wurde nie ausgesprochen, aber sofort vollzogen.«

»Und Jasmine?«, fragte Alex mit untypischem Zartgefühl.

Makanis Miene gab die Antwort. Ihre Freundschaft war am Strand gestorben.

»In der Schule war das dahingemetzelte Haar unübersehbar«, sagte Makani. »Es sah so grausam aus. Es *war* so grausam. Weil ich minderjährig war, tauchte mein Name nicht in den Medien auf, aber das hielt niemanden davon ab, online über mich herzuziehen. Es verhinderte nicht, dass jeder erfuhr, dass es ein

Polizeifoto von mir gab, auf dem *Schlampe* auf meiner Stirn geschrieben stand, oder dass das Wort *Fotze* noch immer sichtbar war, als Jasmine im Krankenhaus ankam. Das ganze Team hatte Schande über sich gebracht, aber die Leute betrachteten mich als Anstifterin.«

»Obwohl du auch ein Wort auf der Stirn hattest?«, fragte Ollie.

»Sie glaubten, dass meines der Wahrheit entsprach.« Makani hob den Kopf, um ihn direkt anzuschauen. »Ich war diejenige, die zum Messer gegriffen hatte.«

Mitschüler, Nachbarn und Fremde ließen sie in Tausenden von Nachrichten ihre Entrüstung spüren. Man drohte ihr, sie zu skalpieren. Sie zu vergewaltigen. Sie umzubringen.

Schäm dich, sagte das Internet. *Warum bringst du dich nicht einfach um? #SchwimmLuder, #KonaGate, #BegehDochSelbstmordKommando.*

Makani schlief viel und streifte ziellos durchs Haus. Das Trommelfeuer war endlos. Grenzenlos. Manchmal tat es weh, weil alle eine falsche Vorstellung von ihr hatten, aber meistens tat es weh, weil es sich anfühlte, als hätten sie recht. Sie wusste nicht, was sie tun oder wohin sie gehen oder mit wem sie reden sollte. Am liebsten hätte sie Jasmine angerufen – den einzigen Menschen, der sie immer verstanden hatte –, nur war sie genau die Person, die sie so bitter enttäuscht hatte.

»Ich habe Jasmine einen langen Brief geschrieben, in dem ich sie um Verzeihung gebeten habe. Auf richtigem Papier, und geschickt habe ich ihn mit der Post. Sie hat nie geantwortet, aber ich hätte mir auch nicht geantwortet. Meine Eltern hatten inzwischen einen Anwalt angeheuert, der mir erklärte, dass ich nie wieder Kontakt zu Jasmine aufnehmen durfte. Und dann wurde von mir gefordert, eine Entschädigung zu zahlen.«

Als Makani merkte, dass ihre Freunde nicht wussten, was

das bedeutete, erklärte sie: »Ich wurde aufgefordert, ihr Geld für einen professionellen Haarschnitt zu geben.« Sie schüttelte den Kopf. »Als wenn das auch nur annähernd genug wäre.« Makani hätte jeden Betrag bezahlt, der von ihr gefordert worden wäre. Sie hätte ihr eigenes Haar abgeschnitten – sie hätte es für den Rest ihres Lebens abgeschnitten.

»Und was ist dann passiert?« Ollies Hand lag nicht mehr auf ihrem Rücken, aber sein Körper war ganz nah. »Hast du immer noch Körperverletzung in deinem Strafregister stehen?«

»Nein. Etwa einen Monat später ließ die Bezirksstaatsanwältin die Anklage fallen und mein Eintrag im Strafregister wurde getilgt.«

»Da warst du bestimmt total erleichtert«, vermutete Darby.

»Eigentlich nicht. Ich hatte nicht das Gefühl, es verdient zu haben. Und dann machte die Bezirksstaatsanwältin den Fehler, dass sie den Reportern sagte, dass mir leidtäte, was ich getan hatte, aber dass *›ein einziger lustiger Abend ihr Leben nicht ruinieren sollte‹*. Wörtlich sagte sie: *›Kinder sind eben Kinder.‹«*

Alle zuckten zusammen.

»Ja«, sagte sie. »Den sozialen Netzwerken ... hat das nicht gefallen.«

Die Öffentlichkeit wollte, dass Makani bestraft wurde. Die Leute wurden noch wütender, *noch* erboster. Es kamen noch mehr brutale Drohungen. Die Überreaktion war katastrophal.

Ollies Miene wurde immer bedrückter, aber weil er verstand, nicht weil er sie verurteilte. Zumindest hoffte Makani, dass sie damit richtiglag, als er fragte: »Wie kam es, dass du hier geendet bist? Wann hast du deinen Namen geändert?«

»Als mein Ausschluss von der Schule endete«, antwortete Makani, »haben meine Mitschüler ... diese *Blicke,* die sie mir zuwarfen. Die Dinge, die sie aussprachen. Ich hielt es nicht einmal bis zur Mittagspause aus. Mein Dad hat mich aus dem Zimmer der Schulkrankenschwester abgeholt und auf der Heimfahrt berichtete er mir, dass er die Scheidung eingereicht hatte. Und später an diesem Abend teilte mir meine Mutter mir, dass sie mich hierherschicken würden.«

Ollie und Darby waren sprachlos. Alex fluchte.

»Die Bezirksanwältin schlug vor, dass ich es vielleicht leichter haben würde, wenn ich einen Namen annähme, der nicht so leicht aufzuspüren wäre.«

»Wolltest du ihn denn ändern?«, fragte Ollie.

»Ich weiß es nicht.« Makani war so deprimiert gewesen, dass sie es einfach hatte geschehen lassen. Und es war tatsächlich irgendwie erleichternd gewesen, eine neue Identität anzunehmen. Nicht sehr. Aber ein bisschen.

Ihre Geschichte jetzt zu erzählen, hatte ein Ventil geöffnet, durch das nun der massive innere Druck entweichen konnte. Ihr Geheimnis – diese selbst verschuldete Bürde – war endlich gelüftet.

Darby stellte die Schachtel mit den Donuts auf den Boden, stand von dem Zweiersitz auf und zog Makani entschlossen in eine ungestüme Umarmung. Er ließ sie erst wieder los, als sie sie annahm und erwiderte. »Es tut mir leid, dass du so lange damit allein warst. Ich wünschte, du hättest es uns früher erzählt.«

»Habt ihr keine Angst, ich könnte eine brutale Soziopathin sein? Jemand, der einen Kick bekommt, wenn er anderen Leuten Schmerzen zufügt?« Makani sagte das alles nur halb im Scherz.

Darby löste sich von ihr, ließ aber seine Hände auf ihren Schultern liegen, um sie forschend anzusehen. Er verzog das Gesicht zu einer Grimasse übertriebener Konzentration. »Nee.«

»Ich weiß nicht, ob du dich noch erinnerst«, sagte Ollie, »aber uns ist kürzlich erst ein brutaler Soziopath begegnet. Und er war ganz und gar nicht wie du.«

»Außerdem«, fügte Alex hinzu, »wissen wir doch schon, dass nicht *Schmerzen* dir einen Kick verleihen. Sondern Ollie.«

Makani vergrub ihr Gesicht an Darbys Schulter, aber das brachte alle zum Lachen.

»Soll ich ehrlich sein?«, fragte Alex. »Ich finde es großartig, dass es ein Polizeifoto gibt, auf dem das Wort *Schlampe* auf deiner Stirn steht. Dieses Jahr werde ich mich an Halloween als du verkleiden.«

Makani richtete sich wieder auf, als sie erneut von Gefühlen überwältigt wurde. »Das ist nicht lustig. Ich habe das Leben meiner besten Freundin ruiniert. Das werde ich mir nie verzeihen ...«

»David ruiniert Leben. Indem er sie nimmt. Du hast etwas Beschissenes getan und, ja, wahrscheinlich wird sie dich für den Rest ihres Lebens hassen ...«

»Alex«, sagte Darby warnend.

»... aber sie *hat* noch ein Leben.«

»Das ist nicht der Punkt«, sagte Makani. »Was ich getan habe, war nicht harmlos. Ich habe sie nicht einfach mit einem nassen Handtuch geschlagen oder meine Schwimmbrille nach ihr schnalzen lassen.«

Darby trat vor Alex, um Makani die Sicht auf sie zu versperren. »Du hast recht. Aber ich weiß, wie es ist, wenn man wütend ist – wenn man glaubt, dass alle es leichter haben als man selbst. Oder dass alle gegen einen sind. Und wenn man mit diesen Gefühlen nicht umgehen kann, verschwinden sie nicht von selbst. Sie stauen sich immer mehr auf, bis sie sich *mit Gewalt* Bahn brechen.«

Wieder brannten Tränen in Makanis Augen, als sie ihren bandagierten Arm anstarrte.

»Du bist kein schlechter Mensch«, sagte Alex. »Du hattest nur einen schlechten Abend.«

Darby führte Makani zum Zweisitzer und quetschte sie zwischen sich und Alex, um das eigentliche Thema anzusprechen. »Du glaubst also«, sagte er, »dass David herausgefunden hat, was du getan hast.«

Sie ließ den Kopf noch weiter hängen. »Ja.«

»Du glaubst, er hat dich auserwählt ...«

»Wie Harry Potter«, soufflierte Alex.

»Oh. Mein. Gott«, betonte Darby. »Kannst du dich nicht mal eine Sekunde zurückhalten?«

Alex warf lässig ihren Zopf nach hinten, während Darby sich wieder Makani zuwandte. »Du glaubst also, David hat dich ausgewählt als eine Art ... antiheroischen Akt oder um Selbstjustiz zu üben?«, fragte er.

»Etwas anderes *kann* es nicht sein«, entgegnete Makani. »Ich stehe in keinerlei Verbindung zu den anderen Opfern. Ich glaube, er hat über uns alle etwas herausgefunden und bestraft jetzt ...«

»Nein«, sagte Ollie.

Sie sahen ihn überrascht an. Unbewegt saß er ihnen gegenüber, seine Stimme klang entschlossen. »Du wirst nicht bestraft. Du *wurdest* schon bestraft. Du wurdest öffentlich bloßgestellt und hast das ganze letzte Jahr damit zugebracht, dich zu schämen. Woher sollte er das wissen? Ich habe es nicht gewusst und ich habe dich gegoogelt, was das Zeug hält.«

Der ganze Zweisitzer erstarrte vor Erstaunen.

Ollie verzog das Gesicht, als würde er das Gesagte bereuen. »Ich habe nichts *Gruseliges* getan. Einfach nur gegoogelt.« Er hielt inne. »Das allerdings ziemlich viel.«

Darby und Alex bekamen Glupschaugen.

Makani hatte ein mulmiges Gefühl, gleichzeitig war sie aber auch neugierig. »Was hast du herausgefunden?«

»Nicht viel.« Ollie wirkte gequält, vielleicht weil er dieses Thema selbst verschuldet hatte. »Kleine Sachen, witzige Dinge, die du gesagt hast. Bilder auf ihren Instagram-Seiten.« Er deutete auf Darby und Alex.

Makani blinzelte.

Ollie wurde immer kleinlauter. »Bitte sag, dass du mich auch gegoogelt hast.«

»Wir haben dich *alle* gegoogelt«, sagte Alex.

Hitze kroch an Makanis Hals hinauf, als sie nickte.

»Danke, dass ihr mich so hängen lasst.« Ollie atmete aus und schob die Hände in die Taschen. Doch dann machte er grinsend einen Schritt auf sie zu. »Und was hast du über mich herausgefunden?«

Makani schnaubte. »Noch weniger. Außerdem *wusste* ich ja schon, dass du in der Mittelstufe Ringer warst. Ich habe ein Bild von dir gesehen, auf dem du einen dieser komischen blauen Turnanzüge anhattest.«

»Das nennt man Trikot.«

»Es ist ein Turnanzug.«

Er lachte. »Also, jetzt *musst* du mir dieses Schwimmteamfoto zeigen. Das bist du mir schuldig.«

Doch Makanis Gedanken waren bereits wieder zu ihren Sorgen zurückgekehrt. Sie kaute auf ihrer Lippe herum. »Du hast nie etwas über meine Vergangenheit herausgefunden?«

»Nein, das schwöre ich …« Doch dann legte er den Kopf schief.

Sie schreckte zurück. »Also doch.«

»Na schön. Ich habe nach ›Makani und Hawaii‹ gesucht und ich glaube jetzt, dass ich auf Reddit etwas gesehen habe.« Er merkte nicht, dass sie schauderte, aber er sprach schneller, was seine Besorgnis verriet. »Wie hätte ich erkennen sollen, was ich da sah? Ich erinnere mich nicht mal mehr genau an das

Thema. Ich habe es so schnell zugemacht. Es war ja nicht dein Name.«

Das Blut wich ihr aus dem Gesicht. Da war er: der Beweis, dass jeder ihre Vergangenheit enthüllen konnte. Es wäre keine große Sache, die Daten des Vorfalls zu bemerken, nach ihrem alten Namen zu suchen und sie dann auf den Schwimmteamfotos auf der Website der Schule zu finden.

Ollie erahnte ihre Gedankengänge. »Nein. Das ist zu unwahrscheinlich.«

»Zu unwahrscheinlich, als dass ein Serienmörder mit einem ausgeklügelten Plan die Geduld hätte herauszufinden, dass ich eigentlich jemand anderes bin?«

»Du bist nicht *jemand anderes.«* Diese Unterscheidung schien ihn zu ärgern.

»Aber es ist die einzige Erklärung, die einen Sinn ergibt. Ich habe absolut nichts mit den anderen Opfern gemeinsam.«

»Das stimmt nicht«, mischte sich Alex ein. »Er greift eindeutig aus jeder Clique eine Person an. Für irgendeine makabre Sammlung schnappt er sich die Stars dieser Gruppen.«

Makani machte ein finsteres Gesicht. »Ich gehöre zu keinem einzigen Club und keinem einzigen Team. Außer mit euch rede ich mit niemandem. Und wer sagt, dass Rodrigo ein Star war?«

»Ich«, sagte Alex. »Er war wirklich verdammt klug. Wahrscheinlich der Klügste unserer ganzen Klasse. Womöglich der ganzen Schule.«

»Und was ist dann mein besonderes Talent? Braune Haut?«

Alex zögerte. »Na ja. Du fällst schon auf.«

Makani starrte sie für ein paar lange Sekunden an. »Verdammt«, sagte sie und wandte den Blick ab. Sie wusste nicht, was sie wütender machte: Alex, weil sie etwas so bescheuert Offensichtliches äußerte, oder die Vorstellung, dass ihre Hautfarbe oder die Tatsache, dass sie gemischtrassig war, auch nur einen *Bruchteil* von Davids Motiv ausgemacht haben könnte. Natürlich konnte das sein.

Sogar eingekeilt zwischen Makani und der Armlehne des Zweisitzers, gelang es Darby, seine Daumen unter die Hosenträger zu schieben. »Okay, sagen wir mal, deine Theorie stimmt und David wollte dich bestrafen. Was ist dann mit den anderen Opfern? Was haben die verbrochen?«

»Sie waren wahrscheinlich auch Arschlöcher«, sagte Makani. »Ich meine, sieh dir doch Matt an.«

Ollie runzelte die Stirn. »Einige seiner Freunde sind schlimmer.«

»Ja, aber Matt war ihr Anführer. Er war das Vorbild, dem seine Freunde gefolgt sind.«

»Was ist mit Rodrigo und Haley?«, fragte Alex.

»Ich weiß es nicht«, entgegnete Makani. »Aber keiner von euch hat gewusst, was *ich* getan habe. Jeder hat seine Geheimnisse.« Unwillkürlich sah sie Ollie an, aber er war abgelenkt, deshalb merkte er es nicht.

»Ich weiß nicht, wie das bei Haley war«, sagte er. »Aber ich weiß etwas über Rodrigo.«

Makani spürte, wie sich Alex neben ihr aufrichtete.

»Es fühlt sich falsch an, schlecht über die Toten zu reden, doch einer seiner Freunde hat der Polizei einen Hinweis gegeben, dem sie dann nachgegangen ist – und er hat sich als richtig herausgestellt. Rodrigo war ein Troll.«

Darby runzelte die Stirn. »Was für eine Art Troll? Ein Internettroll oder was?«

»Einer, der Frauen drohte«, sagte Ollie.

Makani wurde flau im Magen.

»Dutzende von Plattformen«, fuhr er fort. »Hunderte Decknamen. Dabei richtete er sich vor allem gegen Frauen in der Welt der Games. Er hat vor ein paar Monaten damit aufgehört.

Der Freund meinte, Rodrigo sei klar geworden, dass es falsch war, aber er war sich nicht sicher, was passiert war, wodurch sein Gewissen erwacht war.«

Alex zuckte zusammen. Diese neue Information schien sie mehr aufzuwühlen als Makanis Geständnis.

»Dann ... habe ich recht.« Makani presste sich die geballten Fäuste an die Stirn. Plötzlich nahmen alle ihre Theorie sehr viel ernster.

Darby zog an seinen Hosenträgern. Unter dieser Belastung würde ihre Elastizität schon bald leiden. »Ich weiß nicht genau, ob du *recht* hast, aber dahinter steckt ein starkes Muster. Und es *könnte* sein, dass es bei Haley etwas gibt, von dem wir nichts wissen.«

»Wen könnte David also sonst noch auf seiner Liste haben?«, fragte Ollie.

»Aber das ist es ja gerade«, sagte Makani. »Wir wissen es nicht. Was immer derjenige verbrochen hat, ist vermutlich ein Geheimnis.«

»Es sei denn ...« Ollie sackte vor Erschöpfung in sich zusammen. »Ich meine, Zachary Loup. Oder?«

Im Wartezimmer wurde es still. So nah war Ollie noch nie dran gewesen zuzugeben, dass er die Gerüchte um ihn und Zachary kannte. Er seufzte. »Hört mal, ich weiß, dass davon ausgegangen wurde, dass einer von uns beiden der Mörder ist. Und ich mag vielleicht ein Einzelgänger sein, aber er ist *eindeutig* ein Arschloch. Deshalb ist es naheliegend, dass er ein Ziel ist.«

»Oh mein Gott«, sagte Alex. Sie brauchte gar nicht darüber nachzudenken.

»Wir müssen ihn warnen«, sagte Darby. Und erntete sofort Zustimmung. »Wir dürfen kein Risiko eingehen.«

Ollie rief seinen Bruder an. Chris klang, als hätte er Zweifel, doch er versprach, bei Zachary vorbeizuschauen. Eine Minute später kam eine Textnachricht. Es war der Eigentümer von Greeley's Foods: **Deine Schicht fällt aus. Laden schließt früher, damit Mitarbeiter zur Gedenkfeier gehen können.**

»Mist!« Alex sprang vom Zweisitzer auf. »Ich muss in fünf Minuten im Bandraum sein.«

Makanis Angst loderte bei dem Gedanken, jemand könnte aus ihrem Blickfeld verschwinden, wieder auf. »Was? Warum? Du kannst nicht auf den Campus gehen!«

Alex versuchte, Makanis Sorgen mit einem beruhigenden Lächeln zu beschwichtigen. Es funktionierte nicht. »Wir spielen auf der Gedenkfeier. Sie lassen uns nur hinein, damit wir unsere Uniformen holen können.«

»Mach dir keinen Kopf«, sagte Darby, während er Alex davonschob, die Autoschlüssel bereits in der Hand. »Ich setze sie ab und danach sind wir beide im Schutz der Menschenmenge.«

Als Makani und Ollie in Grandma Youngs Zimmer zurückkehrten, war ihr Bett verschwunden. Die Schwestern informierten sie, dass man sie zu einer Untersuchung geschoben hatte. Makani und Ollie setzten sich auf den Boden und stocherten in dem kalten Essen herum, das Ollie aus der Cafeteria geholt hatte. Jetzt, wo sie allein waren, wollte Makani mehr über ihre Vergangenheit sprechen – sie wollte *getröstet* werden –, aber Ollie war tief in Gedanken versunken. Es schien nicht der richtige Moment zu sein.

Die Vibration war schwach, doch sie schreckten hoch, als wäre eine Schrotflinte losgegangen.

»Es ist Chris«, sagte Ollie, als er auf sein Handy schaute.

Makani stand auf und ging zu dem Spiegel über dem Waschbecken hinüber, um Ollie durch ein paar Schritte Abstand etwas Privatsphäre zu geben. Sie fummelte an ihrem Shirt herum und spähte im Spiegel zu Ollie hinüber. Er zog seine blassen Augenbrauen zusammen, was zum frustrierten Ton des Gesprächs passte. Das Telefonat war kurz.

»Die Polizei kann nicht viel tun«, sagte er. »Sie wollen niemanden in Angst und Schrecken versetzen. Aber Chris hat nach Zachary geschaut, er ist in Sicherheit. Er ist zu Hause mit dem Lebensgefährten seiner Mom.«

»Das ... ist alles?«

Ollie presste die Lippen zusammen. »Ja.«

»Ich dachte, sie würden einen Streifenwagen hinschicken, um ihn zu bewachen oder so.«

»Wenn sie eine größere Polizeistation wären, vielleicht. Oder wenn wir irgendeinen winzigen Beweis hätten. Aber sie sind überfordert und jetzt müssen sie auch noch die Gedenkfeier schützen. Chris ist schon dort.«

Makani sank in sich zusammen. »Ich sage Darby und Alex Bescheid.«

Darby schickte sofort eine Antwort: **Aber wir haben ihn gerade gesehen!**

Makani stockte der Atem. **Z. ist auf der Gedenkfeier?**

Ja, wir haben ihn Richtung Main Street gehen sehen. Es sind MASSENHAFT Leute hier. Ich habe Alex gerade abgesetzt, daher werde ich ihn suchen gehen und dafür sorgen, dass er kapiert, wie ernst das ist!

Tu's nicht!!! Was, wenn David hinter ihm her ist?? Wir helfen dir!! Sind gleich da!

Ollie las über ihre Schulter hinweg mit. »Was ist mit deiner Großmutter?«

Makani blieb auf halbem Weg zur Tür stehen. Sie hatte geschworen, ehrlicher zu ihrer Großmutter zu sein. Unter was für einem Vorwand konnten sie ausgerechnet jetzt das Krankenhaus verlassen?

»Wir hinterlassen eine Nachricht bei den Krankenschwestern«, erklärte Ollie, der ihre besorgte Miene richtig deutete. »Wir sagen, dass wir der Opfer gedenken wollen, dass wir dort meinen Bruder treffen und zurückkommen, sobald es vorbei ist. Nichts davon ist gelogen.«

Es war nicht gelogen, fühlte sich aber dennoch nicht gut an.

21

Zachary Loup war bekifft. Er war nur zu der Trauerfeier gekommen, weil es besser war, als zu Hause zu sein, besser als allein mit dem lüsternen Freund seiner Mutter. Zachary sah den Hass, der in Terrys Augen brannte, wann immer Amber nicht hinsah. Was war das für ein Mann, der eifersüchtig war auf den Sohn seiner Freundin? Was für ein Mann fühlte sich durch diese Beziehung *bedroht?* Zachary betete, dass Amber so vernünftig war, Terry nicht zu heiraten. Zachary hatte schon sein erster Stiefvater gereicht. Der prügelte jetzt irgendeine andere Familie windelweich.

Schwarze Satinbänder zierten jeden Telefonmasten auf der Main Street, sie flatterten im kalten Wind. Die Blaskapelle wärmte sich auf dem Parkplatz des Supermarkts auf. Blechblasinstrumente tröteten und Basstrommeln dröhnten. Polizisten patrouillierten auf der zweispurigen Straße, die für den Verkehr gesperrt worden war. Die idyllische Durchfahrtsstraße war voller Einheimischer aus der Umgebung, die vor Wut über das geschehene Unrecht bebten. Außerdem waren sämtliche Nachrichtenmedien nach Nebraska geeilt, um zu berichten.

Die Gedenkfeier sollte eigentlich eine würdige Erinnerung an die Opfer werden, doch selbst Zachary begriff, dass dies *nicht* der Fall war. Von einer improvisierten Bühne – der Ladefläche eines Pritschenwagens, der vor der alten Bank geparkt war – brüllte Rektor Stanton der Menschenmenge Erklärungen zu: »Im Frühling wird der Schulbrunnen in ein Denkmal für die Opfer umgewandelt!«

Jubel.

»Dieses Wochenende wird unsere Theaterabteilung eine Benefizveranstaltung für die Familien der Opfer geben!«

Jubel.

»Und morgen Abend wird unser Footballteam in den Playoffs spielen!«

Völlig irrsinniger Jubel.

Der Rektor war ein Mann mit beginnender Glatze und stämmiger Figur, der seine Männlichkeit zur Schau trug, als wäre sie ein Ehrenabzeichen. Zachary hasste ihn. Stanton war ein Wichser, der Zachary für jede Prügelei bestrafte, selbst für diejenigen, die von anderen Schülern angezettelt worden waren. Heute klang der Rektor eher trotzig als respektvoll und die Zuschauer klangen eher aggressiv als unterstützend. Die ganze Stadt brodelte vor Wut, während die Angst ihren Siedepunkt erreichte.

Was war zuerst da, die Wut oder die Angst?

Ms Clearwater, seine Lieblingsberaterin, gab ihm gern Zen-Koans, um sein Gehirn zu beschäftigen. Aber Koans waren paradoxe Rätsel, was bedeutete, dass dies eigentlich kein gutes Beispiel war. Zachary wusste aus Erfahrung, dass die Angst immer zuerst da ist.

Er ließ sich durch die aufgewühlte Menge treiben. In jedem Gespräch ging es um David. Eine Frau mittleren Alters sagte laut zu allen, die es hören wollten: »Habt ihr dieses Bild gesehen, auf dem er mit diesem Ziegenbockkadaver posiert?«

»Unheimliches Lächeln«, sagte ein Kerl mit gelbbraunen Zahnstümpfen. »Da wurde mir ganz anders.«

»Seine Familie geht in meine Kirche«, ergänzte eine Männerstimme verschwörerisch. »Der Vater wirkte immer echt zwielichtig. Die Mutter ist eine Zicke. Sieht nie fröhlich aus.«

Zachary hörte auf herumzustreifen, als er den Rand der Menge erreichte. Außerhalb von Menschenmassen fühlte er sich wohler. Er lehnte sich an die Backsteinwand des Dream's Bridal, eine aus der Mode gekommene Boutique gegenüber Greely's Foods, und schaute auf seinem Handy nach, ob seine Freunde kämen, um sich den Zirkus anzuschauen.

Verdammt. Drew und sein Bruder waren auf dem Weg zu einem Ringkampf außerhalb der Stadt und Brittani hatte von ihrer Mutter Hausarrest bekommen, bis David hinter Gittern war.

David Thurston Ware war zwei Tage nach Zachary geboren. Zachary hatte die Achte wiederholen müssen, deshalb war er jetzt erst im dritten Highschooljahr, aber sie hatten so viel Zeit miteinander verbracht, dass er wusste, dass David nicht so war, wie es schien. Osborne war heute ganz erpicht darauf, ominöse Einblicke in seinen Charakter zu geben, obwohl die Bevölkerung noch gestern Abend so betroffen gewesen war. *Ich kann es nicht glauben,* hatten sie gesagt. *Er schien so ein normaler Teenager zu sein.*

Vor Jahren waren Zachary und David Nachbarn gewesen. Wie die meisten Kinder, die zufälligerweise nebeneinander wohnten, hatten sie Freundschaft geschlossen. Sie schauten sich Trickfilme an, spielten Lego, fuhren Geländerad. Zachary hatte David als stillen Jungen in Erinnerung, der zu plötzlichen Wutanfällen neigte. Anders als Zachary, der die jüngeren Nachbarsjungen anbrüllte, bedrohte und terrorisierte, hielt David seine Wut im Zaum, bis es nicht mehr ging. Bis er ausrastete.

Zachary war zugegebenermaßen kein gutes Vorbild. Dennoch fand er, dass es nicht gesund war, die Wut in sich hineinzufressen. Nie würde er den Tag vergessen, an dem er sich Davids neues Fahrrad, ohne ihn zu fragen, ausgeborgt hatte – etwas, was er schon Dutzende Male getan hatte. David stürmte auf die Straße und schubste ihn herunter. Bei seinem

Sturz brach sich Zachary den Arm, aber das war nicht das, was ihm Angst eingejagt hatte.

Es war die ungezügelte Wut in Davids Gesicht.

Damals schüttelte Zachary das ab. Recht ist Recht. Aber tief in seinem Inneren hatte es ihn erschüttert, dass David scheinbar aus dem Nichts aufgetaucht war. Er musste sich im Gebüsch versteckt gehalten haben. Er hatte *gelauert.*

Doch die Geografie war stärker gewesen als ihre Freundschaft. Als Zacharys Mom wieder geheiratet hatte, zog seine Familie in die Wohnwagensiedlung und die Beziehung zu David fand ein natürliches Ende.

Das letzte Mal hatte er vor zwei Jahren mit ihm gesprochen, soweit Zachary sich erinnerte. Da waren sie sich im Süßigkeitengang des Drogeriemarkts über den Weg gelaufen. Sie hatten über die Vorteile von Schokolade gegenüber Weingummi diskutiert, als wären sie wieder Kinder.

Eine neue Nachricht tauchte auf Zacharys Handy auf: **ERWISCHT. ERIKA HAT DICH AUF DER GEDENKFEIER GESEHEN!! SCHWING DEINEN HINTERN SOFORT NACH HAUSE!!!!!**

Nicht Drew, nicht Brittani.

Amber. *Mom.* Erika war Ambers Kollegin bei Curlz & Cutz. Sie war nur wenige Jahre älter als er und sie war heiß. Dunkle Haare, sexy Tattoo. Warum hatte sie ihn verpetzt? Scheiße. Scheiß auf beide. Er würde auf keinen Fall nach Hause gehen, um eine schöne Zeit mit Terry zu verbringen. Amber suchte sich immer die schlechtesten Zeiten aus, um sich einen Dreck um ihn zu scheren.

Rektor Stanton verließ die Bühne, um Pastor Greeley von der Grace Lutheran Church Platz zu machen, der seinen Sohn Caleb vorstellte. Die Familie Greeley herrschte praktisch über Osborne. Dem Bruder des Pastors gehörten der Lebensmittelmarkt und mehrere Gebäude im Zentrum. Ihr Vater hatte den

Lebensmittelmarkt gegründet und war für eine Rekordzahl von Legislaturperioden Bürgermeister gewesen. Sie waren das Gegenteil von Zacharys Familie und Zachary nahm ihnen das übel.

Caleb war wie David im vierten Highschooljahr. Wo Zachary jetzt eigentlich auch sein sollte. Caleb hatte runde Augen, ein markantes Gesicht und war so ernst wie seine Kakihose. Aber als er anfing, über Haley, Matt und Rodrigo zu sprechen, klang es, als hätte er sie eigentlich gar nicht gekannt. Er benutzte Zitate, die Zachary aus den Medien kannte.

Zachary wurde immer genervter. Und dann langweilte er sich. Er ließ den Blick schweifen, bis er auf ein sehr hübsches Mädchen fiel – ein sehr hübsches Mädchen, das direkt auf ihn zusteuerte.

Caleb Greeley sprang mit so viel Würde und Respekt für die Toten wie möglich vom Pritschenwagen. Er schlenderte zum Rand der Menge, und als dann sein Vater die Hände hob, um zu den Leuten zu sprechen, rannte er durch eine Seitengasse auf den Parkplatz des Lebensmittelmarkts.

Caleb spielte die erste Trompete. Er wollte seinen zweiten Auftritt nicht verpassen.

Nach der Predigt wollte sein Vater ein Gebet mit der Menge sprechen und dann würde die Blaskapelle die Leute von der Main Street zu dem Denkmal aus Blumen und Karten vor der Highschool begleiten. Jeder würde eine Kerze tragen. Ein Nachrichtensender hatte sie gespendet, auch wenn Caleb bezweifelte, dass die Geste aus reiner Wohltätigkeit erfolgt war. Wahrscheinlicher war, dass jemand mit einem dicken Konto erkannt hatte, dass es im Fernsehen besser aussehen würde, wenn Tausende weinende Trauergäste auch noch Tausende brennende Kerzen halten würden.

Caleb konnte das verstehen, wenn auch nicht gutheißen. Er war auch ein Streber. Seit er fünfzehn war, war er Jugendleiter der Grace Lutheran Church, und seit er sechzehn war, Leiter der Trompetersektion des Blasorchesters der Osborne Highschool. Er war in all seinen Unterrichtsfächern überragend und mit seiner Kampagne, das Wort *Evolution* aus den Schulbüchern zu streichen, erfolgreich gewesen. Für die Zeit nach der Highschool hatte er bereits den Plan gefasst, als Missionar in Papua-Neuguinea zu arbeiten. Er wäre dann seit mehreren Generationen der erste Greeley, der Nebraska verließ.

Seine Habseligkeiten hatte er auf der Laderampe hinter dem Supermarkt abgestellt. Eilig zog er die Hose mit dem Latz und das Jackett an – frisch aus der Reinigung, mit dem beißenden, unmöglich zu entfernenden Uniformgeruch – und schlüpfte in die gepolsterten Schuhe. Dann zog er sich die weißen Handschuhe an. Als er nach seinem Hut griff, merkte er, dass der goldene Federbusch daran fehlte. Caleb schnappte sich sein Instrument und rannte auf seine Sektion zu. »Alex! Hast du meinen Busch gesehen?«

Alex Shimerda schürzte die Lippen. »Keiner will deinen Busch sehen, Caleb. Das ist ja eklig.«

Er wurde vor Verlegenheit rot im Gesicht. Er hasste solche Witze. Sie waren ihm peinlich. »Hat *irgendjemand* meinen Busch gesehen?«

Die paar Trompeter, die ihm überhaupt ihre Aufmerksamkeit schenkten, zuckten mit den Schultern.

»Danke für die Hilfe«, brummte Caleb und rannte davon.

»Frag mal die Förderer«, rief ihm Alex nach.

Aber die hatten ihn auch nicht gesehen. Eine Mutter mit einem muttimäßigen Bob tadelte ihn: »War er nicht in deiner Hutschachtel? Du wirst ihn aus eigener Tasche ersetzen müssen, das weißt du ja.«

»Vorhin hatte ich ihn noch. Ich muss ihn wohl im Laden liegen lassen haben.« Vor der Gedenkfeier hatte er im Mitarbeiterraum seine Rede geübt.

»Beeil dich lieber«, sagte sie.

Während er am Hintereingang mit dem Schlüssel zugange war, kam Alex zu ihm herübergerannt. »Wir stellen uns jetzt auf. Es ist doch nur ein alberner Federbusch. Mach dir doch deswegen keine Gedanken.«

»Hast du nicht gesehen, wie viele Fernsehteams da draußen sind?«

Alex sah verdutzt aus. Aber dann kehrte ihre Empörung zurück. »Na klar. Du willst im Fernsehen eine gute Figur machen.« Kopfschüttelnd stolzierte sie davon.

»So habe ich das nicht gemeint!« Der Schlüssel knackte im Schloss, ließ sich aber nicht drehen. *Mist.* Caleb war es egal, wie *er* aussah. Er wollte nur nicht, dass die Band als Ganzes einen schlechten Eindruck machte. Es wäre schrecklich, wenn sie schlampig rüberkämen, als wären ihnen die Opfer gleichgültig – aber sie waren ihnen nicht gleichgültig. Ihre Mitschüler waren ihnen alles andere als gleichgültig. Der Schlüssel gab nach und Caleb stürzte zur Tür hinein.

* * *

Zachary starrte die Kerze in seiner Hand an. Sie hatte einen Papierring, falls Wachs heruntertropfte, und sah aus wie die Kerzen, die es in seiner Kirche immer gab, wenn sie am Heiligabend alle »Stille Nacht« sangen. Amber ging nur am Heiligabend und an Ostern mit ihm in die Kirche. Er mochte den Weihnachtsgottesdienst lieber. Die Welt schien da friedlicher zu sein.

Katie Kurtzman stand vor ihm und sprach über ... etwas. Sie

hatte ihm die Kerze für den gemeinsamen Marsch gegeben. Er versuchte, sich zu konzentrieren, aber er war high und sie war hübsch. Katie war groß gewachsen und anmutig, sie hatte langes, schimmerndes Haar, dessen Farbton im Licht changierte. Im Moment fielen Sonnenstrahlen darauf und es leuchtete wie Kupfer. Schönes Kupfer.

Sie war anders als die übrigen Kids aus gutem Hause. Diese anderen Arschlöcher behandelten ihn wie Luft, deshalb behandelte er sie wie Dreck. Zachary *zwang* die Leute, ihn zu sehen. Aber Katie war nett zu allen und jeder mochte sie. So wurde sie auch Vorsitzende des Schülerrats. Er hatte sich ihr gegenüber einmal rüpelhaft benommen und sie hatte ihn gleich darauf angesprochen. Das respektierte er.

»Oh nein!« Katie ließ den Karton mit den Kerzen fallen. Ein Mann hatte blaues Slush auf ihrem Ärmel verschüttet.

Zachary schnüffelte, um das typische Sonic-Aroma zu erraten – Blue Coconut oder Blue Raspberry. *Undefinierbar.*

»Tut mir leid!« Der Mann war ungefähr Mitte zwanzig und trug eine Schildpattbrille. »Oh mein Gott, es tut mir so leid.«

Katies Wangen brannten, während sie sich das Eis von der Bluse wischte. »Schon gut.«

Der Mann wollte ihr helfen, sich zu säubern, doch sie zuckte unter seiner Berührung zusammen und er wich sofort zurück, wobei er noch zerknirschter aussah.

Raspberry. Aus irgendwelchen Gründen war dies das falsche Aroma. Zachary holte tief Luft und streckte die Brust nach vorne. Dabei war er auch so schon ein kräftiger Kerl. »Was soll das, Brillenschlange? Warum passt du nicht auf, wo du hinläufst?«

»Ich ... ich habe nach meiner Cousine in der Band Ausschau gehalten und ...«

»Wirklich«, sagte Katie. »Es ist okay.«

»Er sollte dir deine Bluse bezahlen«, erklärte Zachary.

Der Mann griff nach seinem Geldbeutel, doch Katie hielt ihn zurück. »Das ist nicht nötig. So was passiert eben.« Als Zachary sich wieder aufplusterte, fügte sie hinzu: »Alles in Ordnung, Zach.«

Sein Vater nannte ihn Zach. Sein richtiger Vater. Zachary ließ nicht zu, dass ihn sonst jemand so nannte, aber mit ihren kupferfarbenen Haaren und den langen Beinen ... doch, ja.

Zachary war groß, breit und fett. Sein Exstiefvater hatte ihn immer wegen seines Gewichts aufgezogen. Der Mistkerl hatte gewusst, was er tat – er hatte gewusst, dass solche Witze Jungs genauso verletzten wie Mädchen. Zachary hatte versucht, die abfälligen Kommentare an sich abprallen zu lassen, doch sie hatten ihn dennoch getroffen. Er war sich vollkommen bewusst, dass seine Gedanken verdorben und unangebracht waren, aber groß gewachsene Mädchen verliehen ihm immer das Gefühl, er hätte die richtige Größe. Wäre nicht ganz so ein Freak.

Seine Brust fiel wieder in sich zusammen. Er ließ ihr das *Zach* durchgehen. Der Mann mit der Brille eilte davon und verschwand in der Menge.

Katie seufzte. »Ich sollte gehen.«

»Klar. Du musst ja noch die übrigen Kerzen verteilen.« Doch als Zachary in die Schachtel schaute, war sie leer.

Sie lächelte. »Du warst meine letzte Station. Aber ich muss jetzt nach Hause gehen. Meine Mom muss zur Arbeit und ich muss auf meinen Bruder und meine Schwester aufpassen.«

»Soll ich dich fahren?«

»Nee.« Sie sagte das leichthin, presste dabei jedoch die Schachtel an ihre Brust. Seine Frage hatte ihr Unbehagen bereitet. »Ich wohne ganz in der Nähe und bin zu Fuß hergekommen.«

»Wie alt sind dein Bruder und deine Schwester?« Zachary

musste das Gespräch am Laufen halten, und wenn auch nur, um zu beweisen, dass er mit seiner Frage nichts beabsichtigt hatte. Er stellte keine Bedrohung dar.

»Es sind Zwillinge. Sechs Jahre alt. Hast du noch Geschwister?«

»Nee«, antwortete er und griff damit ihr früheres *Nee* auf.

Wieder lächelte Katie, doch dieses Mal lag noch etwas anderes in ihrem Lächeln. Traurigkeit, vielleicht. Wenigstens kein Mitleid. »Pass auf dich auf, ja? Such dir jemanden, mit dem du hier abhängen kannst.«

Als sie wegging, änderte er seine Meinung. Es war *doch* Mitleid gewesen.

»Fuck you«, sagte er lauter als normal.

Katie blieb stehen. Sie warf ihm über die Schulter einen Blick zu. »Das hast du bestimmt nicht so gemeint.« Und dann verschwand sie in der Menge.

Vielleicht hatte er sich in ihr getäuscht.

Vielleicht war er einfach ein Arschloch.

Zachary steckte die Kerze in seine Tasche. Er lehnte sich an die Wand des Brautmodeladens und schloss die Augen. Ihm war schwindelig. Eine Trommel wurde geschlagen und er riss die Augen wieder auf. Er hatte die paranoide Angst, gleich David zu sehen – dass David Katie angreifen würde –, als er etwas Tarnfarbenes in einem Fenster auf der anderen Seite der Straße aufblitzen sah.

»Oh, Shit. Shit!« Er sah sich hektisch um, aber sie war verschwunden. Er war wirklich total bekifft. Immerhin hatte er das gute Zeug von Terry geklaut. Wieder schloss er die Augen. Schlug sie wieder auf. Starrte durchdringend zu den dunklen Fenstern des Lebensmittelmarktes hinüber.

Nichts. Da war nichts.

Caleb ging den Weg zum staubigen Pausenraum zurück, den er gekommen war, aber der Federbusch war nicht da. Der alberne federnbesetzte Pfeifenputzer war einfach *nirgends*. Hatte er ihn draußen in seiner Panik übersehen? Wo auch immer er hingekommen war, das spielte jetzt keine Rolle mehr. Die Trommeln hatten schon mit ihrem Rhythmus begonnen. Der scharfe Schlag der Marschtrommel wurde von den dünnen Wänden des leeren Ladens zurückgeworfen. Die Blaskapelle hatte sich in Bewegung gesetzt.

Als Caleb wieder in den hinteren Raum eilte, brannte sein Gesicht bereits vor verfrühter Beschämung. *Zu spät kommen. Nicht ordentlich gekleidet sein. Aufnahmen, die im ganzen Land ausgestrahlt werden, sodass jeder meine Inkompetenz sehen kann.*

Hör auf damit, ermahnte er sich. *Hier geht es doch gar nicht um dich.*

Er eilte an den Kartons vorbei und erreichte den Ausgang.

Und dann ging es auf einmal sehr wohl um ihn.

»Zachary! Zachary! Zachary!«

Leute schrien seinen Namen und kurz darauf – noch bevor er herausgefunden hatte, wer, wo, warum – kamen drei Gestalten auf ihn zugestürzt, die vor unterdrückter Energie förmlich vibrierten. Seine Augen weiteten sich und wurden dann wieder schmal, träge. Misstrauisch. Makani Young, Ollie Larsson, und ... Darby. Er wurde jetzt nur noch Darby genannt, fiel ihm wieder ein. Sie waren besorgt und erwarteten etwas von ihm.

»Was ist?«, fragte er. Nicht gerade höflich.

»Du solltest nicht hier sein.« Makanis Gesicht war teilweise von der Kapuze ihres Hoodie verdeckt. »Du solltest hier nicht allein herumstehen.«

Er konnte sich nicht daran erinnern, dass das neue Mädchen

je zuvor das Wort an ihn gerichtet hatte. Als sie letztes Jahr hierhergezogen war, hatte sie missmutig und verletzt gewirkt, und ihre Hüften hatten sich mit einer Fuck-you-Energie durch die Flure bewegt, die ihn fasziniert hatte. Er hatte gedacht, sie könnte vielleicht den Weg zu seiner Clique finden, doch stattdessen hatte sie aus Darby und Alex ein Trio gemacht.

Zachary holte seine Zigaretten heraus und steckte sich eine zwischen die Lippen.

»Hast du nicht mit meinem Bruder gesprochen?«, fragte Ollie.

»Deinem Bruder, dem Cop?«

»Er ist der einzige Bruder, den ich habe.«

Zachary zündete sich die Zigarette an. Dann nahm er einen langen Zug. »Nein.«

Die drei Freunde wechselten besorgte Blicke. »Chris hat uns gesagt, er hätte mit dir gesprochen«, erklärte Ollie. »Er hat mir gesagt, er hätte bei euch zu Hause angerufen.«

»Vielleicht hat er ja bei mir zu Hause angerufen, aber wir haben ganz bestimmt nicht miteinander geredet. Wahrscheinlich hat er Terry gesprochen.«

Ollie runzelte die Stirn. »Wer ist Terry?«

»Der Freund meiner Mom.« Wie beschissen diese Person war, war aus seinem Tonfall herauszuhören. »Was hast du mit deinen Haaren gemacht?«

»Gefärbt«, antwortete Ollie mit unbewegter Miene.

Ollie war gut darin, ein ausdrucksloses Gesicht zu machen. Zachary konnte seine Emotionen nicht verbergen, selbst wenn sein Leben davon abhinge. »Das *weiß* ich. Warum?«

»Es gibt praktisch nichts, was momentan unwichtiger wäre«, sagte Makani.

Um Ollies Mund zuckte unvermutet ein Lächeln. Wegen etwas, was sie gesagt hatte.

»Ihr zwei«, sagte Zachary und deutete von einem zum anderen, »fickt miteinander.«

Makani zuckte zusammen. Ollies Lächeln kühlte ab.

Ein Punkt für Zachary. Das habt ihr nun davon, wenn ihr meine Einsamkeit stört.

»Weißt du«, sagte Darby, »wenn du nicht vielleicht kurz davor wärst, ermordet zu werden, dann würden wir jetzt auf der Stelle abhauen.«

Zachary zog die Augenbrauen nach oben. »Du legst es wohl darauf an, was?«

Ein paar Schritte entfernt, stand eine große Familie mit mehreren Kindern. Der Vater funkelte Zachary über seine Schulter hinweg an. Sie hatten nicht bemerkt, dass die Menge stehen geblieben war, um sich den Musikzug anzuschauen. Doch dann geschah etwas Seltsames. Der Vater entdeckte Makani und musste zweimal hinschauen. Er stieß seine Frau an und flüsterte ihr ins Ohr.

Zachary zeigte ihm den Mittelfinger.

Rasch wandte sich der Vater ab. Doch dann sah er wieder zu ihnen herüber und Zachary hatte das abgefahrene Gefühl, als würde ein Murmeln durch die Menge gehen.

Makani trat näher. Sie war so auf Zachary konzentriert, dass es schien, als wollte sie jemand anderen ausblenden. Diesen Vater vielleicht? »Hör mal«, sagte sie ruhig, »wir haben Grund zu der Annahme, dass du Davids nächstes Opfer bist.«

»Nicht gerade wahrscheinlich«, sagte Zachary. »David und ich kennen uns schon ewig.«

Sie sah überrascht aus. Bis sie den leisen Zweifel registrierte, den er nicht überdecken konnte, und dann drängten sich auch ihre Freunde um ihn und zischten ihm irgendeine durchgeknallte Theorie zu, dass David alle ermorden würde, die andere schikaniert hätten.

Zachary trat seine Zigarette aus, um sie von sich zu schieben. »Nun wenn das stimmt, dann wird es nicht mehr lange dauern, bis David sich selbst umbringt. Dann wird sich das Problem von ganz allein lösen.«

Makani schnitt eine Grimasse – und dann fiel es ihm ein. Es erklärte, warum sie von allen Leuten angestarrt wurden. Es erklärte, weshalb aus dem Murmeln ein kleiner Aufruhr geworden war.

»Oh, Shit.« Endlich senkte Zachary seine Stimme. »Du bist die, die gestern Abend attackiert wurde.«

Ihre Augen weiteten sich vor Ärger.

»Dann ... Moment mal. Wenn eure Theorie stimmt, dann bist *du* auch ein Arschloch.« Er verstummte einen Augenblick, um teuflisch zu lächeln. »Was hast du getan, Young?«

»Das spielt keine Rolle.« Makani krempelte ihren linken Ärmel nach oben. Ein Verband war um ihren Arm gewickelt, so weit hoch, wie er sehen konnte. »Alles, was du wissen musst, ist, dass ich das verdient habe.«

Ihre Freunde versuchten zu protestieren, doch sie unterbrach sie. »Wir machen uns Sorgen um deine Sicherheit. Dieser Terry klingt ja nicht gerade großartig, aber kannst du ihm vertrauen? Wenn das hier vorbei ist, kannst du dann nach Hause gehen und bei ihm bleiben?«

»Nein«, antwortete Zachary auf die erste Frage. Er starrte auf ihren Unterarm, den sie bereits wieder bedeckt hatte. »Aber ja, ich kann bei ihm bleiben.«

»Gut«, sagte sie.

Zachary gefiel nicht, dass sich Angst in seiner Brust ausbreitete. Er sah Ollie von der Seite an. Ihre Mitschüler verglichen sie beide immer, steckten sie in dieselbe Schublade. »Was ist mir dir? Hast du irgendwelchen Scheiß gebaut?«

»Ja«, sagte Ollie. »Aber damit habe ich mich immer nur selbst verletzt.«

»Und deinen Bruder.«

Ollie zuckte zusammen. Doch nicht so ungerührt. Makani warf ihm einen Blick zu, als würde sie gerade versuchen, etwas herauszufinden.

Zwei zu null für Zachary.

»In den Filmen werden immer nur die Kids umgebracht, die Sex haben oder mit Drogen handeln, oder?« Zachary rang sich ein weiteres Grinsen ab. »Das bedeutet dann wohl, dass wir beide sterben werden.«

»Du solltest nicht hier sein.« Es war der erste zusammenhängende Gedanke, den Caleb artikulieren konnte.

Die Gestalt mit Kapuze versperrte den Ausgang. In der einen Hand hielt sie einen Federbusch. In der anderen ein Messer. »Wo sollte ich denn dann sein?«, fragte David. Seine gedämpfte, monotone Stimme passte zu seiner farblosen Erscheinung. Der Mangel an Menschlichkeit erschütterte Caleb bis ins Mark.

Bebend trat er einen Schritt zurück. »Auf den Feldern. Oder in der Scheune von irgendjemand.«

David trat einen gemessenen Schritt nach vorne. »Bin ich aber nicht.«

»W-wie bist du hier hereingekommen?«

»Warum sollte ich dir darauf eine Antwort geben?« David ließ den Federbusch los. »Was, wenn du entkommen solltest?«

Die Kapelle fing an zu spielen, aber etwas an der Musik war seltsam und beunruhigend. Sie hörten auf zu zanken. Zachary runzelte die Stirn. »Was *ist* das? Woher kenne ich dieses Lied?«

Darby sah fassungslos aus. »Es ist der Marsch, der beim Schulabschluss gespielt wird. ›Pomp and Circumstance‹.«

»Himmel«, sagte Makani, während Ollie »Herrgott« sagte.

»Wahrscheinlich haben sie keine Trauermärsche für Beerdigungen in ihrem Repertoire«, sagte Darby.

Zachary lauschte dem immer bombastischer werdenden Werk. Mit jedem Refrain wurde der Marsch verstörender. »Wisst ihr, dies ist das einzige Mal, dass dieses Lied je für sie gespielt werden wird.«

»So was von abartig«, stellte Darby fest.

»Davon wird man sich wohl noch in Jahren erzählen«, sagte Ollie.

»Und es ist vielleicht schlimmer, als wenn sie gar nicht gespielt hätten«, fügte Makani hinzu.

Die Menge bewegte sich vorwärts. Es fühlte sich an, als würden alle sie anstarren und darauf warten, ob Makani sich auch einreihen würde. Sie schien sich mit ihrer Verzweiflung abgefunden zu haben. Als hätte sie keine Wahl mehr. Auch wenn es erst in einer Stunde dunkel werden würde, zündeten die Leute ihre Kerzen an. Zachary wusste nicht so recht, warum sie nicht warteten, bis sie die Gedenkstätte erreichten. Im Nachmittagslicht wirkten die Flammen schwach und albern.

Makani, Ollie und Darby zogen Kerzen aus ihren Taschen.

»Kommst du mit?«, fragte Darby.

Zachary holte sein Feuerzeug und seine Kerze heraus. »Ach, was soll's.« Er glättete den hauchdünnen Papierring der Kerze, zündete den Docht an und hielt ihn dann an Makanis.

Zuerst wurde er schwarz. Dann flammte er hell auf.

Caleb stürzte aus dem hinteren Raum in den Laden, riss Gläser, Türme aus Dosen und Ständer mit billiger Kleidung, auf denen die Worte LION PRIDE standen, um.

David wich dem zunehmenden Chaos mit alarmierender Leichtigkeit aus. Caleb schoss am Gemüse vorbei, stieß eine sorgfältig aufgestapelte Pyramide aus Butternutkürbissen um, doch David holte ihn trotzdem kurz vor dem Eingang ein. David stach ihm in den Rücken. Riss das Messer nach unten.

Caleb schrie, doch niemand konnte ihn über die Musik der Blaskapelle hinweg hören. Er presste sich an den kalten Boden. Die Trommler verharrten vor den Türen. Sie waren die Letzten im Zug und die Letzten, die losmarschieren würden. Caleb trommelte gegen das Glas, hinterließ dort blutige Faustabdrücke.

David schleifte ihn außer Sichtweite.

»Was hast du vor?« Caleb weinte. *Haleys Kehle. Matts Gehirn. Rodrigos Ohren.* »Was wirst du mit mir machen?«

David setzte sich rittlings auf Caleb und starrte auf ihn hinunter.

Er lächelte nicht. Er machte auch kein finsteres Gesicht. Er brachte nur sein Werk zu Ende, während die Einwohner von Osborne ihren Umzug zur Schule fortsetzten.

22

Makani und Ollie gingen zurück zur Main Street. Wenn die Stimmung nicht so bedrückend gewesen wäre, hätte man es als Spaziergang bezeichnen können. Die Sonne ging gerade unter, die Kerzen waren geschmolzen und die Trauerfeier war zu Ende. Sie hatten Zachary zu seinem Wagen begleitet und Darby bei Alex abgesetzt. Jetzt waren sie auf dem Weg zu Chris. Ihre kurze Zeit zu zweit neigte sich dem Ende zu und sie bemühten sich, sie zu verlängern.

Makani hatte zwar nicht das Gefühl, dass Ollie sie verurteilte oder sie auch nur schief ansah, aber etwas Neues war zwischen sie getreten – schwach wahrnehmbar, aber unmissverständlich spürbar. Sie hielten sich nicht an den Händen. Sie hatten die Hände in die Taschen gesteckt, waren wieder verunsichert.

Als sie in die Main Street einbogen, nur wenige Blocks von Greeley's entfernt, wo sowohl Ollies als auch Chris' Auto geparkt waren, nahm sie die allerletzte Gelegenheit wahr zu sprechen. »Danke, dass du mir vorhin zugehört hast. Im Krankenhaus. Und dass du mich nicht verurteilst.« Sie hielt inne. »Du *verurteilst* mich doch nicht, oder?«

Ihre Direktheit machte ihn lockerer. Lächelnd schüttelte er den Kopf. »Nein.«

Die Straße war jetzt nicht mehr gesperrt und ein dichter Strom aus Autos und Lastwagen wälzte sich in beide Richtungen stadtauswärts. Makani fühlte sich gezwungen, den Raum zwischen sich und Ollie zu füllen, deshalb redete sie weiter. »Es ist nur so, dass ich nie gedacht hätte, die Art von Mensch zu sein. Aber das bin ich.«

Unerwarteterweise brach ihre Stimme wie ein Spiegel. Vor diesem Vorfall hätte sie nie geglaubt, dass sie zu Grausamkeit fähig wäre. Jetzt wusste sie, dass sie es war.

Ollie blieb stehen. Seine Miene war ernst. Er wartete, bis sie auch stehen blieb, bevor er etwas sagte. »Jeder hat mindestens einen Moment erlebt, den er bereut, aber dieser eine Moment ... er definiert nicht dein ganzes Ich.«

»Doch. Er hat mein Leben ruiniert. Und es geschieht mir recht, dass es ruiniert wurde.«

»Makani. *Makani.«* Er wiederholte es, weil sie weiterging, sich von ihm entfernte.

Sie hielt an. Mit dem Rücken zu ihm.

»Ich versuche nicht, dir für deine Sünden Absolution zu erteilen«, sagte er. »Aber der Mensch, den ich kenne, ist eine gute Freundin. Und eine gute Enkelin.«

Makani verschränkte die Arme. Ihr unverletzter Arm drückte gegen den Verband, sodass sie zusammenzuckte und die Arme wieder sinken ließ. »Ich weiß nicht. Ich will gern glauben, dass ich jetzt ein besserer Mensch bin, aber für den Rest meines Lebens werde ich immer diese Frage im Kopf haben. Ich werde immer Zweifel haben. Vielleicht gibt es irgendwann wieder so einen Auslöser und ich drehe erneut durch oder raste aus.«

»Na ja, *ich* weiß, dass uns das, was wir bereuen, verändert, und dadurch entwickeln wir uns – entweder zum Besseren oder zum Schlechteren. Und wie mir scheint, entwickelst du dich zum Besseren.«

Makani wusste nicht so recht, was sie damit anfangen sollte.

»Hey.« Er schenkte ihr ein kleines Lächeln. »Ich bin noch da, oder?«

»Nun ja, aber …« Sie unterbrach sich.

Das Lächeln verzog sich zu einem wissenden Grinsen. »Ah. Ich bin auch ein Versager.«

Makani wandte rasch den Blick ab. Er zuckte mit den Achseln, als würde das keine Rolle spielen. Aber er schaute sie auch nicht mehr an. »Es tut mir leid«, sagte sie.

»Schon gut.« Er lief wieder los. »Diese Stadt kann eben kein Geheimnis wahren.«

Sie runzelte die Stirn. Blieb, wo sie war. »Ich kann nicht glauben, dass ich das jetzt sage, aber da stimme ich dir nicht zu.«

Ollie warf ihr über die Schulter hinweg einen Blick zu, wobei er ungläubig eine Augenbraue nach oben zog. Doch ihr Gesichtsausdruck ließ ihn zögern.

»Ich meine, ich habe Gerüchte gehört«, sagte sie, »aber nicht einmal echte Gerüchte. Eher *Gerüchte* über Gerüchte. Und ich habe keine Ahnung, was davon stimmt und was nicht, deshalb gehe ich davon aus, dass das meiste nicht wahr ist.«

Er schnitt eine Grimasse. »Manches davon ist wahr.«

»Ich wünschte, du würdest mir davon erzählen.«

Na bitte. Noch ein Geständnis. Jetzt wo sie einmal damit angefangen hatte, konnte sie gar nicht mehr aufhören.

Ollies Blick fiel auf den Gehweg; seine harte Schale bekam Risse und gab etwas von dem Schaden, der sich darunter befand, preis. »Ich *wollte* ja etwas sagen, und erst recht als du uns erzähltest, was du durchgemacht hast, aber … ich wollte nicht, dass es so aussah, als würde ich meine Situation mit deiner vergleichen oder als würde ich finden, dass meine schlimmer wäre. Oder auch nur gleich schlimm. Aber ich wollte nicht *nicht* darüber sprechen. Und ich weiß ohnehin, dass alle über mich reden.«

»Ich würde gern deine Version der Geschichte hören«, sagte Makani. »Was immer es für eine Geschichte ist.«

Ollie nickte, er akzeptierte ihr Zutrauen. Er deutete auf ein Neonschild hinter ihnen, von Greeley's aus betrachtet am anderen Ende der Main Street. »Kennst du das Red Spot?«

Sie kannte es. Eigentlich war es ein fettiger Burgerladen, aber die Stammgäste benutzten es als Bar. Und wer kein Stammgast war, ging dort nicht hin. Gerüchten zufolge konnte man dort alles kaufen – zumindest wenn man auf illegale Drogen oder Prostituierte aus war.

»Nachdem meine Eltern gestorben waren ... war ich ein paar Jahre lang fix und fertig. Als ich sechzehn wurde und den Führerschein hatte, fing ich an, dort herumzulungern. Ich hätte zu einem besseren Laden fahren sollen – irgendwo außerhalb der Stadt –, aber da war dieses Mädchen, das dort arbeitete. Dunkle Haare, ein Tattoo mit einem blutenden Herzen. Kennst du diese kleinen rosa Blumen? Nur dass von diesen Blut tropfte. Ich hatte irgendwie etwas für sie übrig.«

Makani spürte einen scharfen Stich der Eifersucht.

»Alle dort wussten, wer ich war. Sie hatten Mitleid mit mir, deshalb ließen mich die meisten in Ruhe. Ich war so etwas wie ihr deprimierter kleiner Bruder. Ich habe wochenlang unermüdlich mit ihr geflirtet, bis ich endlich ihre Aufmerksamkeit bekam.«

»Wie alt war sie?

»Dreiundzwanzig.«

Nicht so alt wie in den Gerüchten. Aber viel zu alt für jemanden, der gerade erst sechzehn geworden war.

»Sie hatte wohl ebenfalls Mitleid mit mir.« Es schien ihm wehzutun, dies zuzugeben. »Wir hingen ab und zu in ihrem Wohnwagen ab und waren high.«

»Was ist dann passiert?«, fragte Makani.

Sie gingen wieder weiter. Trockenes Laub raschelte unter ihren Füßen.

»Chris hat herausgefunden, dass wir miteinander schliefen. Er war außer sich. Er wollte sie verhaften, aber ... zuerst gab es einen Wortwechsel.« In der Pause, die folgte, begriff Makani, dass Ollies Streit mit seinem Bruder noch immer so frisch war, dass er nicht darüber sprechen konnte. »Es war einfach nur dieses absolut große, bescheuerte Durcheinander. Er versuchte immer noch herauszufinden, wie man ein Elternteil war, und ich – ich weiß nicht so recht, was ich eigentlich herausfinden wollte.«

»Hat er sie verhaftet?«

»Nein«, sagte Ollie.

»Aber ich nehme an, du siehst sie nicht mehr.«

»Er hat mir verboten, sie zu treffen, was nicht funktioniert hätte – aber es war gar nicht notwendig. Ich glaube, Erika hat sich geschämt.« Ollie wandte das Gesicht von Makani ab. »Sie wollte danach nichts mehr mit mir zu tun haben.«

Erika. Der Name traf Makani mitten ins Herz. »Lebt sie immer noch hier?«

»Ja. Sie kommt mehrmals im Monat zu Greeley's. Sie ist jetzt verheiratet. Arbeitet als Friseurin. Wir sprechen nicht miteinander«, fügte er hinzu. Irgendetwas war da in seinem Tonfall.

»Du hast sie sehr gemocht, oder?«

»Ich glaubte, sie zu lieben. Ich war ein Idiot, aber das glaubte ich wirklich.«

Traurigkeit breitete sich in ihr aus, die für sie beide ausreichte.

»Ein paar Tage später kam ich zu dem gleichermaßen genialen wie originellen Schluss, dass das Leben beschissen war. Ich trank zwei Liter Alkohol und watete in den Fluss. Ich wollte mich umbringen.«

Makani sog die Luft ein. Sie war ernsthaft deprimiert gewesen, aber nie selbstmordgefährdet. Es war verstörend zu erfahren, dass Ollie so nah am Abgrund gestanden hatte.

»Ich bin gestolpert und gestürzt«, sagte er, »und während ich im Wasser mit Armen und Beinen ruderte und mir aufging, dass ich gar nicht sterben *wollte,* fuhr der Geschäftsführer des Sonic vorbei. Wie durch ein Wunder hat mich der Kerl gesehen. Er hielt an und zog mich heraus. Der Fluss war nicht besonders tief – ich hatte nur Angst und war total besoffen.« Ollie stieß ein bedauerndes Lachen aus. »Wahrscheinlich ist das der wahre Grund, weshalb ich das Sonic hasse. Erinnert mich an mein völlig bescheuertes Selbst.«

Eine alte Wunde brach bei Makani wieder auf, als sie sich vorstellte, wie Jasmine in einem anderen Gewässer verschwunden war, ebenfalls verängstigt und betrunken. Die Situationen waren so unterschiedlich und doch auf unheimliche Weise ähnlich. Sie hatte nicht die Kraft, ihre Gedanken dort verweilen zu lassen. »Also *ich* mag das Sonic jetzt umso mehr. Ich bin froh, dass er dich entdeckt hat. Ich bin froh, dass du noch da bist.«

Ollie biss sich auf den Lippenring. »Ich bin auch froh, dass du noch da bist.«

Plötzlich fiel Makani im Zusammenhang mit dem Fluss ein Gerücht ein und sie platzte heraus: »Warst du nackt?«

Überrascht sah er sie an. »Was? Sagen die Leute das?«

Sie nickte schuldbewusst.

»Nein«, erwiderte er. »In *dieser* speziellen Begegnung mit dem Tod hatte ich meine Kleider an.«

Es war so tragisch und absurd, dass sie beide lachen mussten. »Ich kann nicht fassen, was passiert ist«, sagte sie.

Ollie schüttelte zustimmend den Kopf. »Ich weiß.«

»Du warst *nackt.«*

»Ich *weiß.«*

Ihr Lächeln wurde breiter. Und verschwand dann. »Was ist passiert, nachdem der Kerl dich herausgefischt hat?«

»Ich wurde nicht verhaftet – dank Vetternwirtschaft –, aber ich habe einige Zeit in einer psychiatrischen Einrichtung verbracht. Danach schickte mich Chris zu einem Therapeuten in Norfolk. Aber inzwischen wollte ich selbst auch Hilfe. Ich habe aufgehört, zu trinken und zu kiffen.« Er zuckte leicht mit den Schultern. »Und das war's.«

»Hat Zachary das gemeint, als er sagte, du hättest deinen Bruder verletzt?«

Die Leichtigkeit verschwand aus seiner Stimme. »Ja.«

Makani war froh, dass nichts Schlimmeres passiert war. Und Ollie hatte nicht mal etwas wirklich Schreckliches getan; der größte Teil seiner Enttäuschung fand nur in seinem Kopf statt. Seinem Bruder Sorgen zu bereiten, *war* für Ollie bereits das Schlimmste, was er hatte tun können, das merkte sie. Anstatt ihn zu drängen, ruderte sie ein Stück zurück. »Als du gesagt hast, dass ihr high wart ...«

»Gras.«

»Du hast nie härtere Drogen genommen? Pillen oder Opioide oder so?«

Er schüttelte den Kopf.

»Und du hast auch nie damit gedealt?«

Ollie seufzte. »Cool. Das hast du also auch gehört.« Er schüttelte wieder den Kopf. »Das Einzige, was ich je verkauft habe, ist Obst und Gemüse.«

»Hast du sonst noch mit jemandem geschlafen?« *Bitte, sag Nein.*

»Nur in meinen Träumen«, sagte er. »Nur mit dir.«

Das war kitschig – eindeutig ein Spruch –, aber das machte Makani in diesem Moment nichts aus. Sie lächelte ihn an, als sie vor Greeley's standen. »Hey, Ollie?«, fragte sie leise.

»Ja?«

»Du hast doch gesagt, ich wäre eine gute Enkelin und eine gute Freundin.«

Er lächelte zurück. »Ja?«

»Glaubst du, ich könnte auch eine gute *feste* Freundin sein?«

Ollies Hände griffen in der Abenddämmerung nach ihren. Ihre Fingerspitzen berührten sich und die Straßenlampen gingen flackernd hinter ihnen an. »Ich glaube, du *bist* bereits eine gute feste Freundin.«

Sie küssten sich, während sie auf Chris warteten. Es fühlte sich absurd an, sich in der Öffentlichkeit zu küssen. Sich nach einer Trauerfeier zu küssen. Sich zu küssen, wo sie doch so nah dran gewesen waren, ebenfalls Gegenstand dieser Trauerfeier zu werden.

Aber es fühlte sich auch euphorisch, glückselig und bedeutsam an.

Ollies Nase war kalt, doch seine Arme waren warm, als er sie um ihren Rücken legte. Der Kick, den es ihnen im Sommer gegeben hatte, neben dem Lebensmittelmarkt herumzufummeln, als sie es nicht hätten tun sollen, lebte wieder auf. Außer dass es unendlich viel besser war, weil die Fragen, die zwischen ihnen gestanden hatten, beantwortet waren.

Sie öffneten die Lippen, um durchzuatmen. Makani lachte und blickte zur Seite. Und da entdeckte sie das Blut.

Rote Handabdrücke. Abdrücke von Fäusten, die geschlagen hatten. Finger, die über das Glas gewischt hatten. Die feinen Linien der Haut, die das Glas berührt hatten, waren schockierend deutlich zu erkennen und schockierend menschlich.

Makani erstarrte vor Angst.

Ollie folgte ihrem Blick und sie lösten sich mit einem Ruck

voneinander. Sie starrten auf die untere linke Seite der automatischen Eingangstür des Geschäfts. Das Blut war auf der Innenseite.

Sie streckten wieder die Arme nach einander aus, klammerten sich aneinander, während sie hektisch die Umgebung absuchten. Abgesehen von den Autos, war der Parkplatz leer. Der Verkehr strömte jetzt wieder flüssig und nur wenige Menschen waren zu Fuß unterwegs. Keiner von ihnen war in ihrer Nähe. Keiner von ihnen war Chris oder ein anderer Polizist. Und keiner von ihnen schien David zu sein.

Makanis Herz raste. Ollie legte die Hände an die Scheibe, um in den dunklen Laden zu schauen, während sie den Blick auf die Straße gerichtet hielt. »Ist er dadrin?«, fragte sie.

»Ich glaube, jemand wurde zu den Kassen geschleift. Aber ich kann niemanden sehen.«

»Oh Gott.« Sie riss ihm das Handy aus der Tasche und wippte dabei unruhig auf den Fußballen. »Ich rufe deinen Bruder an.«

»Der ganze Laden ist verwüstet.«

»Shit! Wie lautet dein Passwort?«

»9999.«

»Was? Warum das denn? Wie leicht kann man das erraten!«

»Du hast es nicht erraten«, sagte er. »Shit! Da hat sich eben etwas bewegt.«

Makani machte einen Satz auf die Tür zu. Er deutete auf einen schattigen Bereich, einen Stapel ... sie konnte nicht erkennen, was es war. »Ich glaube, da ist wer«, sagte er. »Oben auf dem Haufen.«

Es war unmöglich zu sagen. Aber da war eindeutig etwas, das ein Mensch sein *konnte*.

Das Handy klingelte vergeblich an ihrem Ohr. Der Schatten bewegte sich wieder und Makani schnappte nach Luft. Bevor ihr klar wurde, was er da machte, schloss Ollie die Tür auf. Als langjähriger, vertrauenswürdiger Angestellter hatte er einen Schlüssel. »Jemand ist noch am Leben!«, stellte er fest.

Der Sensor über ihren Köpfen erfasste sie. Die Türen gingen auf. Sie eilten hinein und taumelten dann rückwärts, bestürzt vom Ausmaß der Zerstörung. Überall waren Gemüse, Kartons, Schachteln, Taschen und Dosen umgekippt – eine Fülle von Lebensmitteln, die auf dem Linoleum verstreut waren wie ein erstarrtes Feuerwerk.

Ollie riss Makani beiseite, damit sie nicht durch das Blut laufen würden – Schlieren, die ein Körper hinterlassen hatte, der über den Fußboden geschleift worden war. Sie rannten auf den Schatten zu und blieben dann abrupt stehen. Makani schlug die Hände vor den Mund, um ihren Schrei zu unterdrücken.

Vor den Kassen war ein Ständer mit Waren, mit deren Erlös das Footballteam unterstützt wurde, etwas, was Makani früher unglaublich seltsam vorgekommen war, an das sie sich aber allmählich gewöhnt hatte. Jetzt, wo sie Osborne kannte, ergab es einen Sinn. Doch heute Abend war er zu Boden gerissen worden. Und mitten in der ganzen Verwüstung aus durcheinandergeworfenen Sweatshirts, Flaggen und Figuren lag Caleb Greeley.

Der Junge lag oben auf dem Haufen wie ein weiterer greller Fanartikel. Seine Füße und Knie zeigten nach außen. Sein Gesicht lag auf der Seite und zwischen seinen Schneidezähnen ragte eine geschwollene Zunge hervor. Brust und Bauch waren verstümmelt. Seine blutgetränkte Uniform hatte lange Schnitte, doch trotz seiner Kleidung sah er mit der unnatürlichen Spreizung seiner Gliedmaßen eher wie eine dieser realistischen Sexpuppen aus als ein Mensch. Es lag daran, dass seinem Körper jegliche Würde genommen war.

Aber das war noch nicht das Schlimmste.

Das Schlimmste waren seine Hände.

Calebs Finger waren ineinandergefaltet worden und dann hatte man seine Hände abgetrennt. Sie ruhten in Gebetshaltung über seinem Herzen. Rotes, geronnenes Blut und weiße Knochen.

Aber Caleb war tot ... der Schatten, der sich bewegt hatte, musste jemand anderes gewesen sein.

Makani und Ollie wichen in den Gang mit dem Müsli zurück, jeder hatte dem anderen schützend den Arm um die Brust gelegt. Sie pressten sich an gelbe Corn Pops und grüne Apple Jacks. Ihre Herzen hämmerten von innen gegen den Brustkorb.

Ein scharfer Geruch lag in der Luft. Säure. Er brannte ihnen in den Nasenlöchern und ließ ihre Augen tränen. Caleb musste durch den Gang mit den Würzmitteln gejagt worden sein, der nebenan lag. Der Essiggeruch der zerbrochenen Pickles- und Olivengläser war scheußlich. Makani hielt sich die Nase zu. Sie hielt immer noch Ollies Handy in der Hand und sie hörten, wie Chris ihnen daraus zubrüllte.

Das metallische Geräusch einer Druckstange hallte durch das Gebäude.

Ihre Herzen setzten einen Schlag aus.

Und dann schloss sich eine schwere Tür.

Makani flüsterte ins Handy: *»David Ware ist gerade durch den Hinterausgang hinausgegangen.«*

23

Die Thunfischdose beschäftigte sie schon die ganze Woche.

Katie Kurtzman hatte sie letzten Freitag entdeckt, als sie eine Ladung Weißwäsche von der Waschmaschine in den Trockner gesteckt hatte. Die flache Dose stand auf Augenhöhe auf der Fensterbank des einzigen Kellerfensters. Das lange, schmale Fenster war geschlossen, aber der Riegel funktionierte nicht. Das Fenster war gerade so groß, dass sich ein schlanker Mensch hindurchquetschen konnte.

Der Thunfisch war billig. Aus dem Discounter. Die Kanten des Deckels waren scharf und gezackt, als wäre die Dose mit einem Handöffner geöffnet worden, nicht mit dem elektrischen, den sie in der Küche hatten. Die Dose war leer, aber innen noch feucht. Deshalb war sie ihr aufgefallen.

Dieser leichte Unterton von *Fisch* in dieser ganzen Wolke aus Bleiche und Waschmittel.

Sie hatte die Zwillinge gefragt, aber sie hatten behauptet, nichts davon zu wissen. Sie glaubte nicht, dass sie logen. Sie fürchteten sich im Keller, deshalb spielten sie auch nie hier. Ihre Mutter wusste auch nichts von der Dose. Sie nahm an, dass sie von einem der Deckenbalken heruntergefallen war – Müll, den die vorherigen Hausbewohner zurückgelassen hatten. Aber das ergab keinen Sinn für Katie. Die Dose war noch weit von ihrem Ablaufdatum entfernt und sie wohnten jetzt schon seit fünf Jahren in diesem Haus. Außerdem war die Dose ja feucht.

Und dann der Geruch.

Katie wusste, dass sie paranoid war. Sie hatte keines der Opfer gekannt, nicht so richtig jedenfalls. Sie hatte keine persönliche Verbindung zu ihnen gehabt und zu David war sie immer freundlich gewesen. Während sie Fleckenmittel auf ihren Ärmel gab, auf dem das blaue Getränk verschüttet worden war, spähte sie trotzdem zum Fenstersims. Sie konnte das Gefühl nicht loswerden, dass jemand hier gewesen war, sich auf den Trockner gesetzt und ihre Familie da oben belauscht hatte. Und Thunfisch gegessen hatte.

Sie öffnete die ersten paar Knöpfe ihrer Bluse, doch dann gruselte sie sich so, dass sie sich dagegen entschied. Sie konnte die Bluse auch morgen noch waschen. Katie rannte auf die Bretter zu, die als Treppe fungierten, und warf einen letzten Blick über die Schulter. Sie blieb stehen.

Eine Dose Latexfarbe stand neben dem alten Laufband ihrer Mutter auf dem Boden. Sie hob sie auf und lehnte die Dose auf dem Sims gegen das Fenster. Und dann kam sie sich albern vor. Wie sollte sie *das* vor einem Eindringling schützen? Doch sie hatte Angst genug, um sie dort zu lassen. Vielleicht war es ja ein magischer Schutzzauber, der die bösen Geister abwendete.

Oben lagen Leigh und Clark auf dem Wohnzimmerteppich und lasen Comics. Leigh bemerkte sie zuerst. »Was gibt es zum Abendessen?«

»Was gibt es zum Abendessen?«, plapperte Clark nach.

Katie eilte an ihnen vorbei zu ihrem gemeinsamen Badezimmer im ersten Stock. Ihr Arm fühlte sich eklig und klebrig an und ihre Krämpfe wurden wieder schlimmer. »Makkaroni mit Käse überbacken.«

»Mit Hotdogs?«, fragten die Zwillinge.

»Nur in Leighs Fall«, sagte sie und die Zwillinge jubelten.

Clark hasste Hotdogs. Er hasste auch Hamburger und Pizza. Für ein Kind waren seine Essgewohnheiten echt rätselhaft.

Als Katie die Treppe hinaufrannte, kam ihre Mutter gerade heruntergestapft. Sie arbeitete die Zwölf-Stunden-Nachtschicht im Krankenhaus. Drei Tage Nachtschicht, dann vier Tage frei. Zurzeit hatte sie Nachtschicht und keine Möglichkeit, sich freizunehmen, um auf ihre Kinder aufzupassen. Das Personal wurde gerade durch eine obligatorische Fortbildung auf weitere Attacken vorbereitet beziehungsweise eingestimmt. »Hast du alles, was du brauchst? Was ist denn mit deiner Bluse passiert?«

»Alles gut, wir haben alles, was wir brauchen«, sagte Katie.

»Behalt das Handy in der Hand. Mach für *absolut niemanden* die Tür auf.«

»Ich weiß, Mom.«

»Ich habe dich lieb!«, rief sie.

»Ich dich auch.« Katie blickte nicht zurück, als sie das sagte. Ihre Mom gab den Zwillingen einen Gutenachtkuss, während sich Katie ein sauberes T-Shirt und eine Pyjamahose schnappte und sich im Badezimmer einschloss. Sie zog die Bluse aus, um ihren Arm mit einem warmen Waschlappen und *Sesamstraße*-Seife abzuwaschen, dann schluckte sie eine Schmerztablette und ging pinkeln.

Als sie sich vorbeugte, um einen frischen Tampon unter dem Waschbecken hervorzuholen, erschrak Katie. Alle Toilettenartikel waren am falschen Platz. Die Tampons und der Toilettenpapiervorrat waren außer Reichweite, sie waren zusammen mit ihrem Schminkbeutel, dem Glätteisen und ihren Haarpflegeprodukten hinten in den Schrank geräumt worden, davor die alten Badespielsachen der Zwillinge.

Katies erster Gedanke war beängstigend und irrational: *David.*

Sie hatte auf der Gedenkfeier Gerüchte gehört; demnach hatte er gerne mit seinen Opfern Spielchen gespielt, bevor er sie umbrachte. Dass er Dinge umgestellt hätte, damit sie das Gefühl bekämen, den Verstand zu verlieren. Der Mann, den sie belauscht hatte, hatte geschworen, die Information von einem Bezirkshilfssheriff bekommen zu haben, auch wenn in den Nachrichten nichts davon erwähnt worden war.

Katies zweiter Gedanke war weit realistischer: *Mom hat wieder mal aus schlechtem Gewissen geputzt.*

Normalerweise putzte Katie, weil ihre Mutter nachts arbeitete und sich tagsüber um die Zwillinge kümmerte. Ihre freien Tage dienten dazu, Schlaf nachzuholen. Doch als Katie die Spielsachen auf die Badematte streifte und sich nach der Tamponschachtel streckte, bemerkte sie Staub im Schrank. *Mom putzte zwar, konnte es dann aber nicht mal richtig machen.* Katie stöhnte.

Ihre Mom behauptete, dass Katie eine Zwangsneurose hätte. Sie hatte in ihren frühen Berufsjahren in psychiatrischen Einrichtungen als Krankenschwester gearbeitet und stellte immer allen Diagnosen.

Nach außen hin stritt Katie das ab. In ihrem Inneren wusste sie aber, dass es stimmte.

Katies Arbeitstag war auch lang. Schule und abends die Zwillinge ins Bett bringen, dazu College-Bewerbungen, Anträge für Studiendarlehen, Freizeitaktivitäten und ehrenamtliche Tätigkeit im Krankenhaus – und obendrein machte sie sich *immer noch* Sorgen, dass sie nicht genug tat, um aus Osborne herauszukommen. Rituelles Putzen, Ordnen, Überprüfen und Organisieren beruhigte sie in einer Welt, die sie nicht unter Kontrolle hatte. Vor sechs Jahren war ihr alles um die Ohren geflogen, als ihr Dad nur ein paar Wochen nach der Geburt der Zwillinge aus dem Haus gestürmt war.

Dissoziale Persönlichkeitsstörung, hatte ihre Mom diagnostiziert.

Katie weigerte sich, wieder dahin zurückzukehren, wie es früher gewesen war.

Während sie alles wieder an seinen richtigen Platz räumte, fiel ihr Blick auf einen Tropfen frisches Blut. Er war auf der krokodilförmigen Badematte bei der Toilette und stammte von ihr. Katie stieß einen unterdrückten Fluch aus, sie tupfte ihn mit einem Tuch weg und wusch dieses dann mit kaltem Wasser aus. Von unten hörte sie ein dumpfes Geräusch. »Hey«, schrie sie. »Was war das?«

»Das wissen wir nicht!«, sagten die Zwillinge.

»Was treibt ihr da unten?«

»Nichts!«

Katie seufzte. *Klar.* Sie zog ihren Pyjama an und eilte nach unten. Anderthalb Stunden später deckte sie die warmen, schläfrigen Zwillinge zu. Sie schaltete ihre zusammenpassenden Nachtlichter ein, schloss die Tür und seufzte wieder. Endlich Zeit für sich selbst.

Sie ging zurück nach unten, um an einem Essay für die University of Southern California zu arbeiten. Für alle Universitäten, für die sie sich bewarb, bedurfte es eines Flugs – oder zumindest einer langen Autofahrt –, um dorthin zu gelangen. Sie liebte ihre Familie, aber aus der Ferne würde sie sie noch mehr lieben.

Die Nacht hatte ihre fledermausartigen Flügel aufgespannt. Katie schaltete die Lichter auf der Veranda ein und das Deckenlicht in der Küche, wo ihre Arbeit auf dem Tisch ausgebreitet war. Während sie darüber nachdachte, wann und worin sie je gescheitert war (das Thema des heutigen Essays), musste sie all ihre Willensstärke aufwenden, um nicht die Nachrichten anzuschalten. Sie wünschte, sie hätte mit allen anderen zur Schule gehen können. Selbst Zachary – *Zachary,* der nach abgestandenen Zigaretten und ungewaschener Kleidung roch, dem seine Noten scheißegal waren und der vorgab, sich aus niemandem etwas zu machen – war vor Ort gewesen.

Katie hatte den Verdacht, dass er sich eigentlich doch viel aus anderen machte, aber dass es nicht genug Leute in seinem Leben gab, die sich etwas aus ihm machten. Trotz Zacharys Kratzbürstigkeit hatte sie eine Schwäche für ihn. Er war klug, und wenn er sich bewerben würde, könnte er großartige Dinge machen. Es war frustrierend zu wissen, dass er es wahrscheinlich nicht tat. Höchstwahrscheinlich würde er die Schule abbrechen und einen Fabrikarbeiterjob bei Nance annehmen, dem einzigen Hersteller der Stadt. Er baute Maschinen für Nahrungsmittel verarbeitende Betriebe. Oder er würde Tagelöhner werden und Maiskolben entfahnen oder Ferkel kastrieren. Wie auch immer, es wäre unwahrscheinlich, dass er Osborne je verlassen würde.

Die Kellertreppe knarrte.

Katies Herz setzte einen Schlag aus, während sie auf ihrem Stuhl herumwirbelte. Neben ihr brummte der Kühlschrank und die Spülmaschine gurgelte. Über ihr gab die Einschlafhilfe der Zwillinge ein summendes »weißes Rauschen« von sich. Doch der Keller unter ihr blieb still. Sie nahm ihr Handy – spitzte die Ohren –, legte es aber kurz darauf wieder weg.

Es ist nur das Haus.

Sie versuchte, sich wieder auf das Essay zu konzentrieren. Sie las den letzten Satz fünfmal, konnte aber ... ein Gefühl nicht abschütteln. Katie starrte die Kellertür an.

Noch ein Knarren.

Sie sprang auf, der Holzstuhl schabte über den Boden. Ihr Puls hämmerte, als sie ihr Handy schnappte und 911 wählte.

Die Verbindung wird hergestellt, sagte das Handy. *Die Verbindung wird hergestellt. Die Verbindung wird hergestellt.*

Schwere Schritte kamen die Treppe herauf. Katies Sinne explodierten vor Angst, als sie sich gegen die Tür warf, die nur von der anderen Seite abgeschlossen werden konnte. Gleichzeitig landete ein anderer Körper mit voller Wucht auf der Tür – gerade genug, um sie zu öffnen.

Sie kämpften. Offen, zu, offen. Eine Arm und eine Schulter schoben sich durch und ein Messer stach nach ihr.

Katie drückte die Tür mit aller Kraft gegen den Arm. Der Arm fuchtelte herum. Wieder warf sich der andere mit seinem ganzen Gewicht gegen die Tür und Katies Seite gab nach. Sie stürzte und das Handy fiel ihr aus der Hand. Es schlitterte über den Boden, während David Thurston Ware in die Küche stürzte.

Er trug Jeans und ein LION-PRIDE-Sweatshirt. Sie waren mit türkisfarbener Farbe bespritzt – der Farbe, mit der ihre Mutter letzten Frühling die Küchenstühle hatte anstreichen wollen. Der Farbe, die Katie heute Abend vor das Kellerfenster gestellt hatte. All dies nahm sie auf einen Schlag in sich auf, als sie sich aufrappelte.

Er machte einen Satz auf sie zu. Sie rannte zum Messerblock und versuchte, nach dem größten Messer zu greifen, während er ihr in die Schulter stach. Als er das Messer wieder herausriss, trat sie nach ihm. David schubste sie gegen die Schränke. Seine Hände verschmierten ihre Haut mit Rot und Türkis. Sie war einen Meter achtundsiebzig groß, er ebenfalls. Sie waren ungefähr gleich schwer und die gleiche Menge Adrenalin schoss durch ihre Körper. Aber er war derjenige mit der Waffe.

Katie rammte ihm das Knie in die Eier, während David ihr oben rechts in den Bauch stach. Beide krümmten sich zusammen. Das Messer wurde noch tiefer in ihre Leber gedrückt.

Verängstigt und weinend, aber seltsam still, brach sie zusammen.

David starrte sie an. Seine Frage war neugierig, aber seine Stimme tot. »Warum schreist du nicht?«

Weil ich meinen Bruder und meine Schwester nicht aufwecken will.

Als sie nicht antwortete, gab er ihr den Rest. Er hatte keine Zeit zu warten.

Er checkte ihr Handy, das noch immer versuchte, eine Verbindung zur Polizei herzustellen. David beendete den Anruf. Die Cops wussten bereits, dass er in der Gegend war, und er war wütend. Er mochte es nicht, wenn er sich beeilen musste. Er sägte durch den Brustkorb – stampfte dabei mit dem Fuß auf das Messer, damit die Knochen schneller brachen – und riss das Herz heraus. Er knallte es auf die glänzenden Collegebroschüren, die sich schon seit Monaten auf dem Tisch stapelten.

Denn Katies Herz hatte am College gehangen.

Es war lustig. Niemand schien es zu kapieren.

Vor dem Küchenfenster flackerten Lichter. Rote und blaue, eine Straße weiter. Er riss sich das Sweatshirt herunter. Es war nicht tarnfarben, hatte aber als Tarnung fungiert. Fast alle hatten heute auf der Straße die Schulfarben getragen. Während er losrannte, warf er es weg und es landete auf Katie – der Hülle von Katie –, die auf dem Boden lag und nicht weiter nützlich war.

24

Makani und Ollie hatten starr vor Angst im Müsligang gewartet, bis Officer Bev sie hinausbegleitet hatte. Chris hatte versucht, David nachzujagen, doch er war bereits verschwunden.

Makani und Ollie wurden verhört und machten Aussagen. Wieder. Jetzt war es spät und sie waren zurück im Haus der Larssons, wo sie um den Küchentisch saßen und versuchten, das entsetzliche Bild von Calebs groteskem Gebet aus ihren Gedanken zu löschen. Chris war nebenan am Telefon.

Ollie starrte geistesabwesend den Herd an. »Vielleicht hätten wir ihn verfolgen sollen«, sagte er. »Vielleicht hätten wir ihn fassen können.«

Makani hatte die Füße auf ihren Stuhl gezogen. Ihr nicht bandagierter Arm war um ihre Beine geschlungen und sie hatte den Kopf daraufgelegt. Sie fühlte sich zu erledigt, um ihn zu heben.

»Er hat *Caleb* umgebracht«, sagte er. »Nicht Zachary.«

Seine Worte hingen schlaff zwischen ihnen in der Luft. Draußen auf den Feldern schwirrten und brummten nächtliche Insekten. Das Windspiel auf der Veranda gab drei Töne von sich.

»Ich glaube nicht, dass es hier um Vergeltung geht«, sagte er. Sie schüttelte den Kopf, aber sie drückte ihre Zustimmung damit aus.

»Aber worum zum Teufel geht es *dann?*«

Sie hatte Angst zuzugeben, dass sie keine Ahnung hatte. Ihr war gar nicht bewusst gewesen, dass sie ein gewisses Maß an Trost aus der Tatsache gezogen hatte, zu wissen, *warum* sie angegriffen worden war. Es hatte einen *Grund* gegeben. Nicht zu wissen, was Davids Motiv war, fühlte sich an, als wären alle die sie kannte, wieder in Gefahr.

Ein Schatten fiel über sie, als Chris ins Licht des Raumes trat. Sein Gesicht war weiß und fassungslos. »Es hat noch ein Opfer gegeben.«

Am mitternächtlichen Himmel wehte ein unerwarteter Nieselregen. Chris verfrachtete seinen Laptop, Mappen, Bußgeldblöcke und Essensbehälter in den Kofferraum seines Wagens. Makani sprang auf den leer geräumten Beifahrersitz und Ollie ließ sich auf den Rücksitz gleiten. Im Rückspiegel zeichnete sich das rautenförmige Muster des metallenen Trenngitters auf seinem Gesicht ab.

Sie waren weniger als dreißig Minuten im Haus gewesen. Chris musste zurück an die Arbeit, deshalb brachte er sie ins Krankenhaus, damit sie bei Grandma Young blieben. Er weigerte sich, sie allein zu lassen.

Makani war so erschöpft, dass sie am liebsten geweint hätte, aber sie wollte auch nicht allein bleiben. Während die endlosen Reihen aus Maispflanzen an ihrem Fenster vorbeizogen – lange Korridore, die in undurchdringliche Dunkelheit führten –, zitterte sie bei dem unabdingbaren Gefühl, David könnte überall sein. Ihre Unterschenkel pressten sich gegen die schusssicheren Westen, die sich auf dem Boden stapelten.

Chris merkte, dass sie fröstelte, und drehte die Heizung auf. Die Scheibenwischer wischten in einem langsamen, einförmigen Takt.

»Sie hat mir heute Morgen eine Textnachricht geschickt«, sagte Makani, als sie sich wieder daran erinnerte.

Er sah sie scharf an. »Katie hat Kontakt mit dir aufgenommen? Weswegen?«

»Sie schrieb, dass es ihr leidtäte zu hören, was mir zugestoßen ist, und dass sie da wäre, wenn ich darüber reden wollte.« Das verpasste Makani einen weiteren Stich. »Ich habe ihr nicht zurückgeschrieben.«

»Hast du oft mit ihr gesprochen? War sie eine gute Freundin von dir?«

»Wir waren gar keine Freundinnen. Wir waren freundlich zueinander. Manchmal haben wir uns im Unterricht unterhalten, aber wir haben uns nie Nachrichten geschrieben oder Zeit miteinander verbracht oder so.«

Chris runzelte die Stirn. »Warum sollte sie dann ausgerechnet heute Morgen anfangen, dir zu schreiben?«

»Weil Katie einfach Katie ist.« Vom Rücksitz aus zerstreute Ollie die Vorstellung, dass dahinter irgendetwas Seltsames oder Unheilvolles stecken könnte. »Sie war nett zu allen.«

»Wer hat sie gefunden?«, fragte Makani. Sie wussten bereits, *wie* sie vorgefunden worden war.

»Ihre Mom.« Es schien Chris schwerzufallen, dies zu sagen. »Offenbar arbeitet sie Nachtschicht im Krankenhaus und Katie ging nicht ans Telefon, deshalb kam sie in ihrer Pause nach Hause, um nachzusehen. Katies jüngere Geschwister schliefen immer noch oben.«

Makani hatte sich früher fürs Springen immer die Arme rasiert. Jetzt standen ihre Armhaare zu Berge, als ihr ein laminiertes Namensschild wieder einfiel. *Kurtzman.* Die liebenswürdige Krankenschwester, die ihr Blaubeerjoghurt gebracht und auf sie aufgepasst hatte, war Katies Mutter gewesen.

»Sie hat es nicht wissen können.« Chris klang erschüttert.

Vielleicht sah er sich selbst an ihrer Stelle. »Ich bezweifle, dass sie tatsächlich damit gerechnet hat, dass etwas nicht in Ordnung war.«

Der Regen prasselte im Stakkato auf das Autodach. Vielleicht spürte Ollie, dass sein Bruder an etwas anderes denken musste, deshalb bat er ihn darum, noch mal zu wiederholen, was er über Davids Aufenthaltsort wusste.

Nachdem David sie gestern bei Makani zu Hause angegriffen hatte, war David flussaufwärts gegangen anstatt flussabwärts, womit die Polizei nicht gerechnet hatte. Im Schutz der Dunkelheit hatte er sich zurück in die Stadt geschlichen und im Hinterzimmer von Greeley's versteckt, weil er recht in der Annahme gegangen war, dass ihn alle draußen auf den Feldern suchen würden.

Er hatte sich die ganze Zeit direkt unter ihrer Nase aufgehalten.

Zuerst hatte sich die Polizei gewundert, wie er eingebrochen war, weil keine Türen und Fenster beschädigt worden waren. Doch dann hatte sich Calebs Onkel, der Besitzer, daran erinnert, dass er vor ein paar Monaten einen neuen Schlüssel für Caleb hatte anfertigen lassen müssen. Sein Onkel hatte das seltsam gefunden, weil Caleb normalerweise nicht vergesslich oder unachtsam gewesen war. Die Polizei spekulierte, dass David den Schlüssel gestohlen und den Laden betreten hatte, als würde er dorthin gehören. Wahrscheinlich war er nicht zum ersten Mal dort eingebrochen. Und der Schlüssel war wahrscheinlich nicht das Einzige, was er gestohlen hatte.

Mehrere Mitglieder der Blaskapelle, darunter auch Alex, hatten berichtet, dass Caleb im Supermarkt seine Rede geübt hatte. Nach seiner Rede hatte er behauptet, dass sein Federbusch weg wäre, und war in den Laden zurückgekehrt, um danach zu suchen. Es schien möglich, dass David ihn gestohlen hatte, während Caleb übte, und ihn dann dazu benutzt hatte, ihn zurückzulocken.

»Es ist weiterhin unklar, weshalb er Caleb nicht schon *vor* der Gedenkfeier ermordet hat«, sagte Chris, während sein Blick weiterhin auf die zweispurige Straße geheftet blieb. »Vielleicht weil man dann früher nach Caleb gesucht hätte? Und wir wissen auch nicht ...« Doch er unterbrach sich, als er im Rückspiegel einen Blick auf seinen Bruder warf.

»Was wisst ihr nicht?«, fragte Ollie.

Chris sah aus, als wollte er nicht antworten. »Wir wissen auch nicht, ob David im Supermarkt mehr als nur ein Opfer im Visier hatte.«

Ollies angespanntes Gesicht zeigte Makani, dass ihm dieser Gedanke auch schon gekommen war.

»Was wir wissen, ist, dass er ein Sweatshirt gestohlen hat«, sagte Chris, der schnell das Thema wechseln wollte, »das er bei Katie zurückließ, bevor er sich mit ihrem 2011er Ford Fiesta davonmachte. Das Sweatshirt war mit Blut und Farbe aus ihrem Keller bedeckt. Wir wissen nicht, was er jetzt anhat. Wir haben seinen Hoodie immer noch nicht gefunden und niemand hat gesehen, wie er Katies Viertel verlassen hat. Alle haben nach jemandem Ausschau gehalten, der zu Fuß unterwegs ist.«

»Dann verlässt er also die Stadt.« Makani war sich nicht sicher, ob sie das glauben sollte. Und selbst wenn es stimmte, war es nicht das, was sie wollte. Sie wollte *genau* wissen, wo David war. Sie würde sich erst wieder so richtig wohlfühlen, wenn er gefasst wäre.

Ein Paar Scheinwerfer tauchten weit weg im Regen auf.

»Welche Farbe hat das Auto?«, fragte Ollie.

»Blau«, sagte Chris leise.

Die Lichter kamen näher. Makanis Herzschlag beschleunigte sich und Chris umklammerte das Lenkrad noch fester. Es war unmöglich, etwas über das Auto auszusagen, außer dass es klein war. Alle hielten den Atem an, bis der Wagen vorbeigefahren war.

Rot. Ein Ford Focus.

Sie atmeten aus. Eine Minute später kam ein neues Paar Scheinwerfer auf sie zu und ihre Lungen zogen sich wieder zusammen. Und entspannten sich. Und zogen sich zusammen. Entspannten sich.

Und das blieb die ganze restliche Fahrt über so.

Grandma Young schlief, sie hatte ein starkes Schlafmittel bekommen. Makani und Ollie versuchten auch zu schlafen, sie wechselten sich auf dem bequemen Lehnstuhl ab, aber ihre Gedanken standen viel zu sehr unter Strom. Während sich die Nacht hinzog, beobachteten sie die Autos unten auf dem Parkplatz und starrten auf den flackernden Fernsehbildschirm. Das Gewitter war zwar nicht heftig, reichte aber aus, um das Signal zu stören.

Der Fernseher lief auf der leisesten Stufe direkt über *stumm.* Auf CNN lief stundenlang eine Endlosschleife aus einem Luftschlag in Syrien, einer Gruppe vermisster Wanderer in North Carolina und den neuesten Morden in Osborne.

Caleb Randolph Greeley Jr.

Katie Teresa Kurtzman.

Ihre vollen Namen wurden von Fremden laut ausgesprochen. Dieselben entsetzlichen Aufnahmen von denselben panischen Einwohnern wurden immer wieder gezeigt. Die Opfer wurden zu Zahlen, Statistiken wurden gezeigt, in denen David mit anderen berühmten Serienmördern verglichen wurde. Er hatte in einem Zeitfenster von nur drei Stunden, ganz in der Nähe einer großen Menschenmenge, zwei Menschen vernichtet. Und nicht nur Makani erging es so: Alle im Mittleren Westen hatte das Gefühl beschlichen, er würde direkt hinter ihnen stehen.

Doch hier, im Krankenhaus, war es fast noch schlimmer. Katie und ihre Mom waren das Thema jeder leise geführten Unterhaltung. Es war unmöglich, das unterdrückte Weinen zu überhören, das aus dem Schwesternzimmer kam. Die erstickten Schluchzer. Wie Nasen geschnäuzt wurden.

Es dämmerte schon fast der Morgen, als die TV-Sprecher etwas Neues zu berichten hatten. »Hier kommt eine Eilmeldung zur Jagd auf den Killer von Osborne«, sagte eine Frauenstimme.

Makani und Ollie rissen verschlafen die Augen auf, als die lateinamerikanische Nachrichtensprecherin fortfuhr: »Hier sehen sie Videoaufnahmen von einem Rasthof in der Nähe von Boys Town, Nebraska, nicht weit von Omaha, um elf Uhr gestern Abend. Ein nicht identifizierter Fahrer rief die 911 an, als er einen blauen Ford Fiesta entdeckte, der an einer Böschung in der Nähe der Raststätte zurückgelassen worden war. Als die Polizei das Überwachungsvideo sichtete, entdeckte man dies.«

Schwarz-weißes Videomaterial zeigte eine Gestalt in einem langen Mantel, die sich einem Schwerlaster näherte und durch das Fenster mit dem Fahrer sprach. Auch wenn die Bewegungen durch die veralteten Kameras ruckartig und verpixelt waren, konnte Makani erkennen, dass die unscharfe Gestalt David war. Ein übelkeiterregendes Frösteln überkam sie. David kletterte in den Laster und dieser fuhr davon.

»Wie Sie sehen können«, sagte die Moderatorin, »biegt der Laster rechts ab, bevor er außer Sichtweite gerät. Wie es aussieht, fährt er wieder *zurück* in Richtung Osborne.«

Makani warf Ollie einen Blick zu. Sein Gesicht spiegelte perfekt ihre Angst wider.

»Derzeit hat die Polizei den Namen des Fahrers noch nicht freigegeben, nur dass sein Kennzeichen aus Indiana ist. Es ist noch nicht bekannt, ob er sich der Identität seines Beifahrers bewusst ist.«

Das war alles. Die Nachrichten rollten die ganze Geschichte noch mal von vorne auf. David kletterte wieder in den Laster und dieser bog wieder rechts ab. Der Mörder kam immer wieder nach Hause.

25

Es war Abend, zwei Tage vor Allerheiligen. Der Regen hatte aufgehört, aber der Asphalt war immer noch rutschig von Wasser und Öl. Ein greller Sonnenaufgang – der Hawaii würdig gewesen wäre – erleuchtete den Himmel. Es war ein so obszöner Kontrast zu der Furcht, die auf ihnen lastete, dass es sich anfühlte, als würde man sich über sie lustig machen.

Makani und Ollie hatten sich von Grandma Young weggeschlichen, noch bevor diese überhaupt mitbekommen hatte, dass sie da gewesen waren. Chris brachte sie zurück zum Haus der Larssons. Dieses Mal saß Makani mit Ollie auf dem Rücksitz. Ihrer beider Finger waren kalt wie Eiszapfen, als sie einander an den Händen hielten. Obwohl David die ideale Gelegenheit zu fliehen gehabt hatte, hatte er sich dafür entschieden, nach Hause zurückzukehren. Er hatte versucht, Makani zu töten und war gescheitert. Was, wenn er nun zurückkam, um seine Mission zu Ende zu bringen?

»Der Lkw-Fahrer wurde um null Uhr fünfundvierzig kurz hinter Norfolk angehalten«, sagte Chris, der sie auf den neuesten Stand der Dinge brachte. »Er muss wohl der einzige Mensch in ganz Amerika gewesen sein, der nichts von der Fahndung mitbekommen hat. Er hat behauptet, dass er sich ausschließlich christliche Radiosender anhört und dass man dort die ganze Woche über die neue Ungerechtigkeit des Obersten Gerichts lamentiert hätte. Er erzählte dem Hilfssheriff, dass David ruhig und höflich gewesen wäre. Außerdem sagte er, dass es ausgesehen habe, als hätte David einen Damenmantel angehabt.«

Obwohl sie das bereits auf dem Video der Überwachungskamera gesehen hatte, erschreckte dieses letzte Detail Makani.

»Ich glaube«, sagte Chris, »dass er noch immer dieselbe Jeans und denselben Hoodie trägt, beides mit Blut bespritzt, und dass er etwas gebraucht hat, um sie zu bedecken. Der Mantel gehört vermutlich Katies Mom. Der Fahrer sagte, dass er ihn in der Nähe von Troy an einer Farm abgesetzt hat.«

Troy war gleich der nächste Ort. Alex wohnte auf einer Ranch außerhalb von Troy.

»David hat ihm erzählt, es sei die Farm seiner Eltern. Wir haben die Leute dort bereits verhört, aber sie hatten geschlafen. Sie haben nichts Ungewöhnliches gesehen oder gehört. Momentan werden die anderen Nachbarn verhört und eine Polizeieinheit sucht die Felder in der Umgebung ab.«

Makani und Ollie festigten ihren eisigen Griff noch etwas mehr.

Es gab nichts, was sie sonst tun konnten.

Die kalte Herbstluft zog übers Land, vor gespannter Erwartung knisternd.

Makani und Ollie lagen in Schlafsäcken auf dem Hartholzboden in Chris' Zimmer. Hitze strömte aus dem Heizkörper. Am helllichten Tag, bei abgeschlossener Tür und mit einem bewaffneten Polizisten an ihrer Seite, konnte sich Makanis Körper endlich Ruhe gönnen. Anfangs schlief sie tief und traumlos, doch im Laufe des Nachmittags fing das mit den Träumen an. *Ein scharfes Messer in der einen Hand, ein abgeschnittener Pferdeschwanz in der anderen. Eine Gestalt mit Kapuze, die hinter einer Standuhr hervorspringt.* Mit diesen Albträumen würde sie noch den Rest ihres Lebens zu kämpfen haben.

Während die drei schliefen, strömten Fremde von außerhalb nach Osborne. Noch mehr Medienvertreter, aber auch Hobbydetektive – Onlineschnüffler –, von denen es manche gut meinten, andere nicht und die sich voller Tatendrang ins Geschehen stürzten, aber auch morbide Gaffer, betrügerische Hellseher und betrunkene Collegestudenten, die es superoriginell fanden, das berühmte Maislabyrinth zu besuchen. Die überflüssig gewordene *Sweeny-Todd*-Besetzung samt Crew hatte es in ein *spukendes* Maislabyrinth verwandelt und die Familie Martin wollte die Erlöse des Wochenendes den Familien der Opfer spenden.

»Zu wissen, dass er immer noch da draußen herumläuft, macht das Maislabyrinth noch um einiges gruseliger«, sagte ein Student, der eine rote Baseballmütze mit einem cremeweißen *N* trug und mit einem Reporter vor Ort sprach. Seine Brüder aus der Studentenverbindung jubelten hinter ihm in die Kamera. »Außerdem, Sie wissen schon, es ist ja für einen guten Zweck.«

Sogar die Nationalgarde rückte an. Sie sollte das Footballspiel bewachen, damit die Einheimischen den Mut aufbringen würden hinzugehen. An der Schule gab es keine freien Parkplätze mehr. Schon früh fing eine Parkplatzparty an. Die Play-offs wurden nicht wegen Tornadosirenen abgebrochen und würden auch wegen eines Serienmörders nicht abgesagt werden.

Und all das verschliefen Makani, Ollie und Chris.

Als die Sonne tief am Horizont stand, klingelte Chris' Handy. Makani setzte sich mühsam auf und lehnte sich an sein Bett, ihre verquollenen Augen auf die Tür gerichtet. Sie war immer noch geschlossen.

»Ja«, sagte Chris ins Telefon.

Ollie streifte seinen Schlafsack ab, um sich neben Makani

zu kauern. Dabei achtete er darauf, sich nicht auf die Seite mit dem verletzten Arm zu setzen.

»Shit.« Chris seufzte. »Okay, ja. Bis dann.«

Makani schmiegte sich an Ollies schützenden Körper, als das Handy über ihnen aufs Bett geworfen wurde. Chris stieß einen weiteren Seufzer aus. »Was ist los?«, fragte Ollie.

»Nichts. Nichts Neues«, antwortete Chris. »Es ist nur ... ich hätte nicht so lang schlafen sollen.«

»Musst du zur Arbeit?«

»Ja.« Er schwang die Füße neben Ollie über die Bettkante. »Ich muss nach Troy, was nicht die Richtung ist, in die ihr müsst. Wir fahren getrennt, brechen aber gleichzeitig auf. Ihr zwei fahrt *direkt* ins Krankenhaus, okay? Und dort bleibt ihr, bis ich euch etwas anderes sage.«

Makani und Ollie nickten.

»Ich überprüfe jetzt das Haus, nur um sicherzugehen.« Chris stand auf und nahm seine Pistole vom Nachttisch. »Ich bin gleich wieder da. Wartet hier.« Im Türrahmen sah er sich noch einmal um. »Habt ihr eure Handys?«

Sie hatten die Handys bereits in der Hand. Sie hielten sie hoch.

Chris verschwand in den Flur. Ollies Augenringe waren so dunkel, dass es aussah, als wäre er geschlagen worden. Makani wünschte, sie könnte dort seine Haut berühren und heilen.

»Alles okay?«, fragte er.

»Nein. Bei dir?«

»Nein.« Aber er lächelte, was sie dazu veranlasste, beim Ausatmen leise zu lachen.

Chris' Schlafzimmer war so durcheinander wie Ollies. Überall lagen Tüten aus dem Sonic und von der Tankstelle verstreut und vor dem Schrank waren Kleiderhaufen. Die Kleider sahen sauber aus, blieben aber dauerhaft unaufgeräumt. Die letzten

Überbleibsel aus seiner Jugend schienen die drei staubigen Gitarren zu sein, die an der Wand hingen – eine akustische, zwei elektrische. Darunter stand ein Verstärker, der mit Kaffeebechern und Post zugemüllt war.

Die Dielen im oberen Stock knarrten, als Chris von Zimmer zu Zimmer ging. Makanis Blick huschte zur Tür zurück. »Das ist so was von abgefuckt.«

»Das ist *total* abgefuckt«, sagte Ollie.

Sie hielt den Atem an, während die Schritte weitergingen zum Badezimmer.

»Ich meine«, sagte er, »ich habe den ganzen Tag neben dir geschlafen und habe nicht ein einziges Mal an Sex gedacht.«

Ihr Kopf bewegte sich nicht, aber ihr Blick fuhr zu ihm herum.

Er grinste. »Das war gelogen.«

Die Holztreppe ächzte, als Chris nach unten schlich. Makani schüttelte den Kopf, lächelte aber ein wenig. Sie lauschten angestrengt.

Sie warteten.

Plötzlich ertönte ein Schrei, gefolgt von einem lauten Krachen. Makani schnappte nach Luft und schreckte zusammen, als Ollie sich an sie klammerte. Man hörte das unbestimmte Geräusch von Dingen, die auf den Boden fielen.

»Thaddäus!«, rief Chris. »Verdammt, hast du mich erschreckt!«

Ollie löste sich rasch von ihr, peinlich berührt, auch wenn sie spürte, dass er mehr Angst um seinen Bruder gehabt hatte als um sich selbst. Sie fragte sich, ob er jedes Mal, wenn Chris zur Arbeit ging, Angst hatte. Das musste hart sein.

Ein paar Sekunden später tauchte Chris wieder auf. »Tut mir leid.« Auch er schien verlegen zu sein. »Alles in Ordnung. Wir fahren in fünfzehn Minuten los, okay?«

Fünfzehn. Die Zahl überraschte Makani. Sie waren eindeutig nicht daran gewöhnt, ein Mädchen im Haus zu haben. Sie beeilte sich, ihr Gesicht zu waschen und sich anzuziehen, und merkte – da beide Brüder in weniger als zehn Minuten fertig waren –, dass diese Zahl tatsächlich ihr zuliebe erhöht worden war.

Ollie reichte ihr einen dampfenden Pop-Tart, als sie in sein Auto einstieg. Sie schluckte ihn praktisch ganz hinunter. Als sie den Highway erreichten, trennten sie sich von Chris.

»Was zum ...«, fluchte Ollie verhalten.

Makani blickte von ihrem Handy auf, auf dem sie gerade ihre Nachrichten checkte. Auf der Gegenspur war der Verkehr zum Erliegen gekommen. Schmutzige Autos, Laster und Campingfahrzeuge stauten sich, soweit das Auge reichte. Ein rothaariger Angestellter mit einer Flagge winkte sie auf den Parkplatz des Maislabyrinths.

»Ist da freitagabends immer so viel los?«, fragte Makani.

»Nein, nie«, erwiderte Ollie.

Fahrzeug um Fahrzeug war vollgestopft mit jungen Leuten im Collegealter – laute Stimmen, stampfende Musik, trotz der eisigen Temperaturen heruntergekurbelte Fenster. Makani starrte sie mit unverhohlenem Unmut, wenn auch nicht ungläubig, an. Sie hatte zu viel erlebt, um Ungläubigkeit zu empfinden. »Die Leute sind doch krank. Sie halten das Ganze für ein Spiel.«

Auf der anderen Seite des Maislabyrinths versuchte einer von Ollies Nachbarn, aus seiner Einfahrt zu kommen. »Das kann eine Weile dauern«, sagte Ollie.

Makani schickte ihren Freunden ein Update und teilte ihnen mit, wohin sie unterwegs waren. Im Moment war es wichtig zu wissen, wo alle gerade waren. Darby war zu Hause und Alex war mit der Kapelle in der Schule. Doch sobald Makanis Nachricht verschwunden war, vibrierte ihr Handy, weil Alex eine Antwort geschickt hatte: **Ich drehe gleich durch.**

Makani runzelte die Stirn und schrieb zurück: ???

Zu viele Menschen hier. Zu voll. Kann nicht atmen.

Können deine Eltern nicht zurückkommen und dich abholen?

Sie glauben, in der Menge bin ich sicherer! Ich habe sie an Caleb und die Gedenkfeier erinnert, aber das wollten sie nicht gelten lassen. Ich drehe durch. Ich drehe total durch!!

Ollie beobachtete Makani aus den Augenwinkeln. »Was ist los?«

»Alex. Ich glaube, sie hat eine Panikattacke.«

Er war letzte Nacht nur eine VIERTELMEILE von meinem Zuhause entfernt. Jetzt habe ich das Gefühl, er ist hier. Ich kann das nicht. ICH KANN DAS WIRKLICH NICHT!!!

»Sollen wir sie abholen?«, fragte Ollie, als eine weitere Nachricht von Alex aufleuchtete: **Könnt ihr mich abholen?**

Sind schon unterwegs, schrieb Makani. Herz-Emoji.

Beeilt euch, schrieb Alex. Schreiendes Emoji.

Das Stadion war rappelvoll und der Wind trug den Jubel, die Musik der Blaskapelle und den Tumult bis ins Zentrum von Osborne. Als ihr Auto an der Walnut Street vorbeischoss, hielt Makani nach dem Haus ihrer Großmutter Ausschau. Es war gerade so außer Sicht.

Die hellen Lichter des Fußballfelds durchbrachen die Dämmerung. Alex wartete am Tor auf sie. Die ganze Gegend war voller Menschen, doch sie stand allein.

Ollie entriegelte die Türen, kurbelte sein Fenster herunter und winkte ihr. Der Duft billiger Schokolade wehte in den Wagen. Die Trick-or-Treat-Touren von morgen waren abgesagt worden und es hatte sich herumgesprochen, dass Süßigkeiten zum Spiel mitgebracht werden sollten. Verkleidete Kinder rannten durch diesen ganzen Wahnsinn, sammelten Süßigkeiten in ihre Kissenbezüge und orangefarbenen Plastikkürbisse.

Teenagern und Erwachsenen war es verboten worden, Kostüme zu tragen – aus Angst, dass sich David unter ihnen verstecken könnte –, deshalb hatten sie sich stattdessen in Scharlachrot und Gold herausgeputzt.

Die Menge der einheimischen Zuschauer war so riesig, dass sie sich bis auf die Besucherseite ausbreitete. Die Cheerleader stimmten mit ihnen den »Lion Roar« an, einen Gesang, der den Geist der Schule wiedergab, und ein mächtiges Getrampel dröhnte und polterte auf den unüberdachten Metalltribünen.

Direkt hinter dem Hauptmaschendrahtzaun waren zwei Mitglieder der Nationalgarde zu sehen. Sie trugen Kampfanzüge und hatten Sturmgewehre bei sich. Eigentlich sollten sich dadurch alle sicher fühlen, doch Makani überlief ein nervöser, unangenehmer Schauder.

Alex stürzte mit ihrer Trompete auf den Rücksitz. Ihr Federbusch stieß gegen den Türrahmen, sodass ihr Hut in Schieflage geriet. *»Au.«* Sie löste den Kinnriemen und nahm den Hut ab. Sie funkelte den Federbusch an. Oder vielleicht hatte sie auch Angst vor ihm.

»Alles okay?«, wollte Makani wissen. Es war eine dämliche Frage.

Alex knallte die Tür zu. »Fahr los!«

»Wirst du keine Schwierigkeiten bekommen, wenn du jetzt gehst?«, fragte Ollie.

»Scheiß drauf«, sagte Alex. »Scheiß auf all das. Ich kann keinen peppigen Anfeuerungssong spielen und so tun, als wärt ihr zwei nicht fast umgebracht worden. Ich kann nicht so tun, als wären mein Schwarm, mein Trompetensektionsleiter und drei weitere meiner Mitschüler nicht *tatsächlich* umgebracht worden. Und ich kann nicht so tun, als würde der Depp, der das alles getan hat, nicht noch irgendwo da draußen herumlaufen!«

Das genügte Ollie. Er fuhr los. Makani löste ihren Gurt und

kroch über die Mittelkonsole auf den Rücksitz, wo Alex Mühe hatte, den Reißverschluss ihrer roten Uniform aufzumachen. Makani öffnete die versteckten Knöpfen, die Alex ganz vergessen hatte, und half ihr aus der Jacke. Den Tränen nahe schüttelte Alex sie ab.

Während Makani in ihren Taschen nach Taschentüchern suchte, klingelte ihr Handy. Darby hatte es aufgegeben zu schreiben. »Alles in Ordnung?«, erkundigte sich Makani.

»Stell ihn auf Lautsprecher«, sagte Alex.

»Mir geht es gut«, sagte Darby. Makani drückte auf den Knopf und seine Stimme dröhnte durch den Wagen. »Ich rufe nur an, weil ich gerade Auto fahre.«

»Das ist auch gefährlich«, erwiderte Ollie. Und dann zuckte er zusammen, weil er so spießig war.

Makani fragte sich, ob seine Reaktion durch zu viele Unfallgeschichten von Chris ausgelöst worden war. Oder die Art von Unfall erinnerte ihn an seine Eltern. Sie hatte sich noch immer nicht angeschnallt, deshalb griff sie jetzt nach dem Gurt und bedeutete Alex, es ihr gleichzutun.

»Ich weiß, aber ich habe gerade erst eure Nachrichten erhalten«, sagte Darby. »Mein Empfang war wegen all dieser verdammten Touristen völlig im Eimer. Ist Alex bei euch?«

»Ich bin hier!«, meldete sich Alex. »Wo bist du?«

»Ich war auf dem Weg, um dich abzuholen. Gerade fahre ich am Dollar General vorbei.«

»Wir sind fast im Krankenhaus«, sagte Makani. »Treffen wir uns dort auf dem Parkplatz?«

Knapp fünf Minuten später tauchte Darbys Kombilimousine neben ihnen auf. Darbys und Alex' Türen flogen auf und sie fielen sich in die Arme. Sie umarmten sich eine Ewigkeit.

Makani kroch zurück auf den Beifahrersitz und rieb ihre Hände vor dem Gebläse. Ollie drehte die Temperatur höher.

Darby und Alex ließen sich auf den leeren Rücksitz fallen.

Darby trug ein Altmänner-Sakko aus Tweed, das tatsächlich Ellbogenflicken hatte, dazu ein Hemd und darunter einen Pulli, damit ihm nicht kalt wurde. Er ließ die Hosenträger an Alex' Uniform schnalzen. »Habt ihr das gesehen, Leute? Sie versucht, meinen Look zu klauen.«

»Hast du dein Auto abgeschlossen?«, fragte Ollie.

Die Frage dämpfte sofort wieder die Stimmung.

Darby beruhigte ihn. »Es ist abgeschlossen.«

Sie verfielen in Schweigen, während sie die Umgebung absuchten. Der Parkplatz war nahezu leer. Nach mehreren angespannten Minuten sagte Makani: »Ich halte die Warterei nicht mehr aus.«

Niemand widersprach ihr. Die Anspannung im Wagen war erstickend.

»Ich kann hier nicht einfach *herumsitzen«*, sagte sie. *Vielleicht sucht er nach mir.*

Alex stimmte zu. »Er tötet immer schneller, und da alle nach ihm suchen – außer denen, die beim Footballspiel sind –«, fügte sie finster hinzu, »hat er wahrscheinlich das Gefühl, er muss seinen dummen Plan, worin auch immer der besteht, zu Ende bringen, und zwar *jetzt*. Bevor er geschnappt wird.«

»Ich wünschte, wir wüssten, wen er sonst noch in den Wahnsinn treibt«, sagte Makani.

Ollie starrte, ohne zu blinzeln, durch die Windschutzscheibe. »Haley, Matt, Rodrigo, du, Caleb, Katie. Was ist die wahre Verbindung?«

»Cliquen?« Darby war zögerlich. »Keiner von euch hat mit den anderen rumgehangen, aber alle gehörtet ihr zu einer bestimmten sozialen Gruppe. Vielleicht fühlte sich David einsam. Als würde er nirgendwo dazugehören.«

»Tat er doch«, widersprach Alex.

Darby zuckte mit den Schultern. »Ich weiß, aber ... ich weiß *nicht.* Aber irgendetwas ist da. Bisher hat er sich aus jeder Gruppe einen herausgegriffen.«

»Ich glaube immer noch, dass er es auf die talentiertesten Schüler abgesehen hat«, sagte Alex. »Oder die ehrgeizigsten. Oder vielleicht auch nur auf die Leute, die herausstechen. Vielleicht gebt ihr alle ihm das Gefühl, minderwertig und unsichtbar zu sein, und dies ist der beste Weg, *sichtbarer* zu werden.«

Als niemand widersprach, fuhr Alex fort. »Wer ist sonst noch außergewöhnlich? Wer steht sonst noch vor einem großen Publikum oder macht Schlagzeilen oder gewinnt Wettbewerbe?«

»Shit«, sagte Ollie leise. Seine Miene wurde ernst. »Erinnert ihr euch noch an den Tag, an dem außer uns kaum jemand in der Schule war?«

Er starrte immer noch geradeaus, doch Makani wusste, dass die Frage an sie gerichtet war. »Du meinst Mittwoch? Vor zwei Tagen? Der Tag, an dem wir überfallen wurden?«

Als ihm das klar wurde, schien er verblüfft. In traumatischen Phasen spielt einem die Zeit oft Streiche. Er versuchte, seine Verblüffung abzuschütteln. »Genau. Aber erinnerst du dich auch an den schlechten Witz, den ich gemacht habe? Stanton teilte uns bei den Bekanntmachungen mit, dass Rosemarie Holt ein Tonnenreiten gewonnen hat, und dann sagte *ich,* dass sie sich besser in Acht nehmen soll.«

Makani schlug sich bei dieser Erinnerung vor Angst die Hand vor den Mund: *Wie sie mit den anderen Schülern geklatscht hatte. Froh über eine kleine gute Nachricht.*

Darby rutschte unbehaglich auf seinem Sitz herum. »Rosemarie gewinnt diese Wettbewerbe schon lange.«

»Seit Jahren«, fügte Ollie hinzu.

»Oh Gott.« Alex sah aus, als würde sie sich gleich übergeben. »Was sollen wir jetzt tun?«

Chris ging nach dem ersten Klingeln ans Telefon. Ollie wiederholte ihre Theorie, aber ihm wurde rasch das Wort abgeschnitten. Er zog die Augenbrauen zusammen, während er zuhörte. »Ja, bei uns ist alles gut«, sagte er. »Ja okay ...«

Ollie starrte sein Handy an. »Er hat aufgelegt.«

»Was ist?«, fragte Makani. *Was ist jetzt schon wieder los?*

»Ein anderer Lastwagenfahrer, der David mitgenommen hat, hat sie angerufen. Der Typ hat ihn gerade in den Nachrichten gesehen und wiedererkannt. Dieser neue Fahrer sagte, dass er David aufgegriffen hat, wohl kurz nachdem ihn der andere Fahrer abgesetzt hatte, und Chris sagte, er kennt den genauen Ort. Es war einfach nur total dummer Zufall, dass keiner der Fahrer wusste, wer er war.«

Makanis Herz setzte einen Schlag aus. Wie viel Glück konnte man haben?

»Der Typ behauptet, er hätte David auf der *anderen* Seite von Osborne abgesetzt. Die Polizei fährt gerade dorthin. Sie glauben, dass er sich durch die Felder zurück in die Stadt geschlichen hat. Sie glauben, er könnte unterwegs zum Stadion sein, um einen Überraschungsangriff zu starten.«

Alex packte Makanis Sitz und rüttelte grob daran. »Ich wusste es!«

Makani legte ihre Hand auf die von Alex, damit sie aufhörte. »Das klingt nicht nach seiner Vorgehensweise.«

»Machst du Witze? Was würde diese Stadt mehr erschüttern als ein Angriff auf das erste Spiel der Play-offs?«

»Was hat Chris in Bezug auf Rosemarie gesagt?«, fragte Darby.

Ollie runzelte die Stirn. »Ich glaube dadurch, dass Zachary doch nicht im Fadenkreuz stand, haben wir das kleine bisschen Einfluss, das wir vielleicht hatten, verspielt.«

»Aber jemand muss sie warnen!«, sagte Darby.

Ollie scrollte bereits durch seine Kontakte. Er fing Makanis Blick ein und erklärte: »Nachbar. Ihre Familie lebt auf der anderen Seite des Maislabyrinths.«

Natürlich. In Osborne hatte jeder mit jedem etwas zu tun. Makani unterdrückte die Eifersucht, die jetzt völlig unpassend in ihr aufflammte, während der Anruf direkt auf die Mailbox umgeleitet wurde.

»Hey, hier ist Ollie Larsson. Ruf mich zurück, sobald du das hörst. Es ist ein Notfall. Allen geht es gut, es ist nur ... ruf mich zurück.«

Makani starrte ihn mit aufgerissenen, angstvollen Augen an. »Und was jetzt?«

Seine Stimme wurde hart. »Alle anschnallen, bitte.« Und dann drehte er den Zündschlüssel und drückte das Gaspedal zu Boden.

26

Moonlight wieherte schrill und scharrte in den frischen Spänen.

»Schh.« Rosemarie Holt strich in beruhigenden Bewegungen mit der Bürste über den Hals des Fuchses. »Das ist nur ein Haufen dummer Gaffer. Nichts, wovor man Angst haben muss.«

Stroboskoplichter blitzten auf und Musik heulte. Geschrei und grobes Gelächter drangen aus dem Mais herüber zu den Ställen am Rand des Holtschen Anwesens. Normalerweise war es ein eher kleines Ärgernis, neben der Touristenattraktion zu wohnen. Heute jedoch wimmelte es in der Gegend nur so von betrunkenen Rednecks sowie Typen und Mädels aus Studentenverbindungen, die alle ganz erpicht waren auf ein bisschen Horror. Es war, als wäre David Thurston Ware nur eine moderne Sage, die man sich am Lagerfeuer erzählt, und kein Mörder, der auf freiem Fuß war.

Im nächsten Stall stampfte Cash in nervöser Unruhe mit den Hufen. Im Labyrinth hatte es noch nie zuvor Lichter und Musik bei Nacht gegeben. »Ich finde es auch nicht so toll, Junge«, grummelte sie. Die Wut stieg wieder in ihr hoch, weil Emmet sie mit allen Aufgaben alleingelassen hatte. Als Kind hatten sie beide ein American Quarter Horse bekommen. Emmet hatte sich eins mit schwarzem Fell ausgesucht und es nach dem Countrysänger Johnny Cash benannt, der auch als »Man in Black« bekannt war. Wie sich herausstellte, war dies eine fast prophetische Entscheidung, da es die Art und Weise widerspiegelte, wie er Cash behandelte – wie ein Accessoire, das ihn cooler wirken ließ. Cashs Pflege übernahmen überwiegend Rosemarie und ihre Eltern.

Rosemarie hatte schon immer ein Pferd gewollt. Als sie klein war, hatte sie sich nur für ein Buch oder einen Film interessiert, wenn mindestens eines darin vorkam. Moonlight war nach ihrem liebsten fiktiven Pferd benannt. Auch wenn ihres nicht golden war (Moonlight war von einem hellen Rotbraun) und auch keine weiße Mähne und keinen weißen Schweif hatte (Moonlights waren flachsfarben). Rosemarie war trotzdem davon überzeugt, dass ihr Pferd genauso treu war wie Alannas Moonlight gegenüber der Löwin. Im Laufe der Jahre war Rosemarie zugegebenermaßen aus dem Namen herausgewachsen. Doch sie erinnerte sich noch gut daran, weshalb er so wichtig gewesen war. Was er ihr bedeutet hatte.

»Schon gut, Mädchen.« Sie berührte den Rumpf des Pferdes, während sie um es herumging, damit es wusste, dass Rosemarie da war; dann warf sie die Bürste in einen Plastikeimer mit Fellpflegeutensilien. »Fast fertig. Ich hole dir dein Heu.«

Rosemarie nahm ihm die Anbindestricke ab und hob den Eimer hoch. Dann schloss sie die Schiebetür hinter sich und stellte den Eimer wieder ab, um sich die Heugabel zu schnappen, die in einer der leeren Boxen lehnte.

Der Stall roch wunderbar vertraut: Sägespäne, Pferdefutter und altes Leder, aber auch ein stechender Unterton von Ammoniak. Der Uringeruch war nach dem Ausmisten der Ställe immer stärker, aber er würde binnen einer Stunde wieder verflogen sein. Ihre wasserfesten Stiefel gaben auf dem Bodenbelag aus Gummi kaum ein Geräusch von sich.

Rosemarie und Moonlight waren ein gutes Team. Als Rosemarie acht Jahre alt war, hatten sie mit dem Tonnenreiten angefangen, als sie neun war, nahmen sie schon an Wettkämpfen teil. Das Sloane County Championship Rodeo benutzte ein traditionelles Kleeblattmuster aus drei Ölfässern. Die Zeit war vorgegeben, und wenn ein Teilnehmer ein Fass umstieß, gab es fünf Strafsekunden. In manchen Rodeos wurden auch Hutstrafen verhängt, man musste dann fünfundzwanzig Dollar bezahlen, wenn man seinen Hut verlor.

Moonlight stieß selten ein Fass um. Und Rosemarie verlor nie ihren Hut.

Aber verletzt hatte sich Rosemarie schon mal. Vor einem Jahr hatte sie sich den rechten Arm gebrochen, als sie ohne Sattel geritten und abgerutscht war. Und erst vor zwei Monaten war beim Kunstreiten ihr Riemen gerissen – sie hatte kopfüber am Pferd gehangen, das in gestrecktem Galopp dahinraste. Das war echt seltsam. Der Riemen war noch gar nicht so alt gewesen. Sie hätte sich fast das Genick gebrochen.

Der Unfall hatte sie aufgerüttelt, aber sie ließ sich nicht davon aufhalten. Sie war konkurrenzfähig, durchsetzungsstark und schneller als die anderen Teilnehmer. Und sie war bereit, auf Landesebene anzutreten.

Als sie in die dunkle Box trat, erschrak sie, als nebenan ein ohrenbetäubender Schrei ertönte. Rosemarie wartete.

Yep. Gelächter.

Bei der Vorstellung, Emmet könnte einer dieser lachenden Schwachköpfe sein, presste sie den Kiefer zusammen. *Ich hoffe, du hast Spaß,* dachte sie verbittert. Er ging auf die University of Nebraska in Lincoln und war übers Wochenende nach Hause gekommen. Eigentlich sollte er *hier* sein und ihr helfen, doch als er erfahren hatte, dass einige seiner Schulfreunde auch in der Stadt waren, hatte er sie versetzt, um sie zu treffen. Ihre Eltern waren auf dem Footballspiel und unterstützten ihren Cousin, der im Team spielte.

Rosemarie griff durch den schwarzen Schatten hindurch nach der Heugabel, doch sie griff ins Leere. Sie tastete sich an der rauen, aus Holzplanken bestehenden Wand immer weiter in den Stall hinein, bis sie in der gegenüberliegenden Ecke endlich den Stiel berührte.

Sie griff danach und drehte sich wieder zum Licht.

Der Eimer war weg.

Einen Augenblick lang – für eine entsetzliche Sekunde – war sie verwirrt, doch dann stieg ihr ein Geruch in die Nase, der ihr nicht vertraut oder willkommen war. Es war der Geruch eines anderen, eines ungewaschenen Menschen.

* * *

Der ehemalige Streifenwagen raste aus Osborne hinaus, doch als er den Highway erreichte, bremste das Auto vor ihnen unerwartet und stark ab. Makani warf einen Blick auf den Tacho. Die Anzeige lag gute acht Stundenkilometer unter der vorgeschriebenen Geschwindigkeitsbegrenzung. »Was soll das denn jetzt verdammt?«, brüllte sie dem anderen Wagen aufgebracht zu. »Fahr schon!«

Ollies Finger schlossen sich fester um das Lenkrad. »Das passiert die ganze Zeit. Die Leute schauen in den Rückspiegel und halten mich für einen Cop.«

Auf dem Rücksitz versuchte Darby, Rosemarie zu erreichen, doch die Mobilfunkmasten waren noch immer überlastet. Die Anrufe wurden entweder sofort auf Mailbox umgeleitet oder es wurde überhaupt keine Verbindung hergestellt.

Ollie scherte auf die Gegenspur aus und gab Gas. Sie flitzten an dem Wagen vorbei und Ollie ordnete sich wieder auf die rechte Spur ein. Mit jeder gefahrenen Meile ging das Einhalten der Sicherheitsvorschriften weiter den Bach runter.

Weniger als eine Minute später passierte noch mal das Gleiche. Makani und Alex stöhnten auf.

»Die. Ganze. Zeit«, sagte Ollie zähneknirschend und überholte das zweite Auto.

Ein weiterer Check des Tachos. Fünfzig Stundenkilometer über der Geschwindigkeitsbegrenzung. Ollie registrierte Makanis Blick. »Heute wird mich keiner anhalten. Sie sind alle auf der anderen Seite der Stadt.«

Makani gefiel, dass Ollie ein vorsichtiger Fahrer war. Sie respektierte das. Aber sie war froh, dass er die Dringlichkeit ihrer derzeitigen Situation wahrnahm.

Mit einem grimmigen Lächeln sah sie auf die Straße hinaus. »Ich habe mich nicht beschwert.«

Rosemarie wusste, dass Gerüche tröstlich sein konnten, aber dies war das erste Mal, dass sie einen Geruch wahrnahm, der furchterregend war. Ein widerlicher Körpergeruch breitete sich ganz in ihrer Nähe aus, und zwar ein männlicher.

Und er gehörte nicht ihrem Bruder.

Eine schlanke Gestalt trat vor ihre Box. Ihr Gang war ruhig und kalkuliert. Sie trug einen seltsamen Mantel und hielt den Fellpflegeeimer.

Rosemaries Knie gaben nach.

David Thurston Ware stellte den Eimer ab. Er brauchte ihn nicht. Er hatte ihn nur mitgebracht, um ihr zu zeigen, dass *er* derjenige gewesen war, der ihn verstellt hatte. Er streifte den Mantel ab und ließ ihn zu einem wolligen Haufen auf den Boden fallen. Darunter trug er den Hoodie, von dem sie in den Nachrichten gehört hatte. Das Tarnmuster war mit fleckigen braunen Schlieren bedeckt, die dunkler waren als das Muster des Stoffs. Getrocknetes Blut.

Diese Enthüllung war ebenso unnötig wie furchterregend.

Er zog sein Messer aus einem Halfter an seinem Gürtel. Die Klinge funkelte. Er starrte in die dunkle Box und trat dann gegen den Plastikeimer, sodass die Werkzeuge darin klirrend gegeneinanderstießen.

»Sie hätten dir auch nicht viel geholfen.« Er trat einen Schritt vor. »Aber sie wären besser als nichts gewesen.«

Rosmarie nahm die Heugabel fester in die Hand und machte einen Satz nach vorne.

Der Verkehr kam vollkommen zum Erliegen. Hawaii war berühmt-berüchtigt für seine unpassierbaren einspurigen Straßen und es war nichts Außergewöhnliches, hinter einem Touristen festzustecken, der weniger als dreißig fuhr. Dennoch hatte Makani noch nie solche Aggressionen im Straßenverkehr verspürt wie in diesem Moment.

»Ihr Haus ist *gleich da vorne.«* Ollie deutete zornig auf ein schlichtes einstöckiges Haus kurz vor dem Maislabyrinth. Das Haus war ein Stück von der Straße zurückgesetzt.

Darby und Alex griffen nach ihren Sicherheitsgurten. »Wir laufen dahin«, sagte Alex.

»Nein!« Makanis Wut verwandelte sich in Panik. »Wir trennen uns nicht. Wir bleiben zusammen.«

»Finde ich auch«, sagte Ollie, während der Streifenwagen zentimeterweise vorrückte.

»Aber wir können doch nicht nur hier rumsitzen«, widersprach Alex. »Vielleicht ist David schon dort!«

Darby versuchte, sie zu beruhigen. »Höchstwahrscheinlich ist er in der Stadt. Vermutlich ist alles okay.«

Alex brodelte. »Auf wessen Seite stehst du eigentlich?«

Ollie verrenkte den Hals, um über den Stau hinauszusehen. Ein Pick-up fuhr vorbei, danach drehte Ollie scharf am Steuer und beschleunigte auf der Gegenspur.

Ein Sattelzug kam direkt auf sie zu.

Sie schrien. Der Sattelzug hupte. Ollie fuhr geradewegs in den Graben neben der Straße und gab weiter Gas. Der Sattelzug schoss vorbei und die anderen Fahrer stemmten sich auf ihre Hupen und brüllten Beschimpfungen, während der Streifenwagen durch den Graben raste und Staubwolken in den nächtlichen Himmel wirbelte. Der Wagen holperte, ratterte, rumste und rüttelte.

»Oh mein Gott, oh mein Gott, oh mein Gott«, sagten Makani und Darby wie aus einem Munde, während Alex kreischte, ein Geräusch das irgendwo zwischen Vergnügen und Angst lag.

Sie erreichten die Einfahrt der Holts, eine unbefestigte Straße. Das Auto lief jetzt zwar ruhiger, doch die Fahrt wurde wieder rasanter, als sie Geschwindigkeit aufnahmen. Makani deutete auf ein kleines Gebäude, das abseits des Haupthauses lag. Die Lichter dort waren an. »Da!«, rief sie.

»Festhalten«, schrie Ollie als Warnung und Befehl zugleich, bevor er den Wagen auf die Weide steuerte.

Makani, Darby und Alex kreischten wieder.

»Da oben gibt es doch eine Straße, verdammt!«, sagte Makani.

»Sorry!«, rief Ollie, während das Auto durch das Gras auf den Stall zuraste. »Ich habe mich wohl vom Moment mitreißen lassen!«

»Was machen wir hier eigentlich?«, schrie Darby.

Und Alex brüllte aus voller Lunge: »Wenn wir damit nur bloß nicht falschliegen!«

* * *

Rosemarie war nicht umsonst mit Rodeos aufgewachsen. Sie konnte knallhart sein. Ein Mädchen von der Farm. Und sie würde sich nicht von einem albernen Jungen mit einem dummen Messer umbringen lassen.

David sah verdutzt aus, als die Heugabel auf ihn zukam. Er duckte sich, war aber nicht schnell genug. Die äußere Zinke grub sich in seine Seite. Vor Schock und Schmerz schrie er auf.

Erschrocken darüber, dass sie getroffen hatte – dass ihre Waffe in ein lebendiges menschliches Wesen eingedrungen war –, zog sie die Heugabel wieder heraus. Sein Körper gab ein schmatzendes Geräusch von sich, als sie sich aus ihm löste.

Er taumelte rückwärts.

»Gut so!«, sagte Rosemarie. Sie schrie ihn an, wusste aber gar nicht, was sie da eigentlich sagte. Es fühlte sich gar nicht so an, als würde das alles in echt geschehen.

David rannte aus dem Stall, die Hand auf seine blutende linke Seite gepresst.

Die Pferde waren nervös. Sie wieherten und traten gegen die Wände, während Rosemarie ihre Optionen durchging: Sie konnte auf Empfang warten und die Polizei anrufen. Oder sie konnte dafür sorgen, dass David nicht zurückkam und sie davor umbrachte.

Rosemarie umklammerte den Stiel der Heugabel so fest, dass sie spürte, wie sich Druckstellen bildeten. Vorsichtig machte sie einen Schritt vorwärts. Noch einen. Und noch einen.

Als sie die Stalltür erreichte, schoss eine Hand hervor und schnappte die Heugabel – direkt über ihrer Hand. Sie schrie auf, während sie sich bemühte, wieder die Kontrolle zu erlangen.

David zog sie zu Boden. Aus irgendeinem Grund hatte er das Messer abgelegt, um die Heugabel zu packen, und jetzt versuchte er, es wieder aufzuheben.

Den Teufel würde er tun.

Rosemarie entwand ihm die Heugabel. Und da bemerkte sie

ein Scheinwerferpaar und ein Auto, das direkt auf sie zugerast kam.

Sie waren beide perplex, doch David erholte sich als Erster davon. Er schnappte sich das Messer und holte aus. Die Klinge fuhr in Rosemaries rechten Oberschenkel. Sie schlug David mit der Heugabel auf den Rücken. Sie sah, wie er zusammenklappte, und dann war da ein gleißend weißes Licht.

Und dann konnte sie nichts mehr sehen.

27

Der Suchscheinwerfer von Ollies Streifenwagen schnitt ein gleißendes Loch in die schwarze Landschaft. Nur wenige Meter vor ihnen sahen sie Rosemarie und David. Ihre Gestalten verschmolzen miteinander im Kampf.

»Ich hab's mir anders überlegt, ich hab's mir anders überlegt«, sagte Alex. »Ich wünschte, wir hätten nicht recht gehabt.«

Makani riss die Tür auf und schoss durch die eisige Luft und das matschige Gras. Auch die anderen drei Autotüren flogen hinter ihr auf.

David brachte seinen Körper hinter Rosemarie, legte ihr den Arm um den Hals. Sein Messer zielte auf ihre Kehle. Es war mit einem flüssigen Schatten aus frischem Blut bedeckt.

Rosemaries rundes Gesicht sah verkniffen und erstarrt aus. Makani sah das Weiße in ihren Augen wie bei einem kopfscheuen Pferd. Ihr langes, glattes Haar fiel auf eine Seite, da sie ihr ganzes Gewicht auf ein Bein verlagert hatte. Das andere Bein umklammerte sie.

Alles passierte gleichzeitig.

Alex brüllte in Davids Richtung. Er drehte sich in die Richtung, aus der das Geräusch kam, und riss Rosemarie mit sich, sodass er Makani den Rücken zuwandte.

Makani stürzte sich auf ihn. Alle gingen zu Boden und Rosemarie schrie auf. Arme, Beine und Körper verhedderten sich und andere Hände stemmten sie auseinander, doch Makani konnte nicht sagen, welche Hände Freunden gehörten und welche *ihm*. Ein weiterer Schrei zerriss die Nacht.

David entwand sich dem Knäuel. Er drehte ihnen den Kopf zu und seine Augen blitzten auf, als er Makani erkannte. Sie saß in der Falle und er war direkt hier.

Aber sie waren in der Überzahl. Deshalb rannte er los.

Rosemarie war zusammengekrümmt wie ein gefallenes Blatt. Sie rührte sich nicht. Auf das Schlimmste gefasst, berührte Makani sie an der Schulter. Und da blickte das Mädchen auf.

»Oh mein Gott. Gott sei Dank.« Makani kamen die Tränen. »Ist alles okay?«

»Es ist nur das Bein. Es tut weh, wenn ich es bewege.« Rosemarie schien ein wenig benommen zu sein, doch sie deutete auf die klaffende Wunde an ihrem Schenkel. »Woher wusstet ihr …?«

Darby ließ sich mit einem erstickten Laut auf die Knie fallen. Zuerst dachte Makani, er wäre verletzt. Aber er sah Alex an. Makani kroch vorwärts.

Nein. Bitte. Nein.

Es fing an zu schneien. Oder vielleicht schneite es auch schon die ganze Zeit. Plötzlich spürte Makani eine kalte Nässe an ihren Wangen. Sie blickte auf und sah David im Labyrinth verschwinden. Dicke Flocken fielen hinter ihm durch die Lichtkegel der Scheinwerfer.

Ollie stand wie erstarrt über ihnen. Vielleicht war er wieder im Müsligang bei Greeley's und versuchte, sich zu entscheiden, ob er bleiben oder lieber die Verfolgung aufnehmen sollte. Die Welt wirkte wie scheintot. Das Einzige, was am Leben schien, war der Schnee.

Und dann stieß Darby ein markerschütterndes Heulen aus und Makani wusste es. Sie wussten es alle.

Makani streckte die Hand nach Darby aus und Ollie rannte auf das Labyrinth zu. Darby schlotterte hysterisch, wollte Alex berühren und zog die Hand dann ängstlich wieder zurück. Die höckerigen weißen Wirbel ihres Rückgrats standen heraus. Ihr Hals war so tief durchschnitten worden, dass der Kopf beinahe abgetrennt war.

Makanis Haut wurde klamm. Galle stieg in ihrer Kehle auf.

Rosemarie schleppte sich zu ihnen, wandte sich dann aber schockiert ab.

»Ruf die Polizei an«, sagte Makani, während sie sich aufrappelte, um das riesige Labyrinth in Angriff zu nehmen. Wind kam auf und die Maisstängel schwankten und wogten zur Seite. Ollie tauchte in den Strom ein. So viele Leute waren dadrin. Sie konnte nicht zulassen, dass er sich dem Massaker allein stellte. Die Cops waren auf der anderen Seite von Osborne; es würde zu lange dauern, bis sie kämen.

Rosemarie gab einen überraschten Laut von sich, zweifellos hatte sie die verpassten Anrufe auf ihrem Handy entdeckt. »Es sucht nach Empfang«, sagte sie frustriert.

Makani nickte Rosemarie und Darby zu. »Bleibt zusammen.«

»Auf keinen Fall.« Darby sprang auf die Füße und wischte Tränen und Rotz am Ärmel ab. »Ich komme mit.«

Makani protestierte nicht. Sie rannten los und gaben Vollgas.

Abgeknickte Maisstängel verrieten, wo David und Ollie eingedrungen waren. Die äußere Mauer des Labyrinths war mindestens ein Dutzend Stängel dick und die spröden langen Blätter kratzten und rissen an Makanis Haut. Schnee, der auf den Pflanzen gelandet war, wurde wieder aufgewirbelt. Gelegentlich blitzte Stroboskoplicht auf. Ein finsterer Soundtrack plärrte. In der Nähe ertönten Schreie und Makani zog es die

Brust zusammen, doch den Schreien folgte Gelächter. Nur ein paar Freunde, die über jemanden in einem Ghulkostüm gestolpert waren.

Makani brach durch den Mais. Drei Typen schrien, verloren komplett die Nerven. Einer von ihnen trug einen tarnfarbenen Hoodie. Makani taumelte rückwärts, doch Darby, der hinter ihr kam, fing sie auf. Der Hoodie-Typ schrie wieder, doch die anderen beiden lachten sich bereits schlapp. Dachten, sie wüssten über den Witz des Spuklabyrinths Bescheid.

Makani schaute noch mal genau hin.

Das war ein David-Ware-*Kostüm.* Der Typ hielt auch noch ein Plastikmesser in der Hand. Sie unterdrückte ihre Wut, um sie zu warnen. »Raus hier. Ihr seid in Gefahr!« Sie zeigte auf die zertrampelten Maisstängel. »Da draußen sind zwei Mädchen, die eure Hilfe brauchen!«

Der Hoodie-Typ grinste. »Oooooh.«

»Du hast es nicht kapiert«, sagte Darby. »David ist *in* diesem Labyrinth. Er hat gerade meine beste Freundin *niedergemetzelt.«*

»Oooooh«, rief das Trio wie aus einem Munde, dieses Mal lauter. Sie wedelten mit den Händen herum – das internationale Zeichen für gruselig.

Makani konnte es sich nicht leisten, noch mehr Zeit mit ihnen zu verschwenden. »Wohin sind sie gelaufen?«

Darby schaute vernünftigerweise auf den Boden. Stützwurzeln ragten wie geschwollene Finger aus der Erde. Heruntergefallene Maiskolben wirkten wie Schrumpfköpfe mit geschwärzten Zähnen, an denen strähniges Haar herunterhing.

Auf dem Weg war es weniger matschig – hier war Stroh ausgestreut worden –, aber doch matschig genug, um die Abdrücke zweier rennender Fußpaare gut erkennen zu können.

Darby zeigte darauf. »Hier entlang!«

Die Spuren führten weg von der Stelle, an der Makani und Darby das Labyrinth betreten hatten. »Geht schon! Ihr werdet sie dann sehen«, rief Makani dem Trio zu, während sie und Darby weiterrannten. Kurz bevor sie um die Ecke bogen und außer Sicht gerieten, hörte Makani einen von ihnen fragen: »Warum sind sie nicht verkleidet so wie die anderen?«

Sie verfolgten die zweifachen Fußabdrücke, vollzogen eine Biegung nach der anderen nach. Jedes Mal, wenn jemand schrie, fuhr Makani zusammen. Sie bogen scharf rechts ab und ein blutbesudelter Teenager, der mit einem Rasiermesser herumfuchtelte, sprang auf sie zu. Makani und Darby prallten kreischend zurück. Aber er hatte ein viktorianisches Kostüm an und das Rasiermesser war nicht echt.

»Dann habt ihr den guten alten Sweeney also gefunden«, sagte der Junge mit holprigem Akzent, der irgendwo zwischen Cockney und Australisch angesiedelt war. »Aber werdet ihr auch sein Geheimnis lüften?«

Darby dämmerte es und er zog die Augenbrauen nach oben. »Jonathan?«

»Es ist niemand da, der so heißt, mein Freund. Mein Name ist Todd, Sweeney Todd und ...«

»... Jonathan.« Makani wusste nicht, wer Jonathan war, außer dass er eindeutig zum Theaterclub gehörte. »Hast du sie gesehen? Hast du Ollie oder David gesehen?«

Sofort gab Jonathan das Theater auf. Selbst in dem brutalen Stroboskoplicht, selbst unter seinem festen Puder-Make-up, sah sie, dass er ihnen glaubte; Entsetzen breitete sich auf seinem Gesicht aus. »Er ist hier? David Ware ist *hier?«*

»Du musst sie warnen! Du musst alle hier rausbringen!«, rief Makani.

»Los«, befahl Darby. »Mach schon!«

Jonathan rannte schlitternd davon, während Makani und

Darby eilig die Spur wiederaufnahmen. »Verlasst das Labyrinth«, brüllten sie allen zu. »Raus hier, sofort! David ist hier!«

Niemand nahm sie ernst. Sie hielten Makani und Darby entweder für Schauspieler oder für abscheuliche, unsensible Teenager.

Inzwischen schneite es stärker. Schneeflocken wirbelten um sie herum. Makani bückte sich beim Laufen, damit sie die Fußabdrücke durch das Weiß erkennen konnte. Als sie gerade schon befürchtete, sie würden einer falschen Spur folgen, brachen sie durch eine weitere Wand. Und da waren sie. Sie prügelten sich wie in den längst vergangenen Tagen der Mittelschule.

David war oben, doch Ollie war es irgendwie gelungen, Davids dominante Faust festzuhalten. Das Messer in Davids Hand zitterte, doch er ließ nicht los.

Makani schrie wieder und stürzte auf sie zu. Davids und ihr Blick trafen sich, als sie ihm gegen die Stirn trat. Seine Muskeln wurden schlaff. Die beiden Körper trennten sich. David wälzte sich herum und Ollie krabbelte durchs Stroh davon. Beide waren schlammbedeckt.

Makani stellte sich zwischen sie. Darby brüllte etwas, eine andere Stimme rief sie, und Makani wurde zu Boden gerissen. Die Luft entwich ihren Lungen.

David war über ihr. Sein *Messer* war über ihr.

Sie schloss die Augen, als es auf ihr Herz niederging.

Eine Woge aus Blut traf Davids Kopf und regnete auf ihr Gesicht herunter. Sie schnappten nach Luft und das Gewicht seines Körpers lastete plötzlich nicht mehr auf ihr. Jemand zog sie nach oben und hielt sie fest, schlang die Arme um ihre Taille und ihre Brust.

»Ich wusste nicht, was ich tun sollte!«, sagte eine panische Stimme.

Makani wischte sich das Blut aus den Augen. Ein hochgewachsenes Mädchen mit eckiger Brille und einem viktorianischen Kleid hielt einen Eimer in der Hand. *Brooke. Haleys beste Freundin.* Das Blut rann zwischen Makanis Lippen und sie schmeckte etwas Süßes. *Maissirup.*

Ein Herz schlug an ihrem Rücken. *Ollie.*

Sie drückte seine Arme. Er umarmte sie noch fester.

Darby stellte sich zwischen sie und David. Brooke zog sich zwischen die Maisstängel zurück, während sich David das falsche Blut aus dem Gesicht wischte. Angewidert schnipste er es zu Boden und sagte dabei höhnisch zu Darby: »Fast wärst du es gewesen.«

»W-was?«, fragte Darby.

»Bevor *sie* hergezogen ist«, David zeigte mit dem Messer auf Makani, »hatte ich dich in Betracht gezogen.«

Darby war den Tränen nahe. »Das verstehe ich nicht.«

In Davids Stimme schwang mehr Gefühl mit als sonst. Er klang zornig. »Du willst weg, aber deine Wurzeln sind zu stark. Sie ist diejenige, die weggehen wird.«

»Du willst nicht, dass wir weggehen?« Darby sagte das wie eine Bitte. »Das werden wir nicht. Wir werden bleiben. Wir können dir helfen. Wie können wir helfen ...«

David schoss nach vorne und Darby ging zu Boden.

Makani schrie. Darby lag am Boden und presste die Hände auf die Wunde in seiner Brust, aus der Blut heraussprudelte. Ollie wirbelte herum, um Makani mit seinem Körper zu schützen, dann ließ er sie los, um David zu erledigen. Doch David erledigte zuerst Ollie.

Ollie schrie neben ihrem Ohr. Die Klinge flutschte heraus, fuhr schmatzend wieder hinein. Makani spürte Ollies Atem heiß an ihrem Hals. Und wieder heraus. Sie schrie immer noch, als Ollie leblos zu Boden fiel.

Noch eine klaffende Brustwunde. Ihre Herzen, vielleicht auch ihre Lungen.

Ihre Schreie verwandelten sich in hyperventilierendes Keuchen. Eine Gruppe Mädchen bog um die Ecke und kreischte. David wirbelte zum Angriff herum, doch Brooke war da und scheuchte sie zurück durch das Labyrinth.

Makani stand zitternd zwischen den Körpern ihrer letzten noch verbliebenen Freunde. David starrte sie an – Jäger und Gejagte. Er hatte ein reizloses, längliches Gesicht, doch von seinem ganzen Kopf tropfte es rot, weil sich das Theaterblut mit dem echten Blut vermischt hatte. Er ließ das Messer durch die Luft sausen und noch mehr Blut spritzte herum. Überall war Blut.

Allmählich breitete sich der Schrecken aus. Angenommen der Mais wäre der Ozean, dann waren die Schreie seine Wellen. Wild gewordene Irre rannten durch die abgestorbene Vegetation.

Doch Ollie und Darby hatten aufgehört, sich zu bewegen.

Ollie und Darby waren tot.

»Scheiße noch mal, was ...?«, sagte Makani leise, erschöpft. Sie weinte. Ihre Frage war rhetorisch und sie erwartete nicht, dass David ihr eine Antwort darauf gab. Aber er gab ihr eine.

»Ja, *Scheiße* ist«, sagte er, »dass du eigentlich vor zwei Tagen hättest sterben und ich noch eine Woche Zeit hätte haben sollen. Aber ich habe es durchgezogen. Ich habe dafür gesorgt, dass es klappt. Und jetzt sind wir hier und bald kommen die Cops und es passt ganz gut, dass du meine Letzte bist.«

Er stakste auf sie zu. Drängte sie an ein Arrangement aus Heuballen, Kürbissen und einem lebensgroßen Skelett, das ein viktorianisches Rüschenkorsett trug.

»Du wirst für immer hier sein«, sagte er. »Und ich komme von hier weg.«

»Ins Gefängnis«, erwiderte sie.

»Ich hatte mich so darauf gefreut, mich der Polizei zu stellen. Aber auf diese Art erreiche ich es auch.«

Er *wollte* tatsächlich geschnappt werden. »Dann geht es also darum, Berühmtheit zu erlangen?«, fragte sie. »Wolltest du eine möglichst hohe Opferzahl, um ein zweiter Gacy zu werden? Ein zweiter Dahmer?«

»Diese Arschlöcher haben aus sexueller Lust getötet.«

»Und du tötest zum Spaß?«

»Das ist kein Spaß«, sagte David, während er mit dem Messer weit über seinem Kopf ausholte. »Das ist einfach etwas, was ich tun muss.«

28

Makani duckte sich und das Messer grub sich mit einem dumpfen Geräusch in den Kürbis hinter ihrem Kopf.

Sie rannte um ihr Leben.

Sie flüchtete den Weg entlang, den die verängstigten Menschen vor ihr geebnet hatten – eine gerade Linie durch die Maispflanzen. Ihre Turnschuhe patschten durch den aufgewühlten Schlamm, während David durch dicke Maisstängel brach, die noch nicht umgestürzt waren.

Sie stürzte aus dem Labyrinth heraus auf einen breiten Durchgang. Hier sah es aus und roch wie nach einem Karnevalsumzug. Plastikflaschen, Hotdogs, Schmalzgebäck, gegrillte Maiskolben – alles während der wilden Flucht weggeworfen und zertrampelt. Der Duft von Frittiertem ging in den Gestank von Mist über, als sie an den Tiergehegen vorbeikam. Zwergziegen. Ein buckeliges Zebra. Zottelige Kojoten, die hin und her liefen und jaulten.

Hinter ihr wurden die Schritte jetzt lauter. Als David gerade nahe genug war, um zuzuschlagen, sah sie sich um. Sie duckte sich und wich aus, dann schlitterte sie auf die riesige Maisgrube zu. Auf der anderen Seite davon war der Parkplatz zu sehen.

Die Entscheidung fiel im Bruchteil einer Sekunde und sie warf sich über die Kante. Mais spritzte über den Rand wie in einem Schwimmbecken. Sie schlug hart in den Maiskörnern auf. Die Naht in ihrem verletzten Arm platzte auf und ihre

Schwimmmuskeln waren schwach, weil sie so lange nicht zum Einsatz gekommen waren, aber Adrenalin pumpte durch ihren Körper. Makani richtete sich auf, die Maiskörner reichten ihr fast bis zum Becken. Mit rudernden Armen rannte sie der Rettung entgegen.

Autos und Laster verstopften den Parkplatz, weil alle auf einmal versuchten, ihn zu verlassen. Sie brüllte ihnen zu und fuchtelte mit ihrem gesunden Arm herum, aber das Geschrei und das Gehupe übertönten sie.

Sie warf einen Blick über die Schulter und sah, dass sich David über den Rand des Beckens gebeugt hatte. Er wartete ab, was sie tun würde, um zu entscheiden, wie er darauf reagieren sollte. Er kletterte auf den Rand und machte sich sprungbereit.

Aber er bemerkte nicht, was Makani hinter ihm entdeckt hatte.

David kippte nach vorne, in die Grube gestoßen durch einen Schlag auf den Kopf mit einem rustikalen eisernen Skelett. Er stürzte mit dem Gesicht voraus in den Mais und rührte sich nicht mehr.

Erleichterung überkam Makani wie ein Schock. »Du bist nicht tot!«

»Nein«, sagte Darby. »Bin ich nicht.«

Sein Tweedsakko war mit Schlamm, Schnee und Blut bespritzt. Er umklammerte das Rückgrat des Dekoskeletts und benutzte es, um auf David zu zeigen. »Aber was ist mit *ihm?«*

Sie beugten sich vor. Hatten Angst, näher zu kommen.

»Ich weiß nicht«, rief Makani von der Mitte der Grube aus. »Ich glaube nicht.«

Zögernd trat Darby vor und wich dann rasch zurück. »Scheiß drauf«, sagte er und ließ das Skelett fallen. »Wir sehen uns auf der anderen Seite!« Und dann rannte er los, um das Becken herum.

Makanis Verstand brüllte ihr zu, dass sie fliehen sollte.

Ihr Bauchgefühl zischte, dass David am Leben war.

Sie sah ihre Großmutter im Krankenhaus vor sich. Hörte Alex in der Dunkelheit schreien. Spürte wieder, wie Ollie an ihrer Seite zu Boden ging. *Eine Gestalt mit Kapuze sprang hinter der Standuhr hervor. Eine Gestalt mit Kapuze sprang hervor, eine Gestalt mit Kapuze sprang hervor, eine Gestalt mit Kapuze sprang hervor …*

»Was machst du da?« Darbys Stimme klang gedämpft. »Nein!«

Der Parkplatz war noch immer voller Menschen und auf dem Highway staute sich der Verkehr. Makani hörte keine Sirenen. Wenn sie jetzt davonlief, konnte David noch jemanden töten.

David *würde* noch jemanden töten.

Makani ging auf den mit dem Gesicht nach unten liegenden Körper zu. Davids Hände waren leer. Verzweifelt stöberte sie herum, bis sie es entdeckte: ein Stück schwarzes Gummi, das aus dem gelben Mais herausragte.

Sie packte das Heft des Messers. Es glitt heraus, gleichzeitig wälzte sich David auf den Rücken. Er wirkte angeschlagen und als würde er nicht klar sehen. Sie stand über ihm. Ihre Hand schwitzte. Es war schwerer, als sie erwartet hätte, schwerer als das Messer in ihren Erinnerungen.

Blinzelnd kam David wieder zu sich. Er starrte zu ihr hoch. Die Klinge blitzte in einem fernen Stroboskoplicht auf. Sie war lang, scharf und grausam.

»Dazu fehlt dir das Zeug«, sagte er.

»Du kennst mich nicht«, erwiderte sie.

David kannte sie nicht, doch Makani kannte sich selbst gut genug. Und keiner von ihnen war ein Monster. Sie war ein Mensch, der einen schrecklichen Fehler begangen hatte. Er war ein Mensch, der seine schrecklichen Taten geplant hatte.

Du wirst für immer hier sein, hatte er gesagt. *Und ich komme von hier weg.*

Als sie so über ihm stand, wurde ihr klar, dass es hier um Osborne ging. Alle auf Davids Abschussliste waren im Begriff gewesen wegzuziehen – sei es, weil sie zu Höherem bestimmt waren oder weil sie, so wie sie selbst, nie wirklich hierhergehört hatten.

Wer in einer Stadt wie Osborne aufwuchs, dem fiel es nicht leicht wegzugehen. Es passierte schnell, dass man an die Familie, den Grundbesitz oder die Gemeinde gebunden war. Alle waren voneinander abhängig, um zu überleben. Man musste schon ein Mensch von außerordentlichem Tatendrang und Ehrgeiz sein, um aus diesem Muster auszubrechen.

Haley, Matt, Rodrigo, Caleb, Katie und Rosemarie – sie waren ehrgeizig gewesen. Sie waren über ihre Altersgenossen hinausgewachsen. Makani war *früher* ehrgeizig gewesen, aber das konnte David nicht wissen. Er betrachtete ihre Anwesenheit als vorübergehend.

Deshalb hatte er ihr vor Darby oder auch Ollie den Vorzug gegeben. Sie träumten zwar von anderen Orten, aber für jemanden, der sie nicht gut kannte, schien es vielleicht, als wären sie ebenfalls dazu bestimmt, auf ewig hierzubleiben. Vielleicht wirkten sie zu passiv. Aber man konnte unmöglich wissen, was *in* einem Menschen steckte oder wie er sich im Laufe der Zeit verändern würde.

Vor Jahren war Makanis Mutter ehrgeizig genug gewesen, aus Osborne herauszukommen, aber so schnell, wie sie weggegangen war, so schnell hatte sie sich auch an einen neuen Ort gebunden. Sie hatte sich überhaupt nicht verändert. Vielleicht hegte sie deshalb einen Groll gegen Makani. Wenn sie sie ansah, erkannte sie den Verlust ihrer Freiheit und sie war zu egoistisch, als dass sie bemerken würde, was sie dafür gewonnen hatte.

David hatte vorgehabt, sich zu stellen. Er wusste, dass man ihn ins Tecumseh-State-Gefängnis stecken würde, das Hochsicherheitsgefängnis, das Chris vor ein paar Tagen während seiner Arbeit aufgesucht hatte. Ollie hatte ihr erzählt, dass es nur zweieinhalb Stunden entfernt war.

Einen kurzen Moment lang – all dies schoss ihr in einem einzigen Augenblick durch den Kopf – tat David ihr leid. Dieser große, ehrgeizige Traum ... er war so klein.

Von zu Hause wegzulaufen, änderte nichts an der Tatsache, dass man es mit sich selbst aushalten musste. Makani hatte dies gelernt, ihre Mutter vielleicht nie. Veränderung kam von innen, über eine lange Zeit hinweg und mit jeder Menge Hilfe von Menschen, die einen liebten. Osborne war nicht Davids Problem. Auf Makani hatte Osborne sogar stärkend gewirkt. Davids Problem war, dass er ein Psychopath war.

David war Davids Problem.

Womöglich hatten noch mehr Leute auf seiner Liste gestanden, vielleicht waren sie und Rosemarie aber auch die letzten gewesen. Vielleicht hatte er eine schlimme Kindheit gehabt, vielleicht war er schon so auf die Welt gekommen oder vielleicht fühlte er sich auch einfach nur gefangen. Was immer seine Pläne, was immer seine Gründe waren – sie spielten keine Rolle mehr. Er hatte seine Entscheidung getroffen. Und jetzt hatte sie ihre getroffen.

Als David sich auf ihre Beine stürzte, um sie zu Fall zu bringen, rammte ihm Makani das Messer in den Rücken. Die Klinge fuhr bis zum Heft hinein. Er brach zusammen und fiel in den Mais.

Sie zog das Messer heraus und kämpfte sich in Richtung Darbys Stimme.

Langsam kroch David vorwärts. Eine grässliche Blutspur breitete sich auf den Maiskörnern hinter ihm aus, während

Darby Makani über den Rand hievte. Makani zitterte in seinen Armen und umklammerte immer noch das Messer, als sie sich der Menschenmenge bewusst wurde. Sie war zur Grube gekommen und umringte sie jetzt. Makani wusste nicht, ob David sterben würde, aber er konnte nicht mehr entkommen.

Osborne würde es nicht zulassen.

Er hatte sie alle unterschätzt. Er hatte die Gemeinde terrorisiert, hatte es aber nicht geschafft, sie zu spalten – im Gegenteil: Die Einwohner hielten jetzt noch mehr zusammen. Als die Sirenen die stille, verschneite Nacht zerrissen, hörte David auf zu kriechen. Und dann bewegte er sich überhaupt nicht mehr.

David Thurston Ware starb mit dem Bewusstsein, dass er Osborne niemals verlassen würde.

David Thurston Ware starb mit dem Bewusstsein, dass er für immer hier begraben wäre.

29

Die Polizei rannte auf sie zu. Als Chris Makanis unglückliches Gesicht sah, schien sein Körper in die Brüche zu gehen. Officer Bev packte ihn am Arm, damit er nicht zusammenbrach.

»Wo ist er?«, fragte Chris.

Makani konnte nur mit dem Finger zeigen. Er schüttelte Bevs Hand ab und rannte los.

Officer Bev näherte sich Makani und Darby vorsichtig. »Gibst du mir das, bitte?«

Es dauerte ein paar Sekunden, bis Makani klar wurde, dass Bev um das Messer bat. Bev fischte einen Beweisbeutel aus ihrer Jacke und Makani ließ es hineinfallen.

»Rosemarie«, fiel Makani wieder ein, als die Rettungssanitäter um sie herumschwirrten.

»Sie ist okay. Drei Collegestudenten haben sie gefunden und sind bei ihr geblieben. Einer von ihnen trägt ein David-Ware-Kostüm«, fügte sie trocken hinzu. »Das wird den Medien gefallen.«

Wenigstens bedeutete das, dass die Jugendlichen auch bei Alex geblieben waren.

Darby verlor die Beherrschung und schluchzte und Makani wusste, dass auch er gerade an sie dachte. Er hatte Makani in den Armen gehalten, doch jetzt hielt sie ihn, während sie zum Krankenwagen eilten. Bev blieb bei ihnen. Makani schaute nach, ob ihr Handy für einen Anruf ausreichend Empfang hatte. Sie musste die Stimme ihrer Großmutter hören, sonst würde sie ihren Verstand noch komplett verlieren. Die Uhr zeigte Mitternacht an. Jetzt war offiziell Halloween.

Das Funkgerät an Bevs Schulter summte. »... am Leben. Kannst du mich hören? Mein Bruder ist am Leben!«

Alle Atome des Universums standen still.

»Geh«, flüsterte Darby Makani zu.

Als die Rettungssanitäter gerade die Türen schließen wollten, stürzte Makani aus dem Krankenwagen. Sie rannte durch das Gelände und den Pfad mit den zerstörten Maispflanzen entlang. Polizisten und Sanitäter rannten ihr nach.

Bitte, bitte, bitte.

Schnaufend und keuchend, rannte sie geradewegs auf ihn zu. Er lag immer noch am Boden. Chris hielt seine Hand, seine Polizeijacke hatte er als Kissen unter Ollies Kopf gelegt.

»Ollie«, sagte sie, während sie sich neben ihm auf die Knie fallen ließ.

Seine Augen leuchteten auf, als er sie sah. Schnee hatte sich in seinen Wimpern verfangen. »Makani.«

»Ich dachte ... ich wäre *niemals* weggegangen ...«

Ein Lächeln zeichnete sich auf seinem Gesicht ab, doch seine Stimme klang schwach. »Darby?«

»Darby ist okay. Wir sind beide okay. Und du?«

Sein Lächeln wurde breiter. »Nichts, was die Ärzte deiner Großmutter nicht in den Griff bekommen würden.«

Makani lachte und wischte sich die Tränen von den Wangen, dann setzte sie ebenfalls ein tapferes Lächeln auf. Sie küsste ihn auf die Stirn. Seine Haut war wärmer, als sie erwartet hatte. Er neigte den Kopf und sie bewegte sich zu seinen Lippen. Sanft küsste sie ihn.

Er erwiderte ihren Kuss mit schwachem, aber beruhigendem Druck.

Chris hielt immer noch Ollies Hand. Mit der anderen Hand tastete Ollie nach ihrer. Sie ergriff sie und der herbstliche Mond leuchtete noch heller – machte die Nacht sanft, kalt und sicher.

Danksagung

Ich wollte dieses Buch lesen, doch meine liebe Freundin Kiersten White überzeugte mich davon, es stattdessen zu schreiben. Dieses Buch existiert ihretwegen. Sie hat es außerdem öfter gelesen als sonst irgendjemand. Sie hat *alle* meine Bücher öfter gelesen als sonst irgendjemand. Sie ist eine Heilige und ein wunderschönes magisches Regenbogeneinhorn. Danke Kiersten. Ich habe dich lieb.

Mein Dank gilt außerdem meiner fantastischen Agentin Kate Testerman, die das möglich machte, und meiner brillanten Lektorin Julie Strauss-Gabel, die arbeitete und arbeitete und arbeitete und arbeitete, um das Ganze in einen funktionierenden Roman zu verwandeln. Ich bin so dankbar, dass sie es beide gewagt haben.

Vielen Dank an Lindsey Andrews, Lindsay Boggs, Anna Booth, Melissa Faulner, Rosanne Lauer, Bri Lockhart, Natalie Vielkind und alle anderen Mitarbeiter der Penguin Young Reader's Group. Darüber hinaus ein Dankeschön und eine dicke Umarmung für Sean Freeman, Eve Steben und ihr ganzes Team, weil sie ein so herrlich gruseliges Cover entworfen haben.

Es hat sechs Jahre Recherche, kritische Partner und tiefschürfende Diskussionen gebraucht, um dieses Buch zu schreiben. Vielen Dank Leigh Bardugo, Luce Beagle, Lauren Biehl, Holly Black, Emily Brock, Cassandra Clare, Brandy Colbert, Alexandra Duncan, Shannon Fang, Leslie Golden, Manning Krull, Myra McEntire, Marjorie Mesnis, Chris Prahler, Rainbow Rowell, Jon Skovron, Amy Spalding, Robin Wasserman, Jeff Zentner, Heidi Zweifel und all die Leser, die meine Fragen auf Twitter beantwortet und bei meinen Umfragen per E-Mail mitgemacht haben. An David Levithan: Es tut mir leid. Ha! Das ist passiert, bevor wir Freunde wurden. An die echte Katie Kurtzman: Danke, dass du aufgeregter warst als alle anderen. Deine Begeisterung hat mir Mut und Kraft gegeben. Viel, viel Liebe und endlosen Dank an meine Familie: Mom, Dad, Kara, Chris, Beckham, JD, Fay und Roger. Und vielen Dank, Jarrod Perkins. Meine Familie-Familie. Mein Partner in Horrorfilmen, im Leben und allem, was dazwischenliegt. Danke für das Lachen und dafür, dass du mir in diesem kalten Maisfeld in Nebraska den Matsch von den Stiefeln geputzt hast. Ich liebe dich von allen am meisten.